Amante en Dublín

Abby Green

Bianca™

♦ HARLEQUIN™

Editado por HARLEQUIN IBÉRICA, S.A.
Hermosilla, 21
28001 Madrid

© 2007 Abby Green. Todos los derechos reservados.
AMANTE EN DUBLÍN, Nº 1778 - 22.8.07
Título original: The Brazilian's Blackmail Bargain
Publicada originalmente por Mills & Boon®, Ltd., Londres.

I.S.B.N.: 978-84-671-5251-7
Depósito legal: B-27996-2007
Editor responsable: Luis Pugni
Composición: M.T. Color & Diseño, S.L.
C/. Colquide, 6 - portal 2-3º H, 28230 Las Rozas (Madrid)
Fotomecánica: PREIMPRESIÓN 2000
C/. Algorta, 33. 28019 Madrid
Impresión y encuadernación: LITOGRAFÍA ROSÉS, S.A.
C/. Energía, 11. 08850 Gavá (Barcelona)
Fecha impresion para Argentina: 18.2.08
Distribuidor exclusivo para España: LOGISTA
Distribuidor para México: CODIPLYRSA
Distribuidores para Argentina: interior, BERTRAN, S.A.C. Vélez
Sársfield, 1950. Cap. Fed./ Buenos Aires y Gran Buenos Aires,
VACCARO SÁNCHEZ y Cía, S.A.
Distribuidor para Chile: DISTRIBUIDORA ALFA, S.A.

Prólogo

Londres, noviembre

Maggie Holland se quedó de pie justo al otro lado de la puerta giratoria. La oscuridad de la tarde de noviembre resaltaba el brillo de la luces del lujoso hotel londinense. Tenía el corazón en un puño, le temblaban las piernas y las manos, sudorosas, lo mismo que la espalda. Le dolía la cabeza justo en los puntos donde las horquillas sujetaban la masa de rizos. Con una mano visiblemente temblorosa, empujó la puerta pero no fue capaz de entrar dentro de su giro. El frío viento le golpeó las piernas desnudas pero no pudo sacarla del estupor en que se encontraba.

Una pareja salió de un taxi justo detrás de ella y en un frenesí de porteros, equipajes y alemán en medio de la helada brisa, supo que tenía que entrar al recibidor que estaba justo detrás del cristal o apartarse y dejar pasar.

La realidad la sacó de su estupor. Respiró y se movió lo justo para poder entrar en la puerta giratoria y llegar hasta el interior.

Lo vio en cuanto estuvo dentro. Estaba de pie mirando en otra dirección, hablando con alguien, así que no pudo apreciar su llegada, lo que ella agradeció. Una oportunidad, aunque ínfima, de controlar sus nervios. Y una ocasión para observarlo un momento.

Estaba de pie con las manos en los bolsillos, haciendo que la tela de sus pantalones sastre se ciñera a su parte trasera mostrando un físico más propio de un atleta que de un magnate multimillonario. Un magnate que tenía la terrible reputación de ser uno de los más poderosos e innovadores en Europa.

Caleb Cameron había empezado a existir para ella sólo dos semanas antes cuando lo había conocido en casa de su padrastro. Había sido uno de los escogidos magnates que se habían reunido con el marido de su madre en las últimas dos semanas. Y al haber estado ella allí para echar una mano a su madre atendiendo a los invitados, los sueños de Maggie se habían llenado rápidamente con aquel hombre tan dinámico. Todavía no podía creer que estuviera interesado en ella, aunque la prueba era que tenían una cita. Una cita en la que había un fin oculto.

Maggie tragó con dificultad. No podía escapar a lo que tenía que hacer. Lo sabía con terrible fatalidad. Pero... ¿podría él descubrirlo en un segundo? Casi tuvo la esperanza de que sí. Era un hombre muy inteligente. Quería darse la vuelta y salir por la puerta, pero no podía. Si lo hacía las consecuencias afectarían a su ser más querido. No tenía elección.

–Maggie.

Abrió los ojos de par en par. ¿Cómo no lo había oído acercarse? Trató de calmarse enderezando la espalda.

–Caleb, siento haberte hecho esperar.

La miró de arriba abajo, dejándola sin respiración.

–Unos pocos minutos son una sorpresa agradable. He esperado más otras veces.

De alguna manera Maggie supo que mentía. Ninguna mujer hubiera hecho esperar a ese hombre. Sus penetrantes ojos azules la mantenían atrapada. No podía apartar la vista y esa conocida sensación como de no tener esqueleto no se le pasaba. Ése era el efecto que tenía sobre ella desde que lo había visto por primera vez. Cuando todavía no tenía ni idea del papel que tendría que interpretar en el maquiavélico plan de su padrastro. Cuando no había visto en Caleb otra cosa que un hombre, no alguien a quien traicionar, arruinar... robar su riqueza. Y... seducir.

Al mirarlo sentía nublarse su mente. Incluso durante un segundo se engañó a sí misma pensando que todo lo que había alrededor no existía. A lo mejor aquello sólo era la sencilla cita que él le había pedido, sin ningún otro interés. Eso la hacía respirar con una peligrosa excitación. Después de esa noche no volvería a verlo y eso la hacía sentirse vacía.

Un destello helado brilló en los ojos de Caleb durante un segundo, pero rápidamente lo reemplazó la dulzura.

—¿Vamos? La mesa está ya preparada...

A Maggie se le cayó el corazón a los pies. Ése era el punto de no retorno.

—Bien.

Atravesó el recibidor delante de él en dirección a una puerta del fondo. Se sentía como si caminara hacia la guillotina. Entonces notó en el bolsillo la pesada llave de la habitación. La llave de la habitación que había reservado su padrastro. Sintió una náusea. El escenario donde tendría que seducirlo. Incluso tendría a uno de sus hombres vigilando todo el proceso... para asegurarse de que ninguno de los dos se marchaba demasiado pronto. Antes de que el daño estuviera hecho. ¿Cómo podría hacer algo así?

En la puerta del comedor sintió los dedos de Caleb en el brazo. Se volvió al ser consciente del escaso retal de encaje que llevaba puesto. No quería llegar al inevitable momento de quitarse el abrigo. Sintió pánico. No podía hacerlo... no podía mirar. No pudo soportar la reacción de Caleb cuando vio el vestido.

Llevaba una combinación. Eso era todo. Había visto bailarinas con más ropa. No le quedaba bien con su pálida piel. Llevaba el abundante pelo rojo recogido haciendo que se muriera de ganas de soltárselo. Sentía una ardiente corriente recorrer sus venas y se dio cuenta de que, incluso con el vestido más barato, ella tenía el poder de encender un poderoso deseo en su interior. Se burló de sí mismo. Por un instante, antes de haber descubierto quién era ella o qué estaba ocurriendo, había pensado... Trató de evitar que sus pensamientos siguieran en esa dirección. Pero su mente no lo obedeció.

Cuando la conoció, ella había tocado algo profundamente oculto y desconocido que tenía en su interior. Lo había sacado de su cínica inercia habitual. Lo había mirado con una timidez tan dulce... y después había sonreído. Esa sonrisa había hecho patente la corriente de atracción sexual que discurría entre los dos y algo más intangible... pero tan inocentemente femenino, que le había sorprendido. Estaba acostumbrado a que las mujeres le sonrieran, pero con un descaro tan calculado que le enfriaba la sangre.

Apretó los labios mientras la seguía a través del comedor, consciente de las miradas de admiración que suscitaba el seductor balanceo de sus caderas. Y su mirada, como la de los demás, estaba atrapada por el pedazo de encaje y seda casi indecente. Al verla esa noche, con unas intenciones tan evidentes, se preguntó de nuevo cómo podía haber pensado alguna vez que no era exactamente igual que las demás mujeres.

Estaba seguro, con una confianza arrogante, de que ella lo deseaba. Ella había sentido el mismo impacto a primera vista, lo sabía.

No era nada más que una actriz mediocre, pero eso todavía... y odiaba admitirlo, le volvía más loco, le hacía bajar la guardia. Nunca antes había tenido pérdidas de concentración dirigiendo sus empresas desde Londres hasta Tokio. Conocía de ellas hasta el mínimo detalle, su control era legendario e inspiraba miedo entre sus competidores. Una capacidad de control que no permitiría que ni ella ni su familia debilitara, incluso en ese momento, cuando ellos creían que lo habían conseguido. Los imbéciles.

Se centró en los hechos. Ella estaba allí para llevárselo a la cama, para seducirlo y distraerlo. Era la dulce trampa. Uno de los trucos más viejos del mundo. Si no estaba equivocado, había visto la inconfundible forma de una llave en el bolsillo de su abrigo. ¿Sería la llave de una habitación de ese hotel? Sintió el amargo sabor del desagrado.

Pero los dos podían jugar al mismo juego: él también estaba allí para seducirla. Un pequeño lujo que se iba a permitir. Botín de guerra. Porque aquello era una guerra. Desde que había sentido como un puñetazo en el estómago la primera vez que la había visto y había descubierto lo evidente de su juego, lo descaradamente que se la habían puesto en el punto de mira... había decidido probar lo que le ofrecían.

Llegaron a la mesa. Maggie la rodeó y se colocó frente a él con una mirada de casi... ansiedad en su rostro. Era buena, pensó él. Nunca había visto ese nivel de astucia. Se reafirmó en su fría claridad mental ignorando la presión de su bajo vientre.

Pronto averiguaría ella cómo habían fallado sus maquinaciones. Después se vengaría de su familia. Y entonces se libraría de ese deseo que lo consumía. Cuando acabara la noche ella nunca lo olvidaría ni querría volver a recorrer ese camino.

Capítulo 1

Dublín, seis meses después...

—Sólo tenemos que reunirnos con el señor Murphy y todo habrá terminado.

En la parte trasera del coche, mientras salían del cementerio, Maggie tomó la mano de su madre, preocupada por su palidez.

Su madre respiró hondo.

—Cariño, no creo que pueda soportarlo... en realidad no...

Maggie le apretó la mano mientras los ojos de su madre se llenaban de lágrimas y la boca le temblaba. Se volvió a mirar a su hija.

—No estoy triste... ¿es eso terrible? Es una liberación que haya muerto. Cuando pienso en lo que te he hecho pasar estos años, cómo he podido...

—Shh. Mamá. No pienses en ello ahora. Se acabó. Nunca volverá a hacernos daño a ninguna de las dos. Somos libres.

Le dolía el corazón al ver la desolación en los ojos de su madre, las arrugas en el rostro, el pelo sin vida. Una vez había sido una mujer hermosa, vibrante. La razón por la que Tom Holland la había querido para él después de la prematura muerte de su padre. Había estado patológicamente celoso de su sobrino.

En aquellos días, en Irlanda, una viuda joven sin otra cosa que su casa y una hija pequeña era alguien vulnerable y cuando Tom le había prometido ocuparse de ella si se casaba con él, había pensado que estaba haciendo lo mejor para ella y su hija. Había sido sólo después de la boda cuando su crueldad se había hecho patente y, en una sociedad conservadora donde el divorcio no estaba permitido, su madre había quedado atrapada. Hasta ese momento.

–Mira, no tienes por qué asistir a la lectura del testamento; es sólo una formalidad rutinaria. El señor Murphy nos conoce lo bastante bien como para no insistir en que estés. Además Tom te lo ha dejado todo. Es lo menos que podía hacer –Maggie no era capaz de ocultar su amargura.

–¿De verdad lo crees así, cariño? Sí sólo pudiera descansar un poco...

–Claro, todo va a ir bien –dijo Maggie tratando de poner algo de entusiasmo en su voz cuando se sentía totalmente vacía.

Poco tiempo después el coche salía de la calle principal de una pequeña localidad cercana a Dublín y travesaba la puerta de una gran casa de campo. Maggie respiró profundamente. La primera visión de la casa a través de los árboles era una forma que nunca fallaba de reconfortar su espíritu. Era la casa de su familia, la de su padre y su madre. Era lo único en lo que su padrastro no había puesto las manos. Un recuerdo de días más felices, de recuerdos que sabía habían ayudado a su madre a superar los peores momentos. Allí se habían mudado su madre y ella seis meses antes después de... Todavía no era capaz de pensar en aquella noche. El dolor era todavía demasiado agudo. A pesar de sus intentos por ignorarla, la horrible humillación seguía viva.

Por suerte su madre le había hecho caso y habían dejado Londres casi de inmediato. Para cuando Tom se había dado cuenta de que su plan no había funcionado, había estado demasiado ocupado con sus negocios como para salir tras ellas. Y por fin había muerto.

Acompañó a su madre hasta su habitación y se marchaba ya cuando ésta la llamó.

–¿Qué pasa, mamá? –Maggie deshizo el camino y se sentó.

Su madre tenía de pronto una mirada brillante y seria.

–Prométeme que nunca hablarás de lo que nos ha pasado... de lo que nos hizo Tom... No podría soportar la vergüenza.

Estaba acostumbrada a los frecuentes ruegos de su madre.

–Claro que no... Sabes que nunca lo he hecho, ¿por qué iba a hacerlo ahora?

Su madre la agarró de la mano con una fuerza sorprendente.

–Prométemelo, Margaret.

–Te lo prometo –le dio un beso en la frente y se marchó.

Era una promesa que no sería difícil cumplir. Maggie bajó las escaleras y oyó el sonido de un coche. El abogado. Se quitó el abrigo, se alisó el pelo y abrió la puerta con una sonrisa cuando sonó el timbre. Siempre le había gustado ese hombre menudo de ojos vivos. A diferencia del resto del personal que pululaba alrededor de Tom Holland, su abogado había sido también el abogado del padre de Maggie. Sonrió al anciano desde la puerta.

–Espero que excuse a mi madre, no se encuentra muy bien.

–Nada serio, espero –dijo volviéndose hacia Maggie.

–No –dijo rápidamente sabiendo que la preocupación era auténtica–. Sólo está cansada, agotada después de los últimos días, pero si necesita que baje...

–En realidad es mejor que no escuche lo que tengo que decir –de pronto evitó la mirada de Maggie. Se le veía incómodo.

Un escalofrío de temor hizo que Maggie se quedara

sin respiración un segundo. Era demasiado bueno para ser cierto que Tom Holland hubiera muerto. Lo sabía.

–¿Qué quiere decir?

–Sentémonos. Me temo que traigo malas noticias.

Fue hasta una silla mientras el abogado se sentaba cerca de una mesa y dejaba encima su maletín. No sacó ningún papel. Maggie intentó mantener la calma a pesar de la sombría cara del anciano.

–¿Qué... qué sucede?

Finalmente él la miró con las palmas de las manos vueltas hacia arriba.

–Me temo que a tu madre y a ti no os ha dejado nada.

El corazón de Maggie empezó a recuperar el ritmo normal. No era tan malo. Su madre y ella nunca habían recibido mucho de Tom y ella se había mantenido sola desde que había salido de la universidad. Tenía unos ingresos modestos procedentes de sus cuadros.

–Bueno, no es el fin del mundo, Pero... ¿adónde ha ido todo?

Estaban hablando de unos cuanto millones de libras después de todo. El señor Murphy suspiró, odiaba ser quien daba las malas noticias.

–Parece que uno de sus adversarios finalmente consiguió hundirlo por completo. Un magnate de Reino Unido al que tu padrastro intentó controlar hace tiempo ha ido comprando sus reservas, haciéndose con sus empresas, y el día que Tom tuvo el infarto el último de sus negocios se derrumbó... una curiosa coincidencia.

Eso explicaba su ausencia, por qué no las había seguido a casa, exigido que su madre volviera a Londres, castigado. A pesar de las malas noticias, Maggie no pudo evitar sentir un puntito de satisfacción. Le hubiera gustado haber visto la reacción de Tom cuando se dio cuenta.

–Bueno, ya no hay nada que podamos hacer. Al menos tenemos la casa.

Las palabras quedaron flotando en el espacio que había entre ambos mientras el señor Murphy apartaba la mirada culpable y se llevaba la mano al cuello como si le faltara el aire.

–Señor Murphy, tenemos la casa, ¿verdad? Es de mi madre.

El abogado negó con la cabeza lentamente como si no pudiera articular palabra, pero ante la mirada desesperada de Maggie, se aclaró la voz y rompió el silencio.

–Querida... hace casi un año en Londres, tu padrastro persuadió a tu madre de que pusiera la casa a su nombre como garantía. A lo mejor ella no sabía lo que estaba haciendo... Me temo que estaba unida al resto de los activos. Ahora pertenece a...

En ese momento, el sonido de un coche interrumpió sus palabras. Maggie no podía moverse, estaba conmocionada. No podía entender que su madre hubiera hecho algo así, aquella casa era sagrada. La rabia y la incredulidad crecían dentro de ella mientras digería la información.

El señor Murphy miraba por la ventana.

–Es él, el jefe de la corporación. Vino a verme personalmente e insistió en venir hoy a veros a tu madre y a ti. Lo siento, pero no pude disuadirlo.

Cuando sonó el timbre y Maggie ni se movió, el señor Murphy fue hacia la puerta. Estaba entumecida, apenas consciente del sonido de la puerta al abrirse, de los pasos que se acercaban, el profundo timbre de voz de alguien preguntando por algo que había dicho el abogado. Maggie levantó la vista y de pronto el tiempo se detuvo. Se puso de pie despacio, como si se moviera a través de melaza y sus miembros fueran blandos y no la obedecieran.

Caleb Cameron. Más grande que nunca. Su enorme figura llenaba el hueco de la puerta. Movió la cabeza ligeramente y una sonrisa burlona se dibujó en sus labios.

Sus ojos capturaron a los de Maggie y ella no pudo apartar la vista. Se movieron fríos sobre ella, desnudándola. El hombre que había vuelto su mundo del revés seis meses antes había vuelto... Aparentemente para volver a darle la vuelta a todo. Maggie intentó con todas sus fuerzas dominar la atracción que sentía en cada célula de su cuerpo como respuesta a su dominante aura.

Incapaz de dejar de mirarlo, víctima de una fascinación morbosa, no se dio cuenta de que el abogado había entrado en la sala precediendo a Caleb y que hacía gestos en dirección a ella.

—Ésta es Margaret Holland. Maggie, éste es Caleb Cameron, la persona que ha absorbido todas las empresas de tu padrastro...

Antes de que pudiera terminar la frase dijo:

—Conozco al señor Cameron, nos conocimos en Londres.

Se sentó en la silla que había detrás de ella porque le temblaban tanto las piernas que pensó que no podría sostenerse en pie y vio cómo Caleb entraba en la sala y se sentaba en la silla que había al lado del señor Murphy.

A pesar del aspecto refinado de su cuerpo vestido con un traje exquisito, seguía rezumando esa salvaje masculinidad que tan bien recordaba ella. La había desconcertado la primera vez que lo había visto y estaba teniendo el mismo efecto en ese momento, sólo que esa vez la experiencia de la explosiva noche que habían pasado juntos le hacía sentirse tres mil veces peor. Y aunque habían pasado meses, podía sentir una oleada de calor subirle desde el pecho mientras incontables imágenes llenaban su cabeza.

Caleb ejercitó su acerado autocontrol mientras la miraba de forma desapasionada. Pero a pesar de sus esfuerzos no podía obviar la embriagadora sensación que había sentido al verla de nuevo en carne y hueso. El rostro de ella había palidecido dramáticamente al verlo, los ojos verdes con forma de almendra se habían agrandado en medio del pequeño óvalo de la cara enmarcada por el abundante pelo severamente recogido. La blusa negra y la falda del mismo color no ocultaban las curvas que tan bien recordaba... curvas que se habían retorcido por él... Aunque parecía más delgada. Frágil. Y una especie de instinto de protección lo pilló desprevenido.

El vívido recuerdo de la primera vez que la había visto lo golpeó: su pelo cayendo por la espalda como una masa roja y vibrante, como en algunas pinturas medievales. Las pecas permanecían impasibles en medio de la pálida piel mientras la sometía a una exhaustiva inspección. Notó con satisfacción que las mejillas se teñían de un intenso color. Si no la hubiera conocido mejor seis meses antes, se hubiera imaginado que andaba con el corazón en la mano a la vista de las reacciones que mostraba su traslúcida piel. Podría haber sucumbido a tan peligrosa fantasía. Pero eso no sucedería. No porque había sabido desde el principio lo que ella era exactamente.

Maggie Holland era una zorra mercenaria que había tratado, junto con su padrastro, de hacer que se volviera loco. Nunca más.

Podía ver el esfuerzo de su garganta mientras trataba de hablar.

–Te... te has quedado con todo –su voz era apenas audible.

Era tan transparente... pensó Caleb. Le producía tanto placer saber que le había quitado la alfombra de riqueza de debajo de sus confiados pies...

–Sí, señorita Holland.

El insulto implícito en la utilización de su apellido era evidente y una de las razones por las que ella se echó atrás.

–De momento soy el propietario de todos los intereses de su padrastro, incluyendo esta casa. Naturalmente he rechazado hacerme cargo de los negocios más dudosos. Hacienda, aquí y en Reino Unido, los está investigando actualmente y puede que reciba alguna abultada reclamación de impuestos. Tienen una sorprendentemente mala opinión de las cuentas del exterior que no se declaran.

Maggie se puso en pie forzada a actuar por la amenaza implícita. Por primera vez desde que se habían vuelto a ver, apartó la mirada de él y la dirigió al señor Murphy.

–¿Es eso verdad? ¿Puede ser posible?

El anciano se limitó a asentir tristemente. Volvió a mirar a Caleb sintiendo que un pánico salvaje crecía dentro de ella. Estaba completamente tranquilo, como si todo aquello no fuera con él.

–Pero... pero ¿cómo es posible? Quiero decir, ¿cómo podemos no haberlo sabido? –intentó sobreponerse a todo lo que la golpeaba en la cabeza.

Aunque no habían visto a Tom desde hacía meses... ¿cómo no se habían dado cuenta de los grandes apuros en los que estaba? Y ¿cómo era posible que incluso desde la tumba fuera a conseguir arruinarlas... como si no hubiera hecho bastante daño ya?

«Porque trató de hundir a este hombre delante de ti, con tu ayuda...», se dijo Maggie.

Consiguió acallar esa voz con dificultad.

–Señor Murphy... –imploró, incapaz de decir otra cosa. Sus ojos lo decían todo.

El abogado la agarró del brazo y la obligó a sentarse en un sofá. Estaba contenta de tener su protección a la hora de enfrentarse a Caleb.

–Lo siento, Maggie, pero es verdad. Tu madre es una deudora potencial de Hacienda si descubren que Tom ocultaba fondos en cuentas en el exterior, como sospechan. Puedo defender el caso para ti si llega a suceder, pero... –se encogió de hombros.

Se estaba poniendo cada vez peor. Maggie se llevó una mano a la frente.

Caleb permanecía en pie. Maggie lo miró por debajo de las oscuras pestañas.

–Murphy, le dejo el resto a usted. Señorita Holland, no tengo nada más que decir. Espero que su madre y usted estén fuera de esta casa en dos semanas. Espero que sea tiempo suficiente para acomodarse en otro sitio –sonrió con crueldad–. Podría haber ejercido mi derecho de quedarme hoy mismo con la casa, pero esperaré a que se hayan ido para mudarme.

–Mudarse... –repitió Maggie sin entonación.

–Sí. Voy a hacer algunos negocios en Dublín un par de meses y necesito un refugio lejos de la ciudad. Este sitio me servirá –miró alrededor–. Después de haberlo redecorado, claro.

Maggie volvió a ponerse de pie, cada centímetro de su cuerpo se sacudía de ira por la intrusión en su santuario privado.

–¿Cómo se atreve a presentarse aquí y hablar de ese modo el mismo día del funeral? ¿Es que no tiene decencia?

–¿Decencia? –soltó una carcajada. Los dos habían olvidado la presencia del otro hombre. Maggie levantó la cabeza para mirarlo, podía sentir el pulso en el cuello. Caleb recorrió con la mirada el rostro de ella y curvó los labios con gesto de disgusto por lo que veía–. Hay que tener valor para hablar de decencia... ¿o quiere que le explique a su amigo el papel que desempeñó en su propio hundimiento?

Así que ésa era su venganza. Había acabado con su padrastro con una precisión despiadada y en ese momento le tocaba a ella. Lo miró horrorizada por su capacidad de vengarse hasta el último grado. Para él sólo era una cómplice de Tom Holland y se merecía todo lo que estaba sufriendo.

Sin volver a mirarla, salió a grandes zancadas de la sala. Oyó cómo se cerraba la puerta, arrancar el coche, la gravilla crujir debajo de las ruedas mientras se marchaba a toda prisa llevándose su vida con él. Después de que se hubo marchado, el señor Murphy se puso en pie también. Maggie lo miró pálida, todavía sorprendida.

—Como puedes ver, tu padrastro intentó morder más de lo que podía a Cameron. Nunca ha sido conocido por aguantar las locuras alegremente y cuando tu padrastro hizo un segundo intento de derribar el imperio de Cameron, despertó al tigre.

—El segundo intento...

—Bueno, en realidad era el tercero o el cuarto... Tu padrastro tenía a Cameron entre ceja y ceja. Ya sé que tu madre y tú no estabais al corriente de la mayor parte de los tratos de Tom. Después de que intentó hacerse con el control de Cameron Corporation con métodos legales y falló, cayó un poco más bajo... y recurrió a otras tácticas, pero tampoco pudo.

Maggie se sintió mareada. Recordaba demasiado bien su indeseado papel en una de esas tácticas. Había sido ella la empleada para distraer su atención en un momento crucial. Por suerte parecía que el señor Murphy no sabía nada de aquello, había ocurrido en Londres, no en Dublín.

El abogado continuó.

—Cameron fue sistemáticamente contra cada uno de los intereses de Tom y con mucha habilidad para ponerlo de rodillas, lo que no es habitual. Cameron no es conocido por perseguir a sus enemigos de forma arbitraria y sin piedad... normalmente es feliz con debilitar sus defensas y dejarlos sin fuerza —sacudió la cabeza—. Realmente Tom debía de haberle pinchado...

Maggie se ruborizó de culpabilidad.

–Bueno, ha acabado con nosotras también, parece.

–Sí –suspiró pesadamente–. Lo he revisado y realmente lo tiene todo bien atado. Sobre lo de Hacienda... tengo la esperanza de poder demostrar que tu madre no tenía nada que ver con los asuntos de su marido, a pesar de que se la nombre en el testamento.

Maggie lo miró preocupada.

–Pero no tenemos nada, ni dinero... ¿Cómo vamos a poder...?

Le dio unas palmadas en la mano y dijo:

–No te preocupes ahora por eso. Sé lo duro que va a ser para tu madre. No permitiré que ese hombre haga su vida peor de lo que ya ha sido.

–Gracias –dijo ella con los ojos llenos de lágrimas.

Se fue después de una pocas palabras de ánimo más. Maggie cerró la puerta y apoyada en ella pensó: «¿¿Cómo demonios voy a decirle todo esto a mi madre?». Sabía que la noticia la destrozaría. Para Maggie... la peor de sus pesadillas acababa de suceder: encontrarse de nuevo con Caleb Cameron. Volvió al salón y, por primera vez en su vida, con una mano temblorosa, se sirvió una copa de brandy y se la bebió de un trago.

Mientras Caleb hacía un alto en medio del tráfico, golpeó el volante con tanta fuerza que los conductores de otros coches lo miraron. Cuando el semáforo se puso verde arrancó rápidamente. ¿En qué había estado pensando? Siempre había sabido que arruinaría a Tom Holland después de que había repetido sus intentos de absorción. El último de ellos había estado cerca. Demasiado cerca. En el que ella había estado implicada. Pero la absorción no era lo que ocupaba su mente.

Había dicho a Maggie que no quería volverla a ver seis meses antes y ya, sin que hubiesen pasado horas desde que había llegado al país, había ido a verla...

como último paso de su venganza. Podía haberlo dejado en manos del abogado. ¿Por qué había ido personalmente? ¿Para confirmar que no tenía ningún efecto sobre él? Pues había fallado completamente.

Para su completo disgusto, su cuerpo le había dicho que seguía teniendo el mismo efecto embriagador en él. Al momento de verla. Y ya que la había hecho pagar, ¿por qué no se sentía satisfecho? ¿Por qué su imagen seguía ardiendo en su retina? ¿Cómo iba a sobrevivir dos meses en Dublín sabiendo que ella estaba cerca?

Recordó aquella noche, cuando ella había hecho todo lo que él había sospechado. Incluso tener una habitación reservada en el hotel. Lo había llevado allí y lo había seducido. Exactamente como él había sabido que ocurriría.

«Pero no se acostó contigo...», le dijo una vocecita con tono de sorna.

Nunca se había alejado de una mujer a la que deseara y todavía seguía alejado de ella desde esa noche. No sabía por qué se había alejado cuando sabía que podría haberla tenido... sin esfuerzo. Que se sentía atraído por él había sido innegable, pero cuando lo había rechazado en el último momento... de alguna manera él no había podido... Apartó aquellos recuerdos tan desagradables. Todo lo que importaba en ese momento era el deseo insatisfecho que había vuelto a tomar posesión de él. Tenía que buscarse una amante. Y pronto. Había estado sin una mujer demasiado tiempo y eso era lo que necesitaba para poner su atención en otra cosa y borrar a Maggie Holland de sus pensamientos de una vez por todas.

Capítulo 2

ESA noche, Maggie preparó una cena ligera y despertó a su madre. Cuando estuvieron sentadas en la cocina, finalmente planteó el tema que tanto temía.

–¿Cómo ha ido con Michael?

Maggie se armó de valor.

–No muy bien. Me temo que hay malas noticias.

La madre de Maggie apretó los puños hasta que los nudillos se pusieron blancos.

–¿Qué pasa?

Maggie podría haberse echado a llorar sólo con ver la habitual mirada de estoicismo en los ojos de su madre, pero tragó y dijo:

–Mamá... alguien se ha quedado con todos los negocios de Tom... Parece que lo hemos perdido todo. Estamos en bancarrota. Ha sido... –intentó apartar de su mente la poderosa imagen de Caleb– alguien a quien él trató de absorber primero.

–Siempre he sabido que mucha gente tenía quejas de él... Tenía que suceder que alguien.... Bueno, y ¿qué significa? –preguntó su madre.

–Bien... –Maggie intentaba desesperadamente no decir «la casa también»–. Significa que no tenemos nada. Nada de nada.

Su madre tuvo la misma reacción que Maggie había tenido antes.

–Bueno, no es lo peor, ¿verdad? ¿Cuándo hemos tenido algo? –sonrió a su hija y miró a su alrededor–. Al menos nos queda la casa... Sinceramente, querida, no sé qué haría si no tuviéramos esto; es todo lo que nos dejó tu padre y ahora podré vivir aquí en paz –agarró la mano de su hija por encima de la mesa–. No te preocupes tanto, encanto, todo va a salir bien. Conseguiré un trabajo... tú tienes tus cuadros. Estamos bien.

Todavía no se había dado cuenta, pensó Maggie con horror. Su madre no recordaba haber firmado que la casa fuera garantía dc los negocios de Tom y que la había perdido con todo lo demás.

–Mamá... creo que no eres consciente. Hemos perdido todo... –su madre la miró pálida–. El señor Murphy ha dicho que tú firmaste un papel sobre la casa antes de irnos de Londres...

–Sí, cariño, pero era sólo... dijo que sólo era... que sólo... –dejó de hablar–. Oh, Dios mío, ¿qué he hecho?

Maggie le apretó la mano.

–Todo se ha perdido. Estaba incluido entre sus activos.

Su madre se quedó quieta unos segundos y después tiró de la mano despacio y agarró el asa de la taza. Maggie la miraba preocupada por la falta de reacción.

Cuando su madre volvió a mirarla, Maggie se sintió realmente asustada, sus ojos estaban muertos.

–Mamá...

–Margaret, no puedo... no mc hagas pensar en esto... No puedo soportarlo.

Maggie miró indefensa cómo salía encorvada de la cocina y supo que estaba haciendo todo lo posible para sobrevivir. Esa noche escuchó sollozos sordos a través de la pared y se dio cuenta de que su orgullosa madre odiaría que fuese testigo de su dolor. ¿Qué iba a hacer? Tenía que haber alguna salida... alguna solución.

A la mañana siguiente, mientras la débil luz del amanecer entraba a través de las cortinas, Maggie estaba en la cama con los ojos abiertos tras una noche de insomnio. Una noche en que los demonios lo habían invadido todo. Demonios que tenían un rostro hermoso y conocido. Sabía con una certeza fatal lo que tenía que hacer. Cuál era la única opción.

Cuando entró en la cocina un momento después cualquier duda en su cabeza al respecto de su plan había desaparecido. Su madre estaba allí sentada apática. Maggie se sentó a su lado.

—Mamá, mírame —esperó hasta que su madre volvió la cabeza—. Voy un momento a la ciudad... tengo algo que hacer, pero estaré de vuelta al final de la mañana.

No quiso decirle mucho más para no darle esperanzas, pero Maggie se juró que haría cualquier cosa para volver a poner la casa a nombre de su madre. Preparó un desayuno ligero y obligó a su madre a comer.

Fue con el baqueteado Mini hasta la oficina de Michael Murphy para averiguar dónde estaba la oficina de Caleb. Murphy no preguntó nada mientras le facilitaba la dirección.

—No va a ser fácil verlo, todo el mundo en Dublín está mendigando una audiencia...

—Lo sé, pero acamparé en la puerta si es necesario —replicó Maggie con una sonrisa forzada.

Le pilló la hora punta y el viaje hasta la oficina le llevó más de hora y media.

Finalmente llegó al centro y aparcó cerca del edificio del distrito financiero donde Caleb tenía las oficinas de su empresa. Iba vestida con su único traje. Quería tener un aspecto de mujer de negocios. Un traje de chaqueta azul marino y una blusa de seda color crema. Medias transparentes, zapatos de tacón y el pelo recogido en un severo moño.

Aunque era un templado día de primavera, sentía escalofríos. En la recepción la enviaron a la última planta, que Caleb había ocupado por completo para él solo. Sintió que se le encogía el estómago mientras subía en el ascensor; la idea de verlo cara a cara de nuevo le daba más miedo del que había pensado.

Cualquier ilusión que tuviera de conseguir verlo se desvaneció al llegar al último piso. Una secretaria, como un mastín, guardaba la entrada principal y miró a Maggie de arriba abajo cuando pidió ver a Caleb.

–¿Tiene cita?

–Bueno... no exactamente, pero cuando sepa quién soy a lo mejor tiene un par de minutos... No lo entretendré mucho.

–Se lo haré saber, pero tiene reuniones todo el día. Puede que tenga que esperar.

–Está bien –esperaría hasta medianoche si era necesario.

Hizo una llamada rápida con el móvil a una amiga de su madre para que se acercara a verla y se asegurara de que estaba bien. Una vez hecho eso, se acomodó para la espera.

Unas ocho horas después, Maggie había recorrido toda la gama de las emociones: irritación, aburrimiento, rabia, despecho, incredulidad y finalmente cansancio. El traje estaba arrugado, se había quitado los zapatos y el pelo estaba revuelto. Todo el día habían estado entrando y saliendo hombres de traje. Había visto cómo entregaban un almuerzo y cómo se llevaban las sobras haciendo sonar su estómago. La primera secretaria se había marchado y había sido reemplazada por otra con un genio similar.

La puerta de Caleb volvió a abrirse y Maggie se resignó a ver más trajes sin rostro salir y pensó que la resistencia de aquel hombre era increíble. Ni siquiera se dio cuenta al principio que quien salía era Caleb. Cuando su lento cerebro finalmente se dio cuenta, se puso de pie de un salto. Caleb caminaba hacia el ascensor sin mirar ni a derecha ni a izquierda, ni siquiera la había visto porque estaba semioculta tras una planta.

–Caleb... –maldijo su impulso de llamarlo por su nombre– señor Cameron... ¡espere!

Acababa de apretar el botón del ascensor y se dio la vuelta despacio. Juntó las cejas al verla. Maggie se obligó a detenerse al darse cuenta de que no llevaba zapatos. Levantó la barbilla.

–Señor Cameron, llevo todo el día esperando para verlo. Sé que está ocupado, pero apreciaría que me dedicara sólo unos minutos de su tiempo.

–Ivy me dijo temprano que estaba aquí, pero sabía que estaba ocupado todo el día.

–Insistí en esperar... Esperaba que tuviera un hueco en algún momento...

–Bueno, como puede ver, no lo he tenido. Y ahora, si me disculpa... Llame mañana y a lo mejor queda algún momento libre.

No podía irse. Maggie se quedó de pie, boquiabierta. Había esperado durante horas sin comer ni beber para verlo. Lo que vio en su rostro le dijo que a él le daba exactamente igual. Caleb se dio la vuelta.

Miró su ancha espalda mientras las puertas del ascensor se abrían silenciosas. Tenía que detenerlo. Corrió y puso las manos en las puertas para evitar que se cerraran, mirándolo a la cara.

–Por favor, señor Cameron. Le ruego que escuche lo que tengo que decirle. Son cinco minutos. Llevo esperando desde las diez y media de la mañana. Ya sé que es culpa mía, pero tengo que hablarle.

Él permaneció de pie apoyado en la pared del ascensor mirándola de arriba abajo.

–Muy bien, cinco minutos.

–Gracias –dijo Maggie dejando escapar un suspiro de alivio.

Caleb salió del ascensor y con una gesto de las manos dio instrucciones a la secretaria para que se marchara. Sin mirar si Maggie lo seguía, entró en su despacho. Ella buscó los zapatos, se los puso y lo siguió rápidamente por si cambiaba de opinión.

Cuando entró él se estaba sirviendo un líquido oscuro y sentándose a su mesa con el vaso en la mano. Maggie permaneció en pie nerviosa. Sólo había una lámpara encendida y las sombras hacían que Caleb pareciera más oscuro de lo que normalmente era, lo que, recordó ella, se debía a su madre brasileña. Su padre era la quintaesencia del inglés y la mezcla –una parte apasionada y otra sofisticada– había demostrado ser una combinación embriagadora. Como Maggie recordaba demasiado bien.

–¿Y bien? –preguntó él con suavidad.

Maggie respiró hondo.

–Es sobre nuestra casa.

–Quiere decir mi casa.

Ella asintió ligeramente sintiendo un ataque de rabia por su arrogancia.

–Esa casa perteneció a mi padre... mi padre biológico –precisó–. Siempre ha sido de mi madre, era lo único que no era de Tom.

–¿Y...? –preguntó en tono aburrido recordando vagamente a una mujer nerviosa que algunas veces había visto en sus reuniones en casa de los Holland.

Maggie se acercó más, hasta una silla que había enfrente de él, y apoyó las manos en el respaldo.

–Tom le hizo poner la casa a su nombre. Siempre había estado a nombre de ella. No sé cómo lo hizo, siempre juraba que ella jamás... –Maggie se detuvo. No necesitaba darle los detalles más escabrosos–. Quedándose con la casa a la única persona que hace daño es a mi madre y ella no tiene nada que ver con lo que pasó... Ya ha sufrido bastante...

–¿Como esposa de un multimillonario? –se mofó–. Debes de estar de broma si esperas que me crea algo así. Sólo quieres salvar algo y has inventado una historia lacrimógena...

–¡No! –dijo Maggie con fiereza–. Por favor. Tienes que creerme.

–¿Creerte? –se puso en pie y rodeó la mesa en dirección a ella. Ella permaneció inmóvil–. No hay un ápice de verdad en ti... Dime, ¿a cuántos hombres más has provocado para Tom Holland en los últimos meses... diez? ¿Veinte? ¿O les has entregado a ellos el delicioso cuerpo que me negaste a mí?

La crudeza de sus palabras hizo que entrara en acción. Lo miró con los ojos verdes abiertos de par en par y sin pensar en lo que hacía se acercó más a él y levantó un mano temblorosa, pero antes de que ésta pudiera impactar en su objetivo, Caleb la agarró de la muñeca. Le horrorizaba la violencia y allí estaba, dispuesta a pegarle.

–Ahora, ahora... Guarda las uñas, gatita. No creo que realmente quieras hacer algo así, ¿verdad?

Maggie sentía su pulso desbocado. Lo miró a los ojos, era lo que más recordaba de él. Un azul penetrante. Cerró los ojos para evitar los recuerdos.

–Puedes terminar la actuación –le soltó la mano como si estuviera infectada y ella dio un paso atrás.

Se frotó la muñeca que él le había agarrado sabiendo que tendría un hematoma por la mañana. Se obligó a mirarlo de nuevo.

–La cuestión es que si te quedas con la casa, matarás a mi madre. Es todo lo que posee y con lo único que cuenta para recordar a mi padre. Nunca recibió nada de Tom Holland excepto... –recordó el ruego de su madre de que no revelara nunca la realidad de su matrimonio.

–¿Excepto qué?

Ese hombre nunca lo entendería. Ignoró su pregunta.

–Ya sé que mis palabras no significan nada para ti, pero por favor, escúchame. Nunca ha tenido nada que ver con ninguno de sus negocios y desde luego con sus intentos de hundirte... –Caleb entornó los ojos y Maggie atisbó un punto débil en la coraza–. Puedes preguntar a cualquiera que lo conociera –dijo rápidamente–. Pregunta al señor Murphy, él lo sabe. Esto no es por mí, es por ella. Te estoy pidiendo que vuelvas a poner la casa a su nombre... por ella.

Se limitó a mirarla con esos ojos tan duros, y después dijo con calma:

–Se supone que todo el tiempo tu madre ha sido una idiota sin enterarse mientras tú estabas aliada con tu padrastro cumpliendo con tu rutina de seducir a hombres inocentes... y ahora ¿qué? ¿Tienes un ataque de conciencia y quieres arreglar su situación? No me lo creo.

Maggie no podía desmontar la opinión que tenía de ella.

–Sí, puedes decir las cosas de ese modo. Estoy intentando enmendar mis errores, empezando por mi madre –sintió que las lágrimas la quemaban dentro de los ojos.

La verdad sobre lo que las dos habían sufrido a manos de ese hombre quemaba como un hierro candente y era algo que alguien como Caleb, especialmente Caleb, nunca creería.

–Si fuera a hacer lo que me pides, ¿cómo podría saber que tus razones son altruistas, ¿y qué ganaré yo?

–Haré cualquier cosa que quieras... ¡cualquier cosa! Limpiar suelos... –dijo viendo que había una oportunidad, aunque muy débil–. Cualquier cosa. Sólo, por favor, devuélvele la casa a mi madre, no se merece este castigo.

Caleb se apoyó despreocupado en la mesa, y cruzó los brazos haciendo que se tensara el tejido de la camisa. Maggie no se podía creer que en medio de todo aquello se sintiera tan atraída por él.

Ya había decidido que iba a buscarse una amante, pero ¿para qué hacer tanto esfuerzo sólo para tener a alguien en su cama cuando lo que realmente quería estaba... a su alcance? Si había algo que sabía con certeza mientras ella estaba delante, temblando de modo casi imperceptible, era que la deseaba. Perdidamente. Más de lo que nunca había deseado a otra mujer. Y siempre conseguía lo que quería...

–¿Venderías tu alma al diablo?

–Sí –respondió sencillamente sin dudarlo–, si tengo que hacerlo.

–¿Te venderías a mí? –preguntó con suavidad.

Se tomó unos segundos para decir algo. No esta segura de haberlo oído bien.

–Lo siento... ¿qué...?

–Me has oído perfectamente.

–Venderme como... como una especie de...

–Amante. Tú... –la miró de arriba abajo deteniéndose en los pechos que subían y bajaban con evidente incomodidad–. Tu cuerpo a cambio de la casa.

Maggie dio un paso atrás palideciendo por lo directo de sus palabras, de su propuesta, pero Caleb se levantó y dio un paso hacia ella por cada uno que ella daba hacia atrás. Como si hubiera esperado que sólo con apelar a su piedad... Los hombres como él lo cobraban todo.

–No puedo hacer algo así... ¿Cómo... cómo puedes siquiera sugerirlo?

–Porque, como ves, puedo. Créeme. No quiero desearte... pero te deseo. Y tú me lo debes... desde que me sedujiste en esa habitación de hotel hace seis meses y después hiciste el papel de doncella de hielo. Dime,

¿te excité? ¿Era parte del plan? ¿Te sentiste poderosa al sentir que podías llevar a un hombre hasta el límite?

–¡Para! No estaba... no... –negó automáticamente para que dejara de hablar.

Se sentía humillada al recordar cómo había perdido el control, cómo había respondido a él. Fue eso, junto al sentimiento de culpa, lo que hizo que se quedara paralizada. Todo lo demás se le había olvidado. Incluso su madre. Incluso el trato.

–Me engañaste, Maggie. ¿Puedes negar que quedaste conmigo esa noche con la seducción y la traición en la cabeza? –preguntó haciendo que ella volviera a concentrarse en la conversación.

–No... –respondió sin fuerza.

Porque eso era exactamente lo que había hecho. Aunque en contra de su voluntad. Pero si él lo supiera... Nunca podría saber cuánto había deseado ella que fuera de verdad. Él la había aniquilado y había despertado todas las emociones que ella había enterrado en Londres pensando que no volvería a verlo. Intentó llevar las cosas a otro campo desesperadamente.

–Pero si me odias... ¿cómo puedo gustarte?

–No creo que seas tan infantil como para imaginar que el amor o incluso la amistad tengan que existir para practicar el sexo. Te deseo... tú deseas la casa. Es una ecuación muy sencilla.

–¿Pero cómo? Quiero decir, ¿cuánto tiempo?

–Hasta que deje Dublín.

Se echó para atrás de nuevo, la casa, su madre, todo olvidado. Lo único que podía ver era el amenazante trato delante de ella. La desapasionada forma en que él estaba hablando de llegar hasta un lugar muy dentro de ella, y Maggie sabía que él tenía el poder de destrozarla si le permitía hacer algo así. Intentó invocar las pocas fuerzas que le quedaban.

–Pero eso son dos meses... No puedo... No me acostaré contigo. No podría... –buscó febrilmente algo que hiciera que cambiara de opinión–. No te deseo, no me gustas.

–Mentirosa.

Antes de que pudiera emitir un sonido de protesta, con la velocidad de la luz los brazos de Caleb la rodearon y la llevaron contra su pecho. Inclinó la cabeza tan deprisa que Maggie ni siquiera tuvo tiempo de girar la suya. Los labios de él cubrieron los suyos. Maggie podía saborear la sangre en la parte interior de la suave piel de la boca. A pesar de la evidente crueldad de su beso, Maggie podía sentir una intensa excitación que explotaba dentro de su vientre; cada célula de su cuerpo deseaba estar más cerca de él.

Entonces, con un sutil y experto cambio de ritmo, los labios de él suavizaron la presión, la mano de detrás de la cabeza se volvió una caricia. Sus dedos se enterraron en el desordenado pelo, Maggie sintió que sus cabellos caían por la espalda. En sus puños, apretados contra el pecho de Caleb, podía sentir los latidos de su corazón, la cálida piel debajo de la camisa, y deseaban abrirse, sentir. Se sacudió con la intención de evitar que sucediera.

Después de la larga espera y no haber comido nada en todo el día, se sentía débil. La potente sexualidad de Caleb acabó con poco esfuerzo con cualquier resistencia. Maggie cerró los ojos, pronto estaría arrastrada por las sensaciones, incapaz de pensar en nada que no fuera la boca de él en la suya. Cuando su lengua intentó entrar, ella abrió la boca con un suspiro y esa sensación hizo que se iniciara un incendio entre sus piernas.

Estar de nuevo entre sus brazos, con esos intensos y sensuales recuerdos que nunca había conseguido apagar... no tenía ninguna oportunidad. Él apartó su boca y Maggie dejó escapar un gemido que la traicionó hasta que sintió los labios de él en el cuello. La mano que tenía en la espalda bajó hasta las nalgas y la apretó contra él para que pudiera notar lo evidente de su deseo.

Ese deseo la llevó hacia atrás en el tiempo y fue tan efectivo como una ducha fría. Recurrió a toda sus fuerzas para soltarse. Si él no hubiera mantenido las manos en sus hombros, habría caído desmayada. Tenía los labios hinchados y húmedos.

La mirada en el rostro de él era de triunfo, había burla en sus ojos ante lo que interpretaba como un débil intento de detenerlo.

—Como he dicho... eres una mentirosa —la agarró de la barbilla y le levantó la cabeza—. La miel de la dulce trampa todavía es sorprendentemente dulce —Maggie se alejó y trató de disimular el temblor de sus piernas—. Deberías alegrarte de que aún te desee, si no no tendrías nada con que negociar.

Sus palabras obligaron a Maggie a volver a la razón por la que estaba allí. ¿Cómo podía haberlo olvidado? Se concentró en ello... cualquier cosa era buena para sacar a su mente de aquella horrible debilidad.

—¿Me estás diciendo que le devolverás la casa a mi madre?

—Si me das lo que quiero —dijo él inclinando la cabeza.

—Yo.

—Sí.

Maggie de pronto pensó en algo y se agarró a ello.

—Pero... ¿no tienes novia?

—¿Qué? —preguntó cortante.

Se ruborizó porque en sus palabras se había notado que había leído lo que de él se hablaba en la prensa... donde era comúnmente conocido que nunca salía con hermosas acompañantes.

—Los periódicos... —dijo con un hilo de voz y las mejillas encendidas.

–¡Novia! –rió a carcajadas–. Qué pintoresco. No creo haber tenido novia desde que tenía seis años y vivía en Río de Janeiro con mi madre. No tengo novias, y no, no hay nadie de momento, nadie por quien debas preocuparte, dado que tienes la moral de una gata callejera.

«Muy obvio», pensó Maggie algo histérica, sin ni siquiera pensar en las insultantes palabras. Y además él tenía razón, ¿cómo podía ser tan infantil? Ese hombre se movía en los círculos donde las mujeres más hermosas y socialmente aceptadas estaban disponibles. Los hombres como él tenían amantes hasta que se aburrían o hasta que necesitaban casarse. Y entonces lo harían con la persona adecuada para esa función.

–¿Cómo funciona esto? –preguntó Maggie extrañamente calmada.

–Si quieres que devuelva la casa a tu madre tendrás que estar aquí mañana a las dos de la tarde con tu equipaje.

–¿Esperas que me venga a vivir contigo?

–Sí. Necesito acompañante, compañía... y una amante dispuesta.

Maggie seguía de pie, con el pelo revuelto y la ropa desarreglada. Aún le temblaban las piernas ligeramente.

¿Cómo le estaba haciendo eso? ¿Cómo le había dejado? Para ella, Caleb había sido tan culpable como su padrastro seis meses antes. Ambos la habían utilizado en su juego de dominación. Y todavía no podía evitar ese irracional deseo que anulaba toda lógica en su cabeza. Eso la debilitaba frente a él. Se odiaba por ello.

–¿Qué más?

–Firmarás un contrato que asegure que no obtienes ningún beneficio del acuerdo. La casa estará sólo a nombre de tu madre, ni siquiera podrás heredarla. Otra condición será que no podrá venderla... sólo por si lo estás planeando.

Se sintió mareada.

–Dios... lo que dicen de ti es cierto. Lo vas a atar todo de manera que no pueda utilizar esto nunca en mi beneficio. No tienes corazón.

Un destello de algo cruzó por el rostro de Caleb un segundo. Si Maggie hubiera estado menos predispuesta en ese momento casi podría haber dicho que era dolor, pero ese hombre no era capaz de tener un sentimiento semejante. Su rostro de nuevo era como una máscara... habría sido su imaginación.

Caleb ignoró sus palabras.

–Todo esto sucederá cuando tú me hayas dado lo que quiero.

–Cuando me haya acostado contigo.

–Durante dos meses o tanto como yo te desee.

–¿Qué pasa si es sólo una noche? –preguntó desafiante.

Se acercó más a ella y se detuvo justo a su lado. Su aroma la envolvía. Se quedó helada.

–Oh, eso no ocurrirá, Maggie. Te lo puedo asegurar.

Maggie giró la cabeza un momento para librarse de su mirada de láser. Intentaba pensar deprisa. Su casa valía millones... No tenía esperanzas de llegar a tener esa cantidad de dinero, además tampoco era por el dinero. Esa casa era donde su madre podría pasar sus últimos días. Por fin en paz. Maggie había protegido a su madre desde siempre. Algunas veces con más éxito que otras. Incluso desde la primera vez que había tratado sin éxito de interponerse entre los puños de Tom y su madre. Sólo tenía seis años y todavía recordaba el pánico.

Pero Tom había muerto. Ésa era la última oportunidad que tenía su madre de ser feliz y ella se aseguraría de que llegara a cumplirse, aunque lo que tuviera que hacer no fuera correcto. Tenía que hacerlo. Se dio la vuelta y encaró a Caleb decidida a no permitir que se diera cuenta de cómo se sentía por dentro. Levantó la barbilla.

—¿Y si no estoy aquí mañana?

Al mirarla a la cara, Caleb sintió una extraña sacudida en el interior de su pecho. Por un segundo no estuvo seguro de querer hacer algo así... y no le gustó cómo se sentía. Acalló sus sentimientos. Estaba jugando con él, seguramente intentando averiguar cómo podía salir de allí llevándose lo que quería. Miró el reloj de platino que rodeaba una de sus muñecas y dijo:

—Tendrás una semana y seis días desde este momento para abandonar la casa antes de que me mude yo.

Vio a Caleb empezar a alejarse como si el apasionado beso que acababa de compartir no hubiera significado nada. No estaba temblando como ella. Era frío y casi... aburrido. Como si hiciera cosas así todos los días. Se dio la vuelta, se abrochó el botón del cuello y se apretó la corbata.

—Depende de ti, Maggie. Ven mañana o despídete de la casa.

Después salió por la puerta.

Capítulo 3

AL DÍA siguiente a la una y media, Maggie estaba sentada en su coche fuera de la oficina de Caleb, sintiendo calor y frío y sudores todo al mismo tiempo. Su cabeza iba de un lado para otro. Al volver a casa la noche anterior, casi se había convencido de que podría persuadir a su madre de que podían empezar de nuevo en cualquier otro sitio, olvidarse de la casa... cualquier cosa para no tener que convertirse en una... pertenencia de Caleb.

Pero cuando había llegado se había encontrado al médico. Había sentido pánico, se había olvidado de Caleb. El médico había estado serio. Las cosas no iban bien. Le había dicho que estaba preocupado por la salud de su madre a largo plazo... su salud mental en particular. Que no había visto una depresión tan seria en bastante tiempo. Por desgracia, Maggie sabía qué era exactamente lo que iba mal.

La pérdida de la casa era la gota que había colmado el vaso. Nunca podría negarse a hacer algo por su madre. No cuando ella era en parte responsable de la situación aunque hubiera sido obligada. Sabía que con ese pensamiento no estaba siendo honrada consigo misma, pero la verdad era... que ella era responsable. Tom la había llevado a ser su cómplice. Y aunque débilmente, se seguía sintiendo culpable.

Había llegado a un punto sin retorno esa mañana cuando le había dicho a su madre que sorprendentemente Caleb había sido lo bastante piadoso como para no quitarle la casa, pero con la condición de que ella empezara a trabajar para él inmediatamente. Le había explicado que habían acordado que él pondría la casa a su nombre una vez que se hubiera trasladado a la ciudad y empezado a trabajar para él. Su madre se había quedado demasiado sorprendida como para preguntar nada.

Y ahí estaba. A punto de embarcarse en los dos meses más largos y traicioneros de su vida. Pero al final, si también compraba su libertad... podría soportarlo. Y sabía cómo. Caleb pensaba que era una mercenaria... y eso era lo que iba a ser. No saldría nunca de la muralla que iba a levantar a su alrededor. Nunca vería la parte de ella que era tan vulnerable. La parte que seis meses antes... Por un momento... había pensado que Caleb podría estar realmente interesado en ella. Apretó los labios. Sí, lo había estado, pero no de la forma que su estúpido corazón había creído, esperado. Miró el reloj. La dos en punto. Respiró hondo y abrió la puerta del coche.

Tendió la mano al pomo de la puerta del despacho de Caleb, donde había sido enviada por la incapaz de sonreír Ivy, y dio un brinco cuando la puerta se abrió de repente. Caleb estaba al otro lado, con la camisa desabotonada, mostrando un rizado vello justo debajo del cuello. Las mangas recogidas dejaban ver unos musculosos antebrazos y su pelo tenía el aspecto de habérselo peinado apresuradamente con los dedos.

—Llegas tarde —dijo sin preámbulos.

Maggie hizo un esfuerzo titánico por parecer fría y miró su reloj.

—Dos minutos tarde, señor Cameron.

—Entiendo que aceptas mi oferta.

—Si tú mantienes tu parte del trato.

—Por supuesto —la recorrió con una mirada caliente

y se detuvo en el rostro. Las pecas descendían en dirección al escote–. No vuelvas a llegar tarde.

–Haré todo lo posible.

Se miraron uno a otro cada uno desde su lado de la puerta. Caleb apretó la mandíbula. Maggie sintió cómo se le formaba una gota de sudor en una ceja. Fue a secársela pero él la agarró del brazo y la metió en su despacho. Una vez dentro la soltó y ella se fue a una esquina. Caleb apoyó una cadera en el borde de la mesa.

Por un momento Maggie se sintió aturdida por la vista que la noche anterior no había podido apreciar. Había en todos los lados de la sala ventanas que proporcionaban una impresionante vista de la bulliciosa ciudad con las montañas al fondo. Le hubiera encantado dedicarse a disfrutar de la vista, pero mantuvo el gesto y lo miró resolutiva.

–Creo que es mejor que me llames Caleb... no me gustan las formalidades en el dormitorio.

–Todavía no estamos en el dormitorio –afirmó cortante.

Él se incorporó e inmediatamente se volvió peligroso. Maggie intentó no recular. ¿Cómo iba a convencerlo de que era una persona de mundo si daba un salto cada vez que se acercaba? Caminó indolente en dirección a ella y se detuvo a pocos centímetros. Estaba tan cerca que podía ver motas negras en el azul de sus ojos.

–Oh, lo estaremos... bastante pronto. Ahora, pronuncia mi nombre. Quiero escucharlo.

Se encogió de hombros y abrió la boca para decir su nombre, pero... no pudo. Por alguna razón, incluso a pesar de que lo había llamado por su nombre el día anterior, no podía concebir pronunciarlo en voz alta. Era como... una especie de palabra cariñosa. Sacudió la cabeza, había confusión en sus ojos y una oleada de rubor invadía sus mejillas. Él se acercó más, colocó una mano en la parte de atrás del cuello de ella y la acarició justo por debajo de la línea del cabello.

–Maggie...

La parálisis la atenazaba.

–No... puedo.

–Maggie. Dilo.

Se sentía como drogada. Él se acercaba más... iba a besarla. Con extrema debilidad ella levantó las manos y las interpuso entre los dos.

–Caleb –le salió ronco, como lo hubiera dicho una amante.

Al decirlo se dio cuenta de por qué había sido tan difícil. Había cruzado la línea. Ya era suya. ¿Cómo un momento tan inocuo podía parecer tan lleno de significado?

Él se detuvo y se enderezó lentamente.

–¿Ves como no ha sido tan difícil?

Llevaba en su despacho menos de cinco minutos y ya la había convertido en una náufraga rabiosa. Tenía que rehacerse. Desempeñar el papel que se había propuesto. La única forma posible de protegerse. Se apartó de él repentinamente y buscó con su mente algo en lo que pensar que no fuera él. Se agarró a lo primero que se le ocurrió y forzó una sonrisa brillante.

–¡Ropa!

–¿Qué pasa con la ropa? –Caleb parecía muy atento, con los brazos cruzados.

No podía entender cómo podía haber pasado del rubor por pronunciar su nombre a la ropa. Una cosa sí tenía clara: no podía confiar en ella ni una pizca. Estaba tramando algo y seguro que tenía una vertiente económica.

Maggie se enrolló un mechón de pelo alrededor de un dedo, algo que hacía normalmente de modo inconsciente pero que en esa ocasión intentaba ser un gesto de coquetería.

—Bueno, supongo que querrás que tenga el mejor aspecto posible... y me he dejado toda esa clase de ropa en Londres... así que, a menos que te guste este aspecto informal... —hizo un gesto desdeñoso señalando la ropa que llevaba puesta.

Maggie odiaba todo aquello. Iba en contra de su forma de ser pedir cosas pero quería que él pensara de ella lo peor.

«Como todas», pensó él. Ninguna diferencia. Pero entonces eso significaba que había esperado que fuera diferente, ¿verdad? Y no la quería si la había mantenido algún otro hombre. Sólo pensarlo hacía que se le cerraran los puños. Era suya. La vestiría para su propio placer... el de nadie más.

—Sólo dime dónde y abriré una cuenta... puedes ir esta tarde. Mañana me voy a Montecarlo un par de días... así que tú puedes venir también. Supongo que tu pasaporte está en orden.

Maggie se quedó pálida, su pizca de confianza acababa de desaparecer y asintió muda. ¿Montecarlo? Realmente ya sí que estaba en otro mundo...

Caleb había vuelto a su mesa y había tomado el teléfono mientras la miraba expectante, impaciente. Maggie trató de recordar su pregunta y mencionó el nombre compuesto de una conocida y lujosa tienda cercana. Un sitio al que ella normalmente no iba.

Una breve conversación y estaba resuelto. Se levantó, se acercó a Maggie y le acarició la cara con los dedos.

—Mantente alejada de los vestidos de fulana barata, si puedes. No quiero pasar otra vez por lo de aquella cena cuando tuve que soportar que todos los hombres que había en la sala te desnudaran con la mirada.

Maggie se ruborizó de humillación al recordar el vestido que su padrastro la había obligado a llevar.

Apartó la imagen de su cabeza y apretó la mandíbula bajo la caricia de Caleb.

–Lo haré lo mejor posible, pero todavía tengo el vestido, así que puede que te sorprenda.

Caleb le dedicó una mirada heladora.

–Hazlo y te desnudaré y te vestiré yo mismo. No juegues conmigo, perderías.

No sabía que lo que estaba haciendo ella era provocarlo. Ya no tenía el vestido, había acabado en la basura esa misma noche. Lo hubiera quemado si hubiera podido.

Finalmente la soltó. Fue con las piernas flojas hasta la puerta, pero justo cuando estaba a punto de salir la llamó por su nombre. Ella se dio la vuelta, reacia.

–No necesito el coche hasta tarde, mi chófer puede llevarte de compras y luego dejarte en mi apartamento. ¿Dónde está tu equipaje?

–Está... en mi coche. Tengo que llevarlo, así que iré en mi coche a tu apartamento.

Él se encogió de hombros y le dio la dirección, Maggie se la aprendió de memoria. Sabía dónde era: un lujoso edificio cerca, en el centro. Después se marchó.

Al final de la tarde, Maggie entró en la única zona de aparcamiento que había en el edificio de apartamentos. El maletero de su diminuto coche iba lleno de bolsas. A pesar de que había tenido el malvado deseo de comprar ropa de diseño y de precio desorbitado... al final no había podido. Se había limitado a adquirir lo que pensaba que necesitaría y requerirían las diferentes ocasiones. Sabía bastante del mundo de Caleb porque Tom la había obligado a asistir a varios actos sociales en Londres.

El conserje ya había sido informado de que llegaría

y le dio una llave antes de decirle que él le subiría las bolsas. Mientras subía en el ascensor, Maggie era incapaz de controlar sus pensamientos. La catastrófica reaparición de Caleb en su vida había sido un amargo catalizador que había reavivado sus peores recuerdos.

Había crecido viendo a Tom Holland hacer lo peor con todo el mundo que tenía alrededor: negocios sucios, chanchullos, arruinando la vida de la gente. Había llegado a odiar ese mundo y todo lo que él representaba. En cierto modo ésa era una de las razones por las que había elegido estudiar arte, aparte de porque tenía un don, heredado de su padre, que hacía retorcerse de rabia a Tom.

Siempre había evitado a su padrastro y a sus amigotes como a una plaga... hasta esas dos semanas de hacía seis meses. Había sido sólo por su madre, de otro modo nunca hubiera hecho de anfitriona ayudando a Holland durante dos semanas de intensas reuniones en su propia casa. Caleb Cameron había sido el invitado de honor, invitado con la excusa de compartir información con alguna de las mentes más preclaras del mundo financiero. En realidad Tom había planeado todo aquello para tener a Cameron cerca, lo bastante cerca como para hundirlo.

Maggie había ido derecha a la boca del lobo cuando había conocido a Caleb y había terminado enamorándose perdidamente. A diferencia de los socios habituales de Tom, Caleb le había llamado la atención inmediatamente. Física e intelectualmente. Incluso, pensaba, moralmente. Pero se había equivocado. Había resultado ser igual que Tom, la misma bestia pero con diferente ropaje. Aunque eso no había acabado con la intensa atracción que sentía por él.

Desafortunadamente, Tom se había dado cuenta del volcán que había entrado en erupción entre ambos y, con una astucia diabólica, había manipulado las cosas para asegurarse de que estuvieran juntos en cuanto había una oportunidad, todo pensado para culminar en aquella noche.

La puerta del ascensor se abrió de pronto poniendo fin a sus intensos recuerdos. Tenía que pensar en el futuro, se dijo sacudiendo la cabeza, sobrevivir a las siguientes ocho semanas y después poner toda la tierra posible de por medio entre Caleb y ella. Entró al apartamento con precaución, recorriendo las habitaciones con cuidado, como si mordieran. Nada que no fuera lo mejor, por supuesto, para el más venerable visitante de la ciudad.

Maggie había leído de todo sobre ese edificio cuyos apartamentos los había diseñado un arquitecto mundialmente famoso. Se levantaba en una colina enfrente de la antigua catedral y había provocado controversia porque desentonaba con el entorno. A ella le encantaba. Lo viejo y lo nuevo unidos en un mismo paisaje.

Dejó una habitación para el final. Aguantó la respiración y abrió la puerta. Lo mismo que su despacho, la habitación de Caleb tenía en todas las paredes ventanas del suelo al techo que proporcionaban una visión impresionante de toda la ciudad. No había ningún efecto personal a la vista; unas pocas cosas colocadas de modo ordenado en un vestidor y objetos de aseo en el cuarto de baño, pero parecía que no hacía mucho tiempo que vivía allí.

El tiempo justo para buscarse una amante... pensó.

Trató de evitar mirar al foco de atención, pero no pudo. Una enorme cama dominaba la habitación. Cubierta con lujosas sábanas oscuras, parecía crujiente y tentadora aunque daba miedo, mucho miedo. De pronto se formó una imagen de Caleb y ella entrelazados, con las sábanas apartadas y el cuerpo de él cubriendo el de ella...

¿Cómo sería? Piel contra piel... Caleb encima de ella presionando con su excitado cuerpo...

El ruido de una puerta le hizo dar un salto. Se dio la vuelta. Era el conserje. El alivio que sintió casi la hizo tambalearse.

–Ésta es la última de las bolsas.

–Muchísimas gracias, no debería... –acompañó al hombre hasta la salida y cuando cerró se apoyó en la puerta, sacudió la cabeza, exploró la casa con más detalle y colgó su ropa en el armario.

A la nueve de la noche los nervios de Maggie habían llegado a un punto de tensión que ni siquiera ella sabía que tenía. Cada vez que sonaba algo, contenía la respiración, y sólo se relajaba una vez comprobaba que no era nada. Había llamado a su madre para ver cómo estaba y había sido todo lo imprecisa que había podido sobre su situación. Una amiga de su madre iba a verla a diario y la llamaría si algo iba mal. Sonó el teléfono y lo atendió con precaución.

–Maggie... –sintió un latido entre las piernas sólo con escuchar su voz. Las cerró con fuerza.

–Caleb, tenía la esperanza de que no estuvieras en el hospital –le pareció escuchar una risita al otro lado.

–Quería haber llamado antes, pero estaba esperando una llamada de Los Ángeles y con la diferencia de hora... No llegaré antes de medianoche, será mejor que te acuestes.

Recordó lo tarde que había salido de la oficina el día anterior y extrañamente no pudo evitar sentirse preocupada. Estaba desconcertada porque hubiera tenido la cortesía de llamar.

–Comeré algo, entonces –dijo eso y se quedó en silencio. Lo último que quería era parecer preocupada o que lo había estado esperando.

–No me digas que habías preparado una cena romántica.

–Ni lo sueñes –dijo dulcemente cruzando los dedos para que creyera la mentira–, sólo he aprendido a hervir agua –en realidad había preparado un guiso sencillo, pero no se lo iba a decir.

–Supongo que estás instalada.

–Sí.

–Bien. Trataré de no despertarte cuando llegue... aunque a lo mejor podrías esperar levantada...

Maggie fingió un bostezo.

–Me encantaría, pero no creo que aguante despierta. Buenas noches.

Estaba a punto de colgar el teléfono cuando oyó su nombre. No lo colgó. La voz de él era grave y letal:

–Si no estás en mi cama cuando llegue, Maggie, lo estarás por la mañana.

Colgó el teléfono. Maggie pensó en lo inútil que había sido su intento de ocupar una de las habitaciones de invitados. Sabía que haría exactamente lo que había dicho. La llevaría en brazos hasta su cama.

Sabiendo que no tenía elección, sacó un cómodo camisón y cerró la puerta de la habitación. Fue al vestidor donde había colocado toda la ropa nueva. Había guardado la ropa interior y los saltos de cama en un cajón. No había querido comprarlos, pero la dependienta que la había atendido se había mostrado tan entusiasmada, que no había tenido corazón para negarle la comisión. Lo mismo había pasado con un par de vestidos que había elegido la chica. Vestidos en los que Maggie nunca habría pensado... pero, se había dicho, eran vestidos adecuados para la amante de Caleb, así que se los había llevado también.

Y, si era sincera, una parte de ella había pensado: «Al diablo con todo, puede pagar diez veces más». Rechazaba totalmente pensar que en realidad los había comprado porque quería gustarle... Tenía que recordar que estaba representando un papel. Lo que él esperaba era una amante, vestida de modo adecuado, en su cama. Esa idea hizo que se estremeciera mientras se preparaba.

Más tarde, mientras estaba tumbada en el mismísimo borde de la enorme cama, Maggie reflexionaba sobre la conversación telefónica y lo... fácil que había resultado, demasiado fácil, incluso con un puntito de calidez. Y eso era peligroso. Porque le recordaba los embriagadores días cuando lo había conocido en Londres, cuando había visto su otro lado. Se dio la vuelta y apoyó la cabeza en la mano. Si decidía ser encantador, estaba perdida. La tensión de los días anteriores y la anterior noche de insomnio acabaron por hacer que se durmiera profundamente.

Caleb se despertó temprano. Era consciente del calor de otro cuerpo a su lado. Se dio la vuelta y se encontró a Maggie acurrucada a su lado. El vibrante pelo rojo extendido como un abanico. Había apreciado su borrosa figura en el otro extremo de la cama la noche anterior, pero estaba demasiado cansado como para investigar más.

En ese momento, sin embargo, podía estudiarla a placer. Parecía más joven, inocente... vulnerable. Su gesto se endureció al apartar esos pensamientos y seguir con el examen visual. Las sábanas bajadas dejaban ver un salto de cama color crema, el delicado encaje disimulaba escasamente los montes de sus pechos, que subían y bajaban cuando respiraba. Caleb sintió cómo su cuerpo respondía. Se movió y Maggie también, como si estuvieran unidos por un hilo invisible. Se quedó quieto.

En reposo sus labios parecían como enfurruñados. Deseó besarla con suavidad. Quería despertarla y verla con ojos de sueño, que sonriera y se entregara a él.

Pero no lo hizo. Porque sabía que si la despertaba con un beso primero lo miraría con sorpresa y después con censura... y, no sabía por qué, no era eso lo que quería. Cuando le hiciera el amor quería que tuviera los ojos abiertos, conscientes de cada momento y llenos de pasión...

En un segundo se había movido y acercado más a él. Le apoyó la mano en el pecho haciendo que su palidez resaltara contra la piel oscura de él. Caleb apretó la mandíbula para no caer en la tentación y con mucho cuidado se fue a dar una ducha. Una fría. En la cama, Maggie se estiró pero no se despertó.

Capítulo 4

CUANDO Maggic se despertó, le llevó un minuto saber dónde estaba. Se sentía completamente despejada, como si hubiera disfrutado del sueño más reparador de su vida. Se estiró debajo de las sábanas, sonrió y después se quedó quieta. La sensación de la suave tela en la piel le resultó extraña. Recordó exactamente dónde estaba.

Se sentó y se dio cuenta de que estaba en el lado contrario de la cama de donde se había acostado por la noche y que había la huella de otra cabeza muy cerca de la suya, lo que demostraba que Caleb había dormido con ella aunque en ese momento ya no estuviera. Por dónde estaba, podría haberse subido encima de él... o a lo mejor la había empujado. No, se habría despertado. ¿Cómo podía haber dormido tan profundamente con él en la cama a su lado? La mayor parte de las veces tenía un sueño ligero y la primera noche que dormía en esa cama, compartiéndola con la persona más perturbadora que había conocido nunca, dormía como un bebé por primera vez en años.

La puerta se abrió y apareció un limpio, afeitado e impecablemente vestido Cale. Maggie se subió la sábana hasta la barbilla increíblemente aliviada de verlo completamente vestido.

–Buenos días –dijo él dejando una taza de café en la mesilla.

Lo miró recelosa.

–¿Sabías que eres como una serpiente cuando duermes? Estabas encima de mí cuando me he despertado. Has debido de creer que una cama gigante sería lo bastante grande para...

Después de lo que ella misma había estado pensando, aquello era demasiado. No iba a permitirle que la provocara y omitió una réplica a la defensiva, pero tenía que decir algo.

–Bueno, a lo mejor esto ha sido un error después de todo, si duermo ocupando toda tu cama sin haberme desprendido de la ropa...

Caleb se sentó en la cama al lado de ella y Maggie casi se quedó sin respiración. Dos poderosos brazos se colocaron a ambos lados de ella. La sábana cayó y dejó ver la parte superior de su cuerpo, apenas oculta por el encaje y el satén. Los ojos de él recorrieron desde la cara hacia abajo hasta detenerse en los pechos. Bajo su mirada, Maggie pudo sentir cómo sus pezones se endurecían y se volvían pequeñas puntas que levantaban la tela de modo evidente como rogando que los acariciaran. Como sin importancia, Caleb levantó una de las manos y pasó los nudillos por uno de los sensibles picos, haciendo que ella gimiera ahogada antes de que la agarrara de la barbilla para obligarla a mirarlo a los ojos.

–¿Error...? No lo creo, mi amor.

Maggie se estremecía mientras sentía cómo la parte inferior de su cuerpo ardía de necesidad. Caleb acababa de demostrar con poco más de una mirada que, si hubiera querido, podría haberla poseído la noche anterior. Lo sabía y ella también.

De pronto, se puso de pie y con una expresión incomprensible dijo:

–Volveré a buscarte a las once para irnos a Montecarlo, así que estate preparada.

Y se fue. Maggie cerró los ojos. Sería capaz de hacerlo, pensó. Tenía que hacerlo, pero qué difícil iba a ser.

A la hora señalada, Maggie esperaba con una bolsa preparada para marcharse. Había llamado a su madre para decirle que, como asistente de Caleb, tenía que ir con él a un corto viaje. Al haber guardado toda su ropa antigua y haberse puesto la nueva, se sentía un poco más como la actriz que estaba intentando ser. Una sencilla falda de lino, camisola de seda y chaqueta a juego. El pelo recogido. Sonó el teléfono. Era Caleb para decirle que estaba abajo en el coche.

Ya fuera, Maggie se quedó un momento de pie en las escaleras. Caleb la miraba desde el asiento trasero del coche. Al verla llegar, fresca y brillante y dulcemente sexy, sintió ganas de saltar para tocarla y comprobar si era real.

Maggie dejó la bolsa y se metió en el coche para volver a salir un segundo después.

–¿Qué pasa? –dijo lacónico Caleb desde el interior del coche.

–Sólo quiero asegurarme de que mi coche está cerrado –fue corriendo hasta su coche, que estaba al lado, y revisó las puertas.

Cuando volvió, Caleb estaba de pie al lado del coche.

–¿Esa cosa es tu coche?

–Sí –replicó a la defensiva.

–Es un peligro para la salud.

Maggie hizo un esfuerzo para reprimir su primer impulso. Se había comprado ese coche con sus primeros ahorros ganados ocupándose del jardín. Había aprendido a conducir con él y lo cuidaba con mimo.

Supuso que Caleb esperaba que condujera algo más ostentoso, así que eligió las palabras con cuidado para parecer despreocupada.

–Oh... sólo lo tomo prestado cuando estoy en casa. Lo suele utilizar el jardinero.

Se metió en el coche y esperó que el tema se olvidara. El chófer se dio la vuelta para mirar a Maggie y presentarse como John. Le sorprendió su acento inglés.

–Un gran coche, ¿verdad? Mi primer coche también fue un Mini. Sé lo unido que se puede uno sentir a él –dijo, y le hizo un guiño, el primer gesto de auténtica calidez humana en dos días.

Maggie le respondió con una sonrisa y después miró en dirección a Caleb, al otro lado del coche. La estaba mirando con un extraña expresión en el rostro. Ella volvió la cara rápidamente y miró por la ventanilla. Pudo ver por el rabillo del ojo cómo se ponía a mirar unos papeles. Sin sus ojos sobre ella, Maggie respiró despacio y pensó por primera vez en el lugar al que se dirigían.

Un sitio cálido... y lleno de glamour... y exótico... y extranjero. Donde sucedería lo inevitable. En unas horas, volverían a Dublín convertidos en amantes. ¿Sería capaz de hacer el amor con él dejando sus sentimientos aparte? Tendría que serlo.

Maggie levantó el rostro hacia el sol. Qué felicidad... si no reparaba en el hecho de que estaba allí más o menos bajo coacción, de lo que sólo ella era culpable, y en que tenía el estómago hecho un nudo constantemente desde que Caleb había vuelto a aparecer en su vida sólo tres días antes.

Abrió los ojos y se los protegió del sol. Estaba sentada en la terraza de la habitación del hotel, un balcón que daba a una idílica placita. Se levantó y se apoyó en la pared. El sol brillaba en la distancia. ¿Cuántas mujeres más habrían tenido ese trato? Llevadas de un lado a otro, a hoteles lujosos, lugares fantásticos... exclusivamente para el placer de él. La idea dolía como un cuchillo en el corazón. Se separó enfadada de la pared.

Dio un pequeño grito cuando vio a Caleb en la ventana francesa que separaba la habitación de la terraza. Tenía los ojos sombríos.

–¿Cuánto tiempo llevas ahí...? ¿Qué ha pasado con tu reunión? –se sentía absurdamente expuesta, como si él pudiera saber lo que había estado pensando.

Caleb se acercó.

–Tienes que tener cuidado... te achicharrarás al sol –Caleb se dio cuenta de que tenía más pecas en la cara y los hombros, lo que la hacía parecer ridículamente joven.

Maggie se puso rígida al sentir los dedos de Caleb en los hombros.

–No te preocupes –dijo sin respiración disimulando la tensión de su cuerpo–, experiencias previas me han hecho no salir al exterior sin un factor treinta. Abandoné la idea de broncearme hace años.

–Aun así... deberías tener cuidado.

–Si no tienes cuidado tú, voy a pensar que te preocupa mi bienestar –bromeó ella.

–Qué va. Me has salido muy cara. Y no quiero que esta noche me digas que tienes que reponerte de una insolación.

A Maggie se le secó la boca. A pesar de su tono insultante no podía apartar de la mente las imágenes que le sugería la expresión «esta noche». Pensó en algo que decir, pero él se adelantó:

–Mi primera reunión ha durado menos de lo que pensaba. No he comido todavía, ¿y tú? –Maggie negó con la cabeza–. Tengo mesa en un pequeño restaurante que hay justo a la vuelta de la esquina, vamos a comer algo ligero. Tengo otra reunión en una hora.

–De acuerdo... –Maggie agarró su bolso y lo siguió fuera de la habitación.

Un pequeño paseo desde el hotel y llegaron a una callecita adoquinada. Caleb señaló un restaurante lleno de plantas y cestas de flores. Dentro se estaba fresco. El camarero los llevó hasta una mesa apartada, al lado de una ventana abierta.

Era romántico hasta decir basta. Embriagador teniendo a Caleb al otro lado de la pequeña mesa, sintiendo sus piernas rozar las de ella.

Miraron el menú y cuando volvió el camarero, le pidieron la comida. Caleb pidió agua con gas. Cuando el camarero dejó la botella y se fue, Caleb alzó su copa.

–A falta de vino... ¿podemos brindar por una tregua, Maggie?

Maggie sintió un temblor en el vientre. No podía esquivar sus ojos, el azul la hipnotizaba. Levantó su copa también. Caleb hacía eso sólo para ponerse las cosas más fáciles. Nadie querría una amante reacia.

–Por la tregua...

Caleb sonrió, ella bebió un sorbo y sintió que el temblor de su vientre se multiplicaba por mil. Cuando le sonreía de ese modo... no podía pensar bien. Peligro.

«Se está comportando de ese modo encantador sólo para conseguir de ti lo que quiere...», le decía una vocecita en su interior. Maggie la ignoró. Sabía exactamente lo que estaba haciendo.

–No olvidemos por qué estamos aquí...

–Infórmame, Maggie, por favor –dijo con brillo en los ojos.

–La casa, por supuesto.

–Ah, sí, la casa. Estaba intentando, veo que sin esperanza, darnos la oportunidad de olvidarnos de la fea realidad. No hace falta que me recuerdes que te estás vendiendo por una casa que vale millones. Y que yo soy el idiota que piensa que lo vales –las últimas palabras las dijo con rabia y ella pudo apreciar un temblor en la sien. Era evidente que se arrepentía de haberlas pronunciado.

Maggie se ruborizó. Bueno, se lo había buscado. Bebió un poco de agua.

Caleb se inclinó hacia delante.

–Pero Maggie, no hay ninguna razón por la que no podamos llegar a un común acuerdo.

Tenía que ser cuidadosa, estaba dejando que las emociones la hicieran vulnerable.

–Sí, tienes razón. Brindemos por esa tregua otra vez –levantó su copa.

Con ojos calculadores, Caleb le dio con la suya. Ella sonrió ocultando el dolor. Con un aplomo que no sabía que tenía, Maggie se las arregló para mantener una conversación ligera.

Caleb pareció olvidarse de su pequeño arrebato mientras conversaban sobre asuntos sin trascendencia, pero ella seguía dándole vueltas y pensando en todo lo que tenían en común. Una vez le había encantado hablar con él. Sin saber cómo la conversación fue pasando a temas más personales.

–¿Vas mucho a Río? –ya se habían llevado los platos y Maggie tenía la taza del café en la mano.

A pesar de que no habían bebido vino, sentía una especie de suavidad en los huesos que la relajaba. Y se sorprendió de lo poco que le costaba relajarse.

Caleb miró al infinito un momento y algo brilló en su cara.

–No mucho. A pesar de que mi madre sigue allí, pero está muy ocupada con su nuevo marido...

–Ya lo has mencionado antes, ¿verdad? ¿Es...?

–De mi misma edad –dijo con una carcajada–. Sí. Y tiene montones de dinero para mantenerla al ritmo de vida que ella está acostumbrada.

Maggie trataba desesperadamente de mantener las cosas en un tono ligero.

–Bueno, tienes que admitir que es un cambio completo. Habitualmente es al revés, un viejo con una mujer no mayor que su hija.

Hubo un segundo de tensión y después Caleb sonrió.

–Tienes razón. A ti seguramente ella te gustaría. Es muy directa, no tiene pelos en la lengua.

De pronto le dio vergüenza la posibilidad de conocer a su madre, pero sabía que él no lo había dicho en ese sentido. En todo caso, sería un insulto encubierto más.

–¿Está... está tu padre todavía en Inglaterra?

Asintió en silencio mientras bebía un sorbo de café.

–Sí. Vive en Brighton, así que me acerco a verlo siempre que puedo –había tensión en su voz cuando hablaba de su padre.

Maggie supuso que habría tenido una relación difícil con su madre y recordó que le había contado que sus padres habían luchado por quedarse con él cuando tenía tres o cuatro años. Había dado tumbos entre Brasil y el Reino Unido durante años.

–Pero tú vives en Londres, ¿no? O vivías... –no fue capaz de decir las palabras «hace seis meses».

Él asintió.

–Tengo un apartamento allí y otro en Río, Nueva York, París... pero nunca estoy en un sitio el tiempo suficiente como para llamarlo mi casa. Un sitio al que volver...

–No me lo puedo imaginar. Todo el tiempo que vivimos en Londres, Irlanda siguió siendo nuestro hogar. Un sitio al que volver...

«Un refugio contra el terror», pensó. Dublín siempre le había resultado demasiado aburrido a Tom, nunca se quedaba mucho y ella nunca había sido más feliz que durante sus años de colegio, cuando había permitido a su madre quedarse... lo que había sucedido porque él se iba de vacaciones con alguna de sus muchas amantes.

—¿Es allí donde vives ahora?

Volvió a la realidad para asentir.

—Me gustaría. Llevamos en casa seis meses...

—¿Seis meses? —dijo cortante. Maggie se ruborizó de culpabilidad y se preguntó si habría bajado demasiado la guardia. Eligió sus palabras con mucho cuidado:

—Mi madre quería volver a casa, así que me fui con ella para ayudarla a instalarse.

—Así que dejaste Londres hace seis meses... —dijo entornando los ojos.

Maggie asintió.

Caleb la estudió. Había algo ahí dentro, estaba seguro, pero no podía saber qué. Tom debía de haberla mandado lejos por miedo a que Caleb fuera tras ella. Protección. Pensarlo le hizo volver a sentir esa rabia de nuevo. Por su traición, por su propia debilidad. Hizo un esfuerzo por contenerse, acababan de firmar una tregua.

—¿Estás muy unida a tu madre?

Maggie se sintió aliviada al ver que se apartaba el foco de Londres. Asintió enfáticamente. Caleb se quedó sin respiración: Maggie estaba radiante. El sol le había dado un cálido brillo a su pálida piel. El escote dejaba atisbar el valle que formaban sus pechos. Un mechón de pelo rojo había caído por encima de su hombro y se apoyaba al lado de un pecho. Se estaba volviendo loco: sentía celos, ¡del pelo! Se movió en la silla. «Esta noche», se juró, sintiendo el latido del deseo en su sangre...

Un momento después, volviendo al hotel, Caleb tomó despreocupadamente la mano de Maggie con la suya. Se volvió a mirarla. Ella también lo miró. El sol detrás de él la deslumbraba.

Iba a besarla y no había nada que pudiera hacer para evitarlo. La atracción mutua era innegable, siempre lo había sido.

La atrajo hacia él rodeándola con un brazo mientras que con la otra mano le sujetaba la cabeza. Sus bocas se rozaron. Ardiendo de deseo, Maggie finalmente se rindió y, por primera vez desde que se habían vuelto a encontrar, le devolvió el beso porque, a pesar de todo, ella también lo deseaba. No podía evitarlo. Lo necesitaba tanto como respirar. Simplemente no podía evitarlo.

Al notar su tácita aceptación, Caleb estrechó el abrazo. Su lengua entró en su boca y exploró su dulzura. Maggie deslizó las manos por sus brazos hacia arriba sintiendo los músculos bajo la piel.

Cuando finalmente Caleb levantó la cabeza, le dio otro rápido beso como si se resistiera a separarse de ella. Maggie se sentía mareada. Lo único que la mantenía en pie era el brazo alrededor de su cuerpo. Se odiaba por ello, ya la tenía exactamente donde quería. Y no podía hacer otra cosa que... obedecer.

—No tendré mucho tiempo después, así que haré que me lleven el esmoquin y nos reuniremos en el bar del hotel antes de la recepción —la soltó y la empujó con suavidad en dirección al hotel.

Antes de sentirse completamente humillada, se dio la vuelta y echó a andar sin mirar atrás.

Capítulo 5

DESCARTÓ el coche y decidió volver andando a la reunión. La mente de Caleb funcionaba a toda velocidad. Ese beso... y Maggie llenaban tanto sus sentidos que el trabajo había quedado a un lado. Aceleró el paso como si así pudiera poner algo de distancia con sus incómodos pensamientos. Había tenido otras amantes, montones... ¿qué problema había esa vez? Maggie era una más. Entonces, recordó que, andando por una calle de Londres unas semanas antes, al ver a una pelirroja bajita de espaldas, el pulso se le había disparado hasta que había descubierto que ni siquiera se parecía a Maggie, pero la fuerza del deseo que había sentido lo había alterado más de lo que quería reconocer.

¿Habría sido eso lo que lo había espoleado a verla de nuevo? ¿A vengarse porque odiaba la atracción que ejercía sobre él?

Se regañaba interiormente por dar rienda suelta a tales ideas. Aplicando la pura lógica, se decía que la deseaba y que ella le había ofrecido en bandeja la llave para convertirla en su amante, eso era todo. Era una más en la lista aunque hubiera sido ella la que se había acercado a él. Obligada o no, no tenía que olvidar que ella había sido utilizada como cebo para hundirlo. No podía permitirse olvidar eso. Nunca confiaría en ella.

Pero en ese momento, después de sólo unas horas en compañía de Maggie, una mujer que no pretendía gustarle, estaba deseando que pasara la tarde de una vez. ¿Por qué perdía el control de ese modo? Era puro y simple deseo. Aunque fuera el deseo más poderoso que había experimentado jamás, pero no había otra cosa. De momento...

Odiaba pensar lo fácilmente que podría acabar bailando al son que ella tocara...

Mientras esperaba el ascensor, los pensamientos de Maggie atravesaron la pared de espejos. Se sentía algo irreconocible. Siempre se había negado a hacer caso de las recomendaciones de Tom para que se «arreglara», normalmente no había mucho caso de eso.

«Y ahora... ¿de pronto sientes la urgencia?», le decía en el oído una vocecita sarcástica. De todos modos se alegraba de haber hecho el esfuerzo, se decía desafiante, apretando de nuevo el botón con fuerza, mientras sentía mariposas en el estómago al oír la campana que anunciaba que el ascensor había llegado.

Caleb disfrutaba de un whisky mientras la esperaba en el bar. Estaba impresionante y era el centro de las miradas de todas las mujeres. Él lo sabía, pero la única mirada que le importaba en ese momento era la de unos ojos verdes.

Se había reforzado para volverla a ver. Todas las defensas levantadas. Ella le había hecho perder la concentración durante toda la tarde. Había estado a punto de aceptar una fusión que le hubiera costado millones. Eso nunca le había sucedido antes. Y, después de la llamada que había hecho a su asistente en Dublín, sabía que ella quería mucho más que recuperar la casa para su supuestamente inocente madre. Ella lo quería todo.

Un repentino sonido de conversaciones sordas hizo que levantara la vista. El pelo de la nuca se le erizó cuando miró a través de su vaso y vio a Maggie de pie en la puerta. Sintió que el pecho se le quedaba sin aire. Estaba... impresionante.

Pudo ver cómo buscaba con los ojos y se dio cuenta de que no podía verlo bien desde donde estaba ella. Llevaba un vestido color aceituna oscuro con solapas que se encontraban formando una «V» por encima de una línea debajo de los pechos, haciendo que la palidez y voluptuosidad de lo que se apreciaba sugiriera lo que no se veía. El pelo lo llevaba recogido a un lado y caía por encima del otro hombro en una ola bermeja. Destacaba por encima de cualquier otra mujer de las que había allí como una brillante perla en medio del oscuro coral.

Apretó el vaso con fuerza cuando ella se ruborizó al verlo. Fue hacia él y casi sintió ganas de huir. Como si estuviera a punto de chocar con algo que definitivamente era un peligro.

Y entonces ella se detuvo delante de él. Lo miró con lo ojos con forma de almendra acentuados por el rímel y un fresco aroma. Sintió cómo todas sus defensas se derrumbaban. Se puso de pie.

–Si estás lista, nos vamos.

Maggie lo miró en busca de alguna clave para saber qué estaba pensando. Ni siquiera había dicho si pensaba que iba bien. La tomó de la mano, posesivo, y la llevó hacia la entrada del hotel donde un elegante coche se detuvo.

Caleb la ayudó a entrar en la parte trasera. Lo miraba subrepticiamente y se daba cuenta de que con el esmoquin era incluso más guapo, con el pelo peinado hacia atrás, lo que permitía apreciar la fuerza de su frente y la línea de la nariz.

Pero no parecía contento. Después de dudar un momento, Maggie no pudo evitar preguntar:

–¿Va... va todo bien? –él se limitó a mirarla–. Es que pareces un poco preocupado... ¿es por el trabajo?

–¿Qué es esto? –se mofó–, ¿la alegre, preocupada y considerada Maggie tratando de hacerme sentir falsamente seguro?

–¿De qué hablas?

Caleb sabía que se estaba comportando de un modo irracional y de que estaba reaccionando a algo de lo que ella ni siquiera era consciente, pero no podía parar. Quería empujarla y ponerla a una distancia que lo hiciera sentirse seguro.

–Debías de saber que estaba a punto de poner a Holland de rodillas. No confío en ti. Sé que estás intentando algo más que salvar la casa.

Maggie se acobardó al ver el gesto de su rostro y el temor llenó su pecho porque no tenía ni idea de algo así y tuvo miedo de echarse a llorar de frustración. Estaba horrorizada de verdad. ¿De dónde salía todo aquello? Como si le leyera el pensamiento, él respondió. Se inclinó sobre ella, le tomó la mano y se la llevó al pecho. Su aroma la envolvía y Maggie cerró los ojos en un inútil intento de librarse de la sensual amenaza.

–Piensas que eres lista, ¿verdad? Gastas esa cantidad de dinero en ropa... después te aseguras de que vea el coche viejo, como si tú normalmente no condujeras algo mucho más caro.

Lo miró con los ojos abiertos de par en par.

–¿Qué? –preguntó. «¿Habrá perdido la cabeza?», pensó.

–Todo bien pensado, sin duda, para hacerme creer que a lo mejor te había juzgado demasiado duramente...

–Es una locura... –sus palabras la habían herido en lo más hondo. Era evidente que la había investigado. Pensó en el dinero que se había gastado a su costa y en lo difícil que le había resultado hacerlo con la cabeza alta. ¿A qué demonios estaba acostumbrado? Sacudió la cabeza–. A lo mejor soy distinta de tus otras...

–¿Distinta? No creo, Maggie. Siempre era evidente lo que querían. Eran sinceras. Tú engañas.

Sus palabras le estaban haciendo mucho daño.

–Y puede que tú seas demasiado cínico.

–Puedes decirlo así –dijo sonriendo sin soltarle la mano–. Mi madre me enseñó que todas las mujeres aprecian el botín que suponer ser el juguete de un hombre rico y todavía no he encontrado ninguna que me haya demostrado lo contrario... A lo mejor ha sido tu madre la que se ha quedado con la herencia de Tom, pensando que entre las dos podríais manipularme volviéndote a usar como señuelo. ¿Por eso no pudo reunirse conmigo el otro día en la casa...? Estabas preparando el terreno para la lástima cuando conseguiste que Murphy me dijera que estaba muy debilitada por todo...

Al escuchar lo que decía de su madre, Maggie cerró los puños y se quedó pálida.

–No vuelvas a hablar de mi madre de ese modo. Esto es algo entre tú y yo. Es todo lo que necesitas saber. Mantenla fuera de esto.

Caleb se creyó su apasionada respuesta. Parecía sinceramente enfadada. Siguió agarrándola, tratando de interpretar la expresión que había en su rostro, pero rápidamente desapareció y su gesto volvió a ser inescrutable.

Maggie no podía desdecirse de las palabras y sabía que había hablado de más. Pero no podía soportar que rebajara a su madre. Sabía que no podía decir nada, hacer que él la escuchara. No podía defenderse de ninguna manera... sería exponerse al ridículo y traicionar a su madre.

Así que fingió una sonrisa y se sacudió el pelo con la esperanza de que no hubiera reparado en sus palabras. Tenía que tener más cuidado.

–Y sobre la ropa, he comprado sólo lo que necesito por ahora... y te equivocas con lo del botín... después de todo soy tu juguete los próximos dos meses, ¿no? A menos, por supuesto, que dejes que me vaya. Si soy tan desagradable para ti...

De pronto, Caleb silenció sus palabras con la boca. Y, por mucho que la dignidad le exigía a Maggie apartarse de él y gritar reclamando su inocencia, se descubrió a sí misma acurrucándose en el pecho de Caleb, sintiendo cómo sus suaves curvas se apoyaban en los músculos duros como rocas. Se sentía embriagada, y de pronto el coche se detuvo. No lo hubiera notado si Caleb no se hubiera incorporado. Los ojos le brillaban fieros en la penumbra mientras esperaban a que les abrieran la puerta.

–No lo olvides, eso es todo lo que eres, Maggie. Mi juguete.

En el salón hacía un calor sofocante a pesar de que estaban todas las ventanas abiertas. A Maggie le ardían las mejillas y le dolían los pies debido a los tacones. Se movía apoyándose primero en un pie y luego en otro. Caleb, a su lado, la miró cortante.

–¿Qué te pasa?

–Nada –dijo sin mirarlo. Apenas habían hablado desde que habían llegado.

Él parecía no haberlo notado. Durante lo que a ella le habían parecido horas había soportado toda clase de conversaciones sobre temas superficiales y había sido relegada a un segundo plano mientras Caleb entretenía a una interminable sucesión de aduladores. También había tenido que soportar toda clase de miradas no muy amigables por parte de las mujeres que había en el salón. En un momento concreto había habido una oleada de gente y Maggie se había encontrado separada de Caleb y rodeada de tres o cuatro mujeres. Iban todas vestidas de alta costura. La habían mirado de arriba abajo como si fuera un espécimen expuesto en una urna. No podía creer lo groseras que habían sido y trató de no parecer tan intimidada como estaba. Una de ella dijo:

–*Vous êtes ici avec monsieur Cameron?*

Sin siquiera pensarlo, Maggie evocó el francés del colegio, tratando de ser amable, preguntándose quiénes serían y qué querrían saber.

–*Oui...*

–*Ah, bon. Mais juste pour ce soir, n'est ce pas?*

Maggie trató de averiguar lo que decía la mujer... ¿Estaba sugiriendo que estaba allí con Caleb sólo esa noche, como una especie de... prostituta? Un rubor mortificante invadió su rostro. Se estaban riendo de ella con sus caras excesivamente maquilladas, sus pelos llenos de laca y sus empalagosos perfumes que la estaban mareando.

–Lo siento... discúlpenme –trató de encontrar la salida, pero no pudo. Se estaba empezando a desesperar cada vez más.

Caleb giró la cabeza. ¿Dónde estaba? Estaba a su lado dos minutos antes. Se había puesto a conversar con un inversor francés y no había conseguido librarse de él. Se sentía algo culpable por no haber estado más pendiente de Maggie, pero todavía tenía la desagradable sensación de ser un imbécil al desearla... Tenía que tener cuidado cerca de ella.

Entonces la vio. Estaba rodeada por las «venerables» de Montecarlo, las conocía bien. Apretó los labios. Habían intentado emparejarlo varias veces con algunas de sus demasiado jóvenes, engreídas y petulantes hijas. Y de pronto se dio cuenta de que Maggie parecía aterrorizada. Sin pararse a pensarlo, fue hasta ella a grandes zancadas, pasó entre las mujeres y la tomó del brazo.

Ella lo miró con alivio y algo más, que hizo que se le encogiera el pecho. Pero después se le pasó, como si nunca hubiera ocurrido. Sonrió a las mujeres para excusarse y se llevó a Maggie.

–¿Estás bien? –preguntó mirándola a los ojos.

–No gracias a ti. Esas mujeres son... increíbles –sacudió la cabeza–. Deberías haberme advertido que hacía falta traer chaleco antibalas.

Caleb no pudo evitar sonreír. Tenía sus dudas de que aquellas mujeres hubieran hundido a Maggie, simplemente la habían pillado con la guardia baja. Podía imaginar perfectamente lo que le habrían dicho y se preguntó qué habría hecho para manejarlas.

Decidió no averiguarlo. Pensaba en cuánto tiempo más tendría que ser amable antes de poder salir de allí y llevarse a Maggie con él. A la cama.

—Ah, Cameron, está aquí...

«No mucho más», pensó. Tiró de Maggie hasta ponerla a su lado, dibujó una sonrisa mientras otro colega lo volvía a matar de aburrimiento.

Maggie dedicó una mirada reacia al objeto de fascinación de todo el mundo, sintiendo todavía la ira dentro de ella. Tenía que admitir que era el más guapo. Le sacaba una cabeza a todo el mundo y tenía un físico... de nuevo sintió dentro de ella los nervios de la anticipación. Finalmente, después de lo que le habían parecido las peores horas, se inclinó sobre ella, le acercó la boca a la oreja provocando una ola de conmoción y le dijo:

—Vámonos de aquí.

Ella asintió en silencio. Había llegado la hora, ni un retraso más, esa noche él reclamaría el pago... poseería su cuerpo y, se temía, también su alma. Y no podría decir nada.

De pronto se sintió absolutamente vulnerable y sola. Mientras lo seguía a través del gentío, parándose cada dos segundos para despedirse, pensaba un poco histérica en lo que diría si tuviera oportunidad: cómo seis meses antes, el día de su cita, Tom, su querido padrastro, la había informado de sus planes de hundir a Caleb. Y cómo si ella no cooperaba con sus planes y mantenía a Caleb ocupado, golpearía a su madre de una forma tan sistemática que, en palabras de Tom, «acabaría en el hospital».

Le contaría cómo se había devanado el cerebro buscando una escapatoria... pero sabía que no importaba lo que hiciera; aunque hubiera llamado a la policía, se lo hubiera hecho pagar a su madre de alguna manera. Lo había hecho durante años. Una vez, cuando era joven e ingenua, Maggie había acudido a la policía. Tom no la había castigado... No, había sido su madre quien había sufrido, a pesar de que, para proteger a Tom, había dicho que había sido un atracador quien le había pegado. Una conducta típica de las víctimas del maltrato. Tom era muy astuto, casi nunca se notaban las señales.

Podría decirle que, antes del bombazo de Tom, estaba ridículamente excitada por salir con él, y se había comprado un vestido nuevo. Pero entonces había sido cuando Tom la había obligado a ir a aquella tienda, había comprado esa especie de vestido y le había explicado cuál era su papel en el macabro juego.

Podría contarle lo culpable que se había sentido y que por eso no se había acostado con él. Había estado a punto de contarle todo, confiarse a alguien a ver si por una vez su madre estaba protegida.

Maggie ya no estaba en Montecarlo, estaba de vuelta en aquella habitación de hotel. Los recuerdos eran tan vívidos que se sentía mareada y era incapaz de librarse de ellos. Estaba en aquella cama, envuelta en las sábanas, temblando, medio desnuda mientras delante de ella Caleb se ponía la ropa.

–Maggie, eres idiota. ¿Te crees que no sé exactamente lo que habías planeado? –había dicho con una carcajada mientras se ponía la camisa. Maggie se había quedado helada, incapaz de decir nada para defenderse–. Escuché a tu padrastro. Sus palabras exactas fueron: «Mi hijastra hará cualquier cosa y le gusta Cameron. Está con nosotros». Así que ya ves, Maggie. Sabía desde hace días que estabais preparando este plan... ¿Y el vestido? He visto algunos más clásicos en mujeres que hacen sus negocios en la calle.

–Pero... yo no sabía... yo... –había dicho ella con la voz seca, casi en un chirrido.

–Ahórratelo, Maggie. Lo sabes bien. Incluso tengo las pruebas.

Se sacó de uno de los bolsillos un sobre y le lanzó el contenido. Fotos, montones de ellas: de Tom y ella en Oxford Street, entrando en la tienda, saliendo con la bolsa. Entrando en el coche. Vistos así parecían los mayores cómplices del mundo...

Levantó la vista y lo miró con ojos heridos.

–Pero... ¿cuándo?, ¿cómo?

Ya estaba casi vestido y no la miraba.

–Te he seguido hoy sólo para comprobarlo por mí mismo.

–Pero... tú has sabido... tú sabías todo, desde...

–Sí, Maggie. Lo he sabido desde casi el día que nos conocimos. Así que todas esas miradas tentadoras e inocentes no han servido para nada.

–Pero ¿cómo podías, quiero decir, por qué... lo has hecho? –no sabía por qué seguía hablando.

Él se acercó a la cama y Maggie tuvo que levantar la vista. La cara de Caleb era de hielo.

–Porque te deseaba. Me gustabas. Y sabía que podría tenerte. Estabas ofreciéndote en bandeja... –se acercó más apoyando las manos a los dos lados de ella–. Los dos sabemos que todavía podría tenerte, ahora... –la recorrió con la vista– pero no me voy ni a molestar porque, créeme, no quiero volver a verte jamás –y salió de la habitación sin mirarla.

Maggie se había quedado sentada en la habitación un largo rato.

En Montecarlo, salían de la sala y Maggie ni siquiera era consciente. Estaba encerrada en sus terribles recuerdos. Caleb miró la mano de ella dentro de la suya, estaba helada. Después miró su rostro. Estaba tan pálida que se quedó impresionado. Cuando la llamó, no respondió. Algo iba muy mal. La tomó en brazos y la sacó del edificio. En cl coche la mantuvo junto a él. Sabía que fuera lo que fuera lo que le pasaba, no lo estaba fingiendo. Nadie podía fingir aquello.

De vuelta al hotel, volvió a llevarla en brazos, todo el camino, del coche a la habitación. Una vez dentro, la sentó y sirvió brandy en una copa. Hizo que se lo bebiera. Pudo apreciar en ella el efecto del alcohol: se le encendieron los ojos y tosió. Y entonces empezó a temblar de forma incontrolable. La abrazó hasta que el temblor pasó. Cuando hubo pasado, la soltó. Ella lo miró como si fuera la primera vez que lo veía.

–¿Qué... qué ha pasado?

Apreció preocupación en los ojos de él y se preguntó por qué sería con la esperanza de que estuviera realmente preocupado por ella.

Caleb le quitó el pelo de la cara con un gesto tierno que la confundió aún más.

–Creo que te has desmayado... sin desmayarte. Lo he visto alguna vez. Es como un estado de conmoción.

Maggie podía recordar salir del salón pero nada más. Sacudió la cabeza.

–No sé por qué... Lo siento...

–No te preocupes –dijo bruscamente–. ¿Por qué no te preparas para irte a la cama? Deberías dormir.

Asintió en silencio y se fue al cuarto de baño. Se sentía agotada, como si hubiese corrido una maratón.

Caleb salió al balcón y se quedó de pie apoyado en la misma pared que lo había hecho Maggie. Sacudió la cabeza. ¿Cómo podía sentir ella semejante pena por ese hombre tan odioso? Tenía que ser por eso. Habían sido familia, al fin y al cabo. Su cínica mente se puso en marcha. A lo mejor era la conmoción retrasada por haber descubierto que los millones de Tom no iban a ser suyos. Esa idea hizo que algo se le enfriara en el pecho. Se volvió hacia la habitación a mirar. Maggie estaba en la cama, hecha un ovillo, dormida.

Capítulo 6

CUANDO se despertó a la mañana siguiente, Maggie sintió que le palpitaba la cabeza. Estaba sola en la cama. Una nota en la almohada, al lado de su cabeza, atrajo su atención.

Me voy a una reunión, pero volveré a buscarte para comer en la terraza a las doce y media.
Caleb

Miró el reloj. Eran las diez. Se dejó caer en la almohada y algunos fragmentos de la noche anterior le volvieron a la cabeza. Poco a poco empezó a recordar lo que había provocado en ella una reacción tan extraña. Recordó la gente, el calor de la sala y cómo después sus pensamientos había empezado a dar vueltas a los acontecimientos de meses antes.

Tenía que admitir que podía haber sido una especie de conmoción retrasada. Había estado soportando la carga tanto tiempo... ni siquiera su madre sabía lo que había sucedido en Londres, hasta qué extremo había estado implicada Maggie.

Tampoco sabía los planes de huida que Maggie había hecho para las dos en caso de que Tom fuera a por ellas. Lo aliviada que se había quedado cuando había conseguido convencer a su madre de volver a casa. Porque estaba segura de que Tom pronto descubriría que Caleb lo sabía todo y que estaba preparado para repeler la absorción. Y sabía que le echaría la culpa a ella... le preocupaba que le pegara... pero era evidente que lo que había sucedido entonces era que Caleb había lanzado sus propias represalias y eso había mantenido ocupado a Tom. De un modo retorcido, se daba cuenta en ese momento de que había sido él quien las había salvado de Tom.

La causa tenía que haber sido ver de nuevo a Caleb, las intensas emociones... Salió a la terraza al sol de la mañana. Nunca se había visto a sí misma como una reina del drama.

Recordó lo amable que había sido Caleb, cómo la había llevado en brazos. Una ola de calor invadió sus miembros, todavía podía recordar la sensación de seguridad. El deseo de que pudiera ser algo real... Tenía mucho miedo de caer en el mismo peligroso sueño de antes. El sueño de que Caleb la amaba. Decidió apartar aquellos pensamientos y meterse en la ducha. Él no lo amaba... no. Ni siquiera le gustaba.

Si se lo repetía como un mantra, a lo mejor acababa por creérselo.

A las doce y media Maggie se sentía de vuelta a la normalidad. Habían traído una mesa con comida que hacía la boca agua: pescado, ensalada, pan tostado y una botella de champán metida en hielo. Oyó la puerta de la habitación y se puso de pie en la terraza para esperar a Caleb. Cuando apareció, el corazón se comportó como siempre lo hacía cuando él estaba delante.

–¿Cómo estás? –preguntó él con frialdad.

–Bien. Mucho mejor. Sobre lo de anoche, lo siento mucho. No me había sucedido antes...

–Está bien –dijo levantando una mano.

–De acuerdo –Maggie lo dejó, era evidente que no quería hablar del tema.

A lo mejor estaba enfadado porque no se habían acostado. A lo mejor pensaba que era parte de un elaborado plan para evitarlo. Se acercó a él y lo agarró del brazo–. No pensarás que yo... Bueno, que lo hice a propósito... –se detuvo, la cara carmesí...

–No, claro que no –y era cierto. Nunca se le hubiera ocurrido y en ese momento le sorprendió darse cuenta.

–Bien.

–Vamos a comer.

–De acuerdo.

Se sentaron a la mesa con el único sonido de fondo de algunos coches en la plaza, alguien que llamaba a alguien. Era increíblemente íntimo.

Caleb se ocupó de abrir el champán y echarle un poco a Maggie antes de servirse él. Ella dio las gracias con un murmullo y trató de parecer fría, como si aquello fuera algo normal para ella.

–¿Qué tenemos en el programa para más tarde? ¿Otra cena?

–Sí, me temo que sí, pero no tienes que venir si crees que no estás preparada.

Su consideración le afectó, a pesar del muro de hielo que estaba intentando levantar alrededor de su corazón. Negó con la cabeza.

–No, estoy bien. Normalmente no soy de las que se desmayan. De hecho no me había ocurrido nunca –se sentía culpable, pero tenía que parecer despreocupada, como si él no tuviera su mundo en las manos. Le dedicó una sonrisa extraña–. Espero no tener que enfrentarme a más mujeres, escuchar a todo el mundo hablar de la familia real como si fueran íntimos y tratar de descifrar vuestra jerga financiera...

Un repentino golpe de empatía casi dejó a Caleb sin respiración.

–Lo siento. Ya sé lo aburridos que pueden ser. Y sobre lo de las mujeres... ya has visto lo peor anoche. No me ven a mí, ven signos de dólar, un anillo y un posible marido para sus hijas.

Estaba desconcertada por sus excusas. Por una vez no la metía a ella dentro de esa categoría. Pero se equivocaba con las señoras: veían en él mucho más que eso. Era el más atractivo por su juventud, su virilidad y su cartera. No pudo evitar preguntar:

–¿No quieres casarte algún día?

Aguantó la respiración mientras esperaba la respuesta. Caleb apretó la mandíbula.

–¿Con lo que he visto? –dijo con una voz increíblemente áspera–. Si me caso, será simplemente un acuerdo de negocios... y por los hijos.

No pudo evitar que un escalofrío la recorriera entera al escuchar esas palabras. En cierto sentido, por la breve experiencia que tenía en aquellos círculos, no podía reprochárselo. También había una cierta melancolía en sus palabras que hizo que Maggie deseara preguntar más, saber más de él, saber más de su vida, sus padres... pero no fue capaz.

En un esfuerzo por evitar hablar de temas personales empezó a charlar de cualquier cosa. Caleb se recostó en la silla para estudiarla. Estaba vestida informalmente, con una blusa sin mangas y unos pantalones de lino. Algo le fastidiaba sobre eso, pero antes de que pudiera averiguar qué, estaba distraído. El rostro de Maggie estaba animado mientras contaba una historia, pero lo que realmente le cautivaba eran sus movimientos, el modo en que abría los ojos para enfatizar las cosas. Habían compartido la cama dos noches y todavía no había pasado nada. Era la primera vez en su vida y sabía que no podría soportar esperar mucho más. Se había levantado varias veces la noche anterior e incluso se había dado una ducha fría.

–... y así fue, de verdad –Maggie se detuvo, se había dado cuenta de que no la había estado escuchando. ¿Era tan aburrida?

Caleb se incorporó.

–Lo siento, estaba en la luna.

–Está bien –forzó una sonrisa.

De pronto se sintió mal. La había ofendido al no escucharla. Y estaba perplejo por su reacción. ¿Lo estaría engatusando? ¿Haciéndole pagar su falta de atención? Sacudió la cabeza. La forma que tenía de hacerse la inocente estaba tan arraigada que ya le salía sola.

–¿Qué pasa? –dijo ella con una mirada de preocupación.

–Nada –dijo brusco. Se puso de pie y al hacerlo la silla chirrió provocando en Maggie una mueca de disgusto–. Deberías tomártelo con calma esta tarde.

Ella también podía ser fría.

–Estoy bien, Caleb, de verdad. No volverá a suceder. Voy a hacer algo de turismo –se encogió de hombros–. Puede que no vuelva jamás aquí...

Caleb entornó los ojos. Realmente no había dicho eso con ninguna segunda intención, ¿verdad? Se le secó la boca.

–Estoy seguro de que podrás convencer a alguien de que te traiga...

Maggie se contuvo de contestar por las obvias implicaciones de que se refería a otro amante... si a él se lo podía llamar así. En momentos como ése, cuando era cínico y odioso, era muy fácil olvidar las ideas sin sentido sobre estar enamorada.

–Seguro que tienes razón –dijo sonriendo alegremente.

–Te veré esta tarde. Saldremos a las siete.

Asintió y lo miró mientras él se alejaba. Se dejó

caer en la silla en cuanto se hubo ido al ser de pronto consciente de cuánta tensión había soportado.

Maggie estaba decidida a que Caleb no afectara a su equilibrio. Estaba haciendo un recorrido turístico en autobús. Pero, por mucho que lo intentaba, no podía evitar la fantasía que envolvía su cerebro como una tenue niebla. Que si se hubieran conocido en circunstancias diferentes, a lo mejor él podría haber sentido algo por ella, algo más que el poderoso deseo que era evidente que sentía.

Se subió las gafas de sol y sonrió. Ése era el problema. Las posibilidades de ser otra cosa distinta de su amante eran casi nulas. La prueba la tenía en la noche anterior, cuando él había dicho que ellas siempre sabían dónde estaban. Pero si ése fuera el caso, no sería suficiente. Para ella no.

Vio algo en la calle y se bajó en la siguiente parada. Sin saber por qué acabó entrando a un esteticista. No era porque quisiera hacer el esfuerzo. No iba a concederle eso a su fantasía. Era sólo orgullo de mujer.

Esa noche, otra brillante ceremonia. Era como una fotocopia de la noche anterior. La misma gente, las mismas conversaciones. Y aun así... lo que pasaba entre ellos era diferente. Maggie estaba al lado de Caleb con un posesivo brazo alrededor de la cintura. La incluía en las conversaciones dejando muy claro que estaba con él. Su mujer. Podía recordar cómo la había mirado antes cuando había salido del vestidor en la habitación. Todavía se estremecía al recordarlo.

El esteticista la había depilado, pulido. Se regañaba diciéndose que eso sólo acabaría produciendo más sufrimiento. Lo sabía, pero no podía evitar el diabólico y pícaro deseo que le había hecho elegir el vestido que llevaba. Era uno de los que había elegido la dependienta, algo que Maggie nunca se hubiera atrevido a llevar. Pero que suponía sería adecuado.

Llevaba el pelo recogido en la cima de la cabeza y el vestido negro era engañosamente sencillo. Un escote alto hasta el cuello no revelaba mucho, pero entonces, detrás, desaparecía, mostrando toda la espalda. Siempre había sido demasiado consciente de sus pecas, pero en ese momento, al lado de Caleb, con su brazo alrededor de la cintura, se sentía... cerca de considerarse hermosa por primera vez en su vida.

Sin que ella se diera cuenta, la gente se había ido dispersando y Caleb la llevó a la terraza. El aire templado los envolvía con su aromática brisa y Maggie respiró hondo. Había un rincón apartado de la vista y Caleb la tomó de la mano.

—¿Qué... qué hacemos aquí?

Bajo el tejado de flores y hojas, se volvió a mirarla y dijo:

—Algo que he estado deseando hacer toda la noche —acercó la boca a la oreja provocando en ella un delicioso estremecimiento—. Tu espalda me está volviendo loco.

La apretó contra él y Maggie gimió al sentir la dureza de su excitación contra el vientre. Sintió que se humedecía de anticipación. Estaba sin aire, esperando que la besara, la abrazara. Sin embargo su boca seguía en el cuello, rozándolo apenas con los labios. Maggie le pasó las manos por el cuello, intensificando aún más el abrazo. Sin pensar, sólo sintiendo.

Entonces, las manos de él recorrieron la espalda desnuda y un temblor la recorrió entera. Y en ese momento sus bocas se encontraron y supo que estaba perdida. Dibujó el contorno de sus labios antes de que la

lengua entrara y compusiera con la de ella una embriagadora danza.

Las manos de él recorrieron la cintura, la espalda,
toda la suave piel. Una mano empezó a bajar y bajar
hasta que acabó encima de la tela del vestido que cu-
bría las nalgas. Ella se echó hacia atrás, con lo ojos
abiertos, respirando entrecortadamente. Mientras la
miraba, sus manos pasaron por debajo del tejido hasta
encontrar la curva de las nalgas envuelta por las medias de seda. Las manos de ella se clavaron en sus
hombros.

Los ojos le brillaban en medio de la enrojecida cara
mientras él se inclinaba y volvía a besarla con pasión y
fuerza y las manos sobrepasaban la seda y acariciaban,
exploraban las voluptuosas curvas. Una mano siguió
más abajo con dedos que buscaban, más abajo, todo el
camino hasta...

Maggie gimió en los labios de él cuando los dedos
encontraron la húmeda prueba de su deseo y siguieron
de acá para allá buscando las parte más sensible.
Cuando debería haberse separado de él, se agarró más
fuerte sintiendo la más exquisita de las torturas. No
podía hacer nada, no podía moverse. Caleb era implacable, despiadado. Y entonces llegó allí... a esa parte...
Un espasmo la recorrió en respuesta y aún seguía atrapada. Incapaz de escapar a un placer que casi era demasiado. Demasiado intenso.

Mientras la besaba con fiereza en el cuello y ella
dejaba caer la cabeza, una mano la apretaba contra él y
la otra estaba llevándola rápidamente a una espiral de
endiabladas y abrumadoras sensaciones de una clase
que nunca había experimentado. Podía sentir el sutil
ritmo de su duro cuerpo. Había separado las piernas
para dejarle acceso y los movimientos de ambos se hacían cada vez más urgentes. Maggie no sabía qué buscaba, era algo que se encontraba justo fuera del al-

cance y entonces... de pronto algo tomó el control de ella de un modo tan devastador... que dejó de respirar un minuto.

Unos segundos después, como si se la hubieran llevado a otro sitio, lentamente volvió y sintió su cuerpo entero palpitar por las secuelas de lo que había parecido un terremoto de sus sentidos. Mientras la realidad se iba colando en su confusa mente y Caleb aflojaba lentamente su abrazo, supo con sorprendente claridad que había tenido su primer orgasmo. Miró a Caleb sabiendo que debía de tener una expresión de sorpresa en el rostro, pero ni siquiera intentó disimularla. Había perdido la virginidad con un novio de la universidad, pero éste nunca había conseguido hacerle sentir algo más que un moderado malestar. Eso... eso, sin embargo estaba a otro nivel. Oyó el sonido de voces, un tintineo de risas procedentes de la sala de baile a sólo unos metros.

Se había soltado de sus brazos. Con poco más que la fuerza de un beso le había permitido el acceso total sin casi protestar. Sin pensarlo, sólo había reaccionado. Tenía que alejarse.

—Perdona... tengo que ir al cuarto de baño.

Caleb la dejó ir y ella se marchó con la esperanza de no parecer tan hecha polvo como le había dejado lo que acababa de suceder.

La miró irse y se sentó en el asiento que había detrás de él. Su propio ritmo cardíaco estaba empezando a normalizarse y el dolor de su insatisfacción era realmente agudo.

Sacudió la cabeza sonriendo. Sólo había planeado besarla. No había pensado en la súbita necesidad de vapulearla hasta dejarla sin sentido. ¿Qué le pasaba? La última vez que había acariciado a una mujer de forma tan exhaustiva en un lugar público había sido de adolescente. Y había sido a una chica, no a una mujer. Se maldijo a sí mismo; no debería sorprenderse si ella tenía la marca de un mordisco en el cuello, pero había sido tan receptiva... Ese toque de fingida inocencia hacía que perdiera el control rápidamente cada vez que estaba cerca de ella. ¡Con sólo apoyar las manos en su espalda! Podía sentir todavía el temblor que la había sacudido, la presión de sus pechos, que habían prendido fuego a su vientre... su bajo vientre. Y todo eso le había embriagado hasta hacerle perder la razón. Había sido igual que aquella noche de Londres que recordaba tan bien... y ella se había detenido justo cuando... justo cuando él todavía era capaz de parar. ¿Estaba volviendo a hacerle lo mismo? Dejándole atisbar el paraíso sólo para ponerlo de rodillas...

No podía volver a hacerlo. De ninguna manera. Él no se detendría. Sabía que la respuesta de ella no era fingida y Maggie no sería capaz de parar esa vez. Se puso de pie con energía, pero permaneció todavía un momento oculto en las sombras antes de ir a buscar a Maggie. Era hora de reclamar su premio.

De vuelta en la habitación del hotel, Maggie escuchó el sonido de la puerta que se cerraba tras Caleb. Estaba nerviosa, al límite. No estaba preparada. Necesitaba tiempo para procesar lo que había pasado, tenía que ser capaz de controlar sus emociones cuando se entregara a él. Todavía estaba aturdida, conmocionada por la intensidad con que había respondido a sus caricias en la terraza. Él la había visto en cuanto había vuelto a aparecer en el salón. Se había quedado quieta, intentando no salir corriendo en dirección contraria a la que él se acercaba. Sin decir ni una palabra, se había detenido delante de ella, la había tomado de la mano y llevado fuera. Ni una palabra. A nadie. Y ya estaban en el hotel. La enorme cama justo ahí, delante de ella.

Maggie se volvió en dirección a él sin saber todavía qué iba a decir, pero antes de que pudiera hablar, Caleb fue al cuarto de baño mientras se quitaba la chaqueta.

–Voy a darme una ducha...

–Muy bien –el pánico atenazaba su voz–. Yo haré lo mismo después.

Caleb se dio la vuelta y levantando una ceja dijo:

–A menos que quieras compartir...

–No –cortó tajante–. Esperaré.

Él se encogió de hombros.

Maggie salió al balcón y lo recorrió de arriba abajo con los brazos cruzados. No podía pensar con coherencia. Todo iba demasiado deprisa. Todavía estaba hecha pedazos después de aquel ataque de manoseo. ¿Cómo iba a poder soportarlo cuando Caleb... la poseyera por completo? Su vientre se derretía en un líquido ardiente sólo de pensarlo. Se sentó en una silla. No era el tipo de mujer mundana a la que él estaba acostumbrado. Era simplemente la sencilla Maggie Holland. La niña pelirroja y con pecas que se hacía daño con facilidad y todavía tenía señales de cuando se caía de los árboles de pequeña. Y otras cicatrices que él nunca debería conocer. Necesitaba tiempo, espacio, para retrasar lo inevitable sólo un poco más.

Se abrió la puerta del cuarto de baño. Maggie se puso de pie de un salto. ¿Ya había terminado? Caleb salió con una toalla de tamaño ridículo alrededor de la cintura. El pelo mojado se le pegaba a la frente. Maggie no podía apartar la vista del ancho y musculoso pecho. Sus ojos saltaron por encima de la toalla y siguieron a las fuertes y bien torneadas piernas. Tragó. Caleb le hizo un gesto en dirección a la puerta:

–El baño es todo para ti... No tardes mucho, Maggie.

Una vez dentro, se apoyó en la puerta. El vaho la envolvía... el calor de su cuerpo, el aroma todavía presente en el aire. Todo aquello volvió a sembrar el deseo en su cuerpo. Tenía que hacer algo. No podía firmar su rendición esa noche. Al día siguiente, a lo mejor... pero no en ese momento, no después de la explosiva experiencia.

Se quitó los zapatos y fue hasta el espejo a mirar su reflejo. Dos brillantes manchas de color realzaban sus mejillas; tenía los ojos demasiado abiertos y brillantes. Se metió en la bañera en un intento desesperado de conseguir algo más de tiempo para pensar.

Finalmente, después de esperar tanto como pudo, Maggic abrió la puerta con cuidado. Caleb estaba tumbado en la cama con los ojos cerrados. Salió despacio. ¿Estaría dormido? Caleb abrió de pronto los ojos. No había habido suerte. Se apoyó en un brazo y frunció el ceño al darse cuenta de que ella no se había cambiado de ropa. Después un brillo de agradecimiento se dibujó en su rostro.

–Bien. Estaba fantaseando con la idea de quitártelo. Ven aquí.

Caleb había pensado que ella se lo había dejado puesto a propósito...

¿Cómo podía no darse cuenta de que estaba aterrorizada? Maggie dio un paso adelante y se detuvo. Caleb volvió a fruncir el ceño. Parecía demasiado serio.

–Maggie... –dijo en tono de aviso.

–Caleb, espera –levantó una mano como para infundirse valor–. No voy a acostarme contigo hasta que hayas firmado el contrato.

Se levantó de la cama de un salto y Maggie corrió al cuarto de baño, cerró la puerta y echó el cerrojo. Pensaba que el corazón le iba a estallar. Vio cómo se movía el pomo de la puerta y se alejó de ella.

–Maggie... Abre o tiraré la puerta abajo.

La desesperación debilitaba la voz de Maggie.

–Dijiste que firmarías un contrato garantizando que la casa volvería a ser de mi madre. Quiero que lo firmes antes de que... pase algo entre nosotros.

–Ya ha pasado, corazón.

Se ruborizó al otro lado de la puerta. Bueno, al menos ya no estaba tratando de tirarla abajo, aunque tenía el tono de quererla estrangular.

–Maggie, sal de ahí...

–De ninguna manera –pudo oír un resoplido–. No, a menos que me prometas que no me tocarás.

Hubo un silencio muy largo. Tan largo que Maggie tuvo miedo de que se hubiera ido sin decir nada y se fuera a pasar toda la noche encerrada en el cuarto de baño. Entonces oyó un «bien» muy bajito.

Quitó el cerrojo y abrió la puerta. Se sintió aliviada cuando vio a Caleb en el otro extremo de la habitación con los pantalones puestos y los brazos cruzados. Sintió un escalofrío pero decidió salir.

–¿Quieres explicarme de qué va todo esto?

–Quiero firmar ese contrato. Una vez que esté segura de que vas a mantener tu palabra, entonces podrás... tener... hacerme tuya –pronunciar esas palabras hizo que un torbellino caliente le recorriera el cuerpo.

Caleb se acercó un poco. Ella reculó ligeramente.

–Si no recuerdo mal, no aseguré nada semejante. El acuerdo era que tú te mudarías a vivir conmigo, te convertirías en mi amante y entonces... yo pondría la casa a nombre de tu madre.

Maldición, tenía razón. Maggie bajó los hombros. Por un momento, Caleb sintió algo como... preocupación. Parecía increíblemente indefensa.

Lo único que evitaba que hiciera lo que quería, acercarse, zarandearla y después besarla, era que le asustaba la intensidad con que deseaba hacerlo. Y tenía que controlarse, a pesar de que lo ocurrido en la terraza todavía lo tenía atenazado.

Recordó algo y la miró convencido de que tendría una marca ligeramente encarnada en el cuello. Decidió no dejar que ella viera lo cerca que lo ponía de perder el control. Él, Caleb Cameron, uno de los magnates más ricos del mundo, había mordido apasionadamente en el cuello a una mujer. Así que permaneció de pie. Necesitaba algo de tiempo, espacio para asegurarse de que no perdería el control la siguiente ocasión.

Maggie levantó la cabeza y lo miró.

–Mira. Me tienes. No voy a negarte lo que quieres...

–Tú también me quieres a mí, Maggie...

«Más que a nada en el mundo», pensó ella.

Los ojos de Maggie llamearon un segundo diciéndole que estaba de acuerdo, aunque lo que dijo fue:

–Mi dignidad ya la he arrojado a la alcantarilla. Todo lo que te pido es que cuando volvamos firmemos el contrato y entonces... entonces...

«No habrás más excusas para evitar lo inevitable...».

–De acuerdo.

Maggie pensó que no lo había oído bien.

–¿De acuerdo?

–Sí. Bien –pasó a su lado sin ninguna expresión en el rostro y empezó a vestirse.

–¿Qué... qué haces?

–Bueno, Maggie, como no quieres que compartamos la cama todavía... Voy a salir. Será mejor que estés dormida cuando vuelva.

Y se fue. Había conseguido lo que quería, entonces ¿por qué no estaba contenta? ¿Por qué quería correr tras él y decirle: «¡para!, lo siento, por favor vuelve y llévame a la cama»? ¿Qué había hecho? Era incapaz de pensar con claridad cuando él estaba cerca, pero en cuanto se iba sí podía. Lo había llevado demasiado lejos y se había marchado, había vuelto a la recepción. Era el único sitio. O a lo mejor habría ido a cualquier bar lleno de humo en busca de un alma gemela.

Se sentó en una silla. Caleb podría elegir a cualquiera de las bellezas que habían estado intentando atraer su atención las dos últimas noches. Se había marchado para elegir a una. Le estaba haciendo saber que no podía retenerlo, pero incluso sabiéndolo, ardía por él, deseaba dolorosamente que culminara la experiencia que había comenzado antes. Se cambió de ropa y se metió en la cama con la esperanza de que el sueño acabara con aquella tortura.

A la mañana siguiente Maggie se despertó y se sintió a salvo, segura, arropada y cálida. Se movió y se quedó helada al darse cuenta de dónde estaba. Estaba completamente envuelta por el abrazo de Caleb. Sus cuerpos se rozaban desde la cabeza a los pies. El pecho de él en su espalda, las largas piernas envolviendo sin esfuerzo las suyas. Y estaba completamente desnudo.

Maggie tragó con dificultad. Trató de moverse pero los brazos eran como bandas de acero y cuando hizo un movimiento un poco mayor, se tensaron.

–¿Vas a algún sitio? –dijo en su oído una voz ronca por el sueño –se quedó completamente quieta–. Demasiado tarde para eso. Sé que estás despierta.

Y también lo estaba su cuerpo, traicionándola con una ansiosa respuesta a su proximidad.

La mano de Caleb, que estaba en sus pechos, empezó a descender perezosamente por el vientre deslizándose sobre el satén del salto de cama, y después volvió. La respiración de Maggie se aceleró mientras la mano se entretenía en la redondas montañas y el encaje la rozaba de modo insoportable. Cerró los ojos con todas sus fuerzas y gimió cuando agarró uno de sus pezones entre el pulgar y el índice con suavidad, apretando un poco más al tiempo que una sacudida de excitación se abría paso por su vientre hasta el espacio que había entre sus piernas.

Y entonces, mientras la mano de Caleb se entretenía estimulando una de sus zonas erógenas, Maggie se dio cuenta de cuánto se le había subido el salto de cama. Caleb estaba deslizando un musculoso muslo entre sus piernas, abriéndolas, venciendo su resistencia, y entonces pudo comprobar la descarada dureza de su erección allí, rozándola, sólo a un suspiro de estar dentro, donde ella deseaba que la llenara. Acercó las nalgas a él.

—Caleb... ¿Qué... qué es eso? —su respiración la estaba volviendo loca. Quería... quería...

—¿Qué quieres? ¿Esto?

Se movió un poco hacia arriba y ella pudo sentir un empujón en su zona más húmeda. Contrajo los músculos y se estremeció con la anticipación. Aquello iba demasiado deprisa, pero todo lo que podía hacer era darse la vuelta y ofrecérsele por completo.

—Sí... oh, sí —se mordió los labios en un intento de no rogar más.

Y entonces, en un instante rápido y brutal, Caleb se puso en pie y salió de la cama. Ahí estaba, de pie y con una toalla en la cintura que escasamente conseguía disimular el tamaño de su erección. En su rostro se apreciaba el esfuerzo que había tenido que hacer para detenerse.

—¿Qué problema hay? —preguntó ella sin respiración.

—Ninguno, Maggie, que la firma de un contrato no resuelva.

Se inclinó y apoyó las manos en la cama por encima de ella. La miró a la ruborizada cara, las dilatadas pupilas, el cuerpo todavía excitado.

—Cuando lleguemos juntos al orgasmo, Maggie, será así. Podré verte la cara mientras te entregas a mí.

Maggie hundió la cara en la almohada, más humillada incluso que la noche de Londres. Al menos aquella vez no había saboreado la felicidad que él podía darle. No había ido tan lejos como para que ella no pudiera parar, aunque él había llegado a un estado similar. Sin embargo, esa vez había sido él quien había dejado en evidencia la falta de control de ella.

Estaba envolviéndola en un lazo de seda del que sabía que nunca podría liberarse. Incluso después de que él terminara con ella. El dolor la hizo atacar.

—¿No tuviste bastante con la otra cama que calentaste anoche?

La sola idea de él con otra mujer la hacía retorcerse de rabia.

La miró con frialdad.

—Yo, a diferencia de ti, tengo principios. No me comparto. ¿No es una suerte para ti, Maggie? —soltó una breve carcajada—. Soy todo tuyo. Por ahora. Y no volveré a esperar o, créeme, revocaré el acuerdo y me buscaré otra amante —Maggie sintió que la recorría una oleada de regocijo... no se había acostado con otra. De pronto estaba absurdamente feliz. Caleb la miró incrédulo y se dio la vuelta—. Salimos para Dublín en una hora.

Capítulo 7

JOHN, el chófer de Caleb, estaba esperando con el coche en el aeropuerto privado. Maggie estaba contenta de que hubiera alguien con quien hablar mientras Caleb estaba fuera del coche hablando por teléfono. En el curso de la conversación Maggie descubrió que John había perdido a toda su familia en un accidente de tráfico hacía diez años. Trabajaba para otra persona de la empresa, pero cuando Caleb se había enterado de la noticia, lo había convertido en su chófer y desde entonces lo llevaba a todas partes.

–A decir verdad, cariño, no sé que hubiera hecho. Me tuvo yendo de un lado a otro cuando... –se detuvo y se le humedecieron los ojos. Maggie le apoyó una mano en el hombro–. Lo siento, cariño, todavía es... –se rehizo y miró fuera del coche–. Es un buen hombre. Se ocupará de ti. Leal, diría. Mucho mejor que algunos de los que han tratado de...

Caleb entró en el coche en ese momento y John hizo un guiño a Maggie antes de darse la vuelta para llevarlos a la ciudad. Desde luego Caleb tenía una admirador en John. No podía reprocharle cómo se había comportado con ese hombre, pero no quería saber cosas buenas de él, quería odiarlo, confirmar que era un cínico.

La voz de Caleb interrumpió sus pensamientos.

–John, déjame en la oficina, tengo una reunión esta tarde, y después deja a Maggie en casa –cuando llegaron a la oficina, y aún en el coche siguió–. Estaré de vuelta a las siete y llevaré el contrato, así que ¿por qué no pones agua a hervir y lo celebramos?

Maggie se ruborizó sabiendo que John estaría escuchando la conversación.

—Muy bien.

Cuando se hubo marchado, se recostó en el asiento y respiró cómoda por primera vez en todo el día. Al menos tenía unas pocas horas para recuperar el control. Cuando la dejó en el edificio de apartamentos, Maggie miró cómo se alejaba John en el coche.

Fue a ver a su madre para asegurarse de que estaba bien. La vio tan feliz y relajada que Maggie se sintió aliviada de verdad por primera vez. Era casi otra mujer, estaba diferente. Parecía más joven. Ésa tenía que ser su motivación. Estaba haciendo lo que debía. Lo sabía.

De vuelta al apartamento decidió que no podía seguir mintiendo sobre sus conocimientos culinarios y preparó un arroz con champiñones silvestres. Cocinar siempre la relajaba y le iba a hacer falta. Renunció a ponerse unos cómodos vaqueros viejos y una camisa sencilla y pensó que sería mejor vestirse como él esperaba. Así que ahí estaba, sintiéndose ridícula en la cocina con una blusa de seda y unos pantalones de tweed. El pelo, a pesar de que había tratado de recogerlo en un moño, ya estaba otra vez libre a la altura de la nuca.

Cuando Caleb llegó, sus pasos amortiguados por la alfombra, vio a Maggie removiendo algo en una cazuela, inclinada para olerlo con el ceño ligeramente fruncido. Después se irguió y empezó a trocear unas cebollas para hacer una ensalada. La destreza con que lo hacía le demostró que no era una novata. Decidió ignorar el extraño dolor que sintió en el pecho mientras la miraba.

—El agua hervida huele sorprendentemente bien —dijo lentamente.

Maggie dio un brinco y se volvió, pero recuperó la compostura rápidamente. Caleb notó la tensión en su gesto y se arrepintió de lo que había hecho.

–Sí... bueno, no quería darte la satisfacción de pensar que tenías una cocinera interna además de una amante, pero ya ves... Cocino bastante bien.

–Mejor, porque tengo hambre. Me doy una ducha y vuelvo.

Maggie se encogió de hombros como si no le importara, pero desde que la había sorprendido, tenía el pulso desbocado.

En cuanto desapareció Caleb, metió las muñecas debajo del grifo de agua fría para tranquilizarse. Se humedeció las ardientes mejillas. Imágenes de fantasías eróticas empezaban a tomar posesión de cada rincón de su cabeza. Era una hormona andante. Colocó los cubiertos y sacó una botella de vino porque sabía que él así lo esperaba, pero se juró beber muy poco para mantener totalmente el control.

Y entonces apareció él. Se había vestido como le hubiera gustado a ella: unos vaqueros viejos y una camiseta que ceñía el musculoso pecho. El pelo mojado alrededor del cuello.

–¿Qué hago?

Maggie cerró los ojos para reprimir las lujuriosas imágenes que acudían a su cabeza.

–Puedes traer la ensalada, lo demás está ya en la mesa.

Se acababa de quedar sin apetito.

Caleb trajo la ensalada y se sentaron. Él sirvió vino a los dos y alzó su copa:

–Por esta noche.

Maggie se quedó pálida y respiró hondo. Se limitó a asentir en respuesta. Y bebió un buen trago de vino. Demasiado para sus buenas intenciones.

Caleb probó la comida y en su rostro apareció una mirada de incredulidad.

—Maggie, esto está realmente bueno. ¿Cuándo aprendiste a hacerlo? ¿Sabes lo difícil que es conseguir que quede bien?

Maggie se ruborizó de placer y no pudo reprimir una sonrisa.

—¿De verdad?

—De verdad. He comido en muchos de los mejores restaurantes de Italia y nunca me han hecho un *rissoto* tan bueno como éste.

—Trabajé como ayudante de un cocinero cuando estudiaba en la universidad.

—¿Trabajabas mientras estudiabas? —casi había cerrado los ojos incrédulo.

Maggie pensó deprisa. Tom tenía millones, el dinero no hubiera sido problema, pero Maggie siempre lo había rechazado, pensaba que era dinero ensangrentado a pesar de los ruegos de su madre para que aceptara la ayuda de Tom. Se encogió de hombros y dijo:

—Creo que quería demostrarle a Tom que podía valerme por mí misma, pero me aburrí pronto... —las siguientes palabras la mataban si pensaba en la horrible habitación de alquiler llena de cucarachas en la que había vivido—. Pero, por supuesto, no duré mucho. ¿Por qué elegir el camino difícil?

—Es verdad, ¿por qué?

Maggie pensó que tenía que mantenerse alejada de los temas personales. Tenía demasiada inclinación a hablar deprisa y abiertamente. Como había pasado en la comida de Montecarlo. Cuando Caleb sirvió el último vino en su copa se preguntó cómo habrían hecho para beberse toda la botella. Sentía esa melosa blandura en su cuerpo y quiso levantarse para ponerse alerta.

–Voy a hacer café –fue a levantarse y Caleb la retuvo con una mano.

–No, tú has hecho la cena, yo haré el café. Siéntate en el sofá y te lo llevaré.

Esa cortesía le hacía sentirse incómoda. Lo miró mientras quitaba la mesa y después escuchó cómo trasteaba en la cocina. Hizo como le había dicho y se sentó en el sofá. En ese momento lo vio encima de la mesa. El contrato. Eso la espabiló más rápido que ningún café. Lo agarró con cuidado y echó un vistazo. Ahí estaban, negro sobre blanco, las terribles palabras:

Margaret Holland... se convertirá en la amante de Caleb Cameron durante sólo dos meses... desde la fecha de hoy... y la casa sita en... volverá a estar a nombre de Fidelma Holland... pero sólo cuado la susodicha relación haya...

Sintió náuseas. Teniéndolo delante, no podía realmente creer que hubiera tenido el valor de ponerlo por escrito... ¿con el asesoramiento de un abogado? ¿Con testigos? Ahí estaban los espacios para sus firmas. Tan impersonal y tan seco como se había quedado su boca. A pesar de que había sido ella la que había rogado por la casa y había provocado esa situación... aquello era demasiado.

Caleb volvió y Maggie volvió a dejar el contrato en su sitio.

–Así que ya lo has visto –dijo él con un tono grave e implacable.

–Sí. Lo que, sin duda, esperabas cuando me has dicho que me sentara aquí.

–En realidad no es así. Había olvidado que lo había dejado ahí, pero ¿cuál es el problema? ¿No era lo que querías?

Maggie dejó el café en la mesa y se levantó del sofá intentando desesperadamente no echarse a llorar.

–¡No! No es lo que quería. Nunca he querido nada de esto. Y menos que mi vida privada acabara conocida al detalle por extraños.

Caleb también se levantó y se acercó a la ventana a mirar la espectacular vista de la ciudad. Se dio la vuelta para mirarla.

–Lo siento, Maggie, pero esto es resultado directo de tus actos. Hace seis meses jugaste con fuego y ahora te estás quemando –la agarró de los dos brazos.

–Me deseas, Maggie, tanto como yo a ti. ¿Puedes negarlo?

Triste, embriagada por su proximidad, no podía moverse. Súbitamente la atrajo hacia él. Bajó las manos por sus brazos y le sujetó las dos manos a la espalda con sólo una suya.

–Te gusto, ¿verdad? –con la otra mano le apartó un mechón de pelo de la cara.

El cuerpo de Maggie ardía de vida cada vez que la tocaba, pero tenía que resistirse, era su única defensa. Después de haber leído el contrato había sentido que le quedaba un hilo de dignidad y se había agarrado a él.

–Sí... –las palabras se retorcían en su interior–. Puede que me gustes en el exterior, pero tienes que saber que en el interior te odio con todas mis fuerzas.

Vio en él una mirada tan salvaje y tan breve que pensó que se la había imaginado.

–Eso está bien porque no es tu corazón lo que quiero. Sólo tu cuerpo. Es hora de terminar lo que empezaste aquella noche, Maggie.

La crueldad de sus palabras la quemaba. Sintió que la garganta se le cerraba cuando se inclinó sobre ella y la besó posesivamente. Y mientras su cuerpo se alegraba del contacto, su cabeza desmentía sus palabras repitiéndole a cada momento lo que quería ignorar, lo que no quería afrontar. Lo que no podía afrontar. Caleb finalmente suavizó el beso y le soltó las manos y ella dudó durante un segundo antes de sucumbir a la sensualidad por lo inevitable de la situación. No tenía elección. Estaba en una carrera a punto de llegar al final. Una carrera que ella había iniciado. Una carrera que Tom había puesto en marcha seis meses antes. Por mucho que quisiera golpear a Caleb por hacer que se sintiera así, sus traidoras manos subieron por el pecho, arriba... hasta entrelazarse detrás del cuello enterrando los dedos en el sedoso cabello. Sabiendo que todo estaba perdido, se entregó a lo que de momento tenía. Y lo que tenía era a él... besándola, haciéndole el amor. Se acercó más, tanto como era posible, respondiendo a sus besos. Aquello era todo lo que tenía. Su desprecio y su pasión, así que lo aceptaría. Caleb se echó para atrás, podía sentir cómo Maggie temblaba de forma violenta entre sus brazos.

—Eh... baja el ritmo —dijo como para reconfortarla.

Un destello de algo muy bien guardado dentro de ella le llegó en una mirada, le recordó a un animal acorralado que luchaba para defenderse. Pero eso era una locura...

—Lo siento, sólo... yo...

La hizo callar apoyándole un dedo en los labios. Si no la hubiera conocido hubiera dicho que estaba abrumada. Sin experiencia... pero abandonó esa idea. Tenía que estar fingiendo.

La respiración acelerada de Maggie empujaba sus pechos contra el cuerpo de Caleb. Le pasó un dedo por la acalorada mejilla, recorrió la delicada línea de la mandíbula, el borde del cuello hasta llegar al primer botón de la blusa. Lo desabrochó, después el siguiente, el siguiente... Podía sentir cómo la respiración cada vez se le entrecortaba más pero, al menos, la desesperación parecía haber desaparecido. Ese enigmático destello de sus ojos había sido reemplazado por algo más reconocible. Deseo.

La blusa abierta dejaba ver un sencillo sujetador casi transparente. Podía ver las rosadas areolas de los pezones alrededor de las erguidas puntas. Recorrió la línea de los pechos con una mano manteniéndose alejado del punto más sensible, pasando del valle a la montaña y finalmente, despacio, llegando a unos pezones que se habían puesto aún más duros.

Maggie sintió que se le doblaban las piernas. Caleb la sujetó y la llevó hasta el sofá. Ella se tumbó y lo miró mientras se quitaba la camiseta dejando a la vista el perfecto torso.

Puso las manos encima de las de ellas a ambos lados de su cuerpo y la besó en la boca. Después bajó los labios por el cuello, el valle y finalmente los deseosos pezones. Maggie se retorcía de placer mientras la boca cambiaba al otro pezón. No podía pensar, ni hablar. Todo lo que podía hacer era sentir placer mientras Caleb la chupaba y agarraba uno de los pezones con los dientes.

Con un suave movimiento, Caleb la incorporó y le quitó la blusa, le desabrochó el sujetador y se lo quitó. Volvió a tumbarla y la miró.

—¡Qué hermoso!

Recorrió la curva de la cintura, el suave vientre, y los dedos se detuvieron en el botón del pantalón. Se inclinó sobre ella y Maggie sintió cómo su pecho le rozaba los senos de un modo delicioso. La besó en la boca y ella le pasó los brazos por el cuello mientras sus lenguas se enlazaban en una danza que la dejaba sin respiración. La mano de los pantalones desabrochó el botón. Deseaba que se los quitara y levantó las caderas para ayudarlo a que se los bajara.

Caleb se detuvo y bajó la vista. Vio las bragas lisas, las delgadas y bien formadas piernas. Deslizó una mano por el borde de la seda en busca de la evidencia del deseo de ella. Oyó, sintió cómo Maggie dejaba de respirar.

Era tan hermosa sólo con la bragas puestas, el cuerpo entero salpicado de pecas, que sintió que le gustaba más desesperadamente que nunca. Los vaqueros retenían su excitación.

La tomó en brazos y la llevó al dormitorio. Se sentía tan vulnerable desnuda entre sus brazos... Maggie había pensado que llegado ese momento se sentiría paralizada por los nervios... pero había una fiebre en su sangre que hacía que sólo pensara en Caleb... y ella. Se sentía bien. Como si no importara nada de antes, lo que importaba era ese momento.

Una vez en el dormitorio, la puso de pie. Maggie tenía una mirada insondable. Se inclinó sobre ella y le soltó el pelo. Una cortina de ondas cayó por los hombros hasta la espalda. Sin dejar de mirarla, se quitó los vaqueros.

Estaba desnudo. La caliente mirada de Maggie lo recorrió de arriba abajo. Era magnífico. Aunque sólo había estado antes con un hombre, sintió algo en lo más profundo y... supo lo que tenía que hacer. Era algo que no podía siquiera figurarse, una especie de conocimiento innato. Algo entre ella y ese hombre. Algo que hacía que cada célula de su cuerpo deseara tenerlo dentro, que la llenara.

Levantó la vista un momento y lo que vio en los ojos de Caleb disparó su pulso. Con una sensación de aventura sensual, envalentonada por la mirada que había visto en sus ojos y ante lo evidente de la excitación de Caleb, preguntándose cómo tenía valor para hacer algo así, cerró su pequeña mano sobre la longitud de su sexo. Podía sentirlo latir, moverse ligeramente mientras deslizaba la suave mano a lo largo de su dureza. La mano parecía pálida y diminuta alrededor de él, apenas capaz de rodearlo. Sintió una espiral de deseo crecer dentro de ella.

Miró a Caleb a la cara y vio que tenía los ojos como hendiduras mientras intentaba mantener la respiración a un ritmo pausado. Pensar en lo que le estaba haciendo hacía a Maggie sentirse feliz.

Caleb había ido más allá de la razón o la coherencia. La embriagadora mezcla de inocencia y obvio conocimiento de ella eran demasiado. Sentía la necesidad de estar dentro de ella, de llenarla... a esa mujer, a ninguna otra. No quería, no podía pensar en los demás hombres a los que ella les habría hecho lo mismo antes. Se propuso poseerla de un modo tan completo que ella nunca deseara a otro hombre. Le sujetó la mano y con una voz gutural dijo:

–Maggie... para o esto se acabará demasiado pronto.

La llevó a la cama y la tumbó. Lo miró mientras se echaba sobre ella y se apoyaba en los fuertes brazos. Se movió para dejarle que se pusiera a su lado.

Las manos de Caleb recorrieron su cuerpo hasta que llegaron a las bragas y despacio pero de forma segura empezaron a bajarlas. Se las quitó y las tiró al suelo. Ya estaba completamente desnuda y sintió cómo Caleb le separaba las piernas con su cuerpo. Sintió un aliento ahí, en el centro de su feminidad. No podía mirar y se cubrió el rostro con un brazo. Las manos de él se deslizaron debajo de sus nalgas levantándolas ligeramente y entonces pudo sentir la lengua que exploraba dejando un húmedo camino, primero en el interior de uno de los muslos y después en el otro, antes de que le separara las piernas un poco más de modo que la boca... la lengua pudiera buscar y encontrar ese diminuto y duro rincón de su cuerpo que nunca antes ningún hombre había acariciado de modo tan íntimo.

Cuando su lengua lo encontró, lo rodeó, lo chupó... Maggie pesó que se desmayaba... y entonces la lengua bajó... y entró en ella. Arqueó la espalda. Una mano se agarraba a las sábanas. Respiraba de modo tan agitado que creía que se iba morir. ¿Cómo podía hacerle sentir así... tan lasciva y...? No podía controlarse, la espiral iba creciendo, la lengua era más dura, entraba cada vez más hasta que llegó a un punto sin retorno y su cuerpo entero se sacudió en espasmos fruto del orgasmo. Seguía teniendo el brazo sobre la cara, las lágrimas llenaban sus ojos debido a intensidad de la emoción. Sintió que Caleb subía por su cuerpo y se apartó el brazo de la cara. Se secó las lágrimas antes de que pudiera verlas.

Caleb la besó tan profundamente que descubrió en su boca el sabor de sí mismo. Estaba borracho por su aroma, su sabor, la sensación de que no podía esperar más. Después de ponerse protección, intentó que la urgencia por entrar en ella no hiciera que se vertiera inmediatamente. Ella lo miraba y lo que vio en sus ojos le hizo sentir una profunda ternura, pero el deseo era tan poderoso que no se detuvo a pensar en ello.

–No cierres los ojos, Maggie.

Ella negó con la cabeza. No podría aunque quisiera. Sintió cómo él empujaba entre sus hinchados pliegues y levantó las caderas para ayudarlo. Caleb pasó una mano por debajo de su cintura y la levantó un poco para poder empujar con más fuerza. Maggie tenía los ojos abiertos de par en par. Toda la longitud de su erección abrazada por su cuerpo.

De forma instintiva, Maggie le rodeó la cintura con las piernas, le puso las manos en los hombros mientras él seguía llenándola. Mientras lo miraba a los ojos y a base de rítmicas embestidas, Caleb la llevó hasta otro universo donde olvidó tiempo y espacio, su nombre, todo. Esperó hasta que el cuerpo de ella se convulsionó alrededor del suyo y entonces, con gotas de sudor en las cejas, dejó paso a su propia capitulación.

Mientas envolvía con su cuerpo a Maggie, Caleb sintió por primera vez en su vida que había llegado a casa.

«Vaya un pensamiento ridículo...».

Pero, lo más importante... ella era suya.

Maggie tomo la taza de té que acababa de hacer y se acercó hasta el enorme salón. Apenas veía lo que miraba, pensando que se sentía... curiosamente tranquila... y vacía. Le dolía todo el cuerpo, los músculos protestaban si se movía muy deprisa y cuando un rato antes se había mirado en el espejo se había quedado impresionada por las marcas que tenía. Se sintió avergonzada al recordar que había arañado a Caleb y se preguntó si también le habría dejado marcas.

Bebió un sorbo de té y sintió cómo el líquido calentaba su interior curiosamente frío. A lo mejor ése era su mecanismo de defensa. Todo lo que quería reconocer era que él la había llevado hasta el límite de las sensaciones y que los dos habían encendido una pasión que le asustaba por su intensidad. Y eso había provocado en ella un deseo que sabía que no se apagaría hasta que volviera a ver a Caleb.

Sonó el teléfono taladrando el silencio y dio un brinco. Sintió unas especie de escalofrío al anticipar que la voz de él sería la que escucharía al otro lado. Los recuerdos de la noche anterior inundaron su cabeza. Menos mal que él no podía verla.

—¿Hola?

—Hay un mensajero de camino para...

—De acuerdo, bien.

—Hasta luego entonces.

—Bien.

Colgó. Sabía de qué estaba hablando exactamente. La conversación no podría haber sido más estéril. Caleb estaba hablando del contrato. Con la emoción de la noche anterior, cuando se había sumergido en ese torbellino de deseo y placer, se había olvidado de todo. Sólo al despertarse por la mañana en una cama vacía y con el contrato a su lado... Sonrió con una mueca. Él había firmado y dejado una breve anotación:

Fírmalo y enviaré un mensajero. Considéralo hecho.

Así que estaba hecho. Su madre había recuperado la casa... y en siete semanas y unos días, ella sería libre de marcharse. Curiosamente no se sentía tan feliz como había pensado. Se apartó de la ventana y del teléfono y fue a por la taza. Buscó un bolígrafo, firmó el contrato y lo metió en un sobre que Caleb había dejado. Después esperó al mensajero abajo. Cuando llegó, casi se lo tiró, mucho más turbada de lo que pensaba que estaría.

Capítulo 8

LOS SIGUIENTES días empezaron a llegar paquetes. Cajas de terciopelo con joyas impresionantes. Normalmente con una nota, nada entrañable, algo corto como: *Para esta noche* o *Esto iría bien con algo negro*. Maggie dejó de mostrarse impresionada y de dar las gracias porque a Caleb no parecía gustarle. Le decía que esperaba que lo llevara... como si fuera un traje de diseño. Y con cada regalo ella se sentía peor. Cada vez más humillada.

Por mucho que lo intentaba, le resultaba difícil ponerse todas aquellas joyas y pasear a su lado como si fuera un lirio dorado. Se sentía incómoda... mal. Iba en contra de todos sus principios. Si se las hubiera regalado con un placer auténtico, entonces hubiera sido diferente. Pero esa fantasía pertenecía a un mundo que no existía.

Tenía que ser consciente, ya que estaban compartiendo la cama... que ése era su *modus operandi* habitual. No había ninguna diferencia y sería una imbécil si pensaba que la había. Al quinto día, después de la cuarta noche en su cama, cuando recibió un brazalete de diamantes, finalmente salió del apartamento con sensación de pánico. Caminó durante horas y casualmente se metió en un viejo cine con idea de apartar los pensamientos que la estaban devorando.

–¿Dónde demonios has estado?

Maggie trató de no acobardarse por la ira que vio en

el rostro de Caleb, pero pudo sentir cómo un viejo conocido pánico crecía dentro de ella.

«Caleb no es Tom...», pensó.

Cerró la puerta después de entrar.

–He ido al cine, no puedes tenerme encerrada aquí todo el día...

–¿De verdad no puedo? –dijo según avanzaba en dirección a ella.

Maggie se quedó pálida, lo que le hizo detener sus pasos. Los ojos de ella eran enormes. Caleb se obligó a tranquilizarse. Ella había vuelto, estaba allí. ¿Había pensado que realmente se escaparía una vez firmado el contrato? Pero él había... por un momento...

Se pasó una mano por el pelo.

–Maggie, mira... Por supuesto que no puedo encerrarte aquí. He vuelto y no estabas... No sabía, supuse, pensé... –sacudió la cabeza–. No importa. Sólo llámame la próxima vez.

Maggie no podía creerlo. Realmente parecía... casi agitado. ¿Había pensado realmente que había huido? No tenía ninguna duda de que si intentaba algo así él no habría respetado el acuerdo, con contrato o no.

–La verdad es que no tengo tu número de móvil –dijo en tono frío.

–Bueno, vamos a solucionarlo ahora mismo –agarró el bolso de ella y sacó su móvil. Ella lo miraba desconcertaba mientras él tecleaba los números y se lo devolvía.

–¿No quieres el mío? –preguntó ella.

–Sí.

Le tendió el móvil y ella metió su número y se lo devolvió. Sentía una contracción en la comisura de los labios. ¿Estaría histérica? De pronto algo empezó a surgir dentro de ella sin que pudiera controlarlo. Caleb la agarró de la cara y frunció el ceño.

–¿Qué...?

Ella no podía parar de reírse a carcajadas y gemía intentando controlar la risa.

–Lo siento... es... sólo... un poco...

–¿Ridículo? –también él sintió la contracción en la comisura de los labios. Miraba cómo ella trataba de controlarse respirando hondo y secándose las lágrimas. Le acarició una mejilla con un dedo y dijo casi sorprendido–: Eres incluso más guapa cuado te ríes... Deberías hacerlo con más frecuencia.

Sintió un escalofrío en el vientre cuando él la tocó.

–Bueno, tampoco he tenido muchas razones últimamente.

«O nunca...».

Algo oscuro cruzó por el rostro de Caleb y pudo ver cómo se cerraba totalmente de nuevo. «No», quería decir. «Quédate conmigo». Él apartó el dedo. Ella se sintió desolada. Había recuperado el control.

–He hecho pollo... ¿qué te parece? –dijo él.

–¿Cocinas? –preguntó con tono estúpido.

–Aparentemente bastante bien.

Maggie se encogió de hombros tratando de no parecer impresionada y sintiéndose aliviada de cenar en casa. Cenaban fuera todas las noches cada vez en un restaurante más lujoso que el anterior y estaba cansada.

–Eso habrá que verlo –dijo ella rápidamente intentando que no se le notara el alivio.

–Oh –dijo dándose la vuelta en dirección a la cocina–. No todos hemos aprendido con cocineros, algunos hemos tenido que aprender por el camino difícil.

Lo siguió a la cocina.

–¿Dónde aprendiste entonces?

Por lo que parecía sabía lo que hacía. Movía la ensalada con facilidad. Era como si fuera el típico hombre que hace todo bien.

–Mi madre no sabía cocinar, ni mi padre, así que en

la época de las vacas flacas, cuando mi padre se arruinó y mi madre lo dejó para buscar otro más rico, tenía que cocinar para que no muriéramos de hambre.

–¡Pero eras sólo un niño!

Caleb se encogió de hombros sin darle importancia.

–Una vez que mi madre volvió a casarse en Brasil, tenía ama de llaves, pero seguía cocinando para mi padre en Inglaterra. Me gustaba, incluso fui el único chico que se apuntó a clases de economía doméstica en el instituto.

–Guau, ¡eso es muy valiente! Recuerdo cómo solíamos reírnos de los chicos en mi instituto.

Maggie pensó en las palabras de Caleb y entonces recordó algo que Michael Murphy había dicho el día del funeral.

–Has dicho que tu padre se arruinó... por... ¿por eso no te enfrentas a tus enemigos con total crueldad? –la miró con los ojos entornados. Ella se ruborizó... ¿qué estaba haciendo? Estaban llevándose bien. Levantó una ceja–. Lo que quiero decir es... el señor Murphy dijo algo sobre que no eras conocido por tener tan poca... piedad –terminó.

Dejó lo que estaba haciendo, apoyó las dos manos en la encimera y dijo:

–Y aun así no tuve piedad contigo y tu familia... –ella asintió con tristeza deseando no haber abierto la boca–. Sólo lucho hasta el final cuando se me provoca más allá de lo razonable... y tú y tu padrastro lo hicisteis, Maggie. Puedes ahorrarte el psicoanálisis.

–Me voy a dar una ducha rápida –dijo ella dándose la vuelta en dirección a la puerta.

Caleb se quedó un largo rato mirando el vacío hueco de la puerta. Por un momento, habían compartido una sinceridad que raramente lograba con nadie. Y luego, con sólo ese comentario... había puesto el dedo en la llaga sobre algo que era fundamental en su modo de vida y de hacer negocios, algo que nunca nadie había descubierto. Ni lo periódicos, ni las revistas, ni los reporteros... y habían hecho todo lo posible por explicar el fenómeno Cameron. La forma en que había hecho su fortuna desde la nada, primero en Río y Londres y después en todo el mundo. Todo a la edad de treinta y seis años.

La verdad era que la forma en que llevaba sus negocios estaba inextricablemente unida con su experiencia de la vida. Haber visto a su padre totalmente arruinado, abandonado por su esposa porque no tenía dinero, le había dejado heridas. De alguna manera se había jurado que eso nunca le pasaría a él. Apartó los oscuros recuerdos. Maggie estaba tratando de pulsar sus botones... y no iba a permitírselo.

–¿Qué puedo hacer? –dijo Maggie con la barbilla levantada desde el hueco de la puerta, dispuesta a no dejar que Caleb se diera cuenta de lo que le había afectado su cerrazón.

Caleb seguía serio. Le echó una mirada a Maggie fijándose en el pelo mojado que le caía más abajo de los hombros. Llevaba un suave suéter de cachemira que se ceñía a sus curvas. No pudo evitar notar una sombra de algo, ¿dolor?, que brillaba en el intenso verde de sus ojos. Distraído por eso y por cómo le hacía sentir, dijo de forma imprecisa:

–Pon la mesa, los cubiertos, los vasos...

–Sí, señor –murmuró empezó a abrir cajones. No dejaría que viera lo dolida que estaba, pero ese dolor seguía ahí, a flor de piel. ¿Qué esperaba? Sacudió la cabeza y se puso a buscar los platos.

De pronto notó que la agarraban de la cintura y que le daban la vuelta. Estaba apoyada en el pecho de Caleb tan deprisa que casi se quedó sin respiración. Él le acariciaba la cara con las dos manos. Inmediatamente su cuerpo empezó a responder... Lo miró indefensa.

–Maggie... sólo... no trates de entenderme. No me hace falta. Todo lo que necesito es a ti... –la miró a la boca– esto.

Inclinó la cabeza y unió sus labios a los de ella, la besó y mordisqueó el labio antes de deslizar la lengua dentro de su boca. Ella lo abrazó por la cintura y empezó a acariciarlo inconscientemente por encima de la camisa. Suponía que eso era una especie de disculpa, pero también le estaba diciendo que no necesitaba nada de ella, ni sus opiniones, ni sus ideas, ni su preocupación... ni, por supuesto, su corazón. Y mientras la besaba, ella podía olvidar todo eso... pero cuando se detuviera sabía que el dolor volvería a estar ahí. Así que, en un esfuerzo para evitarlo, le devolvió el beso, con la esperanza de que no parase nunca.

Caleb se separó. Vio a Maggie con los ojos todavía cerrados y los labios hinchados. Gimió y ella abrió los ojos. Miró a su boca.

–No pares –había algo desesperado en la voz de ella.

Se puso de puntillas y bajó la cabeza de Caleb. No llegaba, era mucho más pequeña que él.

–Por favor... no pares –imploró, con un deseo tan fuerte que él no pudo resistirse y la levantó en brazos para sentarla en la encimera de la cocina.

Se metió entre las piernas de ella y agarró de nuevo su rostro para volverla a besar largamente. Podía sentir las manos de ella en su pecho, después los dedos que se movían para desabrochar los botones de la camisa y se deslizaban dentro para acariciar su piel y hacer surgir un intenso deseo dentro de él.

Le quitó el suéter y vio los pechos desnudos, turgentes y rosados por la excitación. Tomó uno y le pasó el pulgar por la punta del pezón. Ella dejó caer la cabeza hacia atrás y entonces él se agachó y se metió el pezón en la boca. Maggie gemía, el pelo mojado pegado a la espalda. Levantó la cabeza para intentar quitarle del todo la camisa, pero le temblaban tanto las manos... Caleb se las apartó.

–Déjame a mí...

Y se abrió la camisa mientras Maggie sentía el dolor del deseo crecer entre sus piernas. Se deslizó por la encimera mientras Caleb acababa de quitarse la camisa. Se acercó a ella y empezó a acariciarle la espalda, la besó en el cuello, los hombros... Estaba fuera de control. Lo deseaba, ya. No se había dado cuenta de que debía de haberlo dicho en voz alta hasta que oyó:

–¿De verdad? ¿Me deseas aquí, ahora?

Maggie no podía creer que siguieran en la cocina, que hubiera sido tan audaz, que le hubiera rogado que la besara, la poseyera, pero era demasiado tarde. Y sabía que estaba bloqueando algo... alguna clase de dolor.

«Cobarde», pensó.

Asintió nerviosa y contenta de ver que, a pesar de su frialdad y sus palabras tan racionales, él también respiraba acelerado y tenía las pupilas dilatadas. Caleb llevó las manos hasta los vaqueros y Maggie lo ayudó a quitárselos levantando las caderas.

Sus ojos siguieron las manos de él mientras se desabrochaba el cinturón. Respiró hondo con el vientre tenso por el deseo, se deslizó por la encimera y desabrochó ella misma el botón del pantalón mientras lo besaba en el pecho y mordía suavemente uno de sus pezones.

Las manos de él le sujetaron la cabeza y Caleb dijo en un susurro:

–Maggie, Maggie, ¿qué me haces?

La tomó en brazos y la llevó al dormitorio. La dejó

en la cama y se quitó los pantalones y calzoncillos. Después le quitó a ella las bragas. Ella, de modo instintivo, arqueó la espalda mientras él le separaba los muslos con sus piernas. Caleb se apartó un segundo para ponerse la protección y después se inclinó sobre ella y la penetró de forma tan completa y profunda que ella gritó. La espiral del éxtasis finalmente acabó con toda la coherencia de sus pensamientos. Justo como ella había deseado, esperado.

–¿Mas vino?

Maggie negó con la cabeza y puso una mano encima del vaso. Todavía le costaba mirar a los ojos a Caleb. Una hora antes la cena estaba lista, podrían habérsela comido ya.

«Y todo porque... todo porque...».

Maggie quería que se la tragara la tierra. Le había rogado que la besara, que no parara. Prácticamente le había arrancado la ropa. Había iniciado un acercamiento sexual que había abrasado a los dos. Se había quedado medio desnuda en la cocina. Sentía una terrible mortificación interior.

La había poseído fuerte y rápido y de una forma tan total que todavía estaba aturdida. Y sabía que todo había estado motivado por su deseo de evitar afrontar la indiferencia que él tenía por sus sentimientos, sentimientos que no estaba preparado para conocer. Aquello era un camino directo a la autodestrucción.

–¿Maggie? –reacia, se obligó a mirarlo–. ¿Quieres decirme cuál es la causa de esa expresión de sufrimiento en tu rostro? ¿O tendré que asumir que es por mi forma de cocinar?

Apartó la vista y luego volvió a mirarlo. Por supuesto, él estaría acostumbrado a que sus amantes tomasen la iniciativa, por eso no debía de parecerle extraordinario lo que acababa de pasar. Forzó una sonrisa y una mirada blanda.

–Nada. Y el pollo estaba... delicioso.

Había sido sublime, perfecto. Y hubiera estado mucho mejor si se lo hubieran comido justo cuando se acababa de preparar. Ese pensamiento le hizo sentirse humillada de nuevo.

–¿Adulación? –bromeó levantando una ceja–. Tratando de despistarme, ¿Maggie?

No podía ser así de transparente, ¿verdad? Podía sentir una ola de carmín ascender a su rostro.

–Cuando te ruborizas eres como un libro abierto.

Un súbito dolor la atenazó. Por suerte él pensaba que la tenía tan calada, pero cada vez que se ruborizaba interpretaba exactamente lo contrario de lo que en realidad estaba sintiendo. Aun así, el dolor cortaba como un cuchillo. Se levantó para llevarse los platos. Cuando volvió, Caleb la agarró de la muñeca y la sentó en su regazo.

–¿Qué? –¿por qué había sonado como ahogada? ¿Por qué su cuerpo volvía a la vida tan fácilmente? Traidor.

–Tengo una sorpresa para ti... ¿No has visto nada fuera cuando has llegado? –Maggie negó con la cabeza. ¿Adónde conducía aquello?–. Quería habértelo enseñado antes, pero como has llegado tan tarde y luego nos hemos distraído...

Sintió que Maggie se ponía tensa. Era un manojo de contradicciones. Le hacía el amor con una intensidad y una pasión que él nunca había conocido y luego se pasaba una hora evitando su mirada. Estaba acostumbrado a librarse de los abrazos empalagosos después de hacer el amor y con Maggie... ella era todo lo contrario, no podía esperar para alejarse de él. Y por primera vez, él en realidad se sentía un poco... ofendido, pero ella no era nada más que una mercenaria sin corazón... quería decir «fulana», pero no era capaz. No podía pronunciar la palabra, ni siquiera en su cabeza. Haciendo un esfuerzo para evitar pensar en ello, se puso de pie súbitamente y se llevó a Maggie con él. Ella lo miraba sin parpadear y podía sentir una especie de calor bajo su mirada.

–Vamos abajo, te lo enseñaré.

La tomó de la mano y la sacó del apartamento. Bajaron en el ascensor, salieron por la puerta y entraron en la oscuridad de la noche. Estaban en la calle.

–Bueno –dijo él un poco impaciente después de unos minutos de silencio.

Maggie miró a todas partes cada vez más desconcertada.

–Caleb, no sé qué quieres que... –se detuvo y de pronto apretó más fuerte la mano de él–. Mi coche... mi coche no está.... Estaba justo ahí... –se soltó y se acercó a la carretera–. ¿Dónde...? Quiero decir... había aparcado justo aquí. Sé que lo hice –podía sentir cómo el pánico empezaba a crecer y se volvió a mirarlo–. A lo mejor se lo ha llevado la grúa. He pagado el aparcamiento antes... No creo que nadie quisiera robarlo...

–Maggie, para –Caleb se acercó a ella y le giró la cabeza en dirección a los coches aparcados en la calle. La abrazó y señaló a un reluciente Mini Cooper nuevo colocado exactamente en el mismo sitio que había estado su coche.

–No... el mío era más viejo, ¿no te acuerdas?

–Me lo llevé con una grúa, Maggie. Tenía que ocurrir, créeme. Éste es tu nuevo coche –dijo balanceando una llave delante de sus ojos.

–Pero... yo... ¿Dónde...? ¿Qué has hecho con el mío?

–Seguramente ahora será ya del tamaño de una lata de conserva.

Mientras Maggie seguía quieta dentro de sus brazos, de espaldas a él, no podía evitar que le temblara el labio. Inexplicablemente se sentía como si Caleb le hubiera sacado el alma, se la hubiera escurrido y secado y se la hubiera vuelto a poner en su sitio. Sabía que era sólo un coche, pero era suyo, lo primero que había comprado. Un símbolo de su independencia de Tom. Con él había enseñado a su madre a conducir. Y sin un adiós, Caleb se había deshecho de él.

Se mordió furiosamente el labio para dejar de temblar. No había forma de que él supiera cómo le dolía todo aquello, seguro que estaría pensando que volvía a interpretar. Todavía seguía balanceando la llave. Se la quitó de la mano... todavía no había dicho nada, no confiaba en sí misma. La soltó y ella echó a andar. Era tan estúpido, lo sabía, estar así de contrariada. Y estaba enfadada. Parpadeó, ignoró el dolor de su corazón y se dio la vuelta con una sonrisa inmensa en el rostro.

–Es precioso. Lo siento, estaba tan sorprendida... Nunca... Quiero decir que ha pasado tanto tiempo desde que alguien no me hacía un regalo tan generoso...

La rabia y el dolor guiaban su forma de actuar. Se acercó y le dio un beso.

–...Supongo que será mío después de que acaben los dos meses... Después de todo, necesito un coche... –le pasó un dedo por la frente– y las joyas...

Lo miró coqueta desde debajo de las pestañas y pudo ver la reacción que había esperado en él: apretó la mandíbula, le brillaron duros los ojos. Ella estaba actuando como él esperaba y eso le hacía sentirse mareada, pero también, curiosamente, protegida.

–Por supuesto –por mucho que detestara su conducta, sentía alivio cuando Maggie se portaba así.

¿Había pensado en algún momento que ella fuera otra cosa distinta? ¡Menuda estupidez!

«Sólo estás accediendo a los deseos de su corazón

mercenario. Al fin y al cabo era lo que ella quería...», razonaba furioso. Su coche, si es que era de ella, que tenía serias dudas, no era más que un estorbo y... sobre las joyas... quería adornar su luminosa piel con rubíes y esmeraldas. Era sólo para su propio placer. La tomó de la mano y la llevó adentro. Maggie se fue con la imagen del reluciente coche que hubiera cambiado por el suyo de siempre.

Se dio un paseo en el coche al día siguiente para visitar a su madre. Cuando su madre salió de la casa unas horas después dijo en tono suspicaz:

–Es un patrón muy generoso... regalarte un coche como éste...

Maggie trató de evitar el escrutinio de su madre.

–Sí, bueno, el otro estaba hecho un asco y siempre me estabas diciendo que me deshiciera de él.

–Lo sé, pero también sabía lo mucho que lo querías.

–Bueno, sí... –dijo Maggie ligera–. Ahora, como asistente de Caleb, tengo que tener una cierta imagen...

Su madre de nuevo tenía esa familiar expresión de preocupación en su rostro.

–Maggie... ¿estás segura de que todo va bien? Recuerdo que Caleb y tú tuvisteis aquel...

–Mamá eso fue una cena... una vez. Y no estoy a su altura... no te preocupes –interrumpió.

Se acercó y la besó. Hubiera deseado dejarse llevar y apoyarse en su madre... pero años de hacer de soporte habían enraizado demasiado profundamente su sentido de la responsabilidad.

–¿Y qué pasa con tus pinturas?

Maggie se echó para atrás.

–Eso va a tener que esperar unas pocas semanas.

No parecía muy convencida pero dejó a Maggie sentarse en el coche antes de decir:

–He invitado a comer a Caleb la semana que viene para darle las gracias por ser tan amable... Estoy tan avergonzada de que Tom tratara de hundirlo...

Maggie levantó la vista echa una furia. ¿Caleb allí? ¿En su casa? ¿Con su madre diciendo lo maravilloso que era?

–Está muy ocupado, no creo que tenga tiempo –se quedó helada–. Un momento, ¿has dicho «invitado»?

–Sí, querida. Le pedí a Michael Murphy que lo llamara y extendí la invitación. Dijo que sí inmediatamente. Tú también vendrás, claro.

Las palabras de su madre le seguían sonando en la cabeza cuando volvió al apartamento. Un desastre. Su madre estaba a punto de echar todo a perder con cuatro palabras. Además sabía que si trataba de disuadir a Caleb de que fuera sospecharía algo e inmediatamente estaría más decidido a ir. Sin duda se estaría preguntando por qué demonios querría verlo la viuda de Tom. Maggie tendría que vigilar a su madre como un halcón y asegurarse de que no decía nada comprometedor. Le palpitaba la cabeza.

El teléfono estaba sonando cuando entró, pero paró antes de que pudiera atenderlo. Sabía que era Caleb, podía sentir su impaciencia mientras el móvil empezaba a vibrar.

–¿Dónde estabas?

–Salí... fui a conducir. ¿Está bien?

Caleb resopló. Tenía que confirmarlo y dijo:

–Creo que mi madre te ha invitado a comer...

«Por favor, di que no, ríete, di que no podrás...».

–Sí, haré todo lo posible para ir... Estoy incluso intrigado. Te llamaba para decirte que llegaré sobre las ocho.

Maggie se sintió mareada en cuanto colgó el teléfono.

Esa noche y los siguientes días parecieron establecer una tregua inestable. Inestable porque Maggie tenía que morderse la lengua constantemente. En especial cuando Caleb estaba relajado y era cálido con ella. Lo que, odiaba admitirlo, era lo más frecuente. Durante el día había comprado algunos instrumentos artísticos, exploraba la terraza exterior del apartamento, incluso trató de pintar algo. Por la noche, Caleb y ella entraban en otro reino, un reino donde no se pronunciaban palabras, no se necesitaban mientras él la llevaba de cima en cima de placer.

Según se acercaba el día de la comida, Maggie tenía la esperanza de que a Caleb se le olvidara, pero sus deseos se vieron frustrados cuando salió de la ducha el domingo por la mañana.

–¿A qué hora es la comida?

«Se ha acordado».

Maggie se sentó en la cama y se cubrió con la sábana sintiéndose todavía absurdamente tímida delante de Caleb.

–A la una.

A la salida de la ciudad, le pidió que parara en un puesto para comprar unos periódicos. La miró con expresión de extrañeza.

–¿Qué?

–Nada... –dijo él levantando las cejas, inocente.

–Sé leer, ¿sabes? Y me gusta mantenerme al corriente de las cosas. Lo siento si tus habituales... –la palabra se le clavó en la cabeza.

–¿Novias? –propuso él con un mohín en los labios.

–Amantes... tenían menos nivel intelectual.

Levantó una mano y contó con los dedos.

–La verdad es que la última era una abogada de derechos humanos; la anterior era gestora de un fondo de riesgo; la anterior a ésa era...

–De acuerdo, ya lo he entendido. Así que yo soy tu amante tonta...

Había aparcado el coche y se había inclinado de repente, pensando en lo estériles y aburridas que habían resultado esas mujeres.

–¿Tonta? No es ésa la palabra que yo utilizaría para describirte, Maggie –y estaba súbitamente sorprendido de saber lo que realmente significaba eso.

En los últimos días había tenido con ella conversaciones más estimulantes que en los últimos tiempos con mucha gente. Y era terriblemente consciente de cuánto le importaba entrar por la puerta todos los días... y cuánto lo negaba.

Cuando la miraba, como en ese momento: con esa expresión acalorada en los ojos, Maggie quería lanzarse a ese profundo azul. Buscó a tientas la manilla de la puerta incapaz de dejar de mirarlo hasta que finalmente la encontró y salió volando a la tienda... y luego volvió.

–Lo siento, se me ha olvidado preguntar. ¿Quieres algo?

Caleb negó con la cabeza y la miró alejarse. Ese algo le estaba fastidiando otra vez. Y tenía que reconocer que una parte de él no quería investigar qué le pasaba.

Para cuando llegaron a la casa, había conseguido aclarar su cabeza. En ese momento Maggie se volvió hacia él y a toda velocidad le dijo:

–Mi madre piensa que trabajo para ti como asistente, así que, por favor, no la desengañes. Y, Caleb...

Lo miró de frente haciendo que se sintiera incómodo por la expresión de su cara. La inequívoca luz de la protección en sus ojos... La había visto ya en Montecarlo.

–Si haces o dices algo que le moleste... se acabó el trato... No sé cómo lo aguantaré, pero me iré y la casa será tuya.

–¿Cómo demonios voy a molestar a tu madre, Maggie?

–No tiene nada que ver con nada, Caleb. Nada. Sólo recuerda que a quien castigas es a mí, no a ella.

Y salió del coche. Caleb se quedó sentado un segundo. ¿Castigarla? Mientras la miraba caminar en dirección a la casa, los suaves pliegues de la falda alrededor de la cintura, de las piernas, sintió el habitual golpe de deseo que no había mermado ni una pizca. La idea de que ella se sentía castigada no era muy agradable. Y no sabía por qué. Porque eso era lo que había pretendido hacer todo el tiempo, ¿verdad?

Salió del coche y se reunió con Maggie en la puerta justo cuando se abría. Casi no reconoció a la mujer que estaba delante de él. Era diferente de cómo la recordaba: una mujer gris y triste. Ésta era vibrante. Se veían trazas de lo bella que debía de haber sido. Una belleza distinta a la de Maggie. Maggie la abrazó y se la presentó aunque se habían conocido en Londres.

Entraron y ya con bebidas en las manos, la madre de Maggie se sentó nerviosa en el borde de una silla.

–Señor Cameron...

Él sonrió educado y dijo:

–Caleb, por favor.

Ella sonrió.

–Muy bien, Caleb. Sólo quería decir que muchas gracias por ser tan generoso. No sé cómo vamos a poder devolverle esto. No tiene idea de lo que esta casa significa para nosotras... –tomó la mano de Maggie entre las suyas–. Después de que mi querido Brendan murió, era todo lo que tenía para recordarlo...

–Señora Holland, no tengo ninguna intención de

hacerla sufrir. Una vez que Maggie me explicó la situación, no podía quedarme con su casa también....

–Pero.. sé que esta casa es valiosa, señor Cameron.

Caleb podía ver cómo los ojos se le llenaban de lágrimas. Entonces supo que Maggie le había dicho la verdad. Aquella mujer no tenía nada que ver con los planes de Tom.

–Señora Holland, estoy disponiendo de Maggie totalmente mientras estoy en Dublín. Cuando me marche, estaré más que satisfecho de dejarle la casa a usted. Créame, es bastante.

Miró a Maggie. Estaba ardiendo y se le notaban las pulsaciones en el cuello. Finalmente se las arregló para decir un ahogado:

–Mamá... ¿no habría que echar un vistazo a la comida?

Capítulo 9

PARA cuando llegaron a los postres, Maggie estaba relativamente relajada. Caleb había sido la amabilidad en persona, su madre había estado impresionada y ella había permanecido en silencio. Acababa de hacer café y lo llevaba al comedor en una bandeja.

—¿Cómo demonios te las has arreglado para convencerla de que se deshiciera de ese coche? Créeme, lo he intentado durante años. Lo trataba como si fuera una mascota. La única razón por la que no se lo llevó a Londres fue porque estaba segura de que no sobreviviría al viaje...

Maggie se quedó de pie, petrificada por el contenido de la charla de su madre y luego intervino a toda prisa, dejando la bandeja en la mesa, repartiendo las tazas y tratando de no regar todo con café debido al temblor de sus manos.

—Mamá.... estoy segura de que al señor Cameron no le interesan las historias sobre mi cacharro. Me ha hecho un favor. Se me había quedado viejo hace mucho tiempo.

—Pero Maggie, hace sólo unas semanas me dijiste...

—¿Más postre, mamá? ¿Más café?

—No nos lo hemos tomado todavía, Maggie —dijo Caleb en tono seco mientras con una mirada calculadora evaluaba el desconcierto de Maggie.

Maggie se las arregló para distraer a su madre con cualquier cosa y esperó que Caleb no lo hubiera notado. Un ratito después, se puso en pie.

—Señor... quiero decir, Caleb —la madre se rió casi como una niña. El efecto de un par de vasos de vino:

estaba prácticamente flirteando con ese hombre–, le enseñaré la casa.

–Mamá, creo que deberíamos irnos.

–Tonterías, Maggie, no tenemos prisa y me encantaría ver la casa.

Extendió galante un brazo a la señora Holland, quien dedicó a Maggie una mirada de triunfo.

–¿Ves? Ahora, ¿por qué no empiezas a fregar mientras enseño a Caleb la casa?

Desaparecieron durante lo que le parecieron siglos. La mente de Maggie trabajaba a todo gas cuando de pronto pensó en su habitación, que no había cambiado de decoración desde que era adolescente.

Entonces Caleb apareció en su línea de visión en el jardín. Solo. Se quedó de pie con las manos en los bolsillos admirando la vista. Estaba espectacular con un suéter negro y unos pantalones oscuros. Maggie suspiró y dio un brinco cuando apareció su madre.

–Bueno, cariño. Vaya hombre.

Se unió a Maggie en la pila y se puso a ayudarla a secar los platos. Caleb desapareció de la vista y Maggie sintió miedo de pronto. Su madre le pasó un brazo por los hombros y Maggie se apoyó en ella buscando refugio por un momento.

–Estamos bien, cariño. Gracias a ese hombre, vamos a estar bien.

Maggie asintió y apoyó la cabeza en el hombro de su madre para que no pudiera ver las lágrimas que inundaban sus ojos. Su madre estaría bien y eso era lo que importaba, pero ella... ella no estaría nada bien. Y era gracias a ese hombre.

Caleb volvió a la casa, sus pasos amortiguados por la alfombra, y se paró en seco cuando vio, a través de la puerta abierta de la cocina, a Maggie apoyada en el hombro de su madre. Había algo en la escena tan primario y privado, que no pudo interrumpir. Se alejó y esperó unos minutos antes de volver tosiendo para advertir de su presencia. Maggie se volvió y lo miró con una sonrisa brillante.

–Sería mejor que nos fuéramos.

–Bien, querida. Ya he entretenido demasiado a los jóvenes.

Se despidieron y por fin se marcharon. Ya en la calle, Maggie se volvió hacia Caleb y dijo:

–El día que viniste a la casa dijiste que la querías usar como refugio... ¿De verdad te hubieras mudado aquí?

–Nunca tuve la intención de usarla. Lo normal es que la hubiera vendido... Supongo que le hubiera puesto un precio fuera de vuestro alcance –se encogió de hombros–. ¿Qué puedo decir, Maggie? Sacas lo peor de mí.

Después de eso Maggie permaneció con los labios apretados y distante hasta que él interrumpió sus pensamientos.

–Maggie... creo todo lo que me dijiste de tu madre.

–Bien –se sentía agotada.

–¿Qué ocurre?

–Nada –dijo respirando hondo y mirándolo–, sólo que estoy un poco cansada...

«Y vacía y con el corazón dolorido...».

–Esta noche hay una recepción a la que tenemos que ir, pero si...

–No –dijo rápidamente–. Estoy bien, iremos.

El resto del viaje fue en silencio. Maggie se durmió y Caleb se enredó en incontables pensamientos desasosegantes. Algo no... encajaba. Cuando habían dado una vuelta alrededor de la casa, la madre de Maggie sólo le había hablado de su primer marido, como si hubiera sido él quien acababa de morir... y no Tom Holland. ¿Sería alguna forma de autoprotección? Pero no parecía así: él había mencionado a Tom sólo una vez y ella se había puesto pálida y cambiado de conversación. Además parecía demasiado feliz para haber enviudado tan recientemente... y haberse quedado sin una herencia de millones.

Se sentía en un nuevo territorio, un lugar donde nunca había querido estar. Los límites se estaban moviendo. Miró a Maggie dormida y le apartó un mechón de pelo de la cara. Se apoyó ligeramente en su mano y dibujó una sonrisa diminuta. Algo no encajaba... en absoluto. Pero ¿realmente quería averiguar qué era?

Cuando volvieron al apartamento esa noche después de la recepción, Maggie se quitó los zapatos de una patada nada más atravesar la puerta. Le dolían los pies y tenía los nervios de punta. Caleb se había pasado toda la noche mirándola, escrutándola. Fue a la cocina y puso agua a calentar. Sintió que Caleb se acercaba y se apoyaba en el marco de la puerta. Ya no pudo soportarlo más y se dio la vuelta.

–¿Qué... qué pasa? Te has pasado toda la noche mirándome –la miró de arriba abajo pausada y explícitamente y ella sintió una oleada de rubor–. No me gusta.

–Sí, Maggie, te gusta.

Fue hacia ella. Ella no podía ir a ningún sitio. Estaba apoyada en la encimera y de pronto recordó la noche que casi lo había violado en la cocina. Se puso aún más colorada.

–Madre mía, qué rubor. ¿Qué estará pasando por tu cabeza?

Levantó una mano y la acarició en la mejilla. La miró a la boca durante unos segundos eternos y Maggie sintió que se quedaba sin respiración. El corazón le latía como un tambor.

«¡Hazlo ya... bésame!», pensó.

Pero él parecía estar librando una batalla interior, y la miró a los ojos.

—¿Vas a contarme qué era todo eso de lo que hablábamos antes?

—¿Antes? —estaba desconcertada de verdad, además le costaba concentrarse cuando lo tenía tan cerca.

—Tu coche, Maggie. Todo lo que ha dicho tu madre...

Se puso muy tensa. Caleb podía notar cómo se distanciaba de él aunque no se hubiera movido. De nuevo esos sentimientos arrinconados.

—¿Qué quieres decir? No había nada...

—Por favor. Ahórrame...

Apoyó los brazos a los dos lados del cuerpo de ella. Rozaron los lados de sus pechos. Cerró los ojos un segundo. Era tan injusto que le preguntara de ese modo cuando se sentía tan... débil.

Caleb podía ver su lucha interior.

—No era nada, Caleb. Cree que tengo una especie de vinculación adolescente con el coche, pero la superé hace años. Créeme, lo odiaba, tenía prisa por deshacerme de él —se encogió de hombros ligeramente—. Cuando vi el nuevo... simplemente no podía... Eso es todo.

No había ganado millones por no saber interpretar a la gente y sabía que Maggie en ese momento estaba mintiendo, pero ¿por qué? Y ¿qué significaba que fuera así? Cerró de un portazo su mente: no quería ir ahí.

Dejó que su mirada bajara por ella. Estaba muy sexy esa noche. Tenía el pelo recogido en un moño bajo. El vestido de cuello alto resaltaba cada curva de su cuerpo. Le pasó un brazo por la cintura y la atrajo hacia él. Se dijo que daba igual, ¿por qué preocuparse por preguntar? Todo lo que quería de ella lo tenía entre sus brazos. Estaba caliente y deseosa y tan dispuesta...

—Bien, Maggie, digas lo que digas... —y se inclinó sobre ella y la besó hasta que notó que se le aflojaban las piernas.

Entonces, la tomó en brazos y la llevó al dormitorio. Le desabrochó todos los botones del vestido mientras la besaba en cada espacio de piel que aparecía. Cuando se colocó sobre ella, Maggie tuvo un último pensamiento coherente para agradecer que no hubiera seguido con el tema. Después se perdió en él. De nuevo.

Caleb se despertó temprano. Un amanecer neblinoso iluminaba la habitación. Maggie estaba acurrucada a su lado con una pierna encima de él muy cerca de una parte de su cuerpo que estaba ya respondiendo a su proximidad. Le hubiera gustado abrazarla, respirar su aroma, acariciar ese muslo que tenía tan cerca, guiar sus manos hasta el sitio donde pudiera comprobar lo que provocaba en él. Se estaba excitando todavía más. No quería que se fuera nunca.

«¿Qué?».

Se puso tenso. Ya completamente despierto. Sin pensarlo, despacio, se las arregló para salir de debajo de ella sin despertarla. Maggie se movió ligeramente y después se dio la vuelta. En la espalda desnuda, Caleb vio señales de arañazos. ¿Él había hecho eso? Entonces algo atrajo su atención en la parte trasera de uno de sus muslos, una cicatriz de un color rosado intenso. Parecía como si hubiera sido algo muy feo en algún momento, pero supuso que sería hacía años. Sintió deseos de tocarla.

Ese pensamiento lo animó a la acción.

«¡Basta!».

Estaba contemplando a su amante mientras dormía. Su amante... eso era todo, tenía que recordarlo.

Capítulo 10

SEÑOR Cameron, ¿de nuevo se va usted pronto?
Caleb levantó la vista mientras se ponía la chaqueta y vio a Ivy en la puerta de su despacho.

–Sí. Supongo que como director general de Cameron Corporation tengo esa prerrogativa –algo en su voz hizo que sonara cortante y a la defensiva y se arrepintió al ver el rubor en las mejillas de la madura mujer.

–Bueno... por supuesto, señor Cameron, yo no quería decir ni por un segundo...

–Ivy, lo siento. Soy yo. Estoy cansado, eso es todo.

–Por supuesto. La negociación con Nueva York está acabando con la paciencia de todo el mundo...

Sí, así era. Y Caleb lo que quería era irse a casa, atravesar aquella puerta y ver a Maggie. Se detuvo un momento: «casa» y «Maggie». ¿Desde cuándo era su casa un apartamento de diseño y desde cuándo anhelaba ver a Maggie?

«Desde que ella ha convertido el apartamento en un hogar... desde que sus cosas de aseo están colocadas al lado de las tuyas... desde que el olor a comida te da la bienvenida cada noche cuando llegas a casa... desde que te encanta sentarte a ver una película...».

Interrumpió sus pensamientos haciendo un gran esfuerzo.

–¿Tiene ya todo lo que necesita para el viaje de mañana?

–Sí –respondió a Ivy con alivio.

No le había dicho nada a Maggie del viaje a Nueva

York que tenía a la mañana siguiente. ¿Por qué le hacía eso sentirse tan culpable? Nunca había sentido antes la necesidad de dar explicaciones a nadie. Justo en ese momento un joven colega se paró en su puerta.

–Señor Cameron, unos cuantos vamos a ir a tomar algo ahí mismo... si quiere unirse a nosotros.

Caleb agarró su maletín.

–Iré encantado.

Mucho más tarde, cuando entró en el apartamento, todo estaba en silencio. Se había quedado en el bar todo lo que había podido, pero se había aburrido pronto de la conversación de los jóvenes, los hombres tratando de impresionarlo y las mujeres pasando cerca de él sugerentes.

Dejó las cosas, colgó el abrigo y fue hacia la habitación imaginando encontrar allí a Maggie acurrucada y calentita. Se imaginaba metiéndose en la cama al lado de ella. Entró y vio que la cama estaba vacía. Sintió una opresión en el pecho. ¿Dónde estaba? Deshizo el camino recorrido y miró en todas las habitaciones. Empezó a experimentar una sensación de pánico. A lo mejor se había vuelto a ir al cine... De pronto deseó haber estado allí para haber ido juntos. A lo mejor estaba por ahí, en un bar, buscando compañía...

Casi a punto de llamarla por teléfono, vio una luz en la terraza. La usaban cada vez más desde que el tiempo había empezado a mejorar. La idea de algo tan doméstico antes le hubiera desagradado, pero con Maggie era diferente. Nunca había llevado a vivir a su casa a sus anteriores amantes. Maggie era la primera mujer con la que había pasado tanto tiempo, lo que era una ironía.

Abrió las puertas sin hacer ningún ruido. La fresca brisa nocturna lo envolvió, lo mismo que el sonido del tráfico de la calle. Ahí estaba Maggie, acurrucada en una tumbona con un cómodo chándal viejo y envuelta en un chal. Una taza de algo estaba a su lado. Parecía dormida.

Y de pronto Caleb supo qué le había estado preocupando desde el principio. Maggie no se había puesto ni una sola vez ningún vestido como aquél de la noche de Londres. ¿Por qué se habría vestido como una fulana aquella noche? Había más preguntas. ¿Por qué nunca quería salir por la noche a bailar? Algo que él aborrecía pero con lo que hubiera transigido. ¿Por qué no lo llamaba diez veces al día para estar segura de que la seguía deseando? ¿Por qué cada vez que le ofrecía la posibilidad de ir a restaurantes de lujo, solía arrugar la nariz? ¿Y por qué estaba tan contenta de quedarse en casa... leyendo o viendo la tele?

No tenía sentido, pero mientras se planteaba esas preguntas sintió la fuerza del deseo, que se despertaba dentro de él. Dio unos pasos y la besó ligeramente en los labios. Ella abrió los ojos verdes y misteriosos en la oscuridad de la noche.

—Caleb...

—Maggie...

—¿Dónde estabas?

—Tuve que salir... —¿por qué se sentía tan mal al decir eso?

Maggie le pasó los brazos por el cuello y le dejó que la levantara hasta su pecho. La llevó a la habitación, y Maggie permitió que la desnudara. Había vuelto tan tarde... ¿dónde habría estado? Nunca lo decía y ella nunca se lo preguntaba, porque él no tenía que darle explicaciones. Ella le pertenecía, pero no significaba nada para él.

—Tengo que irme a Nueva York unos días.

Maggie lo miró por encima de la taza de café. Se

sentía descuidada en bata al lado de él con un traje inmaculado.

—¿Te vas... solo?

—Sí —dijo lacónico. Necesitaba separarse de ella, de allí... por demasiadas razones.

De pronto Maggie sintió que se le quitaba un peso de encima; un respiro de unos días sin el sabor agridulce de verlo, de dormir con él todas las noches, sería como un oasis en medio del desierto. Le brillaron los ojos de alivio y no pudo evitar que él lo notara.

—No hace falta que te alegres tanto, Maggie.

—Ya te estoy echando de menos —dijo rápidamente recomponiendo su expresión.

—A lo mejor podrías venir conmigo... —se burló, pero sabía que no podría. Esa negociación era importante y ella hubiera sido demasiada distracción, pero nunca se lo diría—. Relájate, Maggie, no es posible.

Caleb terminó su taza, la dejó en la pila y se puso el abrigo. A pesar de la sensación de alivio que había experimentado cuando le había dicho que se iba, en ese momento Maggie sintió que la envolvía la soledad.

—Caleb.

Se detuvo en la puerta y cuando ella se acercó él bajó la cabeza. La besó con desesperación. Soltó la maleta y la abrazó y la levantó del suelo. Ella le devolvió el beso ansiosa, como si ya se hubieran separado unos días. Tembloroso la dejó en el suelo y se apartó de ella.

—¿Es eso un «no te olvidaré»?

—Será mejor que te vayas —respondió ella.

Salió y se cerró la puerta. Maggie se apoyó en ella para contener el temblor que sacudía todo su cuerpo. No lloraría. No podía llorar. Se sentó en el sofá y se envolvió en sus brazos.

«Sólo unas pocas semanas más, eso es todo...».

Se quedó pensando en la noche anterior... No había

llamado para decir que llegaría tarde. No le había dicho que se iba de viaje...

Se levantó con resolución y se prometió disfrutar de los días de libertad que tenía por delante. A pesar de que ya lo estaba echando de menos.

Los siguientes días, Maggie pintó con frenesí para tratar de no pensar en Caleb. Llamaba todas las noches pero las conversaciones eran breves y bruscas, como si estuviera comprobando que ella seguía allí.

El tiempo se extendía delante de ella aburrido, vacío. Su sensación inicial de alivio hacía tiempo que había desaparecido. El lunes lo echaba de menos con tal intensidad que sentía dolor en el pecho. Pasó el martes. Maggie empezó a pensar histérica que era el final. Cualquier día recibiría una llamada de Ivy para decirle que el señor Cameron había enviado todas sus cosas de vuelta a Inglaterra y le pedía que por favor dejara el apartamento a mediodía.

El teléfono sonó tarde la noche del miércoles. Casi se le cayó de las manos.

—Soy yo.

—Hola –¿por qué parecía tan tímida?

—Vuelvo mañana –parecía muy cansado.

—Muy bien. Nos vemos entonces.

Colgó. Ni una palabra más. Nada de «te echo de menos o me muero de ganas de verte», pero incluso así, Maggie no pudo evitar sentirse feliz. Volvía. Todavía no iba a dejarla.

A la mañana siguiente llamaron a la puerta. No podía ser Caleb tan pronto. Se le disparó el pulso pero pronto se le frenó al ver en la puerta a John, el chófer. Tenía un aspecto horrible. Se preocupó al verlo así y casi se olvidó de Caleb.

—John... ¿qué pasa?

—Siento preocuparte, Maggie. Es mi corazón... iba de camino al aeropuerto pero tuve que parar... Es una maldita angina, creo, pero necesito un médico... No creo que pueda recoger al señor Cameron...

Maggie lo llevó adentro y se hizo cargo. Recogería ella a Caleb.

–Vamos derechos la hospital. Llevaré tu coche; puedes enseñarme a manejarlo de camino y yo recogeré a Caleb.

–Pero...

–No hay peros, John, podrías tener un accidente... Has hecho bien viniendo aquí.

Bajaron hasta donde estaba el coche. A la edad de veintisiete años, Maggie jamás había conducido nada más grande que un Mini y le llevó algo de tiempo acostumbrarse a un coche tan enorme. Con una sonrisa para ocultar sus nervios y las manos sudorosas, se lanzó al tráfico de la hora punta. Un rato después, tras asegurarse de que John quedaba estable en una cama del hospital, se marchó. Tenía el tiempo justo para llegar al aeropuerto. El coche le daba más miedo sin John a su lado.

Milagrosamente encontró un sitio para aparcar lo bastante grande y no se dio ningún golpe. Se quedó unos minutos en el coche respirando hondo. John le había dicho dónde tenía que esperar a Caleb en la zona VIP del aeropuerto. Salió del coche y esperó cada vez más nerviosa. ¿Se mostraría sorprendido? ¿Le gustaría? ¿Le disgustaría?

Estaba cansado. No se había sentido así de cansado en toda su vida. Le escocían los ojos mientras esperaba su equipaje. Sólo podía pensar en Maggie. Se maldijo por no haberla llevado con él. La había tenido presente en sus sueños y en sus pensamientos a cada momento. Había pensado que la separación mitigaría su deseo y lo único que había hecho había sido aumentar. Una noche había tenido que soportar una cena en la que le habían presentado una mujer detrás de otra, todas a su disposición. Eran impresionantes, lo mejor de Nueva York: modelos, actrices... Y no le habían sugerido nada. Todo lo que quería era... Maggie. Y le dolía admitirlo.

Por fin apareció su equipaje y salió al exterior buscando a John en el lugar habitual. Y entonces la vio a ella. La alegría que sintió casi le hizo perder el equilibrio. Se sintió incluso mareado. ¿Sería una aparición? La veía de perfil: el pelo rojo contra el verde del jersey echado por encima de un vestido corto que dejaba ver sus piernas desnudas y unas chanclas.

Entonces ella se dio la vuelta y lo miró. Levantó una mano ligeramente y luego la bajó. Se llenó de valor y alzó la barbilla para recibirlo. Caleb llegó a su lado con expresión severa.

—¿Dónde está John?

No hizo caso del dolor que le provocó que preguntara primero por John y respondió:

—Está en el hospital...

—¿Qué?

Le apoyó una mano en el brazo y dijo:

—Está bien. Es sólo una angina. Lo dejé allí y vine a recogerte. Estaba tan preocupado... —apartó la mano del brazo. Caleb se frotó los ojos y Maggie se dio cuenta de lo cansado que estaba—. De verdad que está bien. Sólo tiene que quedarse en observación veinticuatro horas.

—De acuerdo —la miró y le pasó una mano por la mejilla—. ¿Y tú? —ella tragó con dificultad y se encogió de hombros. Casi no podía hablar—. Gracias por ocuparte de John.

Maggie volvió a encogerse de hombros.

—Está bien. Ha sido difícil convencerlo de que no viniera a buscarte. El coche está aquí al lado.

—¿Has traído su coche?

—Sí, Caleb —el tono seco ocultaba lo difícil que le había resultado llevarlo hasta allí. Cuando llegaron al coche no pudo resistirse a decir—: Iba a traer el Mini, pero pensé que tu ego no lo soportaría...

Caleb le sonrió de forma extraña y sintió un gran placer por su irreverencia, era algo difícil de encontrar.

—Ja, ja.

Caleb fue de modo automático al lado del conductor mientras se frotaba los ojos. Parecía agotado. Pidió las llaves con un gesto. Ella negó con la cabeza.

—No vas a conducir, estás medio dormido.

—Maggie...

—De ninguna manera —fue tan firme que Caleb se sorprendió.

Maggie se sentó en el asiento del conductor. Caleb no tenía elección. La verdad era que estaba demasiado cansado para discutir. Se sentó en el asiento del acompañante. Apenas podía mantener los ojos abiertos. Su último pensamiento fue que nunca lo había ido a buscar una mujer al aeropuerto... y le había gustado. Tampoco recordaba la última vez que había ido en un coche conducido por una mujer. De todas las mujeres, Maggie había sido la que había hecho las dos cosas; después la oscuridad lo envolvió.

Esa noche, después de la cena, Maggie se estaba preparando en el baño para irse a la cama. Se soltó el pelo y en el espejo vio un brillo especial en sus ojos. Era por él. Porque había vuelto. Se ruborizó. El salto de cama de seda resultaba casi doloroso encima de su recalentada piel.

Aquello era peligroso. Lo sabía. Como ir en un coche a ciento cincuenta por hora en dirección a un muro y con los frenos estropeados.

Apagó la luz con decisión y fue hacia el dormitorio. El corazón se le dio la vuelta al ver la escena que tenía delante: Caleb dormido en la cama tapado sólo hasta la cintura. Era dolorosamente guapo.

«Duerme...».

Como en un sueño, cruzó la habitación y se sentó a su lado en el borde de la cama. Él no se movió. Con una mano le apartó el pelo de la cara y después lo besó en los labios muy suavemente. Sin abrir los ojos la agarró de la muñeca y le devolvió el beso. Abrió unos ojos de sueño y Maggie supo que estaba atrapada. Tiró de ella hasta tumbarla encima de él. La miró primero a la cara y después a la voluptuosa «V» del escote.

–Caleb... no deberíamos... estás muy cansado...

–Para esto nunca....

Y con un grácil movimiento la hizo rodar de modo que ella acabó de espaldas en la cama con él encima. La acarició en la cara mientras la besaba provocando en ella un ataque de sensualidad que acabó con todas sus resistencias. Maggie era tan incapaz de parar como él de detenerse. La mano fue bajando hasta los pechos cubiertos de seda, acariciando los anhelantes pezones. Maggie gemía deseosa mientras con sus manos buscaba y encontraba el pecho, se movía, seguía explorando, más abajo, por debajo de la sábana, donde se topó con la ardiente evidencia de la excitación de Caleb.

Le levantó la combinación para verla desnuda.

–Dios, Maggie... te he echado de menos... ¡Eres como fiebre en mi sangre!

Maggie respondió con un grito mientras se quitaba del todo la combinación y se besaban apasionadamente. Con una torpeza desacostumbrada, Caleb buscó y desenrolló un preservativo. Y entonces, por fin, se encontró en casa... al entrar en su carne de satén mientras ella salía a su encuentro. El cansancio y la fatiga desaparecieron.

Ese control que siempre valoraba tanto estaba fallando. Su ardiente erección al encontrarse con su calor hacía que respirara con dificultad. Abrió los ojos y miró hacia abajo para sumergirse en aquel profundo verde. Tan profundo como el océano. Estaba roja por la excitación y podía sentir cómo su cuerpo empezaba a tensarse alrededor de él. Trató de aguantar... de recuperar algo de control, pero no podía. El cuerpo de ella se tensaba y arqueaba mientras lo abrazaba. Podía sentir los duros pezones clavarse en su pecho, lo que aumentaba la salvaje oleada que lo empujaba hacia el éxtasis. Después se sintió arrastrado por el orgasmo de ella y durante un momento se quedó como suspendido... antes de precipitarse en el abismo. Justo después de hacerlo, de estallar, tuvo el más poderoso deseo de experimentar aquello piel contra piel. Sin protección. Nunca antes había echado de menos el contacto directo... hasta ese momento, con ella, que sentía que la barrera era... un error.

Mientras el placer carnal lo recorría y se sentía explotar, deseó con una fiereza primitiva derramarse dentro de ella... Segundos después, cuando el mundo volvió a su sitio, cuando la constatación... de lo que acababa de pasársele por la cabeza lo golpeó, el cuerpo entero se le tensó encima de ella. ¿Estaba loco, quería dejarla embarazada? La terrible idea hizo que se librara bruscamente del cuerpo de ella y pudo escucharla gemir. Sus cuerpos estaban todavía dolorosamente sensibles, incluso el suyo se quejó cuando se separó... todas sus células queriendo permanecer allí, mezcladas con las de ella. Todavía estaba excitado pero tenía que escapar... de ella... de sí mismo. ¿Se estaría volviendo loco debido al cansancio? Tenía que ser eso. Sintiéndose de pronto malhumorado por sus estúpidas divagaciones, se levantó de la cama y, sin mirar a Maggie, se fue al cuarto de baño y se metió en la ducha.

Las lágrimas llenaban los ojos de Maggie, pero no las dejaría correr. Ya sabía cómo era posible hacer el amor y tener ganas de llorar con el corazón roto al mismo tiempo. Porque ya no podía negarlo más tiempo, ya no podía negar que había entregado su corazón a Caleb, para siempre. Cada latido era para él. Y eso al final la mataría.

Capítulo 11

BUENOS días.

—Buenos días... —Maggie estaba algo dormida. La noche anterior volvió a toda velocidad, la desolación que había sentido cuando él había huido de la cama después de hacer el amor. Se despertó y levantó las barreras.

Caleb estaba apoyado en un brazo mirándola. Interpretó todo lo que había visto en el rostro de ella como nubes que atraviesan un cielo despejado, algo oscuro que había pasado entre los dos. Era la primera vez que se despertaba y él estaba en la cama mirándola. Incluso los fines de semana, invariablemente, iba a la oficina, aunque fueran unas pocas horas, o se iba a correr, o simplemente... se levantaba.

Aquello hizo que se le acelerara el pulso a pesar de todos sus esfuerzos por mantenerse fría.

—¿No tienes que ir a trabajar?

—¿Te estás tratando de librar de mi? —dijo arqueando una ceja.

Ella negó con la cabeza mientras su mirada saltaba al pecho desnudo. Sintió cómo el calor empezaba a invadir sus venas, el pulso daba saltos. Caleb estaba sonriendo. Ella frunció el ceño. Maldito fuera, él y su arrogancia.

—Lo que pasa es que estoy disfrutando mucho viendo cómo te despiertas.

La besó y salió de la cama. Lo vio alejarse y entrar en el cuarto de baño y suspiró tirando de las sábanas hacia arriba. Nunca se cansaría de mirar ese cuerpo. Cuando salió del baño, se hizo la dormida. Sintió cómo se acercaba y deseó que se fuera. Si hacían el amor a la luz del día, no podría disimular sus sentimientos.

–Maggie, sé que estás despierta. Volveré a las siete. Esta noche salimos.

Cuando sintió, más que oyó, que se había marchado, abrió los ojos. Había vuelto a la normalidad. A la rutina. Y ese apartamento se estaba convirtiendo en una prisión.

«Sólo dos semanas más...».

Las palabras resonaron en su cabeza y se sentó en la cama, sorprendida. Sólo dos semanas y entonces... la libertad. No podía creerlo. ¡Cómo había pasado el tiempo! ¿Conseguiría sacarse a Caleb de la cabeza? Volvió a tumbarse. No era capaz de imaginar cómo sería.

Esa tarde, acababa de ducharse y estaba vestida sólo con un albornoz cuando Caleb entró en la habitación. Tenía bolsas debajo de los ojos y deseó correr a acariciarlo, decirle que no hacía falta que salieran. Pero no pudo porque no era ella quien organizaba su propia vida.

La mirada de Caleb la recorrió de arriba abajo hambrienta. Ella permaneció de pie delante de él. La había echado de menos todo el día. Su cuerpo la anhelaba de un modo que lo estaba poniendo muy nervioso. No podía pensar en eso. Llegaban tarde.

–Tenemos que salir en un cuarto de hora...

–Estaré lista –dijo estricta, sorprendida por la ausencia de saludo y la voz brusca.

Caleb se presentó en el recibidor un momento después colocándose los puños del esmoquin. Maggie permanecía de espaldas mirando por la ventana.

Se había arreglado el pelo de forma que caía por su espalda en forma de cuerda enrollada. El vestido gris oscuro era de alguna clase de punto que marcaba todas sus curvas. Era una tortura mirarla. Echó algo de menos... ¿Por qué no se ponía las joyas que le había regalado?

Tenía que hacer que se las pusiera. Nunca las llevaba... seguro que era otra faceta de su actuación, sin duda, pero una vocecita interior le decía: «Otra anomalía...». Normalmente las mujeres le pedían más y más, así que ignoró la voz.

Caminó hacia ella indolente haciendo que Maggie se quedara sin respiración. Lo había visto con esmoquin muchas veces, pero esa noche estaba más impresionante que nunca. Se detuvo ante ella con una gran caja de terciopelo. A Maggie se le cayó el corazón a los pies. La tomó dubitativa y la abrió con un suspiro que no pudo reprimir. En su interior había unos pendientes antiguos a juego con una gargantilla de diamantes verdes montados en platino. Sintió que en su interior se cerraba algo. Levantó la vista, distante.

–¿Más baratijas para tu amante?

Estaba acostumbrada. Estaba aburrida. Sorprendentemente, por mucho que eso doliera a Caleb, también le reconfortaba.

Sacó la gargantilla y se la colocó en el cuello. La joya colgaba justo encima del valle de sus pechos. Después sacó los pendientes y se los tendió.

–Sí...

Con dedos temblorosos se los puso. Maggie podía sentir cómo se balanceaban y le daban en el cuello, en el pelo. Él dio un paso atrás. La miró con ojos calculadores.

–Preciosa.

Se sintió como una yegua. Estaba allí para su placer y si quería cubrirla de joyas, tendría que ponérselas.

Cada vez que se moviera las sentiría balancearse contra su piel. Eso le recordaría que, más pronto que tarde, saldría de su vida y dejaría paso a otra amante, a la que él le diría exactamente las mismas palabras. Le colocaría joyas encima del mismo modo desapasionado... o a lo mejor no. A lo mejor una conseguía romper ese frío exterior y encontraba su corazón.

–Vámonos.

Lo siguió en silencio.

La recepción era similar a todas las demás. Todo el mundo intentando estar cerca del exitoso Caleb Cameron, como si fuera una especie de rey Midas. Maggie soportaba las mismas miradas hostiles de las sociedad dublinesa, que se preguntaba quién era ésa que había aparecido de pronto en escena.

Raramente se había relacionado en Dublín con su madre o con Tom. Pero era una ciudad relativamente pequeña y ya había percibido las miradas de los antiguos colegas de Tom, lo que le hacía sentir escalofríos de repulsión. Sobre todo por uno de ellos, que había sido incluso más desagradable que su padrastro. No quería que la viera, pero era difícil con todo el mundo atento a Caleb y ella agarrada de su brazo. Aguantó la cena, la curiosidad de la gente cuando descubría que era dublinesa, aunque eran lo bastante educados para no preguntar cómo se las había arreglado para entrar en la vida de Caleb.

Sintió cómo Caleb deslizaba un brazo por el respaldo de su silla y la acariciaba en el cuello con la mano. Empezó a respirar agitada. Sintió que su cuerpo respondía y se cruzó de brazos para ocultar la evidencia. Él se volvió a mirarla y todo a su alrededor se volvió borroso a causa de la corriente que se estableció entre ambos. Agarró una de las manos de ella y se la

llevó a la boca, besando un delicado punto de la muñeca. Maggie dejó de respirar. Sus ojos llamearon.
¿Por qué había hecho eso? Caleb le soltó la mano y se
volvió hacia la persona que tenía al otro lado. Maggie
estaba confusa y muy preocupada por las emociones
que sentía anidar en su pecho.

–¿Y de dónde dijo que era, querida?

Maggie se enfrascó agradecida en una conversación
con la señora que tenía a su derecha.

Después de la cena, los invitados fueron libres de
moverse y bailar en el impresionante salón. Maggie se
excusó y fue a buscar los aseos. De vuelta, una voz le
dio el alto. Sintió una tacto desagradable en uno de los
hombros.

–Bueno, bueno, la pequeña Maggie Holland. Pensaba que eras tú, pero... madre mía, te has hecho una
mujer de lo más impresionante.

En contra de su voluntad se volvió para encarar al
hombre que había detrás de la untuosa voz.

–Patrick Deveney.

Un tipo rechoncho de ojos saltones que la miró de
arriba abajo con un descaro tal que Maggie se quedó
paralizada. Había sido uno de los íntimos de su padrastro y durante años había estado husmeando alrededor
de ella, aunque siempre había conseguido escapar de
él.

Se acercó más a ella aprovechando que pasó alguien. Intentó desesperada que no se le notara el
miedo que tenía de llamar la atención. Volvió la cabeza
pata buscar a Caleb. No lo encontró.

–¿Buscando a tu... cita?

–Sí... me alegro de verlo de nuevo, señor Deveney,
pero en realidad debería...

De pronto la agarró del brazo con demasiada fuerza.
Ella gimió mientras él la llevaba a una esquina.

–¿Quién te crees que eres...? –la miró de arriba

abajo lascivo–. No he tenido oportunidad de darte el pésame, Maggie, querida. Debes de estar destrozada por la pérdida de Tom... Ni siquiera tuvimos oportunidad de llorarlo, tu madre se lo llevó tan deprisa para enterrarlo que no pudimos presentarle nuestros respetos. Eso no está bien, ¿verdad? Pero ahora te los puedo ofrecer a ti personalmente.

Lo miró disgustada, incapaz de huir. La mano del brazo le cortaba la circulación, le hacía daño.

–Suéltame –consiguió decir a pesar del pánico, sabiendo que le saldría un hematoma.

–Sabes que Tom hubiera ido a por ti si Cameron no se hubiera vengado tan deprisa. Tenía claro que te habías ido de la lengua. Tú y la estúpida de su mujer. Vosotras le provocasteis el infarto, nos liasteis a todos.

Se sintió transportada en el tiempo. Permaneció inmóvil sabiendo que si intentaba escapar él le haría más daño. Pasado y presente se mezclaban. Nunca le había preocupado su dolor, sino el de su madre, entonces, ¿por qué le importaba en ese momento? La niebla se aclaró y Maggie se rehízo: ése no era Tom. Había muerto. Podía manejarlo. No iba a hacerle daño. Con un rápido movimiento, se soltó y le dio un codazo en medio del pecho. Él se quedó jadeando y con la cara roja, pero aún demasiado cerca.

–Me estaba preguntando dónde estarías.

Caleb. Sintió una enorme oleada de alivio, pero cuando se dio la vuelta se le cayó el alma a los pies. Tenía el ceño fruncido, mirando la cara ruborizada y la excesiva proximidad de Deveney, y había llegado a una conclusión equivocada.

Tratando desesperadamente de salvar la cara, Deveney se escabulló diciendo desagradable:

–A ver si hace algo con ella, Cameron, siempre ha sido una gata salvaje.

Caleb hizo una mueca y agarró a Maggie del mismo

sitio que la había tenido sujeta Deveney. Tuvo que reprimir un gemido.

–¿Quién es y por qué me conoce?

Antes de que pudiera contestar y con más dolor del que podía soportar, Caleb la estaba sacando del edificio. John se materializó con el coche en segundos. Se metieron dentro. Maggie todavía temblaba, no podía creer que Caleb hubiera malinterpretado la situación.

–Era un amigo de Tom... y todo el mundo te conoce –se frotó el brazo distraída.

Caleb hacía esfuerzos para mantener la boca cerrada; no quería decir nada en el coche.

Ya en el apartamento, la puerta se cerró tras él y Maggie se dio la vuelta lentamente para mirarlo con gesto de recelo. ¿Una mirada de culpabilidad?, pensó Caleb. Estaba deseando que así fuera. ¿Qué podía ella haber visto en semejante pervertido? Se apoyó en la pared con las manos en los bolsillos.

–Bueno... ¿vas a decirme qué pasaba? ¿Buscando ya mi sustituto... quedando con alguien que conoces y que ya sabe cómo funcionas?

–Estás enfermo, no tengo por qué escuchar todo esto...

Iba a salir de la sala, pero él la agarró del brazo, de nuevo en el mismo sitio. Ya sí que no pudo disimular el dolor.

–¿Qué pasa? –preguntó él cortante al ver la palidez en el rostro de ella.

–Nada –murmuró, pero no pudo disimular las lágrimas.

–Maggie ¿qué demonios pasa?

–Nada, Caleb –dijo como un latigazo–. Si fueras capaz de ver lo que tienes delante de tus narices, entonces no necesitarías una explicación –se soltó y se fue al dormitorio.

Él la siguió.

–¿Qué pasa? ¿Estás enfadada porque he adivinado la verdad? ¿Cómo puedes...? Ese hombre es odioso... Dime, ¿lo has besado? –los celos le nublaban la visión, las ideas–. Claro que lo has hecho, me miró como si fuera un tipo de ésos que busca bronca...

Lo único que hizo que dejara de hablar fue la terrible quietud que invadió los miembros de Maggie. Sus ojos eran enormes estanques de insondable dolor, su boca estaba abierta de horror. Se dio cuenta de que había ido demasiado lejos y se acercó a ella. Maggie se echó para atrás de una sacudida y se cayó a la cama. En un segundo Caleb estaba ahí, inclinándose sobre ella, levantándola. De nuevo el dolor en el brazo, Maggie se sintió mareada.

–¿Qué pasa...? –preguntó Caleb con urgencia.

–El brazo... me haces daño en el brazo...

Lo soltó inmediatamente y la sentó en la cama.

–Maggie, ¿te he hecho daño? Déjame ver...

Ella negó con la cabeza.

–Tú no... él...

Caleb maldijo y con mucho cuidado, le bajó el hombro del vestido y murmuró de nuevo un juramento cuando vio las marcas de unos dedos en la piel.

–¿Por qué no me lo ha dicho...?

–La verdad es que no me has dado muchas oportunidades.

No, no lo había hecho. ¿Cómo podía haber juzgado tan mal la situación? Nunca habría pensado en una mujer vapuleada por un indeseable. Y esa mujer era Maggie. Sintió deseos de salir a buscar a Deveney y darle una paliza.

–¿Qué ha pasado, Maggie?

Ella evitó la pregunta.

–Tengo que ponerme árnica o irá a peor.

–Te la traeré –dijo levantándose de un salto.

Fue a buscarla y volvió. Con una ternura infinita se

la extendió por la piel. De nuevo las lágrimas empezaron a llenarle los ojos, no pudo contenerlas. De pronto estaba demasiado cansada de ser el objeto de la cínica desconfianza de Caleb. Cansada de tener que mantener siempre una fachada. Además no estaba segura de ser capaz de continuar con aquella charada.

Pero entonces... cuando él tomó su rostro con las manos y lo volvió hacia él, y la acarició en la mandíbula mientras le secaba las lágrimas con los pulgares y susurraba un «perdón», sintió que se derretía por dentro. Sí, podía decirle la verdad. Podía contarle exactamente lo que había pasado. Si lo hacía no tendría que enfrentarse a su censura nunca más. Pero eso sería... su fin. Sólo podría despreciarla si supiera que ella se había enamorado.

Y en ese momento, cuando estaba siendo tan tierno, tan cariñoso, besándola con esa dulzura, el cansancio se esfumó y todo lo que deseó fue agarrarse a él... un poco más.

Esa noche no hicieron el amor. Caleb sólo la abrazó con cuidado y la mantuvo entre sus brazos. Cuando actuaba así hacía incluso más difícil mantener la distancia. Al día siguiente, volvería a levantar la muralla, pero en ese momento... se dejaría llevar por su sueño... y lo hizo.

Una semana después Maggie estaba pintando en la terraza. Era un precioso día de verano. Pensaba en aquella noche de una semana antes. Desde entonces había pillado a Caleb un par de veces mirándola con algo... algo luminoso que no podía definir, pero en cuanto lo miraba, él echaba las persianas. Pero algo había cambiado definitivamente entre ellos. Había una especie de tranquilidad. Una especie de veneración cuando hacían el amor.... aunque a lo mejor sólo era su ridícula imaginación.

Apretó furiosa el pincel contra el lienzo como si así pudiera librarse de sus pensamientos. Cuando oyó sonar el teléfono fue a atenderlo aliviada, contenta por la distracción. Cuando lo colgó tenía el ceño fruncido. Caleb quería verla en su despacho. Sintió un escalofrío en la espalda. Se cambió de ropa y se recogió el pelo en una coleta.

Cuando llegó al último piso del edificio de oficinas, la seca Ivy se había convertido en la sonriente Ivy.

–Maggie, ¿no? Por favor pase, el señor Cameron la está esperando.

Entró. Caleb estaba de pie mirando por la ventana. Se dio la vuelta y Maggie quedó impactada por lo serio que estaba. La puerta se cerró y Caleb la miró.

–¿Qué pasa? –dijo ella con una risa nerviosa–. Caleb, me estás asustando... –pensó en algo–. ¿Es John? ¿De nuevo el corazón?

–No... no es John. Está bien y te agradece que te ocuparas de él. Estaba más asustado de lo que decía. Lo he mandado a su casa de Londres a recuperarse.

Ella se encogió de hombros, un poco avergonzada.

–No fue nada.

Caleb rodeó la mesa y se acercó a ella.

–Tienes pintura en las mejillas.

Ella se ruborizó y se echó una mano a la cara para limpiarse.

–Nunca me miro al espejo.

No era capaz de interpretar la expresión de la cara de Caleb.

–Maggie, he terminado mi trabajo aquí, mañana vuelvo a Londres.

«Oh, Dios mío, era eso... se marcha».

Se volvió todo borroso. Había una silla detrás de ella y se sentó intentando que no pareciera que se había caído encima, lo que en realidad había pasado. Trató de contener la emoción. Eso era exactamente lo que ella quería. Alzó la vista y se encontró con los ojos de Caleb. Estaban sombríos. ¿La estaba mirando con lástima? No era posible.

–¡Oh! Así que era eso. Me estás dejando ir...

Caleb apretó los labios.

–Bueno, técnicamente, podría insistir en que vinieras a Londres conmigo; falta una semana para que finalice el contrato.

Maggie se puso en pie a causa del impacto sintiendo cómo la bilis le subía a la garganta. Caleb notó en ella la misma palidez que cuando vio el contrato.

–Por lo que yo recuerdo, el contrato establecía dos meses o la duración de estancia en Dublín... así que técnicamente, si tu estancia se acaba mañana, entonces te sales de las condiciones del contrato.

La miró fijamente un momento. No podía engañarla.

–En realidad tengo que confesarte algo. Ese contrato era falso... –Maggie se quedó boquiabierta–. Cuando me lo recordaste en Montecarlo lo escribí en mi ordenador. Era sólo para garantizarte que iba a mantener mi palabra.

Y lo había hecho. Su madre ya había firmado los papeles.

–Así que... ¿nadie más lo ha leído?

Caleb negó con la cabeza. No estaba segura de cómo tomárselo, cómo reaccionar.

–Bueno... gracias –se colocó detrás de la silla–, pero entonces... si no hay contrato... no hay nada que me impida marcharme...

–Supongo que no –dijo lentamente.

–Mañana te marchas...

–Sí.

La miró. Se estaba mordiendo el labio. Quería abrazarla, deslizar su lengua entre esos suaves labios... pero, por alguna razón, no podía. La estaba dejando marchar, ¿por qué se sentía como si le estuvieran arrancando el corazón del pecho? ¿Por qué parecía como si aquélla fuera la única mujer del mundo a la que había deseado?

–Ya está... –dijo ella encogiéndose de hombros.

–Maggie –buscó sus ojos–, podrías venir a Londres conmigo.... Esto no tiene por qué terminar aquí. Ahora que tu madre tiene la casa... podríamos seguir... podrías vivir conmigo...

Maggie se echó para atrás sacudiendo la cabeza.

–Nunca –dijo con un hilo de voz–. Nunca. Nunca confiarás en mí, Caleb. Nunca me respetarás. Y no calentaré tu cama hasta que ocupe mi lugar la siguiente. He pagado mi deuda.

Caleb se puso rígido para que ella no notara el efecto de sus palabras. Se encogió de hombros como si no le importara nada.

–Como tú quieras, Maggie.

Algo brilló en los ojos de ella, una especie de desesperación.

–Lo que quiero es irme hoy. Me voy ahora mismo a recoger mis cosas. Cuando vuelvas, me habré ido. No puedo quedarme otra noche –hizo una pausa–. Por favor, no me hagas...

¿Quería alejarse de él tan desesperadamente? Sintió como si un bloque de granito le cayera en el pecho.

–Si quieres haberte ido cuando vuelva, yo también lo prefiero.

Maggie fue hacia la puerta. Le temblaban las piernas. Se dio la vuelta por última vez y lo miró.

–No quiero volverte a ver jamás –dijo y salió por la puerta.

El corazón de Caleb parecía un tambor cuando entró en el apartamento. Había visto el Mini Cooper aparcado fuera... ella no se había ido... ¿Significaba eso que había querido quedarse como su amante? Pero en cuanto atravesó la puerta supo que no estaba, el sitio parecía plano, sin energía. Vio las llaves del coche en la mesa junto una nota.

No puedo aceptar el coche... ni nada más. Te deseo lo mejor, Caleb.
Maggie

El papel se le cayó al suelo. Seguro que cuando entrara el dormitorio se encontraría toda la ropa en bolsas y todas las joyas estarían en sus cajas. No se había quedado con nada. ¿Por qué?

Se sintió mareado. Si se hubiera llevado algo, como esperaba, se hubiera sentido justificado. Se sentó pesadamente en la cama. Desde el principio lo había sorprendido actuando de un modo distinto a como esperaba. Salió a la terraza. Por primera vez en su vida se sentía perdido, sin saber qué hacer... impotente. Quería a Maggie. Tan desesperadamente que no podía soportarlo. Estaba tan enamorado, desde Londres, que nunca podría salir de ahí.

Y ella no quería volver a verlo jamás.

Entró en el apartamento cerrando la terraza de un portazo.

Al día siguiente, en el avión que lo llevaba a Londres, tenía una cara tan sombría, tan dura, que nadie se atrevió a hablar con él.

Capítulo 12

Y LAS mercancías almacenadas se dispararon y no supieron cómo manejar las consecuencias....

Caleb desconectó de la conversación. Su mente no se centraba y el peso en el pecho amenazaba con hacerlo colapsar. Todo lo que veía, en todo lo que pensaba era en Maggie. Las mujeres de Londres le parecían vacías, sin sentido. Se quedaba frío cuando lo miraban.

A veces sentía pánico al pensar que nunca llegaría a saber qué se ocultaba detrás de aquellos profundos ojos verdes, que nunca los volvería a ver, que nunca más se despertaría a su lado... Pero seguía preguntándose cómo podía sentir algo así por alguien que había hecho... lo que ella, por alguien que era evidente no sentía lo mismo que él.

—Holland...

—¿Qué? —preguntó cortante, y su atención se centró en un hombre que lo miraba expectante.

—Holland. No quiero hablar mal de un muerto, pero era una de las piezas más desagradables del engranaje; la única lástima es que no viva para verte controlar todo. Hubiera sido un gran golpe.

Caleb sonrió tenso. Nunca había deseado que Holland acabase así, no importaba la clase de hombre que fuera, pero antes de que pudiera cortar a su socio, éste continuó.

—Ahora que está muerto y no puede mantener las bocas cerradas, la verdad ha salido a la luz. ¿Has oído...?

—Spencer, de verdad que no tengo ningún interés...

Pero no hizo caso, se le cayó parte de lo que estaba tomando debido a su estado de embriaguez.

–Aparentemente el tipo tenía amantes en cada ciudad y era un canalla violento... –Caleb había empezado a marcharse, pero se detuvo–. Tuvo aterrorizada a su pobre mujer durante años. Alguna vez llamó a la policía, pero, claro, todo se silenció... soltaba dinero para mantener las bocas cerradas. ¿No tenía también una hija? Creo que se dice que ella era la que llamaba a la poli... no la conozco, pero creo que es una sirenita...

Caleb puso el otro hombre contra la pared haciendo que se le cayera la bebida.

–¿Qué has dicho...?

–Cameron, ¿qué demonios te pasa? –rugió.

Caleb lo soltó y salió a grandes zancadas de la habitación, entre la gente que lo miraba en silencio, sorprendida.

Caleb se había dado cuenta de que había cometido el mayor error de su vida y no podía controlar la oleada de pánico que se estaba levantando dentro de él.

«No es posible. Me lo debería haber contado... ¿Por qué no me dijo nada?».

Se quedó de pie en las escaleras. Los dos últimos meses pasaron por su mente como una mala película de terror. Todas las claves habían estado ahí, tan evidentes... y él las había ignorado. ¿Cómo había podido ser tan imbécil, tan ciego?

Las palabras de Maggie volvieron a su cabeza: «No quiero volver a verte jamás». Se le formaron unas arrugas de dolor que convirtieron su rostro en un máscara de angustia mientras buscaba en el bolsillo las llaves del coche y despegaba como si lo persiguiera la muerte.

Maggie permanecía de pie al borde del mar mirando cómo la espuma iba y venía dejando la marca de las huellas de sus pies. Sintió ganas de sumergirse en el agua para no tener que sentir ni pensar nunca más. Volvió en sí y salió de la zona de alcance de las olas.

Miró a su alrededor. Una enorme playa con hectáreas de arena rodeada de verdes acantilados. No había nadie, las tormentas de verano habían ahuyentado a la gente. Vio una figura en la distancia, cerca de la pequeña casa de campo que había alquilado para pasar unos días. La bendita paz se acabaría pronto.

Miró al mar y respiró hondo. Era libre. Realmente libre por primera vez en su vida. Entonces, ¿por qué se sentía como si siguiera en prisión? Porque era su corazón lo que estaba preso, no ella. Y tendría que aprender a vivir con ello. Con el tiempo el dolor se mitigaría...

Se dio la vuelta y caminó por donde había venido, las manos en los bolsillos. La figura de la distancia seguía allí. Caminó un poco más y se dio cuenta de que la figura era un hombre. Un hombre alto. Con el pelo oscuro. En camiseta y vaqueros. Su corazón empezó a latir acelerado. ¿Era el Diablo que mandaba a alguien parecido para ponerla a prueba? Se acercó más y más... Más detalles: pelo oscuro, una frente despejada, anchos hombros. Estaba mirando al mar y entonces se dio la vuelta. Maggie se detuvo. Se le subió la sangre a la cabeza, le latían los oídos. No podía ser.

Pero era. Caleb a sólo unos metros. Iba hacia ella. Eso la puso en marcha: se dirigió en diagonal a la casita evitando el camino por el que venía él. Pudo ver por el rabillo del ojo que Caleb también cambiaba su recorrido. No podía pensar. No podía sentir.

—Maggie.

Ignoró su llamada. Aceleró el paso.

—Maggie —estaba mucho más cerca.

Ella empezó a correr, pero entonces la agarró y le dio la vuelta. Levantó la vista. Las piedras y caracolas que había estado recogiendo se le cayeron a la arena.

–Maggie, por favor, no huyas de mí, tenemos que hablar.

Ella se echó a reír.

–¿Hablar? Caleb, te dije que no quería volver a verte jamás y menos ahora –se soltó y siguió andando.

–Maggie, por favor –estaba justo detrás de ella–. Una vez viniste y me rogaste que te escuchara cinco minutos. Eso es lo que estoy pidiendo yo ahora. Por favor.

Ella se detuvo y tuvo que cerrar los ojos para apartar los recuerdos. Aquello la mataría.

–Cinco minutos.

Entró en la casa por la puerta de atrás sin preocuparse de mantenerla abierta para él.

En la pequeña cocina se dio la vuelta para colocarse de cara a él y se cruzó de brazos. A Caleb le pareció que estaba más guapa que nunca. También más distante.

–Bueno, el reloj corre.

–Maggie... lo siento....

–Sentirlo. ¿Por qué demonios tienes que disculparte, Caleb? Tengo lo que quería y tú tienes lo que querías... –dijo mirándolo horrorizada.

–No te tuve, Maggie, realmente no. Y todavía me gustas.

Ella frunció el ceño sintiéndose de pronto ligeramente desorientada, queriendo saber pero no queriendo preguntar.

–Caleb...

–Lo sé, lo sé... el tiempo. Dios, es difícil.

Maggie sentía el corazón latir desbocado y apretó los brazos como para contenerlo.

–Creía que sabía lo que había pasado... aquella noche hace ocho meses. Alguien dijo algo en Londres y de pronto todo encajó...

Maggie sintió miedo.

–¿Fuiste a ver a mi madre para averiguar dónde estaba? –él asintió–. ¿Le has dicho algo a ella...? –el pecho le subía y bajaba por la agitación–. ¿Lo has hecho...?

Caleb levantó una mano y dio un paso hacia ella. Maggie se apartó.

–¡No! Maggie, no. Podía haberle preguntado pero no me hacía falta. Ya lo sé. Sólo quería escuchártelo decir a ti.

–¿Sabes qué? El tiempo corre...

–Hace ocho meses me sedujiste en contra de tu voluntad, ¿verdad?

La habitación giró durante un segundo y Maggie pensó que se iba a caer al suelo.

–No seas ridículo –dijo vagamente.

Pero Caleb se había fijado en su reacción y eso provocó un estallido de júbilo en su pecho, aunque quizá ella nunca había sentido nada por él, sólo deseo.

–Tu padrastro vio la atracción que había entre los dos y decidió aprovecharla, ¿verdad? –ella negó con la cabeza sin fuerza–. Te obligó a flirtear conmigo... a mostrar interés... a venir al hotel vestida como una...

–¡Para! –su mente discurría a toda velocidad; él todavía no se había dado cuenta de todo, su corazón estaba a salvo. Dejó caer los brazos–. ¿Cómo... cómo sabes todo eso?

–Sólo por algo que dijo alguien. No me hizo falta escuchar nada más... lo supe inmediatamente. No puedo creer que no me diera cuenta antes... estaba ciego.

Intentó pensar qué decirle para que se quedara contento y siguiera su camino.

–Me amenazó con algo... demasiado grande para enfrentarme a ello yo sola.

–¿Tu madre?

–¿Cómo...? –dijo sin aire.

–Tenéis un vínculo más fuerte que nada que haya visto. Y tú reaccionas como una madre osa con sus cachorros cada vez que se la menciona... además, ella es demasiado feliz para ser una viuda reciente a la que no han dejado nada –suavizó la voz–. Maggie, he oído que... era violento... ¿Alguna vez...?

–A mí nunca. A menos que me interpusiera –dijo amargamente–. Siempre a mi madre, y yo nunca pude protegerla. Nada podía. Ni siquiera la policía. Era demasiado poderoso.

–Esa cicatriz... en el muslo...

Maggie se quedó blanca.

–Un día que me interpuse... cuando él... cuando traté de... me apartó de su camino y me tiró encima de la tabla de planchar, así que la plancha... –la furia lo atravesaba, abrió la boca pero Maggie ya había tenido bastante, levantó una mano y siguió–. Por favor, Caleb, ahora ya lo sabes. Gracias por devolvernos la casa y pagar las deudas con Hacienda... Me lo dijo mi madre. No tenías por qué hacerlo...

–Por supuesto que sí. Fue por mi culpa que tu madre acabara en esa situación, era lo menos que podía hacer.

–Lo siento, te engañé hace ocho meses, pero ya se acabó. Por favor, vete.

Por un instante se empezó a dar la vuelta como si se fuera a ir. Maggie aguantó la respiración, un gran vacío ocupaba su cuerpo, pero entonces él volvió. Ella estaba clavada en el sitio.

–No, Maggie, no me iré. Porque quiero saber por qué una vez muerto Holland no te defendiste.

–¿Me hubieras creído?

–A lo mejor al principio no –concedió él–, pero no te hubiera costado mucho convencerme. No soy tan ogro y nunca me hubiera quedado con la casa si lo hubiera sabido.

–Lo sé... –dijo ella con tranquilidad.

–Entonces... ¿por qué?

La verdad era que no se le había ocurrido. Lo principal era su autoprotección, pero ¿no había elegido el camino más destructivo?

–Porque pensé que no me creerías... –sonó demasiado débil incluso para ella.

–Así que me permitiste utilizarte, tomarte como amante, dejarme que te hiciera el amor casi todas las noches... hacer que te comportaras de modo totalmente contrario a como eras en realidad...

–Pero sí era... –respiró sin darse cuenta de que se estaba delatando de forma espectacular.

Caleb se sintió triunfador. Levantó una ceja.

–Entonces, ¿por qué te dejaste todo en mi casa? La ropa, las joyas, el coche...

–Porque no eran míos.

–Exacto –la miró–. Cualquier otra mujer se hubiera llevado todo y más, créeme.

Sintió que la estaba acorralando, su voz sonó más desagradable:

–Mira, Caleb, ¿qué quieres? No puedo decirte nada más...

–Apuesto a que has hecho todo lo posible para mantener la frente alta... ¿La universidad? Te la pagaste tú y nunca aceptaste un penique de Holland, ¿verdad? Seguramente vivías en una pocilga llena de ratones por no aceptar su dinero. ¿Amantes? Sé que no eras virgen, pero tampoco estabas lejos de serlo, Maggie.

Era implacable, inamovible. Maggie sabía que sólo habría una cosa que haría que se fuera, pero sería algo que la mataría. Aunque si así se libraba de él... No tenía elección. Antes de que averiguara la completa verdad, si al menos podía salvaguardar eso... Cuadró los hombros.

–En realidad eran cucarachas, y si quieres la verdad

–sacudió la cabeza–, aquí la tienes. La verdad es que tuve un amante antes de conocerte, en la universidad. Y no sabía lo que Tom planeaba hasta... hasta... –no podía hacerlo.

La tranquilidad invadió a Caleb. Se acercó más y Maggie pudo notar el calor de su cuerpo. Tenía que irse... ya. Tenía que ser fuerte.

–Ese día.

–¿El día de la cita? –preguntó cortante. Demasiado cortante.

Maggie se dio la vuelta y se envolvió en sus propios brazos.

–Sí, maldita sea, ¡Sí! –se volvió de nuevo–. ¡Allí! ¿Ya estás contento? No lo supe hasta ese día, si no está completamente claro, te lo deletreo. Estaba encaprichada contigo, muy encaprichada. Creía que tú a lo mejor sentías algo semejante por mí y como una estúpida pensé que querrías quedar conmigo, conocerme.

–Maggie...

–No te atrevas a sentir pena por mí. No me hace falta tu pena. Era un capricho, eso es todo. Deseo. Tom me siguió a Oxford Street y me hizo comprarme ese vestido –sintió un escalofrío de repulsión– y me dijo lo que le haría a mi madre si no colaboraba. No tenía elección –miró al infinito–, pero entonces... justo cuando...

–No pudiste seguir.

Sintió un estremecimiento cuando lo miró y vio que él la miraba no con lástima sino con algo más que le disparó los latidos del corazón. Se acercó más, demasiado, y sólo en ese momento se dio cuenta de que una lágrima le corría por la mejilla. Ni siquiera se había dado cuenta de que estaba llorando. Él tendió una mano y ella se apartó de un salto.

–Te has ocupado de ella durante mucho tiempo. Viniste a Dublín para escapar, ¿verdad?

¿Por qué tenía que preguntarlo tan dulcemente, como si de verdad le importara? Ella asintió despacio. Caleb volvió a tender la mano para secarle las lágrimas pero esa vez ella no pudo apartarse. Sentirlo fue demasiado, se le escapó un sollozo. Caleb redujo la distancia y la abrazó durante un largo rato, hasta que dejó de sollozar. Trató de soltarse pero él no le dejó.

–Caleb... suéltame, ya estoy bien.

–No puedo soltarte.

–¿Qué? –preguntó ella levantando la vista.

–No puedo soltarte... Me despertaré y comprobaré que todo ha sido un sueño y entonces no volveré a verte jamás.

–Pero... ya puedes irte. No quieres volverme a ver.

–No, tú no quieres volverme a ver.

Maggie sacudió la cabeza, no podía ser.

–Caleb, deja de confundirme. Suéltame –trató de separarse con algo de desesperación. No pudo.

–Sólo dime una cosa, Maggie... ¿De verdad fui sólo un capricho?

Sintió que él dejaba de respirar. No podía mentir. Sentía que los últimos restos de sus defensas se desmoronaban. Negó con la cabeza despacio.

–Entonces –dijo con esperanza–, si no fue sólo un capricho... ¿fue algo más?

Se sentía como sin huesos. Todo lo que existía eran aquellos ojos hipnotizadores. Volvió a asentir apenas consciente de lo que estaba diciendo, sólo consciente de que quería que Caleb la tuviera entre sus brazos. Para siempre.

–¿Durante los últimos dos meses... y ahora... sigue eso ahí?

Maggie salió del trance y volvió a sentir que le corrían las lágrimas.

–Por favor, Caleb... no me tomes el pelo... no me hagas decirlo.

Tomó la cara de ella entre las manos.

–No tienes que hacerlo... lo haré yo. Maggie Holland, te amo. Te amo tanto que si tú no me dices que también me amas, voy a echar a andar en dirección al Atlántico y no volveré nunca porque mi vida no valdrá la pena.

Sería cierto. ¿Podía confiar? Tenía que confiar.

–Sería una lástima porque yo también te amo... Te he amado desde la primera vez que te vi.

–Oh, Maggie –bajó la cabeza y la besó en los labios–. Cuando te vi aquella primera vez... lo sentí tan fuerte... y cuando por casualidad oí que Holland te había utilizado... pensé que tú también eras cómplice. Era más fácil verte así que afrontar mis auténticos sentimientos. Lo siento tanto... Cuando trataste de parar y decirme...

Maggie le cubrió la boca con un dedo.

–Era una situación complicada y nos acabábamos de conocer, no tenías ni idea de cómo era...

Le pasó los brazos por detrás del cuello y lo besó urgiéndolo a que la besara más profundamente, con más fuerza. Se separaron y le tocó la cara.

–¿Estás aquí? ¿Eres real?

–Espero que sí porque estoy a punto de arrodillarme y declararme.

–Caleb –lo miró con la boca abierta.

La tomó de la mano.

–Margaret Holland, ¿quieres ser mi esposa? Para que pueda pasar mi vida amándote, cuidándote, protegiéndote...

–Pero... pero si nunca estás en el mismo sitio... tu trabajo...

–Maggie, estoy tan cansado... Estoy harto de vivir bajo la sombra del desastroso matrimonio de mis padres. Estoy cansado de trabajar tanto. Es hora de delegar, quiero asentarme, tener hijos... contigo. Donde estés, quiero estar... en esta casa si puedo comprarla... viviremos aquí, en cualquier sitio, sólo quiero estar contigo. Nunca pensé que esto pudiera pasarme, pero... –se encogió de hombros– tú eres mi hogar... y deseo tanto volver al hogar...

–Oh, Caleb, tú también eres mi hogar. Te quiero tanto que duele.

Se miraron intensamente y volvieron a besarse. Después Caleb se separó de ella y dijo:

–Tengo algo para ti.

Maggie era incapaz de hablar. La tomó de la mano y la sacó al exterior y allí, aparcado delante de la casa, estaba su maltrecho Mini. Exactamente como había estado siempre.

Maggie se tapó la boca con una mano. Con los ojos abiertos de par en par, miró a Caleb.

–Pero... cómo... quiero decir... era una lata de conservas...

Él sonrió.

–Estuvo a segundos de serlo. Empecé a buscarlo el día que tu madre sembró la duda. Aunque decías que no te importaba, de algún modo supe que...

–Pero eso fue... hace semanas.

Caleb se encogió de hombros.

–Estaba tratando de ganar la batalla perdida de mantenerte dentro de la cajita en que te había metido, cada vez más sospechaba que las cosas no eran como parecían, pero era más fácil desconfiar de ti que asumir mis propios sentimientos...

–¿Has venido con eso hasta aquí? Por lo menos habrás tardado cinco horas... ese coche no pasa de sesenta...

–No lo sabía y he tardado más de ocho –dijo encogiéndose de hombros.

La llevó a la parte trasera del coche.

–Éste era el plan B en caso de que no quisieras escucharme.

Detrás del coche había un montón de latas atadas al parachoques y un cartel donde se podía leer:

Te quiero, Maggie. Por favor, cásate conmigo.

–Créeme –dijo con sequedad–, es lo único que convenció a tu madre para decirme dónde estabas.

Maggie deslizó un brazo alrededor de la cintura de él y dijo:

–Sí, sí, sí...

Después le dedicó una mirada coqueta y él se relajó de modo visible. Estaba exultante. A lo mejor, por fin, podía sentirse segura... y feliz.

Caleb se inclinó sobre ella y le murmuró al oído:

–Tenemos mucho de qué hablar, ponernos al día... pero primero ¿por qué no vemos lo de encargar esos niños?

Con un grácil movimiento la tomó en brazos y atravesó con ella el umbral de la diminuta casita levantada al borde de una preciosa playa. Y entraron juntos en una nueva vida.

Bianca™

¿Por qué no aceptar su escandalosa proposición si así podía tener el hijo que tanto deseaba?

Damien Wynter era tan arrogante como guapo, por lo que tratar con él era como bailar con el diablo. Pero la rica heredera Charlotte Ramsey se sentía atraída por el millonario británico a pesar de que lo había odiado desde el momento en que lo había visto por primera vez.

No quería ni verlo... hasta que el hombre con el que había planeado casarse la dejó en el peor momento posible y Damien le propuso un desafío: que se casara con él y después se quedara embarazada... ¡y al infierno con el escándalo!

Oscuros deseos

Emma Darcy

Acepte 2 de nuestras mejores novelas de amor GRATIS

¡Y reciba un regalo sorpresa!

Oferta especial de tiempo limitado

Rellene el cupón y envíelo a

Harlequin Reader Service®
3010 Walden Ave.
P.O. Box 1867
Buffalo, N.Y. 14240-1867

¡Sí! Por favor, envíenme 2 novelas de amor de Harlequin (1 Bianca® y 1 Deseo®) gratis, más el regalo sorpresa. Luego remítanme 4 novelas nuevas todos los meses, las cuales recibiré mucho antes de que aparezcan en librerías, y factúrenme al bajo precio de $3,24 cada una, más $0,25 por envío e impuesto de ventas, si corresponde*. Este es el precio total, y es un ahorro de casi el 20% sobre el precio de portada. !Una oferta excelente! Entiendo que el hecho de aceptar estos libros y el regalo no me obliga en forma alguna a la compra de libros adicionales. Y también que puedo devolver cualquier envío y cancelar en cualquier momento. Aún si decido no comprar ningún otro libro de Harlequin, los 2 libros gratis y el regalo sorpresa son míos para siempre.

416 LBN DU7N

Nombre y apellido	(Por favor, letra de molde)
Dirección	Apartamento No.
Ciudad	Estado	Zona postal

Esta oferta se limita a un pedido por hogar y no está disponible para los subscriptores actuales de Deseo® y Bianca®.
*Los términos y precios quedan sujetos a cambios sin aviso previo.
Impuestos de ventas aplican en N.Y.

Matrimonio con el rey
Rebecca Winters

**Una mujer corriente...
¿casada con un rey?**

Darroll Collier era una mujer normal y corriente que vivía en una pequeña ciudad con el sobrino del que había tenido que hacerse cargo tras la muerte de su hermana. Cuando apareció en su vida Alexandre Valleder, Darrell decidió no dejarse cautivar... y mucho menos permitir que la presionara para casarse.

Alex era un rey responsable... pero una noche hacía ya años había cometido una pequeña rebeldía y acababa de descubrir que el resultado de aquella aventura había sido un niño. Ahora debía arreglar las cosas aun sabiendo que aquello conmocionaría a su familia y pondría en peligro el futuro de la monarquía en su país. Pero antes tendría que convencer a aquella hermosa ciudadana de que estaba hecha para ser reina...

Deseo™

Una extraña herencia

Susan Mallery

El empresario Ryan Bennett había ac-
cedido a hacerse pasar por su primo
en una cita a ciegas. Desde el momento que vio a Julie Nelson hasta el
momento en el que debería haberle
dicho adiós, Ryan estuvo cautivado
por aquella mujer y no pudo evitar in-
vitarla a compartir su cama. Después
del apasionado encuentro, Ryan confesó su verdadera identidad y trató de
convencerla de que lo que había entre
ellos era real a pesar del engaño inicial, pero Julie no estaba dispuesta a
creerlo. Ahora lo consideraba un enemigo...

Pronto daría a luz al hijo del enemigo...

1-15-06

E la...

Le do...

Dios por mi que
se llevó años, que

LAS TRES
BENDICIONES
EN CRISTO

le pedía a Dios por
ti y tu familia
ahora disfruto al
ver tu vida tran-
sformada, ahora
eres hija de Dios
Este día tu testimonio
te identifica una
Criatura nueva,
Guardate fiel a Dios
tu Pastor Noemi!

LAS TRES BENDICIONES EN CRISTO

David Yonggi Cho

Peniel

BUENOS AIRES - MIAMI - SAN JOSÉ - SANTIAGO

www.editorialpeniel.com

Las tres bendiciones en Cristo
David Yonggi Cho

Publicado por:
Editorial Peniel
Boedo 25
Buenos Aires C1206AAA - Argentina
Tel. (54-11) 4981-6034 / 6178
e-mail: info@peniel.com

www.editorialpeniel.com

Originalmente publicado en inglés
con el título:"Salvation, health & prosperity"
by Seoul Book Center
Yoido P. O. Box 7 Seoul 150, Korea.

Diseño de cubierta e interior: arte@peniel.com

Ninguna parte de esta publicación puede ser reproducida en ninguna
forma sin el permiso por escrito de Editorial Peniel

Impreso en Colombia
Printed in Colombia

Cho, David.
Tres bendiciones en Cristo. – 2a ed. – Buenos Aires : Peniel, 2005
Traducido por: Cristina Kouch Sokoluk.
ISBN 987-557-090-7
1. Vida Cristiana. I. Título CDD 248
224 p. ; 17x11 cm.

ÍNDICE

PREFACIO

Toda la Palabra de Dios permanece firme para siempre, pero el aspecto de la Palabra que nosotros subrayemos puede ser distinto al cambiar las épocas y las circunstancias que nos rodean. El aspecto del Evangelio que ponemos de relieve al presente no puede ser el mismo de generaciones anteriores, ya que ahora la República de Corea se está esforzando por sumarse a las filas de las naciones más adelantadas del mundo, mientras que durante 36 años permaneció bajo el dominio colonial de Japón.

Siendo que el tiempo ha llegado para que nuestra patria se ponga de pie a la par de otros países, alineándose con los más desarrollados y participando en lo que hace a la historia del mundo, los cristianos de Corea deben tener una actitud más productiva, creativa, positiva y activa.

Como respuesta a la necesidad de nuestro tiempo y nuestra nación, les presento con especial regocijo este libro titulado Salvación, salud y prosperidad. Las verdades de estas tres bendiciones de Cristo son las piedras fundamentales que edificaron mi fe. A la vez, este es el sustento de mi filosofía al predicar el Evangelio. Es mi oración que la lectura de este libro sea ampliamente difundida y que sea usado como instrumento para llevar tantas personas como fuere posible hacia un camino más radiante y victorioso, lleno de vida y felicidad.

Doy toda la alabanza y la gloria al Dios Trino quien me ha otorgado la bendición de presentarles este libro.

PAUL YONGGI CHO, PASTOR
IGLESIA DEL EVANGELIO COMPLETO DE YOIDO
SEÚL, COREA, 30 DE NOVIEMBRE, 1977.

PRÓLOGO

Al presentar este libro de Yonggi Cho, siento en mi alma el impulso de decirles (o recordarles si ya lo supieran) que Dios es un Dios bueno y el diablo es un diablo malo. Dios es enteramente bueno y el diablo es enteramente malo. No hay mal alguno en Dios y no hay bondad alguna en el diablo.

Además, contrariamente a la noción errada de que la predicación llena de "maldición y fuego del infierno" induce a la gente a arrepentirse, hay pruebas indiscutibles de que la manera de conquistar a las almas es predicar la esencia de la naturaleza de Dios, el Dios que envía a Su Hijo "para que tengan vida, y para que la tengan en abundancia" (Juan 10:10).

San Pablo afirma enfáticamente (en Romanos 2:44) que es la benignidad de Dios la que guía a la gente al arrepentimiento.

No obstante, la Palabra de Dios claramente enseña también que vendrá el día del juicio, que hay un infierno que debemos esquivar y un cielo que alcanzar. La genuina predicación de la Palabra de Dios no podrá tomarse la libertad de evitar enseñar a la gente el horrendo castigo por el pecado y la consecuencia de morir bajo el cargo de pecador.

Pero fue Jesús mismo quien dijo que El "no ha venido para perder las almas de los hombres, sino para salvarlas" (Lucas 9:56).

Centenares de porciones de la Escritura, desde al Génesis hasta el Apocalipsis, se refieren a la bondad de Dios al conceder a Sus hijos una mayor prosperidad espiritual, física y financiera. Además de ellas y de la terminante promesa de la resurrección de los muertos, es también de suma importancia para cada persona el pequeño pasaje de la Tercera Epístola de Juan 2 que Yonggi Cho recalca: "Amado, yo deseo que tú seas prosperado en todas las cosas y que tengas salud, así como prospera tu alma." Este versículo nos sirve de modo especial a los que necesitamos desesperadamente encontrar palabras de Dios bien definidas acerca de la benevolencia con que El nos considera y la prosperidad que intensamente desea que goce todo nuestro ser antes de que estemos en el cielo.

En 1947 era yo estudiante universitario y a la vez un joven pastor. Ya con esposa y dos hijos pequeños, luchaba por sobrevivir cada mes. También procuraba obedecer el llamado de Dios en cuanto a que yo entregara a mi generación Su poder sanador, y me hacían fluctuar aquellas personas en la iglesia que no creían que Dios es un Dios bueno sino que El es exclusivamente un Dios de juicio.

Ya había leído yo todo el Nuevo Testamento más de un centenar de veces y el Antiguo Testamento completo varias docenas de veces. Prácticamente tenía memorizados los libros de Mateo, Marcos, Lucas, Juan y los Hechos. Estos cinco libros son los que contienen la única información directamente de la fuente acerca de la vida y el ministerio de Jesús, sus primeros discípulos y luego los primeros cristianos.

A esta altura ya casi había salvado los obstáculos para lanzarme al ministerio de sanidad por todo el mundo. Yo estaba lleno de la Palabra de Dios, lleno del Espíritu Santo y lleno de fe y de compasión. Pero me faltaba algo que parecía pequeño y sin implicancias; necesitaba que Dios iluminara mi entendimiento con una palabra suya sobre qué era lo que me faltaba.

Cierto día abrí mi Biblia al azar y quedó abierta en la 3º Epístola de Juan. Mi vista cayó sobre el versículo 2; no recordaba haberlo leído nunca antes. Estas palabras eran lo que me faltaba a mí, como una llave maestra.

Evelyn (mi esposa) y yo las leímos una y otra vez, sollozando, regocijándonos y sintiéndonos inundar por la presencia de Dios en la manera que lo necesitábamos para poder invadir la tierra con el poder de Jesús, para ganar a las almas, sanar a los enfermos, echar a los demonios y mostrar a las personas sufrientes que Dios es un buen Dios... y que El desea prosperar todos los aspectos de sus vidas.

Lejos estaba yo de saber que a miles de kilómetros de Estados Unidos, en la pequeña nación coreana había un joven, Paul Yonggi Cho, cuyo futuro sería alcanzar a toda Asia y al mundo entero con un ministerio para el crecimiento de las iglesias de mayor resultado en la historia.

Cuando cayeron en sus manos mis libros y cintas grabadas, al final de la década del 50, la guerra había empobrecido de tal manera a Corea que la gente desprendía las cortezas de los árboles y las cocinaba para no morir de hambre.

Yonggi Cho se aferró al mensaje de liberación en Jesucristo; de modo especial el texto de III Juan 2 ardía en su alma para elevar a su pueblo y a él mismo por encima de la pobreza espiritual, física y financiera.

En el lejano Oriente, la parte del mundo donde más difícil era llevar el Evangelio, el joven Pablo que más tarde llegó a ser el doctor Cho ha edificado la iglesia más grande del mundo, la cual rápidamente avanzó de 500,000 miembros a 1,000,000.

Nunca he conocido otra iglesia tan notable por la oración, por el modo de ofrendar, por testificar y por tener una visión que alcanza a toda Asia - de hecho al mundo entero.

Yonggi Cho ha enseñado a la gente a poner en práctica la fe como el grano de mostaza, a creer completamente a Dios y a darle la prioridad en la vida personal. Y ahora Dios los bendice y prospera, precisamente a la gente que estaba más golpeada por la pobreza cuando conocieron su ministerio.

Lo que se destaca por su importancia es que estos coreanos de la congregación de Cho se valen de la prosperidad que Dios les da para llevar a sus vecinos a la iglesia y para orar "venciendo", literalmente, toda fuerza de Satanás que les haga frente.

El libro que estamos por comenzar a leer da un énfasis singular a III Juan 2. El autor nos revela por ese medio el mensaje de la Palabra de Dios en su totalidad: que Dios desea prosperar al creyente en cada aspecto de su vida para que resulte una bendición para los demás como nunca antes.

Es un honor para mí presentar el libro de Yonggi Cho y añadiré que siento mucho afecto por este hombre de Dios. Su ministerio, ordenado y ungido por Dios, significa mucho para mí personalmente y para millones de personas por todo el mundo.

Sinceramente, Oral Roberts
SEPTIEMBRE DE 1986.

Capítulo I

DIOS ES UN
DIOS BUENO

uando principiaba mi ministerio predicando en una carpa en Pulkwang-Dong, Corea, hace ahora casi veinte años, yo sentía tal conflicto en mis emociones que apenas si podía soportarlo. Se debía a que la gente a la que yo trataba de enseñarles el Evangelio se encontraba en un estado de aridez espiritual, enfrentado la desesperación como una pared insalvable, tan desprovistos de todo, que les era difícil aun encontrar algo para comer.

Les predicaba la Palabra y los alimentaba, pero me encontraba preso de evidentes contradicciones, porque el Dios del que había estudiado en el seminario parecía sólo el Dios del futuro. Yo no daba con el Dios del presente para presentárselo a esas personas que vivían en tal pobreza y desolación. ¿Dónde estaría el Dios del presente en Corea? Esa era la pregunta que se agitaba en mi corazón. Difícilmente podría impresionar a esa gente describiendo al Dios del pasado. Por lo tanto clamé a Dios. Y clamé no sólo por causa de ellos sino de mí mismo: "Oh mi Señor, ¿dónde se encuentra el Dios del presente? ¿Con qué podré infundir esperanza y nueva vida a esta gente que está desesperada, muerta de hambre y apenas vestida? ¡Oh, Señor! ¿Dónde estás Tú en este momento? Tú, que eres el Dios de ellos tanto como el mío?"

Oré y lloré día tras día, derramando lágrimas, buscando intensamente. Luego de pasar mucho tiempo suplicando a Dios, El me habló al corazón. Sus palabras, cálidas, llenas de esperanza, fueron un descubrimiento para mí. La palabra que Dios me envió contenía la verdad de la bendición triple que está escrita en III Juan 2 y que consiste en salvación, salud y prosperidad: "**Amado, yo deseo que tú seas prosperado en todas las cosas, y que tengas salud, así como prospera tu alma.**"

Desde entonces esa verdad ha sido la base de todos mis sermones y he colocado como fundamento de mi ministerio ese versículo. Cuando mi interpretación de toda la Escritura tomó la perspectiva de la luz de la verdad que arroja este versículo en particular, Dios comenzó a manifestarse no solamente como el Dios del pasado y del futuro, sino como el Dios del presente, aquel que vive en el tiempo presente. Posteriormente, a causa del poder de este mensaje, nuestra iglesia se ha expandido internacionalmente y continuará creciendo en el futuro.

La realidad es que hoy por todo el mundo la gente enfrenta muchos problemas a causa de sentir un el vacío, la pobreza y la maldición; constantemente se oye su clamor por el miedo a la enfermedad y a la muerte. Estas personas necesitan la triple bendición de Cristo. Después de treinta viajes al extranjero, en los que visité Estados Unidos, Inglaterra, Alemania, Francia y los países escandinavos, percibí claramente que la gente en todas partes estaba en una situación tal que precisaba una revelación acerca de esta triple bendición. Cuando era predicado este mensaje, muchos cambios maravillosos sucedían y comenzaba a arder el fuego del avivamiento.

Cuando comprendemos cabalmente la triple bendición, podemos interpretar la Escritura desde Génesis hasta Apocalipsis basándonos en los pasajes que enfocan estas verdades. Entonces la verdad de la Biblia revive y reluce al resplandor de la nueva vida y se nos hace aun más clara. Como si fuésemos ciegos y tratáramos de captar la forma de un elefante por medio del tacto, al leer la Biblia sin esta base no podemos entender ni interpretar cabalmente la lectura. Pero cuando leemos la Biblia sostenidos por este fuerte cimiento teológico, toda la Escritura se relaciona y se manifiesta claramente el Dios vivo.

Antes de desarrollar el tema de salvación, salud y prosperidad, quisiera enseñarles el vestíbulo de ingreso a la mansión de la triple bendición. El camino de ingreso lleva la seña indicadora "Dios es un Dios bueno."

Nuestro buen Dios

La primera persona que debemos llegar a conocer es nuestro buen Dios. Hoy en día la gente no está convencida de que Dios es bueno. Ven a Dios como un ser sobrenatural que los llena de miedo, que los amenaza y les arrebata la felicidad. O lo ven como un Dios que no desea tener nada que ver con ellos.

Llevaba a cabo yo una cruzada en Hamburgo, Alemania Occidental, cuando vino a verme desde la ciudad de Essen, procurando consejo, una mujer de edad madura. Nació y fue criada como huérfana en circunstancias tristes y conocía el dolor en forma directa. Se había casado con un médico japonés que había tomado la ciudadanía alemana. Su marido la amaba mucho. Tenía tres niños y nada le faltaba que pudiera hacer su vida completa y plena. Contaba con una posición económica holgada, vivía en una buena casa y sus hijos gozaban de salud. En una palabra, su familia parecía feliz. Pero el miedo tenía raíces en su corazón. Temía que Dios en cualquier momento pudiera quitarle todas aquellas cosas que la hacían feliz. Ella pensaba que debía sufrir para demostrar su fe y que, siendo tan feliz, cualquier día Dios descendería para llevarse a su esposo e hijos, o para causar un problema económico "para probar mi fe", pensaba.

Vivía intranquila a causa del miedo. Su esposo, a pesar de ser psiquiatra, no podía ayudarla mediante el psicoanálisis para que sea libre de ese temor, por eso acudió buscando mi ayuda. A lo que ya he referido, ella añadió esto:

- Pastor, dentro de no mucho tiempo la desgracia me envolverá como una nube negra. Soy huérfana desde mi nacimiento y he sufrido toda clase de dificultades. La vida es maravillosa ahora, pero ¿cómo puedo atreverme a disfrutar esta felicidad que conozco ahora? ¿Qué hago, pastor?

- Hermana, usted está cometiendo un grave error, - respondí. - Dios es bueno. El diablo viene para hurtar, matar y destruir, pero Jesús, el Hijo de Dios, vino para que tengamos vida y para que la tengamos en mayor abundancia.

- No puedo convencerme de eso, pastor - respondió.

Entonces le expliqué las razones por las que Dios es un Dios bueno. Le indiqué que abriera la Biblia.

- En Génesis leemos que Dios creó los cielos, la tierra y todas las cosas. Toda cosa creada demuestra el carácter de su creador. El primer día de la creación, El hizo la luz. ¿Era buena cuando Dios la vio?

- Dios vio que era buena.

- ¿Cómo fue cuando al segundo día creó el firmamento?

- No se menciona que fuera bueno.

- Por ser el firmamento el sitio donde el diablo tomaría la potestad del aire y el poder luego de la caída, Dios no mencionó que fuese bueno. Sólo en esa instancia se omite mencionar la buena obra. Al tercer día, cuando se descubrió la tierra seca, ¿no está escrito que Dios vio que era bueno?

- Así es.

También vio Dios que era bueno en el cuarto y quinto día; y en el sexto, cuando hizo los animales y al hombre, Dios vio que era muy bueno. Si Dios no fuese un Dios bueno, no podría haber hecho nada que fuese muy bueno. Le expliqué a esa señora:

- Desde el comienzo Dios hizo sólo aquellas cosas que eran buenas. Conocemos a un árbol por su fruto. Si todo lo que Dios creó era buen "fruto", ¿no debemos llegar a la conclusión de que el "árbol" - Dios- también debe de ser bueno?

La señora meneó la cabeza. No podía creer eso. Yo proseguí:

- Hermana, escuche. ¿Alguien ha visto jamás a Dios?

- No.

- ¿Quién lo vio a El?

- Solamente Jesús lo vio.

- ¡Sí! El ha visto a Dios. Aquellas cosas que Jesús dijo y realizó fueron todas las cosas que Dios dijo y realizó por medio de El. Observemos, entonces, la vida de Jesús. ¿El hizo el bien o el mal? Hizo buenas obras: echó fuera espíritus inmundos, dio paz a los que temblaban de inquietud y miedo, resucitó a los muertos. ¿Puede usted encontrar algo mal en las obras que realizó Jesús? Aun sus enemigos, cuando lo clavaron en la cruz, reconocieron que había salvado a otros. Siendo que Jesús hizo tantas cosas buenas, ese Dios que obra a través de Jesús ¿podría ser un Dios malo? Jesús mismo dijo: "¿Qué hombre hay de vosotros que, si su hijo le pide pan, le dará una piedra? ¿O si le pide un pescado, le dará una serpiente? Pues si vosotros, siendo malos, sabéis dar buenas dádivas a vuestros hijos, ¿cuánto más vuestro Padre que está en los cielos dará buenas cosas a los que le pidan?" (Mateo 7:9-11).

Y continué:

- Escuche, hermana: ¿no dice claramente Jesús aquí que "vuestro Padre que está en los cielo dará buenas cosas"? Fíjese en el universo. ¿Cómo ve usted todo? ¿Está bien ordenado y es hermoso? Abra la Biblia en Apocalipsis, capítulo 21. ¿Son buenos o no los nuevos cielos y las tierra nueva que Dios va a crear? La Escritura nos dice en Apocalipsis 21:3-4: "He aquí el tabernáculo de Dios con los hombres, y él morará con ellos; y ellos serán su pueblo, y Dios mismo estará con ellos como su Dios. Enjugará Dios toda lágrima de los ojos de ellos; y ya no habrá muerte, ni habrá más llanto, ni clamor, ni dolor; porque las primeras cosas pasaron". Está escrito que Dios no sólo renovará nuestro mundo circundante, sino que nuestro cuerpo débil será reemplazado por un cuerpo fuerte, el carnal por el inmortal. ¿Cómo puede usted negarse a creer que Dios, quien solamente produce buen fruto, sea un Dios bueno?

Sólo después de oír aquello la señora asintió con la cabeza.

- Pastor, escuchando lo que usted dice, veo ahora que Dios es un Dios bueno.

- Es el diablo el que le susurra a usted eso de que Dios va arrebatarle su felicidad - le aseguré.

El diablo sembró el temor en el corazón de Job, en el Antiguo Testamento. Job cayó en un estado tan trágico por abrigar al miedo y al temor en su corazón. "Porque el temor que me espantaba me ha venido y me ha acontecido lo que yo temía" (Job 3:25). A causa de su temor, Job perdió todo lo que poseía: diez hijos, setecientas ovejas, tres mil camellos, quinientas yuntas de bueyes, quinientas asnas y sirvientes de ambos sexos. El diablo susurró en la mente de Job:

- Dios no es un Dios bueno. Pronto te quitará tus hijos y te matará a ti y a tu familia.

Tan pronto como Job fue engañado por la voz del diablo y perdió la imagen de un Dios bueno, tembló de miedo. El diablo lo acusó de miedo ante la presencia de Dios e hizo que Job sufriera un severo castigo. La Biblia dice claramente: "En el amor no hay temor, sino que el perfecto amor echa fuera el temor; porque el temor lleva en sí castigo" - o tormento - (1 Juan 4:18). Cuando Job recuperó su fe, confesando que la mantendría aunque Dios lo destruyera, Dios le dio el doble de riquezas de las que tenía anteriormente.

La fe es como la palanca de cambios de un automóvil. Cuando la palanca está para marchar hacia adelante, el auto avanza. Pero cuando la palanca está en posición de marcha hacia atrás, con la misma fuerza el auto retrocede. De la misma manera, si usted cree que Dios es un Dios bueno, el éxito lo acompañará; si usted no cree que Dios es un Dios bueno, encontrará temor, intranquilidad y desesperación. Su fe puede ser positiva o negativa. Depende de usted. La fe positiva da el fruto de una fe positiva y la fe negativa da el fruto de una fe negativa.

En el vestíbulo de admisión, antes de entrar en la mansión de la triple bendición, usted debe despojarse de toda fe negativa y creer firmemente que Dios, quien envió a Jesús para ser crucificado en su favor, es bueno. Como está escrito: "El que no escatimó ni a Su propio Hijo, sino que lo entregó por todos nosotros, ¿cómo no nos dará también con él todas las cosas?" (Romanos 8:32).

Este Dios que nos ama con toda la amplitud y la profundidad del amor es realmente un Dios bueno.

Toda vez que decimos que Dios es bueno, el diablo se duele porque la gloria es para Dios. Actualmente en tantos púlpitos se lo presenta a Dios bajo un aspecto equivocado. Algunos predicadores sólo lo describen como un Dios que está a la espera de que los pecadores cometan un error para poder juzgarlos con castigo severo y temible. El más trágico de los cristianos es aquel que no tiene esperanza. Las personas con una fe así son como el hijo mayor que aparece en la parábola del hijo pródigo; su concepto de Dios es que Él nunca les ha dado ni un "cabrito" para poder disfrutar de la vida (véase Lucas 15:29).

Está escrito en la Biblia: "Conforme a vuestra fe os sea hecho" (Mateo 9:29). Dios, quien es bueno y rico, no vendrá a aquellos que no tienen fe en su bondad. Aunque el hijo pródigo se alejó de su padre y gastó su fortuna llevando una vida licenciosa, volvió en fe, creyendo que su padre le daría la bienvenida. Su padre lo vistió con la mejor ropa, colocó un anillo en su dedo y calzado en sus pies y le dio gozo y satisfacción ordenando que en su honor se carnee el becerro gordo.

Los dos hijos tenían el mismo padre, pero un hijo no recibió siquiera un cabrito mientras el otro hijo llegó a poseer todas las riquezas de su padre. ¿En qué sentido eran tan diferentes estos dos hijos? Cada uno veía a su padre con diferentes ojos y diferentes expectativas.

Aquellos que creen que Dios es un Dios bueno heredan una actitud mental positiva. Como está escrito: "... A los que aman a Dios, todas las cosas les ayudan a bien, ... a los que conforme su propósito son llamados" (Romanos 8:28).

Para los que creen en un Dios bueno, las cosas buenas son buenas en sí mismas. Aunque a veces hallan algunas cosas que no les son agradables, las aceptan porque saben que Dios también de eso sacará algo de bueno. Por lo tanto su fe se mantiene del lado positivo en todo tiempo.

La cruz y la salvación de Jesucristo

Luego de llenar nuestras mentes con la imagen de un Dios bueno, el próximo paso será cambiar nuestro concepto errado sobre la gracia de la salvación por medio de la cruz de Jesucristo.

Hasta aquí hemos entendido la salvación sólo en términos espirituales. Nuestro concepto ha sido de tipo convencional, es decir, que el alma es salva y entra en el cielo cuando abandonamos este mundo. Pero la salvación que recibimos mediante la crucifixión y la muerte de nuestro Señor Jesucristo es mucho más profunda y amplia que eso. Por su muerte en la cruz y Su resurrección, Jesús nos libró del pecado original producido por la desobediencia y la caída de Adán. Sin embargo la caída de Adán no terminó simplemente en una caída espiritual. La maldición y la muerte fueron los acontecimientos naturales aparejados con su muerte espiritual. El cayó bajo la maldición que lo expulsó fuera del jardín de la bendición. Físicamente, su cuerpo se convirtió en compañero de la muerte.

Por lo tanto la salvación de Jesucristo, la cual nos libró de la caída y del pecado de Adán, es en un sentido más amplio salvación. No solamente cambió nuestras almas sino que cambió nuestra manera de vivir pasando de ser una maldición a ser una bendición. Esta salvación también cambió nuestra carne: de estar sujeta a la muerte y a la enfermedad pasó a estar sujeta a la vida. Este es el mensaje de la triple bendición.

Para entender más cabalmente la salvación de Jesucristo necesitamos considerar el éxodo que se narra en al Antiguo

Testamento, porque fue imagen de lo que sería la obra redentora de Jesucristo.

Una noche en la tierra de Gosén, Egipto, ocurrió algo muy crucial. De repente se oyó un balido de corderos desde cada vivienda de los hebreos. Se sacrificó un cordero en cada hogar y la cabeza de cada familia sumergió un hisopo en la sangre del animal conservada en un recipiente. Luego trazaron con la sangre una pincelada sobre el dintel de la puerta y sus postes.

Todos los jefes de familia que habitaban la región de Gosén se apresuraron a hacer lo mismo. Cuando se oscureció el cielo, cada familia estaba disponiéndose para un largo itinerario. Asaron el cordero que habían matado, cuidando de no romper ni un hueso, y lo comieron juntos acompañándolo de hierbas amargas y un pan que había sido preparado sin levadura.

Esa noche, a eso de las doce, un gran clamor sacudió al país egipcio. El ángel destructor de parte de Dios pasó a través de la comarca entrando en cada casa que no tuviere la sangre sobre postes y dinteles y mató a todos los primogénitos egipcios, "desde el primogénito de Faraón que se sienta en su trono, hasta el primogénito de la sierva que está tras el molino, y todo primogénito de las bestias" (Éxodo 11:5).

Entonces los israelitas se levantaron como una bandada de langostas para dejar atrás la tierra de Egipto donde habían vivido como extranjeros durante más de cuatrocientos treinta años, y emprendieron su viaje hacia la región de Canaán, la que había sido dada por Dios a su antepasado Abraham.

Ese cordero que los israelitas sacrificaron en aquella oportunidad se conoce como el cordero pascual. Así como el ángel destructor pasó de largo las casas donde había sangre sobre las puertas, así actualmente todos los que se amparan bajo la sangre de Jesucristo y se acercan a El están protegidos de las tentaciones y acusaciones de Satanás y eximidos de juicio. Cuando leemos (o "comemos") la Palabra de Dios, Jesucristo, así como los israelitas comieron la carne del cordero, recibimos fuerza y sabiduría para triunfar sobre el mundo y ganar la victoria.

Dios, el que redimió al pueblo de Israel por la sangre del cordero pascual, también los guió por una nube y un fuego que eran como columnas. De día, cuando estaba caluroso bajo ese sol abrasador, Dios los guiaba con una nube que les hiciera sombra, y de noche, cuando estaba oscuro, los guiaba con una columna de fuego que los iluminara.

Dios separó el Mar Rojo y les hizo pasar por el desierto a través de él. Quebró la roca para darles agua fresca. En el desierto los alimentó con maná y codornices. Dios se hizo Señor de los ejércitos cuando se topaban con el enemigo. Así Dios, sin descansar ni dormirse, guardó a Israel hasta que cruzaron el Río Jordán y entraron en Canaán, la tierra de la promesa.

En este registro de su éxodo descubrimos el significado más amplio y más profundo de la salvación que Jesucristo nos otorga. Canaán, tierra de promisión, significa ahora para los cristianos el reino de los cielos. Hasta que nosotros los creyentes entremos en el reino que Dios ha preparado para nosotros, no recibiremos la salvación que nos hace "prosperar en todas y tener salud". Somos hijos de Dios, y por eso el Señor nos llama "amados". Somos suyos y El nos ama tanto que permitió que Su cuerpo fuera clavado en esa horrenda cruz. Ese Dios bueno, quien permitió la crucifixión de su Hijo unigénito porque sabía que era la única manera de redimirnos, hoy desea que seamos prosperados y que gocemos de salud "así como prospera el alma".

Me imagino que, habiendo leído lo anterior, usted se ha hecho ya una idea clara de un Dios bueno, y dejando de lado todo concepto errado y prejuicio entrará en la salvación de Jesucristo. Ha llegado el momento de abrir la puerta del vestíbulo de entrada y penetrar la mansión de la triple bendición. ¡Alce sus ojos y mire! Frente a usted se encuentra el primer cuarto sobre cuya puerta está escrito "Así como prospera tu alma". Este es el cuarto de la primera bendición. Abramos la puerta y entraremos juntos.

Capítulo II

ASI COMO PROSPERA TU ALMA

¿Por qué, cree usted, nuestro Señor dijo "así como prospera tu alma"? Esta frase de la Escritura (III Juan 2) parecería indicar que en algún período pasado en algo no marchaba bien nuestra alma. ¿Qué sería lo que andaba mal y cómo sucedió eso? ¿Qué es la prosperidad del alma? ¿Cuál es el resultado de que no prospere el alma? ¿Qué hacer para que ahora nuestra alma pueda prosperar? En este capítulo encontraremos las respuestas a estas preguntas.

El hombre es una criatura de espíritu, alma y cuerpo
"Entonces Jehová Dios formó al hombre del polvo de la tierra y sopló en su nariz aliento de vida, y fue el hombre un ser viviente... Dijo Dios:
- Hagamos al hombre a nuestra imagen, conforme a nuestra semejanza; y señoree en los peces del mar, en las aves de los cielos, en las bestias, en toda la tierra, y en todo animal que se arrastra sobre la tierra.

Y creó Dios al hombre a su imagen, a imagen de Dios lo creó; varón y hembra los creó." (Génesis 2:7 y 1:26-27).

Cuando Dios creó los cielos, la tierra y todo lo que hay en ellos, hizo todas las cosas por su palabra - a excepción del hombre. Formó al hombre del polvo de la tierra con Sus manos y a Su misma semejanza, parecido a El, y luego le dio al hombre el hálito de vida soplando en sus narices. El vocablo hebreo usado para el aliento que Dios sopló en el hombre es **ruak**; el mismo significa viento o espíritu. Cuando Dios sopló ese hálito de vida en el hombre, éste se convirtió en un "alma viviente". Para "alma" se utiliza en hebreo el término **nephesh**. Así que cuando Dios sopló en el hombre, que había sido formado del polvo de la tierra, creó su alma.

Como Dios mismo es la Trinidad de Padre, Hijo y Espíritu Santo, así nosotros que fuimos creados a Su semejanza también tenemos tres partes: espíritu, alma y cuerpo. "Y el mismo Dios de paz os santifique por completo; y todo vuestro ser, espíritu, alma y cuerpo, sea guardado irreprensible para la venida de nuestro Señor Jesucristo" (I Tesalonicenses 5:23). Luego espíritu, alma y cuerpo humanos, creados a la imagen de Dios, tienen las diferentes funciones siguientes.

Primero: el espíritu es la vasija que recibe a Dios. Por eso si no es por medio del espíritu no podemos conocer a Dios. Por medio del espíritu oramos a Dios, lo alabamos, lo adoramos y podemos conocer Su voluntad. Las personas que no conocen a Dios dicen que El no existe porque su propio espíritu está muerto. Además el espíritu contiene a la conciencia, la cual señala el camino correcto de esta vida. La conciencia tiene la capacidad intuitiva de conocer la verdad de Dios. Por tanto nuestro espíritu constituye la única vía por la cual podemos comunicarnos con Dios.

Segundo: la personalidad humana radica en el alma. La personalidad es la cualidad que combina el conocimiento, la emoción y la voluntad por medio de la cual el hombre adquiere sabiduría y razonamiento, capta las diferentes emociones de alegría, enojo, tristeza o agrado y toma decisiones. El alma tiene conciencia de la propia existencia; entonces el alma es realmente la personalidad. Es por eso que la Biblia se refiere al ser humano como "alma".

Tercero: el cuerpo tiene cinco sentidos que son la capacidad de ver, de oír, de oler, de gustar y de palpar. El espíritu reconoce su entorno mediante el cuerpo. Entonces la frase de la Escritura "así como prospera tu alma" indica que el camino que conduce hacia la prosperidad del alma es el estado de equilibrio en el cual las tres partes, espíritu, alma y cuerpo, funcionan adecuadamente. Ese equilibrio de la prosperidad exige que el espíritu, por voluntad de Dios, tenga dominio sobre el alma y que el alma tenga dominio sobre el cuerpo. El cuerpo abandona toda la lascivia de la carne y actúa en obediencia a lo que le indican el espíritu y el alma.

Podemos encontrar un equilibrio tan creativo de nuestra naturaleza tridimensional en Adán. Por cuanto antes de su caída él tenía en su espíritu a Dios, se comunicaba con Dios, oía la voz de Dios, vivía según la orientación de una conciencia limpia y disfrutaba de las abundantes bendiciones de Dios. Como su alma estaba bajo el control de su espíritu, obediente a la voluntad de Dios, su mente se llenaba del conocimiento de Dios y sus emociones abundaban en sentimientos impartidos por el Espíritu Santo. Al tomar sus decisiones conforme a la voluntad de Dios, no cometía errores. Por estar el cuerpo bajo el control de su espíritu, él podía mitigar sus deseos y evitar de caer presa de sus apetencias desmedidas. Adán fue el hombre que vivió en modo espiritual y se comunicaba constantemente con Dios. El sabía de dónde había venido, adónde iba y por qué estaba vivo. Sus cinco sentidos le decían que este mundo era hermoso y perfecto y que Dios era un Dios bueno. Dios el Padre era el Creador personal, quien deseaba comunicarse y tener una dulce comunión con los seres humanos. El hombre estaba hecho para servir a Dios, para vivir espiritualmente de acuerdo con la dirección que recibía del Espíritu Santo.

El hombre, quien había sido creado con espíritu, alma y cuerpo, tenía similitud con un vaso de barro. "¿Y qué, si Dios, queriendo mostrar su ira y hacer notorio su poder, soportó con mucha paciencia los vasos de ira preparados para destrucción, y para hacer notorias las riquezas de su gloria, las mostró para con los vasos de misericordia que él preparó de antemano para gloria, a los cuales también ha llamado, esto es, a nosotros...? (Romanos 9:22-24).

Una vasija, o vaso de barro, tiene muy poco valor en sí mismo. Es sólo al contener algo que el vaso adquiere verdadero valor. Siendo que nosotros somos constituidos "vasos", no podemos conocer el valor que representamos; sólo al tener a Dios en nosotros adquirimos valor.

Las vasijas por su naturaleza indefectiblemente se las llena con algo. A menos que conservemos limpio un recipiente y lo llenemos con sabroso alimento, o lo usemos para la conservación de algo, se nos llenará de polvo de cualquier modo, dejando de estar realmente vacía en poco tiempo. Los seres humanos somos receptivos, por eso absorbemos ya sea el Espíritu Santo en muestras almas, o el espíritu del mal.

Algunas personas afirman:

- Yo no tengo el Espíritu Santo, pero tampoco el espíritu del mal; soy neutral.

Esta opinión manifiesta ignorancia. No está en la potestad del ser humano obtener el Espíritu Santo ni tampoco el espíritu del mal. Cuando el Espíritu Santo mora en nuestro vaso de barro, nuestras vidas resplandecen de vida y somos honrosos, porque "tenemos este tesoro en vasos de barro, para que la excelencias del poder sea de Dios y no de nosotros (2 Corintios 4:7).

El hombre fue creado para ser templo de Dios: "¿No sabéis que sois templo de Dios y que el Espíritu de Dios mora en vosotros?" (1 Corintios 3:16). Si el hombre fue creado para ser templo de Dios, debería tenerle dentro y vivir para adorarle. A menos que Dios habite el templo humano, el espíritu del mal entrará sin tardanza en ese templo vacío y lo convertirá en su morada.

El hombre fue creado para tener espíritu, alma y cuerpo, destinado a vivir con Dios en su espíritu humano, obediente a la voluntad de Dios. Por desgracia rompió el hombre el orden de la creación y se hundió en el pecado.

La existencia del hombre caído

El término "Edén" significa gozo, y de hecho el jardín del Edén era el jardín del gozo donde todas las necesidades de Adán y Eva estaban admirablemente previstas. Dios le dijo a Adán que él podría comer todo lo que había en el jardín exceptuando la fruta de un árbol: "mas del árbol de la ciencia del bien y del mal no comerás; porque el día que de él comieres, ciertamente morirás" (Génesis 2:17).

Por el engaño de Satanás, Adán consintió en ser persuadido por Eva a comer del fruto de ese árbol, y Adán recibió la sentencia de muerte de parte de Dios. Morir es cosa diferente de desaparecer. En este mundo nada desaparece. Si una porción de papel, por ejemplo, se quema en el fuego, según la ley de la constancia de la masa, se convertirá en la misma masa de gases y cenizas. Ese trozo de papel no cayó en la nada en el universo.

Como el papel es el caso del hombre. Si una persona muere, sólo se suspende el diálogo entre esa y otras personas. No desaparece la persona. Al morir el hombre, el cuerpo permanece pero no tiene la facultad de dialogar con otros o expresarles sentimientos de felicidad o disgusto. La muerte equivale a una intercepción en el diálogo. Tan pronto como Adán cayó, su espíritu quedó muerto hacia Dios y el diálogo entre Adán y Dios cesó.

Algunos preguntan:

- Acaso cuando Adán sí comió del fruto del árbol prohibido ¿no continuó viviendo?

No fue el cuerpo de Adán que murió, ni aun su alma, sin embargo su espíritu murió ni bien cometió el pecado.

Tan pronto como murió el espíritu de Adán, Dios no habitó más en él. Desde ese entonces el hombre ha estado desconectado de Dios y no puede recibir conocimiento de parte de Dios. La comunicación con Dios quedó trunca. El hombre no tuvo más el conocimiento de dónde procedía o hacia dónde iba, por qué estaba vivo, ni cómo debía vivir. Desde el momento en que murió el espíritu de Adán, aquellos descendientes suyos que no creen en Jesucristo tampoco tienen diálogo con Dios, pues sus espíritus están muertos. No pueden sentir la gracia de Dios en sus corazones, aunque puedan oír la voz de Dios. No pueden ser conmovidos en su interior por el Espíritu Santo, ni pueden comprender el amor demostrado en la cruz hasta que no se arrepientan. Ni siquiera pueden sentir vergüenza ni temor cuando piensan en la ira de Dios. Y no hay arrepentimiento como resultado.

Después de la caída, no sólo que el espíritu de Adán murió, sino que fue expulsado del jardín del Edén. "Y lo sacó Jehová del huerto del Edén, para que labrase la tierra de que fue tomado" (Génesis 3:23).

Ahora las personas que no creen en Jesucristo son expulsadas de la presencia de Dios, del seno de Dios y del mundo de sus bendiciones. Mientras habitan este mundo, deambulan como almas perdidas sin conocer su destino final ni la dirección que debieran seguir. Aunque tengan abundancia de alimentos y ropa cara para vestir, aunque vivan en espléndidas casas y no les falte nada, sus circunstancias materiales se esfuman como vapor y lo único que les queda es un deambular sin fin.

No hay un ser más trágico que el desechado. Puede vivir desechado por un tiempo, pero su fin es como el de la hoja arrastrada por el viento. La caída de Adán no terminó tampoco con la muerte de su espíritu y su expulsión del jardín del Edén. Adán y Eva, siendo creados a la imagen de Dios, deberían haber permanecido como obedientes siervos de Dios. Sin embargo, ellos se negaron a obedecer la Palabra de Dios y fueron engañados por el diablo, convirtiéndose así en siervos del diablo. El Espíritu Santo abandonó al ser humano, quien había sido creado para ser una vasija para el Espíritu Santo, y un espíritu del mal ocupó el lugar del Espíritu Santo. Así dice 1 Juan 3.8: "El que practica el pecado es del diablo, porque el diablo peca desde el principio."

De esta manera, Adán y Eva desde ese momento pertenecían al diablo por haber pecado; fueron siervos de él. En la vasija donde Dios había hecho morada, el diablo entró y comenzó su trabajo. La obra de Dios es dar vida a sus ovejas, y dársela en abundancia, pero la obra del diablo es robar, matar y destruir. Adán y Eva fueron expulsados del jardín del Edén, donde crecía el árbol de la vida, hacia un mundo de espinos y marañas de dificultades, al esfuerzo y la desesperación.

Cuando una persona se hace siervo del diablo, el espíritu del mal entra en él y toma posesión de él: "Y él os dio vida a vosotros, cuando estabais muertos en vuestros delitos y pecados, en los cuales anduvisteis en otro tiempo, siguiendo la corriente de este mundo, conforme al príncipe de la potestad del aire, el espíritu que ahora opera en los hijos de desobediencia" (Efesios 2:1-2).

Si el espíritu de Satanás entra en una persona, ese espíritu captura la mente y el cuerpo y así hace que esa persona desacate a Dios. Luego logra que la persona vuelva su espalda a Dios y se rebele contra él. Y la desobediencia y la confusión en la mente de la víctima desembocan en su rechazo del camino de la verdad y elige en cambio el ancho camino que lleva a la destrucción.

Nos resulta difícil lograr la conversión de un incrédulo y llevarlo a Jesús porque un espíritu maligno en la mente y el corazón engaña a esa persona. Si queremos su conversión, debemos primeramente atar al espíritu que vive en él por medio de nuestras oraciones. La Biblia expresa lo siguiente: "Cuando el hombre fuerte armado guarda su palacio, en paz está lo que posee. Pero cuando viene otro más fuerte que él y le vence, le quita todas sus armas en que confiaba y reparte su botín" (Lucas 11:21-22).

"Y le llevó el diablo a un alto monte y le mostró en un momento todos los reinos de la tierra. Y le dijo el diablo: A ti te daré toda esta potestad y la gloria de ellos; porque a mí ha sido entregada, y a quien quiero la doy" (Lucas 4:5-6). Siendo que todos los hombres que están bajo el yugo del pecado original se han convertido en siervos del diablo y de la muerte, todos ellos viven en realidad bajo el control incesante del diablo aunque prefieran ser libres del pecado. El diablo se nos acerca con los deseos de la carne, la lujuria de los ojos y el orgullo de la vida. Los que se han hecho siervos del diablo luchan contra el poder de la lujuria y viven en temerosa reverencia. En Hebreos 2:14-15 (b) leemos: "... para destruir por medio de la muerte al que tenía el imperio de la muerte, esto es, al diablo, y librar a todos los que por el temor de la muerte estaban durante toda la vida sujetos a servidumbre". Este pasaje nos hace ver que Jesús vino para desatar a aquellos que estaban esclavizados por el diablo.

El juicio y la ira de Dios son el desenlace final para aquellos que se han hecho siervos del diablo. Con la muerte del espíritu del hombre y el fin del diálogo con Dios, el hombre perdió el conocimiento esencial que es capaz de discernir el propósito y la orientación de su vida. Al depender puramente de su conocimiento humano y de su experiencia, esa persona es avasallada por sentimientos y emociones propias y decide llevar adelante su vida desde un punto de vista egoísta. El alma humana siempre impone su parecer, y así el hombre se ha vuelto totalmente egocéntrico. Un ejemplo es el caso de Caín quien mató a su hermano Abel. En la Biblia leemos: "Porque no tenemos lucha contra sangre y carne, sino contra principados, contra potestades, contra los gobernadores de las tinieblas de este siglo, contra huestes espirituales de maldad en las regiones celestes" (Efesios 6:12). Por lo tanto la predicación misma es una lucha espiritual. Pero el hecho de que nosotros creamos en Jesús es la prueba de que hemos triunfado en esa batalla espiritual.

Cierto día vino a mí una mujer pidiendo consejo sobre un problema con su hijo. Con lágrimas me dijo:

- Pastor, he hecho todo lo posible por mi hijo y no creo que haya faltado nada en mis esfuerzos por ser una buena madre. Le doy una mensualidad que alcanzaría para sus necesidades, pero a menudo abandona el hogar y se lleva algún objeto para venderlo diciendo que el dinero que le damos no es suficiente. Hay ocasiones en que no regresa a casa por varios días. Son más los días que está ausente de la escuela que los que está presente. Ya lo he reprendido, pero se está poniendo violento. Todos mis esfuerzos han sido en vano. ¿Cómo podría yo resolver este problema?

- Este problema no le ha venido por ser enteramente malo su hijo, - respondí. - Un espíritu maligno ha tomado control de su alma y lo hace comportarse de ese modo. Como los espíritus malos no salen sino por oración y ayuno, usted debe ayunar y orar para liberar a su hijo de la esclavitud a ese espíritu malo. Entonces él cambiará.

El poder que lanza a una cantidad de personas al pozo de la desesperación es el espíritu de Satanás. Ese poder hurta y destruye. Satanás se ufana de que todos los que componen la raza humana se han convertido en sus siervos desde la caída de Adán. La codicia levantó contiendas que resultaron en la sangrienta historia de las guerras entre las naciones y también las peleas entre una persona y otra. La pasión fue a la cabeza en todas las áreas de las principales actividades humanas. Aun se llegó al pecado de cortar la vida humana en un arranque de pasión. Una alarmante situación de ese estilo ya la encontramos en Génesis 4.23 (b): "Un varón mataré por mi herida, y un joven por mi golpe."

Los que no tienen fe en Dios viven en manera disoluta, atrapados por una lujuria de la carne muy similar a la de los animales, y no escaparán al juicio de la ira de Dios. La Biblia declara que el fin de las personas que desobedecen a Dios será violento, porque el mal que los domina será violento. Dice: "El que cree en el Hijo tiene vida eterna; pero el que rehusa creer en el Hijo no verá la vida, sino que la ira de Dios está sobre él" (Juan 3:36). "El que venciere heredará todas las cosas, y yo seré su Dios y él será mi hijo. Pero los cobardes e incrédulos, los abominables y homicidas, los fornicarios y hechiceros, los idólatras y todos los mentirosos tendrán su parte en el lago que arde con fuego y azufre, que es la muerte segunda (Apocalipsis 21: 7-8). "Porque la paga del pecado es muerte, mas la dádiva de Dios es vida eterna en Cristo Jesús Señor nuestro" (Romanos 6:23). "Por tanto, como el pecado entró en el mundo por un hombre, y por el pecado la muerte, así la muerte pasó a todos los hombres, por cuanto todos pecaron" (Romanos 5:12).

Las personas que se guían por los dictámenes de su propia alma saben lo frágil que somos al orgullo. Cuando Dios vio a la gente viviendo según los deseos de la carne, le pesó haberle dado vida. Leemos en Génesis 6:3 que Dios dijo: "No contenderá mi espíritu con el hombre para siempre, porque ciertamente él es carne".

Al llegar el diluvio, Dios destruyó toda carne exceptuando a Noé y su familia. Pero sus descendientes continuaron viviendo vidas centradas en sí mismas y sin Dios porque seguían estando muertos en espíritu. Cuando se multiplicaron y llegaron a ser un pueblo fuerte, comenzaron a construir la torre de Babel, símbolo de su egocentricidad. Y dijeron:

- Vamos, edifiquémonos una ciudad y una torre cuya cúspide llegue al cielo; y hagámonos un nombre, por si fuéremos esparcidos sobre la faz de toda la tierra - (Génesis 11:4).

Dios vio su orgullo y les envió su juicio por el cual confundió su idioma. La gente de hoy día vive también en manera egocéntrica, siguiendo los deseos de la carne, la codicia de los ojos y la vanidad de este mundo. Es un egocentrismo que no hace concesiones, acompañado de un orgullo ilimitado, una excesiva codicia y crímenes que el egoísmo acarrea, todo lo cual desata la ira de Dios con su ardiente juicio; éste está más cerca de lo que piensan algunas personas.

Muchas personas viven esta existencia atormentados, recibiendo castigo ya en este mundo. El infierno presente en la tierra se describe por el mal en lugar del bien, la muerte en lugar de la vida, el pesar en lugar del gozo, el dolor en lugar del placer, la fría soledad en lugar de la cálida armonía.

Primero, debemos entender que nuestro Señor deseaba que prosperara nuestra alma porque nuestro espíritu estaba muerto y el diálogo de amor con Dios estaba cortado; segundo, que habíamos sido expulsados del jardín de bendición; y tercero, que Dios se retiró de nuestro corazón y el diablo entró para esclavizarnos; cuarto, que las personas cuyos espíritus están muertos viven exclusivamente a la merced de su alma y ya reciben juicio mientras viven aquí; además deberán enfrentar el juicio final y ser arrojados en el lago de fuego.

Dios contempla a esta humanidad tan deplorable y la llama "Amada". ¡Esta es la misma voz de amor que nos ha estado llamando desde la creación del mundo! Este Dios desea que nuestras almas vuelvan a prosperar. Con un amor tan grande que no escatimó brindarnos a su único Hijo, El desea que nuestras almas prosperen, que el orden de la creación pueda ser restaurado, que El pueda llenar las vasijas humanas y habitar en ellas. Como en el principio, cuando Dios se acercaba a Adán y conversaba con él, hoy también Dios se propone venir a nuestros corazones, caminar y hablar con nosotros, transformar nuestras vidas para que prosperemos y tengamos buena salud tal como prospere nuestra alma. Así tendremos vida más abundante. A cada momento El aguarda a la puerta del corazón llamando. ¿Le abriremos?

Vida para espíritus muertos

Esto fue dicho por Dios refiriéndose a los seres humanos: "...para gloria mía los he creado" (Isaías 43:7). Luego la meta suprema de la vida humana es reflejar la gloria de Dios y darle la gloria a El. Después que Adán y Eva comieron del fruto del árbol prohibido, perdieron estas dos cosas: la gloria de Dios y su meta en la vida; "porque así como por la desobediencia de un hombre los muchos fueron constituidos pecadores, así también por la obediencia de uno lo muchos serán constituidos justos" (Romanos 5:19).

El hombre se hundió tan profundamente por el hecho de convertirse en siervo del diablo que no podía restaurarse por su propio poder ni esfuerzos. No podía volver a su estado original. Tampoco lo podían reponer ni la educación ni la política (por cierto que nunca podrá ser restaurado por el humanismo). Y somos todos hijos de Adán; necesitamos un Salvador: a Jesucristo.

1. Creer en Jesucristo

El nombre "Jesús" significa salvador. "Y dará a luz un hijo y llamarás su nombre JESUS, porque El salvará a Su pueblo de sus pecados" (Mateo 1.21).

El nombre "Cristo" significa ungido. Reyes y sacerdotes recibían su especial ordenación con el ungimiento sobre la cabeza con aceite. Por lo tanto Jesucristo es nuestro Salvador; El nos salva y se convierte en nuestro Rey y Sumo Sacerdote.

"Porque el Hijo del Hombre vino a buscar y a salvar lo que se había perdido" (Lucas 19:10); "no vino para ser servido, sino para servir, y para dar su vida en rescate por muchos" (Mateo 20:28 b). Jesús vino para salvarnos. ¿Y qué es lo que debemos hacer para ser salvados? Sólo venir a Dios con fe, apoyándonos en el poder de la sangre de Jesús, y pedirle que nos salve y entre en nuestras vidas.

No podemos llegar hasta Dios sin los méritos de la sangre derramada por Jesús (véase Levítico 17:11). No podemos ser salvos por las enseñanzas de una religión, ni siquiera por el cristianismo. Sólo podemos recibir el perdón y la salvación por medio de la preciosa sangre de Jesús. Lo dice claramente la Biblia: "Pero si andamos en luz, como él está en luz, tenemos comunión unos con otros, y la sangre de Jesucristo su Hijo nos limpia de todo pecado" (I Juan 1:7); "sabiendo que fuisteis rescatados de vuestra vana manera de vivir, la cual recibisteis de vuestros padres, no con cosas corruptibles, como oro o plata, sino con la sangre preciosa de Cristo, como de un cordero sin mancha y sin contaminación" (I Pedro 1. 18-19).

Muchas iglesias no predican en la actualidad acerca de la sangre de Jesús. Hablan mucho sobre las enseñanzas y la vida de Jesús, pero no dan testimonio de esa sangre ni la glorifican. Pero los pecadores no pueden alcanzar el perdón ni ser conducidos a la salvación prescindiendo de la sangre de Cristo. Sin fe en esa preciosa sangre, los cánticos de alabanza, las ceremonias y el ritual son huecos; "... y sin derramamiento de sangre no se hace remisión de pecados (Hebreos 9:22 b). Es la sangre que derramó Jesús la que nos posibilita la comunicación con El. Por eso podemos cantar las palabras del himno:

"¿Qué me puede dar perdón? Sólo de Jesús la sangre."

Depositando nuestra fe en Su sangre podemos entrar en la presencia de Dios. Confiando en esa sangre podemos vencer los ataques de Satanás. Apoyándonos en esa sangre podemos hacer el bien. Cuando apelamos a la sangre de Cristo mediante la confesión creativa, tal como los israelitas en el Antiguo Testamento aplicaron la sangre del cordero de la Pascua sobre sus puertas, el diablo huye despavorido. Creyendo en la sangre redentora de Jesucristo experimentamos el milagro de ser salvos. "Porque de tal manera amó Dios al mundo, que ha dado a su Hijo unigénito, para que todo aquel que en él cree no se pierda, mas tenga vida eterna" (Juan 3:16); y "... que creáis que Jesús es el Cristo, el Hijo de Dios, para que creyendo, tengáis vida en su nombre" (Juan 20:31).

El vocablo original griego que se refiere a la vida que recibimos a través de la fe en Jesucristo es "**zoé**": Esa es la vida que proviene de Dios; nuestros espíritus pueden ser renovados al obtener esa fe. La palabra que designa en griego la vida común, en la cual el espíritu permanece muerto, es "**psyjé**": se refiere simplemente a nuestra vida física. La otra vida, la nueva, es la que procede de Dios y la obtenemos depositando nuestra confianza y fe en la sangre de Jesús. Al recibir esta vida, nuestros espíritus muertos recobran su vida.

A menudo se pregunta si, por la muerte de Jesús, todas las personas pueden ser salvas. De ninguna manera. No es así porque, como hemos explicado anteriormente, somos salvos mediante la fe. Justamente por haber muerto Jesús en la cruz y haber resucitado desbaratando el poder de Satanás, somos juzgados al no creer en esas verdades. "El que en él cree no es condenado; pero el que no cree ya ha sido condenado, porque no ha creído en el nombre del unigénito Hijo de Dios" (Juan 3:18).

El Espíritu Santo viene sobre el mundo y lo amonesta por el pecado, la injusticia y el juicio, pues la humanidad no ha alcanzado la justificación al no creer en la redención como fue provista por Jesucristo. La Biblia deja en claro que la salvación está al alcance de todos, libremente y sin discriminación. Jesús dijo: "Id por todo el mundo y predicad el evangelio a toda criatura. El que creyere y fuere bautizado será salvo; mas el que no creyere, será condenado." (Marcos 16:15-16). "Porque no envió Dios a su Hijo al mundo para condenar al mundo, sino para que el mundo sea salvo por El. El que en El cree no es condenado; pero el que no cree ya ha sido condenado, porque no ha creído en el nombre del unigénito Hijo de Dios" (Juan 3:17.18). "El que cree en el Hijo tiene vida eterna; pero el que rehusa creer en el Hijo no verá la vida, sino que la ira de Dios está sobre él" (Juan 3:36).

Estos textos bíblicos nos demuestran claramente que, si bien Jesucristo fue crucificado y vertió su sangre por todos, sólo puede ser eficaz para salvar a la persona que acepta voluntariamente a Jesucristo como Salvador. No hay esperanza para aquellos que no aceptan a Jesús. Por lo tanto, para alcanzar la salvación, la vida eterna y la vivificación del espíritu, debemos en primer lugar pasar el proceso absolutamente personal de recibir a Jesucristo como Nuestro Salvador Personal.

2. Nacer de nuevo por el Espíritu Santo

Una vez que hemos recibido a Jesús en el corazón como nuestro Salvador y lo hemos instituido como Señor de nuestra vida, si llegamos a pensar que lo hemos hecho "solitos" es que no hemos captado el punto principal .Está escrito que "nadie puede llamar a Jesús Señor, sino por el Espíritu Santo" (1 Corintios 12:3). Es decir, para que seamos salvos y nuestro espíritu sea vivificado, el Espíritu Santo debe venir sobre nosotros, inspirarnos y mover nuestros corazones para que podamos ser regenerados.

Cierto día al anochecer Nicodemo, un hombre que tenía autoridad entre los judíos, vino a ver a Jesús y le preguntó cómo recibir vida eterna. Jesús le respondió y le dijo que ningún hombre podía ver el reino de Dios sin nacer de nuevo. En estas palabras - **nacer de nuevo** - se concentraron todos los pensamientos de Nicodemo, porque él había deseado toda su vida el reino de Dios. Pero él sabía que no podía entrar en la vientre de su madre y nacer de nuevo, entonces no entendía lo que Jesús quería decir. Jesús le dirigió estas palabras:

- El que no naciere de agua y del Espíritu, no puede entrar en el reino de Dios. Lo que es nacido de la carne, carne es; y lo que es nacido del Espíritu, espíritu es. No te **maravilles** de que te dije: es necesario nacer de nuevo - (véase Juan 3:5-7).

El Espíritu Santo viene primero a convencernos de nuestro pecado y a traernos la salvación; así logra que reconozcamos nuestra situación y que nos arrepintamos. El nos hace percatar de que no son nuestros hechos los que nos pueden justificar, sino la sangre de Jesucristo. Al convencernos de juicio, El nos hace entender que Satanás, el príncipe de este mundo, ha sido juzgado por la cruz de Cristo; estas cosas nos ayudan a confesar nuestros pecados y a creer en Jesús. Sin la operación del Espíritu Santo no podemos ni recibir la salvación ni entenderla.

Todas las personas nacen de progenitores humanos, por lo cual son carne. Al practicar una religión, nuestra carnalidad se vuelve religiosa. Si nos comportamos según una norma ética y moral, nuestra carnalidad se vuelve ética y moral. Si recibimos una esmerada educación, nuestra carnalidad se vuelve educada. Es que la carne permanece siendo carne y no puede convertirse en espíritu. Sólo podemos llegar a ser personas espirituales cuando nacemos de nuevo por el Espíritu Santo y recibimos la vida espiritual.

Al nacer del Espíritu Santo, es El quien entra en nosotros para hacer Su morada y ser nuestro jefe. Al hecho de ser libertado de Satanás por creer en la muerte y resurrección de Jesucristo se lo llama "nuevo nacimiento". Pasamos de ser esclavos del diablo a ser hijos de Dios. Es porque el Espíritu Santo nos lleva a ser hijos de Dios que podemos llamar a Dios "Padre nuestro"; nuestro espíritu revive mediante el Espíritu Santo. "Y por cuanto sois hijos, Dios envió a vuestros corazones el Espíritu de su Hijo, el cual clama ¡Abba, Padre!" (Gálatas 4:6). "Pues no habéis recibido el espíritu de esclavitud para estar otra vez en temor, sino que habéis recibido el espíritu de adopción por el cual clamamos ¡Abba, Padre! El Espíritu mismo da testimonio a nuestro espíritu de que somos hijos de Dios" (Romanos 8:15-16). "Y si alguno no tiene el Espíritu de Cristo, no es de El" (Romanos 8:9 b).

En el momento cuando aceptamos que Jesús es nuestro Señor merced a la obra hecha en nosotros por el Espíritu Santo, nuestro espíritu muerto es revivido del sueño de muerte y nace de nuevo. Entonces no podemos menos que ser movidos a lágrimas de gratitud por el gozo que recibimos al renacer. Llamar a Dios "Padre" no es ninguna experiencia común. Sólo aquel que tiene el Espíritu Santo morando en sí puede decirle a Dios "Padre" con una profunda y genuina seguridad de que verdaderamente es Padre. Y es sólo porque ha entrado el Espíritu Santo para darnos la adopción, la cual nos hizo hijos de Dios, que podemos llamar a Dios "Padre nuestro".

El mismo Espíritu Santo, quien es el Espíritu de Cristo, continúa de inmediato la obra de Jesucristo en nuestra vida. Es por medio del Espíritu que podemos experimentar ya la presencia y el obrar de Cristo.

Antes de ascender al cielo, Jesús nos dejó una maravillosa promesa: "Por tanto, id y haced discípulos a todas las naciones, bautizándolos en el nombre del Padre y del Hijo y del Espíritu Santo, enseñándoles que guarden todas las cosas que os he mandado; y he aquí, yo estoy con vosotros todos los días, hasta el fin del mundo" (Mateo 28:19-20). Y también dijo Jesús: "Porque donde están dos o tres congregados en mi nombre, allí estoy yo en medio de ellos" (Mateo 18:20).

Desde que Jesús ascendió al cielo ante los ojos de sus discípulos, después de haber sido crucificado, muerto y resucitado, no está más presente en este mundo en forma corpórea. No obstante, nuestro Señor prometió que estaría con nosotros. Sabemos que Su promesa es veráz. ¿Qué significa eso? Según dijo: "Y yo rogaré al Padre, y os dará otro Consolador para que esté con vosotros para siempre, el Espíritu de verdad al cual el mundo no puede recibir, porque no le ve ni le conoce; pero vosotros le conocéis porque mora con vosotros, y estará en vosotros. No os dejaré huérfanos; vendré a vosotros" (Juan 14:16-18).

¡Qué maravillosas palabras! Nos prometen que, luego que Jesús abandonara el mundo físicamente, nos enviaría otro Consolador para que permanezca con nosotros. En este caso "Consolador" se refiere a alguien que tiene la función de estar siempre junto a una persona para ayudarla. Pero Jesús le llama "otro Consolador". La palabra griega (**allos**) significa "otro", pero se emplea para otro que sea de la misma clase, de modo que sería el "otro Consolador", el Espíritu Santo, como el primero. También añadió Jesús: "Pero cuando venga el Espíritu de verdad, él os guiará a toda la verdad, porque no hablará por su propia cuenta, sino que hablará todo lo que oyere, y os hará saber las cosas que habrán de venir. El me glorificará, porque tomará de lo mío y os lo hará saber" (Juan 16:13-14).

Lo que esto está indicando es que otro Consolador, el Espíritu Santo, continuará la obra comenzada por Jesús. El ha resucitado y Su asiento es a la diestra de Dios, el Padre. El

Espíritu Santo, nuestro Consolador, viene desde entonces a nosotros y prosigue con la obra hecha por Jesús de la misma manera. La llegada del Espíritu Santo continuó el ministerio de Jesús. La plenitud del Espíritu Santo es la plenitud de Jesús, como también la presencia del Espíritu es la presencia de Jesús. Así es que el Espíritu Santo da vida a nuestro espíritu muerto, así como Jesús resucitó al hijo de una viuda; revive nuestra vida espiritual como Jesús resucitó a Lázaro, y de ese modo nos hace hijos de Dios. El Espíritu Santo nos permite reanudar el diálogo espiritual con Dios, derrumbando el muro entre el hombre y Dios. Mediante Su obra hemos sido libertados de la esclavitud del diablo y llegamos a experimentar el misterio de vivir en estrecha comunión con Jesús. Está expresado con claridad en la Biblia: "Aun estando nosotros muertos en pecados, nos dio vida juntamente con Cristo (...) y juntamente con él nos resucitó, y asimismo nos hizo sentar en los lugares celestiales con Cristo Jesús" (Efesios 2:5-6).

Dios perdonó nuestros pecados por la sangre de Jesús, habiendo pagado por ellos El mismo. Juntamente con la resurrección de Jesús, Dios nos devolvió la vida a nosotros que estábamos muertos en nuestros pecados. Y Jesús se levantó de la muerte" - no El solo, sino con nosotros. Porque no se trata solamente de que Jesús haya vivido en la región de Judea hace dos mil años, sino que vive con nosotros hoy. Así es que nosotros no estamos de ninguna manera solos, porque Jesús está en nosotros y nosotros en Jesús. Ahora y en adelante vivimos todos juntos en unidad como hermanos. Es decir que nosotros, los que hemos sido comprados por su sangre y tenemos a Jesucristo, tenemos vida eterna. Y dice: "¡Mirad cuán bueno y cuán delicioso es habitar los hermanos juntos en armonía! (...) Allí envía Jehová bendición y vida eterna" (Salmo 133:1 y 3).El hecho de llegar a ser uno con Cristo y con otros hermanos trae como resultado la bendición de Dios y la prosperidad de nuestra vida espiritual.

3. El nuevo sistema

Cuando vuelve a vivir nuestro espíritu en virtud de la sangre de Cristo y mediante la obra del Espíritu Santo, se establece un nuevo sistema, el cual cambia por completo nuestra vida. El alma que anteriormente vivía en pecado, sin saber que Dios se dolía por el hecho de que el diálogo con El se había cortado, ahora se aparta del camino pecaminoso. Nuestra alma se regocija y brinca al saber que Dios nos ama, en cambio cuando Dios se entristece, también se siente agobiada y atormentada nuestra alma. Cuando oramos fervientemente, sentimos la respuesta de Dios por la paz y la seguridad que invaden nuestro corazón. Y al oír la voz de Dios nuestro corazón responde con un entusiasmado "amen". Este es el diálogo con Dios a través del espíritu, y es por él que nos damos cabal cuenta de que nuestro espíritu ha sido vivificado.

Nosotros, que habíamos sido expulsados de la presencia de Dios a causa de nuestro pecado, ahora somos recibidos en la presencia de Dios. Viviendo en este mundo éramos extraños y peregrinos, como todos los demás. Ellos todavía son extraños y andan a la deriva por no conocer a Cristo, pero nosotros tenemos una meta clara porque nos guía por el Espíritu Santo.

Por haber revivido nuestro espíritu mediante el Espíritu Santo, ahora comprendemos la Palabra cuando la oímos predicar o leemos las Escrituras. Podemos cantar alabanzas, orar y comunicarnos con Dios. Lo más importante para nosotros es que nuestro espíritu vuelva a la vida. La religión por sí sola no puede lograrlo. La celebración de un rito tampoco. Para que nuestro espíritu reviva debemos venir ante Jesucristo y aceptarlo como nuestro Salvador. Sólo entonces el Espíritu Santo, el Espíritu de Cristo, vivificará nuestro espíritu con Su soplo.

El hecho de que nuestro espíritu esté ahora vivo demuestra que el Espíritu Santo vive dentro de nosotros. En el sistema nuevo que está ahora vigente desde que Dios está dentro de nosotros, la esclavitud a Satanás y su opresión han sido deshechas y quitadas. Ahora sí vive nuestro espíritu y comienza a prosperar.

Pero es necesario que pasemos por un estado de conmoción a causa del derrumbe de aquel viejo sistema. Nuestra alma se resiste al cambio y le duele. Sin embargo, no hay por qué preocuparse, porque aunque nuestra alma se resista con cuanta violencia pueda, está destinada a obedecer a nuestro espíritu renovado.

Si usted que está leyendo este libro tiene la convicción de que el Espíritu Santo mora en usted, El ya es el dueño de su vida ¡y la victoria es suya!

La resistencia del alma

Cuando Jesús rompió el yugo del pecado, comenzó un conflicto entre el espíritu y la carne. La carne da gritos como si dijera:

- Vamos, lancémonos a satisfacer los deseos carnales; ¡deben ser satisfechos como fuere!

El espíritu dice:

- No; viviremos de acuerdo con la Palabra de Dios.

¡Y la batalla está en marcha! El alma no soporta estar bajo el control del espíritu pues en el pasado siempre había sido ella la fuerza dominadora. Como consecuencia hay una aguda competencia y lucha por el poder entre el alma y el espíritu. No podemos observar esta lucha desde el punto de vista de un espectador; es una guerra muy real y sucede dentro de nuestro corazón en este mismo instante. Pero ahora el soplo dulce y fresco del Espíritu Santo tiene libertad para infundir vida a nuestro espíritu y eso nos capacita para vivir según la voluntad de Dios. A la vez nuestro espíritu está tratando ahora de vivir en conformidad con la Palabra de Dios, como hijos de Dios dignos de ser llamados así. Aunque suframos dolor e incomprensión, nuestro espíritu aun trata de discernir la voluntad de Dios. El alma opone resistencia con este argumento:

- ¿Te crees la única persona responsable en todo el mundo? Dios pasará por alto tu mal proceder. Aquí hay una oportunidad. ¿Por qué no sacar el mejor partido posible?

Así el alma intenta recuperar el control a cada paso y en toda forma posible, pero lo que quiere el alma es dominar desde el punto de vista de los deseos carnales, no de acuerdo con la Palabra de Dios.

Una vez que nuestro espíritu ha sido vivificado, Dios no cerrará sus ojos ante la arrogancia del alma. Aunque Jesucristo no se entrometa en los asuntos de aquellos que todavía permanecen en el mundo regido por el alma, los cuales sirven a Satanás y buscan los placeres carnales, Él nunca se desentenderá de Sus hijos. ¡Nos ha comprado con su sangre y nos guardará para sí! Ahí está el amor de Dios. Si accedemos a la insistencia del alma y regresamos por el camino que quiere conducir a nuestra naturaleza carnal, nos veremos en aprietos porque el Espíritu Santo nos seguirá por donde vayamos rogándonos, suavemente pero con firmeza, que nos volvamos. En algún momento tendremos que conocer la amarga experiencia de ser doblegados, la cual es dolorosa.

a. Dios doblega nuestra vieja naturaleza

Hay quienes ya son creyentes y no han sido doblegados jamás. Aunque sepan claramente que si viven según su espíritu podrán tener vida, paz y victoria, su falta de una real fe en Dios los lleva a menudo a recurrir a los modos de vivir según el alma a los cuales se habían acostumbrado durante tanto tiempo. Estas personas no deben ni soñar con vivir la experiencia del poder y los milagros. Sus oraciones no recibirán respuesta porque el alma no entiende la obra de Dios en el reino del espíritu.

Por eso Dios debe doblegar nuestra naturaleza regida por el alma para prepararnos para la vida milagrosa. Todos los grandes siervos de Dios que encontramos en la Biblia pasaron por la experiencia de ser doblegados. Veamos de un pantallazo algunos ejemplos bíblicos de hombres que fueron doblegados por Dios.

Abraham, como sabemos, es el padre de la fe. No obstante tuvo que pasar por el doloroso proceso de ser doblegado, una experiencia que le costó veinticinco años de vida. Dios le había ordenado a la edad de setenta y cinco años que saliera de su patria, alejándose de la casa paterna, para llegar a una comarca que Dios le mostraría (ver Génesis 12:1). Pero Abraham, lleno de excusas humanas, llevó consigo todas sus pertenencias y a su sobrino Lot.

Un observador superficial podría pensar que Abraham obedeció la voz de Dios, pero la cuidadosa observación de la Escritura nos demuestra que él desobedeció a Dios. Dios juzgó a Abraham por su desobediencia, por sus deseos carnales. Esta desobediencia le acarreó el hambre que padeció la tierra de Canaán en ese entonces. Pero Abraham no se daba cuenta de que su desobediencia era la causa del hambre en la región, y para escapar de ella se fue a Egipto. Allí andaba despreocupadamente, viviendo sólo para satisfacer a su alma natural. Ni bien entró en el país, mintió acerca de su relación con su mujer diciendo que ella era su hermana. Explicó que necesitaba mentir para conservar la vida. El obedecía a lo que le susurraba su alma. Su espíritu, en cambio, sabía que no solamente la vida sino también la bendición y la maldición estaban en la mano de Dios. Pero sin embargo al enfrentar una crisis él seguía la dirección de su alma porque tenía más experiencia en eso de hacer su propia voluntad.

Allí no termina. Abraham fue de mal en peor pasando por la experiencia de la vergüenza y la deshonra. También mintió al rey de Gerar, Abimelec, por segunda vez diciendo que su esposa era su hermana. Esta mentira casi le cuesta la vida al rey.

Aun después de todo eso, Abraham no se separaba de Lot. Por dondequiera que iban ocurrían altercados entre los pastores del uno y del otro. No había un día sin problemas para Abraham. Esto es característico de la persona que sigue los deseos de la carne; lleva una vida llena de ansiedad y sin paz.

Finalmente, luego de mucho sufrimiento, Abraham estaba acabado. Sólo entonces fue que se separó de Lot. Cayendo arrepentido ante Dios, decidió que desde ese día obedecería a Dios y seguiría sus directivas. Y entonces Dios le dio un hijo, Isaac, en cumplimiento de lo que le había prometido a Abraham tiempo atrás.

Ahora echemos un vistazo a Isaac. El vivió en términos generales una vida tranquila, sin muchos altibajos. Sin embargo, él también necesitaba ser doblegado por Dios. Siendo joven vio la muerte muy de cerca cuando su padre lo llevó sobre un monte en Moriah para ofrecer sacrificio a Dios. Prepararon leña pero no había ningún cordero para el holocausto. Cuando Isaac le preguntó a Abraham dónde estaba el cordero, Abraham le contestó:

- Dios se proveerá de cordero para el holocausto... - (Génesis 22:8).

Como Isaac era un joven espiritual, creyó a Abraham. Obedeció hasta el último instante cuando su padre lo ató y alzó la mano que sostenía el cuchillo en posición para matarlo. Ante tal fe y obediencia, Dios envió a Su ángel y detuvo a Abraham indicándole que ofreciera un carnero que estaba enredado en un arbusto cercano. Dios premió la fe de Isaac porque él vivía de acuerdo con su espíritu.

También vamos a considerar a Jacob, hijo de Isaac. Su nombre, Jacob, significa tramposo o astuto. Cuando creció le molestaba y atormentaba no gozar del derecho a la primogenitura. Cuando su hermano desmayaba de hambre, Jacob se aprovechó de él despojándolo de ese derecho a cambio de un poco de comida. A continuación engañó también con éxito a su padre, Isaac, porque era fácil confundirlo cuando ya estaba ciego y viejo, y así recibió la bendición destinada a su hermano Esaú. Jacob siguió la guía natural de su alma de cabo a rabo. Luego, para escapar del furor de su hermano, Jacob huyó a la casa de su tío Labán. Durante los veinte años que vivió con su tío, Jacob fue engañado muchas veces. Cosechó lo que había sembrado. Una noche se marchó llevándose todas sus pertenencias sin avisarle a su tío.

Cuando decidió regresar, Jacob descubrió que el viaje sería difícil. Se enteró de que aquel hermano del que se había distanciado saldría a su encuentro acompañado de cuatrocientos hombres. Pero el astuto Jacob encaró la situación enviando a Esaú un importante regalo; luego se sentó a la margen de un arroyo.

Podemos imaginarnos lo que pasaba por su mente. Se daba cuenta de que se acercaba el día de rendir cuentas. Por eso astutamente envió regalos a Esaú, todos sus animales y rebaños, sus mujeres, niños y siervos con la esperanza de calmar la furia de su hermano. Así tendría más posibilidad de salvar su propio pellejo al momento de encontrarse. Jacob vivía según los dictados de la naturaleza de su alma.

A la medianoche, completamente solo a la orilla del arroyo con el desagradable recuerdo de su engaño, sucedió algo. Apareció de pronto un hombre que forcejeó con Jacob hasta el amanecer. En un primer momento Jacob pudo haber pensado que ese era un asesino enviado por su hermano, pero se dio cuenta de que ese hombre era en realidad un ángel enviado por Dios. Cuando el ángel se dio cuenta de que Jacob estaba decidido a ganar, le golpeó el tendón que pasa por el muslo, desencajándolo y haciéndole imposible correr. Jacob forzosamente tenía que quedarse y enfrentarse con Esaú. Cuando Jacob vio que había perdido en la lucha cuerpo a cuerpo, se prendió con desesperación del ángel y le dijo:

- No te dejaré si no me bendices - (Génesis 32:26).

En esta lucha se doblegó definitivamente la naturaleza carnal de Jacob sujeta a su alma.

Jacob representaría al alma y el ángel de Dios al espíritu. El alma se rindió al espíritu, luego el alma debía someterse al espíritu. Jacob había sido un estafador ingenioso dirigido toda su vida por el alma, pero desde ahora Jacob fue doblegado de tal manera que Dios lo pudiera usar. Las Escrituras lo dicen, como cuando en Isaías se dice que Jacob fue doblegado de tal manera que Dios lo usó para crear una gran nación: ¡Israel!

Es vívida la descripción bíblica: "No temas, gusano de Jacob, oh vosotros los pocos de Israel; yo soy tu socorro, dice Jehová;

el Santo de Israel es tu Redentor. He aquí que yo te he puesto por trillo, trillo nuevo, lleno de dientes; trillarás montes y los molerás, y collados reducirás a tamo" (Isaías 41:14-15). ¿Qué tiene un gusano que se parezca a la vida de Jaco? Por ejemplo, un gusano es indefenso. Ni ve ni oye y está librado a cualquiera que pase cerca. Llegado al punto de luchar desesperadamente por la supervivencia de su familia y de sí mismo, cuando no sabía si los mataría Esaú o no, Jacob se arrojó a la merced del ángel y se entregó para ser doblegado y sometido. Una vez que estuvo vencido, Dios giró las circunstancias y lo reconcilió con su hermano.

José, uno de los hijos de Jacob, también pasó por el proceso de ser totalmente doblegado. Según el relato bíblico, José era de lo más inocente y de la pecaminosidad humana poseía una cantidad mínima. Sin embargo José tenía un alma dominante, pues si bien su vida era digna de elogio y había un sueño en su corazón, el jactarse de sus sueños a sus padres y hermanos era el comportamiento propio de una persona centrada en sí misma.

Antes de que Dios haga realidad el sueño de José, tuvo que pasar por dificultades que iban de mal en peor. Sus hermanos estuvieron muy cerca de matarlo, pero en vez de eso decidieron venderlo como esclavo a mercaderes madianitas. Una vez en Egipto, José fue adquirido por Potifar. Llegó a ser mayordomo sobre la casa y los negocios de ese funcionario por haber trabajado fiel y diligentemente.

Pero luego José cayó en los enredos de la esposa de su amo y fue a parar a la prisión del rey; dicho lugar era afamado por los horribles castigos, a tal punto que casi no se podía esperar salir vivo de allí. En el calabozo real el alma de José se doblegó por completo. Finalmente llegó a ser un hombre espiritual. Aunque recordaba su sueño, no se jactaba más.

Un día José fue ascendido en forma súbita y espectacular a gobernante de todos los egipcios. Tal como le había sido anunciado en su sueño, sus once hermanos vinieron y se postraron ante él. Cuando sus hermanos mayores temblaron de miedo y le suplicaron que los perdone, él los reanimó: "Y les respondió José:

- No temáis. ¿Acaso estoy yo en lugar de Dios? Vosotros pensasteis mal contra mí, mas Dios lo encaminó a bien para hacer lo que vemos hoy, para mantener en vida a mucho pueblo. Ahora, pues, no tengáis miedo; yo os sustentaré a vosotros y a vuestros hijos.

Así los consoló y les habló al corazón" (Génesis 50:19-21).

Otro hombre cuya alma fue doblegada para que Dios pudiese usarlo en gran manera fue Moisés. Por haber sido adoptado por la hija de Faraón, el que dominaba en aquel tiempo todo el mundo antiguo, fue criado al pomposo estilo de palacio y recibió la excelente educación acorde con un príncipe. Tuvo instructores en la cultura y en las disciplinas militares. Llegó a ser un hombre versado en todas las áreas del saber. Pero en lo más profundo de su corazón recordaba que pertenecía al pueblo de Dios y que de alguna manera debía lograr la libertad de la esclavitud para los israelitas.

Cuando alcanzó los cuarenta años de edad, pensó que la hora de llevar a su gente hacia la liberación había llegado. Un día estaba en la zona de trabajo de los hebreos. Allí presenció un cuadro espantoso que lo impulsó a matar a un capataz egipcio enterrándolo luego en la arena. Pero esto lo obligó a escapar hacia el desierto porque ahora era buscado por Faraón.

Llegado al país de los madianitas, se casó con Séfora y formó una familia, a lo cual siguieron cuarenta años de vivir al modo de un común pastor montañés. Jacob fue descrito como "gusano" por el modo en que fue humillado; así también Moisés en esas tierras desérticas de Madián fue doblegado hasta llegar a ser el siervo que Dios podría usar con Su poder. Tan pulverizado interiormente quedó que casi llegó a la muerte. Su alma natural, su carácter, incluso sus conocimientos humanos acumulados durante su educación en Egipto, iban desapareciendo gradualmente.

Luego de un período prolongado de sufrimiento, Moisés oyó la voz de Dios en el Monte Horeb mientras observaba extrañado un arbusto que se quemaba. Desde ahí Dios le hablaba:

- Ven..., te enviaré a Faraón para que saques de Egipto a mi pueblo...

Entonces Moisés respondió a Dios:

- ¿Quién soy yo para que vaya a Faraón y saque de Egipto a los hijos de Israel? - (ver Exodo 3:10 y 11)

Anteriormente Moisés hubiera tomado la delantera organizando por sí mismo, pero durante los cuarenta años pasados en el desierto su alma se había doblegado hasta quedar transformado en un hombre humilde. Y Dios no había podido usarlo antes de que esto se completara.

No solamente en el Antiguo Testamento, sino también en el Nuevo Testamento encontramos que Dios permitió que primeramente fueran doblegados aquellos que serían en el futuro sus siervos.

Un día Jesús llevó a sus discípulos al Mar de Galilea. El tiempo estaba bueno y el lago sereno. Jesús les dijo a sus discípulos que cruzaran hacia la orilla opuesta. Esta palabra de Jesús era palabra de Dios, el creador, el que hizo los cielos, la tierra y todo lo que hay en ellos. Si Jesús decía algo, eso sucedía y nada en todo el universo podía detener el desenlace. Pero los discípulos eran hombres que se guiaban por sus sentimientos. Confiaban en lo visible más que en lo que les dijera Jesús.

Cuando su barquilla llegó al medio del lago, súbitamente se desató una tormenta. Allí suele producirse un vacío pasajero en la masa de agua, causado por vientos procedentes del Monte Hermón, ya que el lago se encuentra a unos 200 m. por debajo del nivel del mar. En aquel momento la tempestad levantó repentinamente grandes olas; es difícil escapar de ellas en una pequeña embarcación, especialmente después de transcurrir media hora. Cuando el barco de los discípulos ya estaba a la mitad del lago, comenzó a soplar el viento de la montaña y se levantaron las olas.

Los discípulos se esmeraron aplicando sus conocimientos y su experiencia, pero al cabo se cansaron y el agua comenzó a entrar en la barca a pesar de sus desesperados esfuerzos por desagotarla. Se rompía el barco y hasta los remos con los cuales se mantenía. Ahora sí que se encontraban desamparados; el naufragio parecía asunto de minutos. Estaban tan atemorizados los discípulos que no sabían qué más hacer. Fue entonces que recurrieron a Jesús, quien iba durmiendo, y le gritaron:

- ¡Señor, sálvanos, que perecemos!

Y Jesús dio orden al mar diciéndole:

- Calla; enmudece - (véase Mateo 8:25 y Marcos 4:39).

El agua de pronto se tranquilizó a la orden de Jesús. Si los discípulos hubiesen despertado a Jesús un poco más temprano, su problema se habría resuelto más rápido, pero como decidieron aplicar su propia capacidad humana, se vieron en dificultades hasta el punto de llegar al fin de sus recursos humanos. Jesús había dicho: "Pasemos al otro lado", usando el plural nosotros (ver Marcos 4:35); entonces ellos deberían haber ido confiados en Su palabra sin mirar las circunstancias cambiantes. Al tomar en cuenta que Jesús es el amo de los vientos y las olas, sabemos que El no iba a hundirse con la embarcación, y tampoco permitiría que Sus discípulos se ahogaran. ¡Es una preciosa verdad! Cuando Jesús está con nosotros, podemos tener la certeza de que no vamos a sucumbir en las tormentas de la vida puesto que El es el timón y, si confiamos en El por completo, seguirá siendo el comandante en cada situación.

También Jesús sobresaltó a sus discípulos cuando les permitió pasar por la experiencia del pánico en el episodio del hombre poseído por un espíritu inmundo; otra vez fue cuando les ordenó que alimentaran a más de cinco mil personas. Aun luego de la muerte de Jesús, antes de su resurrección, el alma de cada uno de sus discípulos estaba tan absolutamente agotada que fueron presa de la desesperación. Por medio de estas experiencias Jesús ejercitaba a sus discípulos para que se apoyaran en El y, dejando de lado todo razonamiento humano, llegaran a ser discípulos espirituales. A Pablo lo discipuló Jesús mismo por este método, y también a todos los que nos han precedido durante dos mil años de historia de la iglesia cristiana. Todos los creyentes de fe fueron usados por Dios sólo después de haber sido doblegados.

Si bien Dios contesta nuestra oración y después de nacer de nuevo nos bendice y nos prospera, también obra en nosotros doblegándonos para que recibamos mayor bendición. Cuanto más profunda es nuestra fe, más experiencias tenemos que nos desafían a permitir que Dios nos doblegue, pero cuanto más experimentamos esa entrega, más profunda se torna nuestra fe. No debemos pensar jamás que ya hemos sido totalmente moldeados y que ya no atravesaremos otro período de quebradura. No, nunca podemos decir: "Ya llegué". Dios quiebra sin cesar esa naturaleza dependiente de nuestra alma, porque desea regalarnos bendiciones sin cesar. Una vez quebrados, Dios hará que dejemos de conducirnos como los dueños de nuestras vidas y, en cambio, nos pondrá en condiciones de vivir en el Espíritu en humilde obediencia a El.

b. De una vasija a otra

Si trazamos un paralelo con el proceso en la elaboración del vino, tendremos un ejemplo de cómo actúa Dios para quebrar nuestra resistencia en el dominio del alma, la cual está basada sobre el egocentrismo.

Cuando se hace el vino, las uvas se aplastan y queda mezclado el jugo de las uvas con el orujo. Se coloca todo dentro de una gran cuba, pero luego pasa repetidas veces de una cuba a otra y el orujo se deja asentar. Se va separando paulatinamente del orujo, el jugo delicioso, aromático, transparente y puro.

Dios nos prepara para llevar gloria a su nombre, utilizando problemas y dificultades, mediante el proceso de pasarnos de una vasija a la otra. Por este método aparta de nosotros todas las "cascarillas" de nuestro carácter y de nuestra fe. Las vasijas simbolizan las distintas dificultades que encontramos en el camino de la vida. Vamos a detenernos en las vasijas que Dios dispone para nosotros.

Primeramente está la vasija de la incomprensión. Podemos ser renacidos por haber creído en Jesús y tener también gozo en el corazón y sin embargo conservar mucho "orujo" en nuestro carácter. Tendrá lugar el egocentrismo, el volverse quisquilloso, mundano, sensual y libertino. Pero venimos a Dios clamando por dentro:

- ¡Padre, extiendo a Ti mis brazos porque no hay otro que pueda ayudarme!

Entonces Dios nos pasa de la vasija que nos contenía a la cuba de la mala interpretación para separar el orujo de nosotros.

Esta vasija tiene su matiz. La gente en general no nos comprende porque ellos a veces juzgan las cosas por el color de la cara externa y no por el contenido. Nos quejamos y lamentamos por esto pero todos debemos soportarlo en obediencia porque si Dios nos ha echado en la cuba de la incomprensión es para despojarnos del orujo de nuestra vida. Si nos resistimos, más aún se revuelve el orujo y sube a la superficie, y eso hace que sea aun más larga nuestra permanencia dentro de la vasija de la incomprensión. Luego, cuando soportamos malos momentos a causa de la incomprensión, no debemos luchar por escapar. Lo que debemos hacer es soportar y resistir obedientemente hasta que pueda asentarse el orujo. Cuando hayamos orado y esperado sin quejas, se disipará la incomprensión. Así podremos asentar en el fondo de esta cuba la "cascarilla" del egoísmo, el odio, la duda, la impaciencia, la ansiedad y la tozudez.

La segunda vasija será la de la prueba. El matiz de la primera era transparente; esta es del color pardo negruzco de la arcilla cocida, con cuello delgado y base ancha y redonda. Dentro impera una total oscuridad. Parece que nos asfixia la falta de luz. Podría ser que la familia esté al borde de la separación, o que el sustento de la economía se vea sacudido desde la base, que ningún plan salga adelante. Sólo se ve la oscuridad siempre en frente de nosotros. Nuestra desesperación nos ahoga. Lo único que atinamos es a suspirar por lo oscuro que se ve todo.

En medio de la negrura de nuestra situación asistimos a la iglesia y escuchamos al pastor predicar algo así:

- Tome la promesa que está escrita, la cual de ninguna manera pasará; ni una letra, ni un trazo faltará hasta que no pasen el cielo y la tierra. Debemos vivir según la Palabra de Dios, aún cuando no veamos nada y no oigamos nada y no palpemos nada, y mientras tengamos delante de nuestros ojos una oscuridad impenetrable. La Palabra de Dios obra milagros día tras día.

Al oír estas palabras nos consolamos y logramos soportar y esperar dentro de la vasija negra de la prueba. Nuestra fe crece poco a poco al aferrarnos con fuerza de las palabras de las promesas bíblicas desde Génesis hasta Apocalipsis sin tomar en cuenta nuestra circunstancia física ni lo que nos rodea. Nos armamos del pensamiento de que "No sólo de pan vivirá el hombre, sino de toda palabra que sale de la boca de Dios" (Mateo 4:4 b). Es entonces que se asienta el orujo de la incredulidad y la impaciencia.

Habiendo pasado por dos vasijas, el vino se torna mucho más puro. Ahora se puede ver nuestra imagen reflejada en el vino tan claramente como en un espejo. También exhalamos el aroma del Señor en nuestro carácter. La gente comenta:

- La vida de esa persona, su manera de hablar y su comportamiento han cambiado.

Y entonces el Señor nos transvasa de la vasija de arcilla a otra.

El tercer paso es la vasija de la comunión con Dios - es decir, "ministrar al Señor". La vasija de la devoción personal es ancha y plana como la tapa de una olla de barro. Por medio de esta vasija podemos ver qué aspecto tiene nuestra comunión ante los ojos del Señor y los de otras personas que observan nuestro proceder diario a la luz de lo que decimos creer. Podemos ver cuánto o cuán poco nos dedicamos a la oración para poder ser como El. Los comentarios de los demás despiertan en nosotros a veces humildad, a veces orgullo. Allí vemos cuánto de puro o impuro tiene realmente nuestra consagración. Pasado un tiempo, no soportamos más y alzamos nuestras manos a Dios exclamando:

- Señor, por mí mismo no puedo vivir una vida buena y correcta. Sosténme con la fuerza y el poder de tu Santo Espíritu.

Es que nos damos cuenta que no podemos tener una vida santa eficaz sin la ayuda de Jesús. Por naturaleza somos tan pecadores y viles como para merecer el infierno, no obstante por la preciosa sangre de Jesús son perdonadas todas nuestras transgresiones. Por el fuego purificador del Espíritu Santo debemos despojarnos de la avaricia y la idolatría que se estacionan en nuestro corazón. Y finalmente llegamos a la conclusión de que el único poder que nos permite erguirnos como pueblo de Dios ante un mundo perdido y agonizante, es el poder del Espíritu Santo.

No hay persona alguna en este mundo que pueda llevar adelante con buenos resultados sus momentos de oración solamente por el poder de su fuerza de voluntad, su disciplina y su alcance moral. En la actualidad parecen bien educados y respetables nuestros diáconos, ancianos y pastores también, pero en formas que no se perciben dentro de la iglesia cometemos toda clase de pecados ocultos y permitimos dentro de nuestra mente pensamientos degradados. Ya han sido perdonadas nuestras transgresiones, pero la sucia lujuria no puede ser controlada si no ejercitamos el poder que da a cada creyente el Espíritu Santo. Para alcanzar una vida de comunión que cumpla con su propósito, sea que alguien nos observe o no, es imprescindible tener la plenitud del Espíritu Santo. Entonces sí en el fondo de esta vasija de la comunión se hundirá la vanagloria de nuestra propia voluntad. Luego el Espíritu Santo nos aconseja en nuestros actos y nos conduce hacia una experiencia más profunda con Cristo gracias al Espíritu que habita en nosotros.

La cuarta vasija donde nos arroja la voluntad divina es aquella en donde debemos encontrar orientación. Esta vasija tiene la forma sinuosa de los instrumentos de viento. Cuando nos echan aquí comenzamos a perder la dirección que llevaba nuestra vida porque somos conducidos por un camino tortuoso. Durante la estadía en este recipiente se nos enseñará cómo prepara todo el Espíritu Santo quien es nuestro guía.

Anteriormente habíamos vivido por modos y medios humanos, teniendo en el centro de nuestra existencia deseos del alma carnal y siguiendo los dictados de la sabiduría y el razonamiento humanos. Pero desde que nos hemos entregado a Dios y nos ha llenado el Espíritu Santo, nos encontramos zigzagueando en experiencias novedosas para ver si damos con la voluntad de Dios. A veces, por no estar seguros de la voluntad del Señor, buscamos a tientas la senda como ciegos que palpan el cuerpo de un elefante. Por la mañana nos parece que sabemos qué quiere Dios de nosotros, a mediodía nos parece que no sabemos y al llegar la noche la voluntad de Dios se nos esfuma otra vez. La incertidumbre de no saber qué decisión tomar o qué pasos dar nos hace creer que nuestra confianza está flaqueando y es porque todo nos resulta nuevo y desconocido. Y para agravar la situación, otros cristianos con el afán de "ayudar" hacen comentarios como:

- Parecería que vas por el camino equivocado.

U otro:

- Podría ser que no tomaste en cuenta algún elemento y por eso no encuentras la voluntad de Dios para esa ocasión.

Entonces caemos de rodillas y oramos:

- Señor, no encuentro el camino. Te entrego mi espíritu, mi corazón, mi cuerpo, y mi vida a ti. Ayúdame, te ruego. Hazte cargo por completo y cuida de mí.

Cuando oramos fervientemente de esta manera, el orgullo y la avaricia pierden importancia. Es entonces que el orujo de las debilidades humanas como la vanidad, la codicia, la preocupación y el miedo se asienta en el fondo de la vasija de la providencia de Dios. Y es allí que el Espíritu Santo se acerca a revelarnos Su camino conduciéndonos en Su voluntad, no la nuestra. ¡Y ahora ocurren milagros maravillosos que sobrepasan nuestra imaginación!

Con el fin de obtener un buen vino de nuestra vida, Dios prepara varias vasijas para transvasarnos de modo que el orujo de nuestra alma se asiente en el fondo de ellas y que surja lo mejor que El logró en nosotros. Hay ocasiones en que un marido es la vasija y en otras es la esposa. También pueden desempeñar ese papel vecinos, parientes políticos y aún consanguíneos nuestros; o una enfermedad o el trabajo hacen de vasijas.

Cuando Dios nos transvasa de vasija en vasija, es que El nos está moliendo y purificándonos más y más. El tiene en mente Su plan para cada uno. No tenemos que concentrarnos en los problemas que estamos enfrentando sino que debemos mantener nuestra mirada fija en Dios, quien está trabajando con nuestra vida y permitió que estemos en esta vasija. Cuando atravesamos pruebas, desgracias, escasez y dificultades, debemos recordar que esas son cosas que Dios permite para ensanchar nuestra vida espiritual. Cuando llegue la prueba, la tristeza, el dolor y la tribulación, sólo ore con calma, soporte la prueba y persevere. recuerde que nosotros le damos a Dios permiso para hacer cualquier cosa que sea necesaria para hacernos aptos para su gloria y poder, y es eso lo que El está llevando a cabo. "Y sabemos que a los que aman a Dios todas las cosas les ayudan a bien, esto es, a los que conforme a su propósito son llamados" (Romanos 8.28).

Después de haber pasado por las cuatro cubas de vino llegamos a estar notablemente capacitados para sujetar en disciplina a nuestro hombre interior de modo que Dios pueda usarnos.

c. Disciplina para el alma

Una vez que se ha doblegado esa naturaleza controlada antes por nuestra propia alma, no nos conformemos con eso solamente; debemos permitir que el Espíritu Santo prosiga enseñándonos. El alma debe ser disciplinada y adiestrada para seguir día tras día por donde guíe el Señor. Luego del período en que somos triturados, debemos hacer lo que está presentado en la Biblia con estas palabras: "No os conforméis a este siglo, sino transformaos por medio de la renovación de vuestro entendimiento, para que comprobéis cuál sea la buena voluntad de Dios, agradable y perfecta" (Romanos 12:2). Lo que Dios está requiriendo de nosotros es que le agrademos a El sin ceder a la inclinación de agradarnos a nosotros mismos. Debemos obedecer las órdenes de Dios recibidas por medio del Espíritu Santo.

¿Cuál es el libro que puede adiestrar mejor a nuestra alma? La Biblia, porque no fue escrita "por voluntad humana, sino que los santos hombres de Dios hablaron siendo inspirados por el Espíritu Santo" (2 Pedro 1:21 b). "Porque la palabra de Dios es viva y eficaz y más cortante que toda espada de dos filos; y penetra hasta partir el alma y el espíritu, las coyunturas y los tuétanos, y discierne los pensamientos y las intenciones del corazón" (Hebreos 4:12).

La Palabra de Dios es el alimento espiritual que debemos comer para que el alma pueda recibir su entrenamiento. Somos bebés recién nacidos, cuyo espíritu ha renacido por la sangre de Jesucristo y el poder transformador del Espíritu Santo: "Mas a todos los que le recibieron, a los que creen en su nombre, les dio potestad de ser hechos hijos de Dios; los cuales no son engendrados de sangre, ni de voluntad de carne, ni de voluntad de varón, sino de Dios" (Juan 1:12-13).

Las criaturas recién nacidas se debilitan o aún mueren a menos que se las alimente con leche. La leche espiritual que deben tomar los recién nacidos espiritualmente es la Palabra de Dios. El apóstol Pedro nos exhorta a dejar atrás todos los hábitos de nuestra mentalidad carnal (a la que hemos designado alma) y que comamos la Palabra para que nuestra fe crezca hasta la estatura total: "Desechando, pues, toda malicia, todo engaño, hipocresía, envidias, y todas las detracciones, desead, como niños recién nacidos, la leche espiritual no adulterada, para que por ella crezcáis..." (1 Pedro 2:1-2).

Cueste lo que cueste debemos leer la Biblia, la Palabra de Dios, y vivir obedientes a ella para crecer como hijos de Dios.

Jesús es la Palabra (o Verbo) de Dios encarnada. "En el principio era el Verbo, y el Verbo era con Dios, y el Verbo era Dios" (Juan 1:1). "Y aquel Verbo fue hecho carne, y habitó entre nosotros (y vimos su gloria, gloria como del unigénito del Padre), lleno de gracia y de verdad" (Juan 1:14).

Toda la Palabra registrada en la Biblia desde el Génesis hasta el Apocalípsis es el cuerpo de Cristo, de alguna manera. Cuando los israelitas comieron el cordero de Pascua en Egipto, debían comer todas las partes del cordero: cabeza, cuartos - todo. Cuando nosotros leemos meditando con constancia los 66 libros de la Biblia, eso es lo mismo que si comiéramos la carne del Verbo. Nuestro Señor sufrió el desgarramiento de Su cuerpo cuando derramó Su sangre por nosotros. Fue Su sangre la que nos redimió a nosotros, quienes habíamos sido esclavos del diablo. Su carne fue el pan de vida que nos devolvió la salud. "Yo soy el pan de vida" (Juan 6:48). "Yo soy el pan vivo que descendió del cielo; si alguno comiere de este pan, vivirá para siempre; y el pan que yo daré es mi carne, la cual yo daré por la vida del mundo" (Juan 6:51).

A medida que leemos la Palabra de Dios y la meditamos, somos transformados paulatinamente hacia una personalidad hermosa; nuestra alma se va sanando. Recibimos nuevas fuerzas y vida al proseguir con valor la marcha, hasta llegar al pórtico del cielo.

El alma no se somete con facilidad, ni habiendo sido doblegada varias veces. A cada nueva oportunidad el alma intenta ganar su dominio sobre nuestra vida nuevamente, de manera que retrocedamos a nuestros caminos profanos, humanos y egoístas contra de la voluntad de Dios. Vez tras vez el alma cuestiona a Dios y, dando la supremacía a la razón, trata de salirse con su criterio. En esos momentos, al leer la Biblia, la luz de la salvación que irradia la Palabra escrita de Dios nos guarda de caer en pecado. Así lo expresan algunos textos: "En mi corazón he guardado tus dichos, para no pecar contra ti" (Salmo 119:11); "Lámpara es a mis pies tu palabra, y lumbrera a mi camino" (Salmo 119:105). Al leer diariamente la Biblia y al vivir según la Palabra de Dios, ésta actúa como una luz que ilumina nuestra senda. No sólo que nos ayuda a evitar el fracaso, sino también a tener la victoria derrotando a Satanás que quiere devorarnos.

También se asemeja la Palabra de Dios al agua. Nos limpia de pecado según está escrito: "para santificarla, habiéndola purificado en el lavamiento del agua por la palabra" (Efesios 5:26). "Ya vosotros estáis limpios por la palabra que os he hablado. Permaneced en mí..." (Juan 15:3-4 a).

También con referencia a la Palabra de Dios fue que Jesús dijo a Nicodemo: "El que no naciere de agua y del Espíritu no puede entrar en el reino de Dios" (Juan 3:5). Leyendo las Escrituras nos damos cuenta de cuán lleno está nuestro corazón de incredulidad y desobediencia, pero cuando nos arrepentimos y somos purificados por la Palabra, nos sentimos limpios como si hubiésemos sido lavados con agua. Nuestro corazón y nuestra vida es purificada porque, gracias al Espíritu Santo, el Señor está en nosotros y nosotros en el Señor. Por eso dice: "Toda la Escritura es inspirada por Dios, y útil para enseñar, para redargüir, para corregir, para instruir en justicia" (2 Timoteo 3:16).

Luego de recibir la Palabra, nuestra alma ya no se resiste sino que obedece incondicionalmente al Espíritu Santo. Cuando queda establecido el orden bíblico, la bendición de Dios descansa sobre nosotros.

Hasta aquí lo que hemos expuesto es el proceso o método por el cual nuestra alma puede llegar a prosperar. Nuestra alma se quiebra sólo si se la prueba tan duramente que llega a quedar totalmente desorientada en cuanto a lo que deba hacer. Por eso, mis muy amados santos, no se asusten al encontrar serias dificultades. Dios está doblegando tu alma para que puedas vivir la vida espiritual. Te está trasvasando de una vasija a otra para separar de ti el orujo y dejar mayor campo a la bendición. Por lo tanto, cuando tengas una experiencia amarga, resiste y espera. El consuelo del Espíritu Santo te llegará junto con todas las demás bendiciones.

La relación existente entre Dios y el hombre es la de el creador y lo creado; es como el alfarero respecto del barro. Mientras que el alfarero tiene facultad de hacer todo lo que le place, el barro siempre debe someterse y obedecer. No puede discutir la arcilla con el alfarero. Así es la relación entre Dios y el hombre. El hombre debe acatar por completo la voluntad de Dios y no pude desafiarla.

El hombre que vive por los dictámenes de su mente carnal se caracteriza por la sensualidad, la lógica propia y el egoísmo. Por eso es un buscador de placeres y un esclavo del vacío y de la muerte. Ese hombre ríe cuando se siente bien y se desanima con facilidad. Cuando le sobra un poquito de dinero, lo desperdicia tan fácilmente como el agua, y cuando el estado de sus finanzas cae un poco, se lamenta.

El hombre cuya alma ya ha sido machacada vive, por el contrario, según la Palabra de Dios, dependiente y centrado en Dios. Aunque encuentre dificultades en su vida cotidiana, su apoyo es la Palabra de Dios. Puede ser que no vea muestras visibles, ni oiga voces, ni palpe con sus manos evidencia alguna; puede estar rodeado solamente de la más negra oscuridad. Sin embargo por fe avanza confiado y con valor. Ha impuesto, además, disciplina a su pensamiento y lo sujeta a Cristo.

Después que ha sido dominada nuestra mente carnal, cuando nuestro espíritu revive y comenzamos a orar, empezamos a parecernos más a Jesús. "Será como árbol plantado junto a corrientes de aguas que da su fruto a su tiempo" (Salmo 1:3).

¿Y qué queda ahora de aquella alma natural nuestra? Una vez que se ha hecho pedazos, no necesitamos preocuparnos por nuestra carnalidad. La carne será ahora sólo un disfraz de tigre; ha perdido toda capacidad de destruirnos.

A continuación veremos cómo enfrentar la carnalidad.

La carne clavada a la cruz

El cuerpo percibe el mundo por medio de los sentidos y se hace consciente de él. Si no fuera por el cuerpo, no tendríamos percepción alguna de la creación. El deseo nos presenta ante la conciencia a nuestro cuerpo de carne; siendo excesivo, el deseo se transforma en codicia. Es allí que entra el pecado, junto con el diablo. Deplorando tanta concupiscencia de la carne, el apóstol Pablo exclamó: "¡Miserable de mí! ¿Quién me librará de este cuerpo de muerte?" (Romanos 7:24).

Si una persona vive para la concupiscencia, el pecado entra en su corazón y el diablo sigue detrás: "El que practica el pecado es del diablo, porque el diablo peca desde el principio" (1 Juan 3:8 a). Los deseos de la carne, el pecado y el diablo constituyen la trinidad del mal. Donde se encuentra la concupiscencia aparece el pecado, y donde se encuentra el pecado está también el diablo. Como consecuencia de esto, se produce la muerte de la carne. Es que la carne no puede ser llevada por el proceso de depuramiento ni disciplinada como el alma, porque no tiene entendimiento; obedece al impulso. Tampoco puede ser convencida ni reformada mediante la corrección y el adiestramiento. Si se desata el deseo sexual, lo más probable es caer en la fornicación. Si se provoca el deseo incontrolado de beber alcohol, puede producirse un abandono de la persona hacia la embriaguez y los excesos que van con ella. La carne no puede ser jamás educada eficazmente.

¿Cómo puede ser dominada entonces? No hay método para controlar la carne salvo el de clavarla a la cruz y dejarla morir. Tomando en cuenta este hecho (véase Romanos 7:24), el apóstol Pablo luego confiesa que se crucificaba a sí mismo todos los días. "Con Cristo estoy juntamente crucificado y ya no vivo yo, mas Cristo vive en mí; y lo que ahora vivo en la carne lo vivo en la fe del Hijo de Dios, el cual me amó y se entregó a sí mismo por mí" (Gálatas 2:20). "Os aseguro, hermanos, (...) que cada día muero" (1 Corintios 15:31).

En varias pasajes el apóstol Pablo hizo hincapié en el hecho de que debemos estar clavados a la cruz de Cristo "sabiendo esto, que nuestro viejo hombre fue crucificado juntamente con él para que el cuerpo del pecado sea destruido, a fin de que no sirvamos más al pecado" (Romanos 6:6); "porque si vivís conforme a la carne, moriréis; mas si por el Espíritu hacéis morir las obras de la carne, viviréis" (Romanos 8:13); "porque los que son de Cristo han crucificado la carne con sus pasiones y deseos" (Gálatas 5:24). Y de esta manera el apóstol Pablo destaca que el propósito de nuestro cuerpo es honrar a Jesús: "Como siempre, ahora también será magnificado Cristo en mi cuerpo, o por vida o por muerte" (Filipenses 1:20).

No encontramos ningún punto en la Biblia donde se nos exhorte a adiestrar y corregir a nuestra carne. ¡Que la clavemos en la cruz es lo único que nos enseña! ¿Pero cómo podemos clavar lascivias y apetitos carnales? Tres soluciones se nos ofrecen en la Biblia. La primera es que al bautizarnos en agua crucifiquemos nuestra carne con Cristo Jesús. El significado del bautismo es que las personas que éramos antes, cuando llevábamos una vida de esclavitud a la muerte, fueron crucificadas y nosotros, criaturas recién nacidas, vivimos con Cristo.

La Biblia nos señala con claridad un hecho: "¿O no sabéis que todos los que hemos sido bautizados en Cristo Jesús hemos sido bautizados en su muerte? Porque somos sepultados juntamente con él para muerte por el bautismo, a fin de que como Cristo resucitó de los muertos por la gloria del Padre, así también nosotros andemos en vida nueva" (Romanos 6:3-4); "sepultados con él en el bautismo, en el cual fuisteis también resucitados por él, mediante la fe en el poder de Dios que le levantó de los muertos" (Colosenses 2:12). Ahí vemos, entonces, que mediante el bautismo en agua podemos dejar clavados nuestros apetitos y deseos carnales a la cruz.

La segunda solución para el conflicto con la carne es dejarla en la cruz al recibir el bautismo en el Espíritu Santo. El consume todos nuestros pecados y también la lujuria, porque el Espíritu Santo es fuego y nos bautiza con fuego. Entonces debemos estar llenos del Espíritu Santo para que sean destruidos esos deseos de pecar de nuestro corazón.

La tercera solución es apagar las pasiones y malos deseos mediante el ayuno y la oración. Un tiempo atrás recibí una carta de un joven. Decía sí:

"Pastor, me había atrapado un espíritu fornicario. Me he gastado en un burdel todo el dinero que ganaba, y además de eso me costó mucho sufrimiento. Para ser librado de la tentación y la angustia, visité iglesias y templos. Todo lo que por medios humanos se puede hacer, lo he hecho, sin embargo acabé sólo en la desesperación. Ese espíritu sensual me arrastró con tanta fuerza que por poco me deja en la ruina.

"Recientemente alguien me convenció de que fuera a su iglesia en Yoido. Llegué y escuché el sermón acerca del ayuno y la oración. Luego de haber escuchado en la predicación acerca de los espíritus malos el texto que dice que "este género con nada puede salir sino con ayuno y oración", yo ayuné y oré para derrotar a ese espíritu sucio y cuando lo hice, me dejó. Ahora la vida me parece maravillosa. En lo que va del año, ni un pensamiento depravado me cruzó la mente y tampoco he entrado ni una vez más en antros de prostitución. Ahora traigo a casa todo lo que gano. Siento en mi corazón un inmenso gozo y frescura."

Todavía hay muchas personas perturbadas por las concupiscencias que los arrastran. Esas pasiones sensuales se parecen a un ladrón que roba, amenaza y arrastra al hombre hacia sitios pecaminosos. Son "ligaduras de impiedad". El único modo de cortar esas ligaduras es el ayuno y la oración para que la persona sea libre de su condición de oprimido. "¿No es más bien el ayuno que yo escogí desatar las ligaduras de impiedad, soltar las cargas de opresión y dejar ir libres a los quebrantados, y que rompáis todo yugo?" (Isaías 58:6).

¿Dónde puede encontrarse una mejor arma para hacer morir lo carnal? Las ligaduras de impiedad, la pesada carga de la opresión y toda cosa parecida tiene su origen en la lascivia de la carne fomentada por Satanás.

La más elemental de las necesidades humanas es comer. Otros deseos pueden ser desatendidos o postergados por un tiempo, pero no en el caso del hambre que es imposible de olvidar. Un antiguo dicho popular coreano dice: "Nadie puede resistir la tentación de asaltar la casa ajena si hace días que está muriendo de hambre."

Cuando voluntariamente nos abstenemos de ingerir alimentos y oramos, el poder de Satanás queda del todo desactivado y nuestras lascivias se esfuman. Es por eso que los cristianos, tanto los laicos como aquellos especialmente llamados al ministerio, deberían practicar el ayuno a menudo para mortificar por ese medio las inclinaciones de la carne. Como el apóstol Pablo, deberían morir cada día.

Algunos creyentes dicen que no cuentan con el tiempo que se necesita para dedicarlo al ayuno. En ese caso podrían hacer algo al respecto sosteniéndolo solamente durante las horas de luz solar, cuando el sol está en el cielo, que es un tipo de ayuno. Este se practica así: se abstiene de las tres comidas diarias (desayuno, almuerzo y merienda) y se interrumpe con una cena liviana a eso de las 10 de la noche. Se prolonga por tres días, sólo cenando algo liviano alrededor de las 22. Las personas que por horarios de trabajo o por su actividad no pueden abandonar el sitio de empleo para allegarse a un grupo de oración o a un santuario consagrado a ese fin como el que tenemos en Seúl pueden practicar ese tipo de ayuno. El ayuno produce grandes resultados.

Durante las horas de luz natural somos empujados con más facilidad por las tentaciones del diablo. Al ayunar durante el día podemos mortificar la carne. Pero lo que debemos entender es que no hay modo alguno de acabar con la carnalidad de una vez por todas. El apóstol Pablo dijo que El moría cada día.

Es necesario que clavemos nuestra naturaleza carnal a la cruz de Jesucristo por medio del ayuno y la oración y que resucitemos con él a la vida eterna.

La persona llena del Espíritu Santo

En el presente capítulo estamos considerando cómo encara la vida la persona cuya alma "prospera". La caída de Adán trajo la muerte al espíritu humano y quedó cortada su comunión con Dios. El hombre vive en pecado y es manejado como un títere por el diablo. Pero por el mérito de la preciosa sangre de Jesucristo, sus pecados fueron perdonados y su espíritu volvió a vivir por la obra del Espíritu Santo. La primera gracia la recibimos cuando entramos en la primera habitación que, según dijimos, tenía la inscripción "COMO PROSPERA TU ALMA", y esa gracia era la salvación.

Después de haber sido molida nuestra alma natural, aprendimos a obedecer la orientación e indicaciones del Espíritu Santo. El período de ser moldeados de nuevo fue doloroso y difícil pero durante el proceso de sufrimiento nuestra fe creció y se hizo más profunda nuestra comprensión de la providencia de Dios. Vimos que el secreto de tener eficazmente clavada nuestra carne a la cruz se encontraba en el ayuno y la oración. Crucificando nuestro propio ser diariamente a la cruz podemos descubrir el secreto de la perfecta obediencia a la guía del Espíritu Santo.

Cada día que pasa nos damos cuenta que hemos experimentado un cambio drástico. Somos completamente diferentes de lo que éramos el día que aceptamos por primera vez a Jesús como Salvador personal. Ahora nuestra manera de hablar, nuestras acciones y todo nuestro ser ponen en relieve la imagen de Jesús. Emana de nosotros la fragancia de Cristo. La gente nota que hemos estado con El porque hablamos y actuamos como El. Si bien anteriormente vivíamos en la carne gratificando sus caprichos, ahora vivimos en el Espíritu. Aunque no vemos ni palpamos nada del reino estrictamente espiritual, y probablemente tampoco comprendemos cabalmente la modalidad del Espíritu Santo, no obstante avanzamos resueltamente en fe de que somos conducidos por El.

Ahora podemos vivir una vida que el Espíritu Santo tiene bajo Su comando. Pero podemos ser controlados aun más por El. Lo que significa la expresión plenitud del Espíritu Santo es la experiencia de desbordar de Su presencia. Esto tiene sobre nuestra vida dos efectos implicados en la plenitud del Espíritu Santo: 1. hablar en otras lenguas por influencia del Espíritu Santo como señal de haber recibido Su plenitud; 2. una bendición que desborda afectando la vida de otras personas en la medida que nosotros vivimos para El. Sin embargo, el hecho de hablar en lenguas no indica de por sí que estemos en todo momento llenos del Espíritu Santo.

Una vez que hemos recibido la plenitud del Espíritu Santo, dejamos desbordar muestra experiencia sobre otros a lo largo del día. Por eso debemos ser renovados diariamente para poder estar llenos, y esto es posible. Cuando el Espíritu Santo prende nuestras vidas con Su mano suave pero firme, El también toma el comando de nuestra lengua de manera que pronunciamos palabras que nunca aprendimos. A la vez nuestra vida rebosa de las bendiciones de las que hacemos partícipes a otros cada día. Cuando ocurren estas dos cosas podemos decir que hemos recibido la plenitud del Espíritu Santo. Cuando el Espíritu habla a través de nosotros en un idioma que nunca hemos aprendido, es que El está glorificando a Jesús por medio de nuestros labios, y el fruto de esta maravillosa experiencia es que bendecimos a otros con la bendición que hemos recibido. Este es el nuevo orden de cosas. Si ese nuevo régimen queda establecido en nuestra vida, no habrá nada imposible para nosotros.

Estas tres bendiciones de las que estamos tratando son en primer lugar para nuestra prosperidad espiritual con el fin de que lleguemos a ser buenas vasijas que sean utilizadas para buenos propósitos por un buen Dios. Este es el mensaje del evangelio completo y es el primer mensaje de la triple bendición en Cristo.

Algunos años atrás me produjo un impacto el testimonio de la líder de una cédula dentro de nuestra congregación. Esta líder espiritual tenía un hermano que había caído en estado vegetativo. Estaba con vida, pero no disponía de las funciones normales de reconocer, responder ni sentir emociones; la causa era una enfermedad mental que se había apoderado de él diez años antes. La condición a la que llegó era tan aguda que su familia se vio obligada a enviarlo a un asilo. Y después de eso se olvidaron de él.

Entretanto su hermana aceptó al Señor Jesús recibiendo la salvación, y más tarde llegó a ser diaconisa. Cuando ella oraba, el Espíritu Santo derramó el amor en su corazón y la convicción de que su hermano podría ser libre de su enfermedad nerviosa si se lo retiraba del sanatorio. Convocó a la familia a una reunión y les propuso que el hermano fuese traído a casa. Al principio los demás familiares no mostraron entusiasmo. Les atemorizaba que al volver a su casa recrudeciera la enfermedad.

Pero nuestra diaconisa confiaba que el Señor haría un milagro. Oró toda una noche esperando una respuesta de Dios. Y vino la siguiente respuesta dentro de su corazón: "Sea hecho conforme a tu fe". Obediente a la voz que resonaba en su interior, la diaconisa trajo a su hermano a casa, de vuelta por primera vez en diez años.

Fue entonces que invitó a su casa a nuestros ministros para que oraran por él. Su hermano fue sanado y restablecido por completo, milagrosamente, tal como si hubiese sido despertado de un profundo sueño. ¡Fue un portento más allá de toda comprensión humana! Hoy ese hombre asiste con regularidad a nuestra iglesia. Está lleno de salud, es muy diestro ¡y está a cargo de una granja!

¿Cómo pudo suceder algo así? Los que viven a nivel del suelo, en la carne, no pueden experimentar un milagro ni comprenderlo. Pero la persona que ha sido restaurada en espíritu, alma y cuerpo por el nuevo orden de cosas, cuyo espíritu ha sido renacido y que está lleno del Espíritu Santo, puede tener las experiencias del mundo de los milagros.

El que prospera en su alma, reina con Cristo Jesús. Mientras los inconversos sirven al diablo, los cristianos reinan en una vida novedosa. "Mucho más reinarán en vida por uno solo, Jesucristo, los que reciben la abundancia de la gracia y del don de la justicia" (Romanos 5:17 b).

Y ahora no hay más miedo a la muerte. Mientras que algunas personas temen, los creyentes toman con gozo el pensamiento de ir a estar con Jesús, porque el cielo es su hogar y sus corazones ya se encuentran allí.

Además, ¡somos reyes! Reyes que reinan, porque se nos da poder de gobernar y ejercer potestad sobre las circunstancias como reyes. Se nos da autoridad sobre toda arma del enemigo. Por eso nos valemos de la autoridad y expulsamos a Satanás en el nombre poderoso de Jesús. Podemos hacer portentosos hechos ahora. Tomamos entonces la autoridad que se nos dio y lo hacemos en el nombre poderoso de Jesucristo, porque "estas señales seguirán a los que creen: En mi nombre echarán fuera demonios..." (Marcos 16:17 a).

Sí, podemos echar fuera demonios. Los expulsamos en el nombre todopoderoso de Jesús ¡y se van gritando! Porque tenemos el poder para resistir al diablo, lo rechazamos en el nombre poderoso de Jesús: "...resistid al diablo, y huirá de vosotros" (Santiago 4:7 b).

He aquí la Palabra de Dios para ti y para mí. ¡Ya no somos más personas comunes y corrientes! Somos ciudadanos del cielo y contamos con la vida eterna y con Su poder, de los cuales Él nos hace partícipes. El diablo correrá a una orden nuestra y nosotros, por nuestra parte, llevaremos en nuestra vida los frutos del Espíritu: amor, gozo, paz, paciencia, benignidad, bondad, fe, mansedumbre y templanza.

Si somos reyes, ¿no deberíamos tener la majestad, el honor y los beneficios materiales acordes con un rey? Ahora es nuestra herencia, es el legado que podemos venir a buscar mostrando la credencial adecuada. Estos tesoros los podemos solicitar con tanta facilidad como extraer dinero de un banco en el cual se hubiera depositado una generosa suma de dinero a nuestro nombre y con nuestro número de cuenta. ¿Cómo podrá creer la gente en uno que se dice rey pero que vive en la pobreza y que está indefenso en cama por una enfermedad?

Capítulo III

QUE *SEAS PROSPERADO*

*D*e modo que si alguno está en Cristo, nueva criatura es; las cosas viejas pasaron; he aquí, todas son hechas nuevas" (2 Corintios 5:17). "Yo hago nuevas todas las cosas" (Apocalípsis 21:5). "Mas vosotros sois linaje escogido, real sacerdocio, nación santa, pueblo adquirido por Dios... " (1 Pedro 2:9 a).

Dios nos hizo nuevos en Cristo y nos hizo sacerdotes de la realeza. Por lo tanto, si a partir de allí prospera nuestro espíritu, nuestra alma y nuestro cuerpo, la consecuencia sería que todo vaya bien. Este es el orden natural y la ley de la creación. Entonces no es normal que un creyente viva sin ver el éxito en su vida - a menos que Dios tenga un propósito especial por el cual no le envía Su provisión. Dios nos ha elegido como sacerdotes reales para que demostremos las bondad y la misericordia de "aquel que nos llamó de las tinieblas a su luz admirable" (1 Pedro 2:9). ¿Por qué tiene interés Dios en que los demás nos observen? Para ayudar a otros a heredar las mismas bendiciones por medio de la sangre vertida por Jesús. Así que la vida de un creyente que está siempre acompañada de fracaso no puede serle agradable a Dios.

Aquí en Corea esta enseñanza de que el cristiano debe vivir una vida próspera es observada con reserva por las iglesias. Muchos predicadores evitan hablar claramente sobre este punto. Algunos dicen que es una virtud que un cristiano persevere en toda circunstancia y que soporte las cosas dolorosas cuando llegan. Los creyentes coreanos no pueden abandonar su interpretación de que el cristianismo sostiene que debemos apretar los dientes y abstenernos de imponernos con autoridad sobre los problemas serios.

Sin embargo, los mismos predicadores coreanos recalcan sin cesar que la gente de su congregación debe contribuir con su dinero para la construcción de templos, y si no lo hacen surgen dificultades. Así se produce el círculo vicioso. Cuando una iglesia propone un proyecto, son los miembros los que deben proveer los fondos necesarios para llevarlo a cabo. Estoy refiriéndome a las contradicciones dentro de la iglesia de Corea. Los cristianos coreanos han condenado el dinero y lo llaman el terreno fértil del pecado, pero olvidan que la raíz del mal es "el amor al dinero" (véase 1 Timoteo 6:10); mientras tanto surgen sectas como hongos después de la lluvia, las cuales engañan a sus seguidores con aseveraciones disparatadas. Por supuesto que nuestros predicadores piden la bendición de Dios sobre sus sermones, y también piden la bendición de Dios sobre sus fieles, inclusive por sus bienes materiales. Pero por no enseñar claramente los fundamentos sobre los cuales los cristianos pueden y deberían prosperar, los creyentes quedan confusos. Para prosperar, tenemos que entender lo que dice la Palabra de Dios acerca de la prosperidad y luego se debe enseñar la verdad clara y sistemáticamente.

El primer concepto que deberíamos enderezar es la teoría de que la pobreza, el dolor, la prueba y la tribulación son ingredientes de la virtud cristiana. No está escrito en ninguna parte de la Biblia que las comidas insuficientes y las condiciones insatisfactorias de vida sean agradables a Dios. Esto sí les toca a los creyentes en algunas oportunidades, pero son períodos en que están aprendiendo a desarrollar su fe; con el crecimiento espiritual entenderán la bendición de Dios en cuanto a la prosperidad. Deberíamos observar como creyentes que, a lo largo del Antiguo y del Nuevo Testamento, Dios habla mucho sobre Su bendición. Debemos permitir que el Espíritu Santo haga vivificar estas verdades en nuestro corazón. Salvo que Dios tenga un propósito especial para nosotros, Él desea que vivamos con comodidad, con nuestras necesidades suplidas. Casi siempre, cuando Dios indicaba a algunas personas que vivieran por fe, era porque los había separado para un ministerio o un plan divino. En esos casos Dios enseña cómo confiar en Él en circunstancias difíciles y cómo disciplinarse a sí mismos para confiar en Dios en cuanto a todas sus necesidades. No a todos les pide que pasen por pruebas tan duras como las que soportó Pablo, porque no todos fueron llamados a realizar una obra de la magnitud de Pablo en su generación.

El segundo concepto que debemos dejar de lado es la teoría de que el mundo material es sólo para el diablo. Si este mundo tangible fuese sólo para el diablo ¿qué lugar desempeñaba Dios, siendo que Dios creó los cielos y la tierra? Ciertamente el mundo terrenal pasó a manos del diablo después de la caída de Adán y Eva, pero ahora ese mundo creado nos ha sido devuelto gracias a la muerte de Jesús en la cruz. Y su resurrección lo hace un hecho más certero aún.

La tercera creencia que debemos abandonar es de que lo único que nosotros necesitamos son las bendiciones espirituales y el cielo, y que por tanto las bendiciones materiales están fuera de lugar para nosotros. La salvación que Jesús llevó a término para nosotros tiene el mismo poder en el mundo material que en el mundo espiritual. Pero ¡atención! No confundamos la prosperidad con la avaricia. La codicia y avaricia son características del diablo, pero la prosperidad es un don de Dios. La prosperidad que Dios ve con agrado en nosotros se refiere a todo el marco de la vida: la crianza de los hijos, nuestro trabajo, nuestras empresas, las necesidades del hogar, la estabilidad en nuestro desempeño, el gozo, y demás.

En consecuencia, si se nos ha sanado en espíritu, alma y cuerpo, el resultado normal sería que en todas las áreas de la vida seamos prosperados. Jesús vertió Su preciosa sangre y con ella nos escribió un certificado notarial o título por el cual puso a nuestro nombre la prosperidad en todas las cosas. Lo que resta ahora hacer es que nosotros pongamos en ejercicio los derechos y privilegios que ya nos han sido otorgados para obtener esas provisiones.

A pesar de lo dicho, creo que hay muchas personas que no están totalmente convencidas de que los seguidores de Cristo deban prosperar y que su vida entera sea bendecida, lo cual incluye su vida material. Pensando en esos creyentes analizaré a continuación cómo creó Dios en el principio el mundo material y se lo entregó al hombre como regalo.

Dios creó en el principio el mundo material

La Biblia nos declara con claridad la actitud de Dios hacia la vida diaria del hombre y las bendiciones materiales. En primer lugar Dios creó el mundo material, antes de crear al hombre. Hizo las luz, los cielos, la tierra, el sol, la luna, los astros. Hizo los árboles, las hierbas, el ganado y todos los demás animales sobre la tierra, los peces en mares y ríos y las aves en el aire. Después de haber creado el mundo material para el hombre, cuando todo estuvo listo para él, Dios hizo al hombre a su imagen el último día. No le quedaba al hombre obra por hacer cuando fue creado. Dios no dejó nada que necesitara la ayuda del hombre. "Fueron, pues, acabados los cielos y la tierra y todo el ejército de ellos. Y acabó Dios en el día séptimo la obra que hizo; y reposó el día séptimo de toda la obra que hizo" (Génesis 2:1-2).

El día posterior a la creación del hombre fue el sábado. El hombre no tenía ninguna labor que hacer. Sólo tenía que ingresar en el reposo de Dios, disfrutar y gobernar el hermoso mundo material que Dios había creado para él. ¡Imagínese! Dios preparó el mundo "material" primeramente porque sabía que el hombre lo necesitaba. Fue el buen Dios quien personalmente hizo el jardín del Edén para Adán y Eva. En medio del jardín Dios hizo ubicó toda clase de árboles frutales, árboles hermosos a la vista y buenos como alimento. Dio instrucción a Adán y Eva de que adornen y cuiden el jardín y que gocen de la bendición que les reportaba. Esos árboles dejaban a Adán y Eva completamente libres de toda ansiedad o preocupación con respecto a procurarse lo necesario para vivir. ¡Nuestro Dios es un Dios generoso!

"Y salía de Edén un río para regar el huerto, y de allí se repartía en cuatro brazos" (Génesis 2:10). Este río era el manantial de vida y aseguraba al hombre perfecto que Dios había hecho una prosperidad que fluiría sin parar. A lo largo de los ríos siempre ha existido tierra rica y fértil que produce frutos en abundancia. Donde están los ríos es donde se han asentado siempre grandes civilizaciones.

Dios proveyó de abundantes tesoros al jardín del Edén. Uno de los cuatro ríos que nacían de allí era el Pisón, el cual rodeaba la región de Havila donde se encontraba oro puro, bedelio y ónice. De modo que además de los árboles que suplían las necesidades de conservación, el río de vida también incluía ricos tesoros en el jardín que Dios había preparado para el hombre y la mujer. ¡Nada le hacía falta al ser humano!

Adán y Eva no necesitaban transpirar trabajando duro. El sudor simboliza ahora la maldición. Dice el pasaje bíblico que la razón por la cual Adán comenzó a sudar al trabajar fue que había desobedecido el mandato de Dios. El resultado de su desobediencia fue la expulsión del paraíso. Desde entonces las personas tienen que sudar para ganarse la vida porque todos estamos bajo la misma maldición que Adán. Cuando el hombre vivía con la bendición de Dios en el huerto de Edén, no sudaba para ganar el sustento porque no había sido creado con ese propósito. El sudor de la sociedad, causada por los problemas de trabajo de hoy, de la crianza de los hijos, de la enfermedad y la muerte, del cultivo de la tierra que es invadida por espinos y hierbas malas, todo eso vino a causa del pecado de Adán, el cual tuvo por resultado la maldición.

El mundo como Dios lo creó al principio era tal que todo estaba provisto para la vida del hombre y era posible la prosperidad. Era un mundo de abundancia de riquezas materiales tanto como de otras cosas que pudieran satisfacer las necesidades diarias. Al crear Dios a los humanos, nos hizo para vivir en armonía con el mundo material. La relación existente entre la sustancia natural y los seres humanos es la misma que la que existe entre la sangre y la vida. Como la vida no es posible sin la sangre, el hombre no puede subsistir sin las cosas materiales. Una vez venidos a este mundo, no podemos escapar por ningún medio de implicarnos en la vida económica. Alimentarse, vestirse y cobijar una familia son los problemas básicos que involucran a las cosas materiales. Así también, corresponde a ese reino nuestro ámbito de trabajo.

Debemos comprender el mundo material en forma precisa. Ciertamente Dios creó para nosotros las cosas materiales en el principio y el plan original era que no encontráramos por qué sudar en faenas pesadas. Dios deseaba que viviésemos una vida de abundancia, prosperando en todas las cosas. El mundo de la materia no estaba bajo la posesión del diablo al principio. Pero el hecho es que el mundo actual está bajo el dominio del diablo; por lo tanto, con la excepción de los creyentes en Cristo que han sido renacidos y obedecen la Palabra de Dios, nadie puede escapar de la situación que tiene al hombre bajo maldición, la cual desquició todo. Todos chillan quejándose de estar atrapados en un rincón, y de vivir en un medio maldito del cual se ha apoderado Satanás.

¿Cuál fue el efecto de la caída de Adán? Para conseguir circunstancias adecuadas para nuestra prosperidad, será de provecho analizar nuestro estado actual.

Por qué no podemos prosperar

a. El árbol del conocimiento y la soberanía de Dios

El estado de felicidad original se destruyó y el jardín de Edén quedó en desorden a causa de la desobediencia del hombre. En vista de ese fundamento, no puede ser completa nuestra explicación de la vida material como la conocemos basándonos en políticas económicas o circunstancias sociales. Nosotros como cristianos debemos primeramente analizarnos a fondo para saber si quizá algo no estuviese en orden en nuestra relación con Dios, puesto que nuestro Señor no cambia. El es llamado Jehová-jireh, el que provee todas nuestras necesidades. Dios, habiendo preparado todo con antelación para el ser humano, dio ese hermoso huerto a Adán y Eva. Por la ubicación geográfica, no era ni demasiado frío ni demasiado caluroso, y no se sufría daño alguno. Les dio la autoridad para ejercer dominio sobre el lugar. Sólo les ordenó no comer del fruto del árbol del conocimiento en el centro del huerto. Dios les advirtió seriamente que, si lo hacían, perecerían.

¿Qué significado tiene este fruto del árbol del conocimiento? ¿Por qué Dios ordenó que se pudieran comer todas las demás frutas excepto el fruto del árbol del conocimiento? Si era realmente cierto que moriría el que gustase de ese fruto, ¿por qué plantó Dios un árbol tan peligroso?

Ese fruto del árbol del conocimiento simboliza el poder soberano del Dios creador. El árbol fue plantado para enseñar al ser humano la realidad de que por ser Dios el creador y el hombre la criatura, el hombre debe someterse a la autoridad de Dios y serle obediente. Cuando Dios dio la orden de no comer el fruto del árbol del conocimiento, no le dijo al hombre la razón por la cual no hacerlo. Dios, el todopoderoso, no tiene por qué explicar. El ordena. Jesús no desarrolló explicaciones ante Caifás o Poncio Pilato en Su juicio antes de la crucifixión. El era el Ser Supremo. No tenía por qué explicar. El desarrollo de un argumento o la exposición de una teoría no son actos que le corresponden a una persona que tiene autoridad. Por eso Dios no les explicó a Adán y Eva el por qué de no comer el fruto del árbol del conocimiento. Simplemente dijo: "... Del árbol de la ciencia (o conocimiento) del bien y del mal no comerás; porque el día que de él comieres, ciertamente morirás" (Génesis 2:17).

Ese fruto del conocimiento del bien y del mal era la única cosa que Dios había prohibido comer al hombre. Representaba la soberanía del creador, la cual no podía ser desafiada en manera alguna por ninguna de sus criaturas. Todas las demás cosas le fueron dadas por Dios a Adán, pero no podía permitirle que sobrepase la supremacía de El. Por esa razón se determinó con anterioridad que hubiese un árbol de esa clase en el huerto del Edén. Dios había anunciado con claridad que El tenía soberano poder sobre el mundo material. Cada vez que Adán y Eva veían el fruto del árbol del conocimiento prohibido pensaban:

- Esto indica la soberanía de Dios.

Así se les recordaba la condición de no comer ese fruto, porque era un símbolo de la soberanía de Dios. Podrían gozar de la belleza y la abundancia material que Dios les había otorgado. Si eran obedientes a la supremacía de Dios, Adán y Eva cumplían la condición para poder gobernar sobre el huerto que Dios había preparado y gozar de sus privilegios.

Pero en cierta ocasión vino Satanás de visita. Satanás había desafiado la autoridad de Dios desde antaño y ahora les propone una idea novedosa al poner en tela de juicio el alcance del mandamiento de Dios:

- ¿Conque Dios os ha dicho: "No comáis de todo árbol del huerto?" - (véase Génesis 3:1 b).

Lo que insinuaba esa pregunta era que el decreto de Dios podría no ser verdad. Es una táctica engañosa de Satanás convertir el mandato absoluto del Ser supremo en una sentencia relativa. Entonces Eva, motivada por la insinuación del diablo, dijo:

- Del fruto de los árboles del huerto podemos comer, pero del fruto del árbol que está en medio del huerto dijo Dios: "No comeréis de él, ni le tocaréis, para que no muráis" - (Génesis 3:2-3).

La sentencia absoluta pronunciada por Dios: "Ciertamente morirás" (Génesis 2:17) fue sustituida por una relativa posibilidad: "...para que no muráis". Una vez que la duda entró en el corazón de Eva y que el mandato pareció relativo, Satanás fue consolidando su poder sobre Eva:

- Ciertamente no morirán - (véase Génesis 3:4).

Así se tornó en relativo el mandamiento de Dios y absoluta la opinión de Satanás. Acto seguido Satanás explicó las razones de su opinión:

- Sabe Dios que el día que lo comáis serán abiertos vuestros ojos y seréis como dioses, sabiendo el bien y el mal - (véase Génesis 3:5).

La lección que podemos aprender de esto es que Dios da siempre un mandamiento absoluto que no necesita razones ni explicaciones; Satanás siempre nos tienta presentándonos su teoría. Así que si una teoría duda de la autoridad de Dios, es de Satanás. Cuando la incredulidad se introdujo en la confesión de fe que formuló Eva, fue confirmada por Satanás diciendo: "No moriréis". El resultado fue que Eva comió del árbol prohibido y convidó a su esposo.

A partir de allí comenzó la vida del hombre que sobrepasa la soberanía del reino de Dios. El mundo del principio, gobernado por Dios, fue reemplazado por un mundo centrado en el hombre. El hombre se colocó a sí mismo a la altura de Dios y empezó a discutir qué era lo correcto y qué lo incorrecto, qué era lo bueno y qué malo. El hombre abanonó el lugar que le correspondía de reconocer y obedecer la soberana voluntad de Dios y en cambio se abrió camino por la fuerza hasta una posición equivalente a la de Dios. El argumento que sustenta es el de que guardará los mandamientos de Dios siempre cuando le sean aceptables. Cuando no le sean aceptables, no los cumplirá. Fue el hombre quien decidió lo que podía obedecer y lo que no, lo que iba a creer y lo que no. Como consecuencia el hombre vive una vida que es adversa a Dios. Trata de juzgar entre el bien y el mal basado en el conocimiento humano o su propia sabiduría.

El orden cósmico de la creación se alteró; Dios ya no podía andar junto al hombre caído. Luego Dios expulsó a Adán y Eva del jardín del Edén. Al negarse a reconocer la suprema autoridad de Dios sobre el mundo material, perdieron el derecho que tenían de poseerlo. Cambiaron el ambiente bueno y próspero del huerto por otro, maldito y árido, afuera. El trabajo se volvió tan arduo que debían sudar mientras bregaban. Desde entonces el sudor se convirtió en norma de vida.

b. Dios nunca permite que se transgreda Su soberana autoridad

Tan pronto como Adán y Eva se desviaron de la senda de la obediencia y el sometimiento a la voluntad de Dios escudándose en argumentaciones, colocándose a sí mismos a la altura de Dios, El los sacó fuera y los alejó del huerto del Edén. Maldijo la tierra haciéndola producir cardos y espinos. "Y al hombre dijo:

- Por cuanto obedeciste a la voz de tu mujer, y comiste del árbol de que te mandé diciendo "no comerás de él", maldita será la tierra por tu causa; con dolor comerás de ella todos los días de tu vida; espinos y cardos te producirá y comerás plantas del campo. Con el sudor de tu rostro comerás el pan hasta que vuelvas a la tierra, porque de ella fuiste tomado; pues polvo eres, y al polvo volverás" - (Génesis 3:17-19).

¿Cómo se produjo la pérdida de este paraíso? El hombre se alzó contra la autoridad de Dios. No es que Dios tome a la tremenda las dudas que sus hijos fieles puedan abrigar de tanto en tanto; aunque una que otra vez le desobedezcan, El no los destruye. No obstante no les permite nunca desafiar Su autoridad. Cuánta importancia le atribuye Dios a Su divina autoridad queda manifiesto en Romanos 13:1-2: "Sométase toda persona a las autoridades superiores, porque no hay autoridad sino de parte de Dios, y las que hay, por Dios han sido establecidas. De modo que quien se opone a la autoridad, a lo establecido por Dios resiste; y los que resisten, acarrean condenación para sí mismos."

Dios nunca pasa por alto que se discuta Su soberana autoridad. Podemos encontrar ejemplos de esto en muchos pasajes bíblicos. Dios ungió a Saúl para que sea rey y le dio la autoridad de gobernar. Le dio una misión especial: "Vé, pues, y hiere a Amalec, y destruye todo lo que tiene, y no te apiades de él; mata a hombres, mujeres y niños, aun los de pecho, vacas, ovejas, camellos y asnos" (1 Samuel 15:3).

Esa era una orden de Dios. Cuando la impartió, El no explicó la razón ni las condiciones. Pero Saúl formuló una objeción acerca de las órdenes que Dios había dado. Desobedeciendo, él estaba transgrediendo la soberana autoridad de Dios, pues a pesar del mandato de Dios de que se destruya por completo tanto a hombre como a mujer, él dejó con vida al rey amalecita, Agag. Violó además el mandamiento de que se debían exterminar los bueyes, ovejas, camellos y asnos que había. Quedó registrado en la Escritura que él se reservó los mejores carneros y bueyes y los trajo consigo. Cuando Samuel le preguntó por qué había cometido semejante pecado, él intentó defenderse con una excusa que parecía admisible:

- Mi gente tomó como botín ovejas y vacas, lo mejor de aquellas cosas que debían ser exterminadas por completo, porque querían ofrecer sacrificios a Jehová tu Dios... - (véase 1 Samuel 15:21).

Pero Samuel reprendió la desobediencia y la arrogancia del rey Saúl:

- Cuando tú eras pequeño en tus propios ojos, ¿no fuiste hecho jefe y Jehová te ungió por rey sobre Israel? Pero acaso ¿se complace Jehová tanto en los holocaustos y víctimas, como en que se obedezca a las palabras de Jehová? Ciertamente obedecerle es mejor que hacer sacrificios y prestarle atención que la quemarle carneros. Porque como pecado de adivinación es la rebelión y como idolatría la obstinación. Por cuanto tú desechaste la palabra de Jehová, él también te ha desechado y no serás más rey - (véanse 1 Samuel 15:17,22 y 23).

De hecho que el rey Saúl no quebrantó la palabra de Dios adrede. Desde su punto de vista, estaba procediendo de acuerdo con lo que él consideraba óptimo: perdonar lo mejor y más gordo del ganado vacuno y ovino para los sacrificios; eso podría parecer normal desde la perspectiva humana. Pero al valerse de su sabiduría carnal el rey Saúl sobrepasó la soberana autoridad de Dios.

Saúl sabía que todo el ganado debía ser exterminado, pero a pesar del hecho de haber entendido claramente la orden de Dios, antepuso su criterio de lo bueno y lo malo a los mandatos de Dios insinuando así que sus ideas y opiniones eran mejores que la palabra de Dios. A esto se lo compara con el pecado de adivinación y de idolatría. Por esa razón Dios rechazó sin vacilar a Saúl como rey.

Dios nunca pasará por alto la sublevación contra Su soberana autoridad. El arcángel que lo hizo fue expulsado del cielo y se transformó en Satanás. Adán y Eva fueron desterrados del Edén. El rey Saúl fue destronado.

Cuando el rey Uzías sobrepasó la soberanía de Dios al usurpar la autoridad del sumo sacerdote, le brotó lepra sobre la frente de modo que tuvo que aislarse dentro de su casa por el resto de su vida.

Jonás tenía una objeción a la orden de Dios de ir a Nínive. Cuando intentó marchar en dirección contraria, sufrió amargamente en el vientre del pez.

Ananías y Safira murieron instantáneamente por su pecado de menospreciar la soberanía de Dios al mentir al Espíritu Santo.

El día del juicio final de este mundo, Satanás será condenado por desafiar permanentemente la soberana autoridad de Dios desde la creación. Será arrojado al lago de fuego y azufre donde se quemará por siempre.

En la actualidad han aparecido líderes de diferentes cultos (también aquí en Corea) que han violado la suprema autoridad de Dios, enalteciéndose, erigiéndose a sí mismos en el lugar que ocupa Dios, proclamándose Mesías, levantando monumentos a su nombre con orgullo y vanidad, pero Dios los destruirá porque todo eso significa un grave atropello a Su soberanía.

Los comunistas se han inmiscuido por el mundo, pero también ellos serán condenados por su rebelión contra la supremacía de Dios, pues al ser ateos son herederos de Satanás y ofenden la soberanía divina. En la historia del mundo no hubo ateo más terminante que Nietzsche quien dijo que Dios había muerto. Afrentó al soberano Dios y como resultado murió trastornado y hediondo. Cualquier persona que se vuelve contra la soberanía suprema de Dios no recibe perdón sino que pierde su lugar en la creación de Dios.

¿Y cómo repercute sobre nosotros los de esta época la maldición que recibió Adán? ¿Cómo se relaciona con nosotros esa condenación? Vamos a considerar ese punto.

c. La imagen del fracaso

En la parábola en Lucas 15, "el hijo pródigo", podemos ver la imagen de los descendientes caídos de Adán que fracasan en todas las cosas. El hijo menor, arguyendo su derecho a una parte de la fortuna de su padre, se la exigió. El comportamiento de este hijo es similar a la historia de Adán y Eva cuando ellos hicieron valer su libertad e independencia de Dios y comieron el fruto prohibido. Así pensó el hijo pródigo, que si él tomaba el dinero en sus manos, sería feliz y todo le iría perfectamente. Abandonó su hogar con su parte de la herencia tal como Adán y Eva cuando se los echó fuera del huerto de Edén. Aunque al principio le pareció que un vasto mundo nuevo lo esperaba con los brazos abiertos, lo que en realidad le aguardaba era un mundo que ahora está bajo maldición. ¿Cómo fueron los acontecimientos?

En primer lugar él dijo:

- Padre, dame la parte de los bienes que me corresponde.

Aquí vemos su idea equivocada de que la posesión de una fortuna le traería la felicidad. Como él, también mucha gente busca hoy la felicidad en la posesión de riquezas materiales, pero la persona que haya dado la espalda a la soberana autoridad de Dios y se haya rebelado en contra de El puede poseer una fortuna, pero no puede obtener la felicidad.

Dos de los hombres más ricos de los Estados Unidos de América, Howard Hughes y J. P. Getty, nos legaron una importante lección cuando murieron, varios años atrás. Hughes dejó una fortuna de dos mil millones de dólares, sin embargo durante los últimos diez años de su vida fue uno de los hombres más desdichados y solitarios del mundo. Se encerró en su casa para llevar una vida aislada, evitando todo contacto con la gente por miedo y desconfianza. Cuando murió, no había quien llore su desaparición - ni esposa ni hijos. Toda su vida había andado de acá para allá buscando el placer en las mujeres gracias a su montaña de dinero, pero nunca encontró Hughes la felicidad.

Jean Paul Getty poseyó una fortuna astronómica, casi el doble del volumen de la de Hughes, pero en su vida privada fue infeliz. Se casó cinco veces y de cada una de sus esposas se divorció. Su hijo primogénito fue alcohólico y murió un año antes que el padre. Getty fue tan desafortunado en su vida íntima como Hughes; las vidas de estas dos figuras descollantes nos demuestran que, cuando el hombre no reconoce en vida al Dios Supremo, su fortuna y riquezas materiales sólo acentúan su soledad y su ansiedad. En la actualidad los que más sufren de insomnio a causa de la ansiedad y el temor son las personas que tienen posesiones pero no poseen fe.

El hijo pródigo pensó que alejándose de su casa hallaría la libertad y alcanzaría la felicidad. Pero viajó hasta ese país lejano sin propósito alguno, salvo el de ser libre de responsabilidades. La libertad sin ninguna meta ni responsabilidad es más bien un desenfreno que aprisiona en vez de libertar, y el desenfreno siempre es seguido de un vacío. Cuando se produce un vacío interior, nos desesperamos y en el esfuerzo por recobrar el sentido de la vida nos volvemos inescrupulosos. En momentos así se cometen crímenes espantosos.

Muchos jóvenes hoy día se escapan de sus hogares creyendo que si esquivan la vigilancia de sus padres encontrarán el mundo de la libertad que desean, sin límites ni responsabilidades; sospechan que allí está su futuro. Pero procurar la libertad más allá del deber y la responsabilidad da como fruto el desenfreno y ese es el caldo de cultivo del mal. La libertad que no es entendida dentro de la voluntad de Dios conduce a la desdicha. Vemos a los descendientes caídos de Adán y Eva desterrados del paraíso flotando a la deriva en un estado deplorable.

El hijo menor de la parábola tenía la ilusión de que, si procuraba el placer "viviendo perdidamente" (véase Lucas 15:13), la felicidad sería suya, pero esos placeres pronto lo llevaron a ser compañero de los puercos. Así llegó a su ocaso el Imperio Romano, como resultado de haber practicado el libertinaje moral y la búsqueda del placer, a pesar de su brillante civilización. Igualmente una gran cantidad de personas en nuestros tiempos buscan el placer en momentos de sexo, alcohol o drogas, y sin embargo sus esfuerzos les producen una inestabilidad emocional extrema y un estado de estupor.

El deseo de obtener esta clase de placeres es fruto de lo que se llama concupiscencia: "Entonces la concupiscencia, después que ha concebido, da a luz el pecado; y el pecado, siendo consumado, da a luz la muerte" (Santiago 1:15). Muy diferente es el gozo del placer; en Jesucristo podemos tener gozo y paz inimaginables, en cambio no podemos obtener gozo del placer.

Donde la civilización alcanza actualmente el mayor desarrollo - Estados Unidos, Europa Occidental, los países escandinavos - se encuentra la promiscuidad sexual que nace del intento ciego de obtener placer. Hemos alcanzado el punto máximo de todos los tiempos en cuanto a la promiscuidad, y esta derivó en una tasa que rápidamente aumenta de suicidio, familias separadas, hogares destruidos y estadísticas crecientes de crímenes cotidianos. Esta es la sombría realidad que les toca vivir a los descendientes de Adán que han desacatado el soberano poder de Dios y por lo tanto se han alejado del gozo que El puede dar.

Otros procuran la felicidad haciendo uso del poder, pero tampoco eso dura mucho. El poder es pasajero, y no sólo eso sino que multiplica a los adversarios. De modo que el resultado del ejercicio del poder es también una vida llena de ansiedad.

Dos de los más grandes conquistadores militares, Alejandro Magno y Napoleón Bonaparte, pasaron sus últimos días tristemente. Alejandro ascendió al trono a los veinte años y en menos de diez años conquistó toda Grecia, se apoderó de Siria y de Egipto y también invadió tierras en su marcha hacia la India. Se dice que lloró al llegar allí porque no hallaba más territorio para conquistar. Murió a la edad de treinta y tres años. Por su parte Napoleón, siglos más tarde, fue condenado como un criminal y desterrado luego de haber sido en un momento de su vida el dictador de toda Europa.

Tener poder no es garantía de felicidad. Adán y Eva fueron excluidos, a raíz de su pecado, de las bendiciones que Dios había preparado para ellos; como consecuencia toda la humanidad ha heredado ese pecado. La profecía bíblica nos anticipa: "... en los postreros días vendrán tiempos peligrosos, porque habrá hombres amadores de sí mismos, avaros, vanagloriosos, soberbios, blasfemos, desobedientes a los padres, ingratos, impíos, sin afecto natural, implacables, calumniadores, intemperantes, crueles, aborrecedores de lo bueno, traidores, impetuosos, infatuados, amadores de los deleites más que de Dios, que tendrán apariencia de piedad pero negarán la eficacia de ella; a éstos evita" (2 Timoteo 3:1-3).

Desde que Adán fue desterrado a causa de su desobediencia, el hombre ha vivido deplorablemente, tal como el hijo de la parábola que no hallaba más satisfacción en cosa alguna: ni en la posesión de grandes riquezas, ni en lanzarse a los placeres desenfrenadamente, ni en poder para dominar el mundo que lo rodeaba.

El estado de cosas en que todo anda mal no se acaba junto con la vida de un individuo en particular. El mundo se ve hoy azotado por una seria escasez de alimento. Decenas de miles de personas mueren anualmente en los países de clima ecuatorial. Las estadísticas han informado que la población mundial aumenta cada día en 200.000 personas - 75 millones al año. Para el año 2,000 la población del mundo alcanzará los siete mil millones y podría ascender al triple en cincuenta años más. Para poder cubrir las necesidades de semejante cantidad de habitantes, la producción anual de alimento debe aumento en 30 millones. Recientemente se informó que nuestra actual concentarción de alimento sólo alcanzaría a veintisiete días.

El acopio de armas nucleares en las superpotencias de hoy preanuncian el futuro sombrío de una guerra nuclear. Y no solamente las armas nucleares sino también algunas tan espantosas como las bombas bacteriológicas, de gases tóxicos y de neutrones se están fabricando con el propósito de ganar la competencia armamentista. Cuando estalló la guerra en Indochina, la gente en Medio Oriente y en Africa temblaba de pánico por el exterminio que podría producirse. Para colmo, la tierra que habitamos se está transformando en un gigantesco montón de basura por la contaminación que se deriva de la producción masiva y el consumo masivo. El aire está contaminado y los ríos apestan. La producción en gran escala además está agotando los recursos naturales de la tierra.

Además de todo esto hay algo que es aun más terrible que el desastre que nos enfrenta desde el ámbito físico: el hambre espiritual, la contaminación espiritual y el conflicto espiritual. Un teólogo estadounidense que es a la vez profesor de economía, Hail Brunner, escribió un libro al que intituló Diagnóstico del futuro de la humanidad. En él dice: "La Primera Guerra Mundial y la gran depresión económica asestaron un golpe fatal a la confianza que se basaba en la fe en el progreso, lo cual era un resabio de la era victoriana. La crisis energética actual nos advierte que la industria se verá limitada. A eso se añade la inseguridad de una civilización abrumada por la excesiva ansiedad que trae aparejado el progreso material, el cual produce por ejemplo fuertes gravámenes, calidad de alimentación, adelantos espectaculares en medicina, el triunfo de la física y la química aplicadas, todo lo cual no logra satisfacer la necesidad espiritual de los seres humanos. Los últimos años se han caracterizado por oscuridad, crueldad, y desórdenes. ¿Podemos esperar un futuro más luminoso? La respuesta es negativa. ¿Será el futuro más oscuro que el pasado? La respuesta es afirmativa."

Luego el Profesor Brunner hace una crítica de la sociedad estadounidense, altamente industrializada y sofisticada, diciendo: "En años recientes los americanos presenciaron demasiados acontecimientos que los sacudieron negativamente: la guerra en Vietnam, crímenes y violencia, levantamientos raciales, bombardeos, piratería aérea y un espantoso terrorismo. Algunos ciudadanos de clase media protestan contra la brutalidad y la violencia que comúnmente exhiben los programas televisivos; es que éstos en realidad ponen en descubierto la inseguridad que se esconde bajo la superficie en apariencia cómoda del estilo de vida norteamericano. La generación adulta no consiguió transmitir a sus hijos sus más preciosos valores por la oposición de los distintos gestos de protesta contra su conservación tradicional, tales como el consumo de marihuana, la promiscuidad y particularmente el abandono de la escuela entre los jóvenes de clase alta. Todos estos fenómenos nos han acarreado una gran ansiedad."

El Dr. Victor Frñkel, famoso psiquiatra vienés, dijo en su conferencia en el Concilio de Educadores Católicos Panamericanos de 1973, refiriéndose a la crisis existencial que produce nuestro vacío y falta de sentido: "En la actualidad el mundo se ha inundado de una sensación de falta de sentido; éste trae como corolario el enfermizo complejo del llamado "vacío existencial". Tenemos hoy las comodidades de la vida además del dinero y el poder. No obstante, la gente se siente desdichada e infeliz. Extiende sus manos a los narcóticos o, como último recurso, se suicida por sentir que no pueden alcanzar las metas de su vida aun poseyendo riquezas y poder. Esto es bien conocido. Por todo el mundo las personas buscan sedientas el significado que tiene la vida; no lo hallan y es por eso que no comprenden el sentido de sus vidas. El sentido de la vida humana no es un invento más. Si se continúa inculcando esta enseñanza de que las personas consisten solamente en organismos compuestos de tejidos biológicos o reduciéndolas a un sistema computarizado, como consecuencia los jóvenes se verán compelidos a los narcóticos o al suicidio al llegar al desarrollo."

¿Puede ser que el mundo haya sido predestinado a girar en una dirección equivocada para que todo salga al revés? ¿Estamos condenados a una destrucción eterna? No es así. Al enviarnos a Su Hijo unigénito Jesucristo para redimir al hombre y restablecer la comunión con Dios quien es el que da significado a la vida, El nos rescató del estado de vacío, falta de significado, miseria y enfermedad. Todo nos irá bien y en abundancia gozaremos las bendiciones que Dios nos ha preparado si nos volvemos a El.

El hijo menor de la parábola no se percató de su estado de condenado ni pensó en regresar a la casa de su padre hasta que tuvo hambre; entonces "volviendo en sí, dijo:

- ¡Cuántos jornaleros en casa de mi padre tienen abundancia de pan, y yo aquí perezco de hambre! Me levantaré e iré a mi padre y le diré: "Padre, he pecado contra el cielo y contra ti; ya no soy digno de ser llamado tu hijo; hazme como a uno de tus jornaleros" - (Lucas 15:17-19).

Con corazón arrepentido, este hijo se encaminó a la casa de su padre. Como en el caso del "hijo pródigo", nuestras circunstancias y condiciones de vida se ven afectadas cuando nos apartamos de la gracia de Dios. El había excluido la gracia de su padre en su pensamiento, su conversación y su comportamiento. La única esperanza que conservaba era reencontrar la bondad y misericordia de su padre. Por eso se volvió al lugar donde había nacido y llegó cerca de la aldea. Continúa el relato bíblico: "Y cuando aún estaba lejos, lo vio su padre y fue movido a misericordia, y corrió y se echó sobre su cuello, y le besó" (Lucas 15:20).

Seguramente el padre había estado día tras día a la entrada del pueblo, aguardando con esperanza que su hijo regresara, y se llenó de una alegría indescriptible. El padre ordenó a sus sirvientes que le cambiaran la ropa por la mejor vestimenta, que lo calzaran y colocaran un anillo en su dedo y, además, que carnearan el becerro más gordo para hacer una fiesta. El padre estaba celebrando con amplio perdón el hecho de que su hijo hubiese regresado a su casa. El hijo no esperaba una fiesta tan generosa, pero tomó conciencia de que el verdadero significado de la vida se encontraba amparándose bajo el amor y el cuidado de su padre.

Así también la verdadera liberación de tu vacío interior, pérdida del significado de la vida, miseria y enfermedad se encuentra en el amor y la protección del Padre celestial. En esta parábola, el "hijo pródigo" simboliza al hombre caído y su padre representa a Dios. Cuando nosotros nos acercamos a Dios diciéndole: "Padre, perdóname", El nos perdona y nos rescata de la condenación por Su abundante gracia y nos lleva al Edén de este tiempo.

¿Acaso Dios nos disculpa y perdona sin ninguna condición? No, no es así. Las condiciones son necesarias, pero son llevaderas. Desde que el ser humano fue expulsado del huerto hacia un medio nuevo, donde crecen malezas y cardos, jamás ha podido nadie evitar las espinas. Por eso, para liberarnos de las espinas del fracaso y pasarnos a un estado de realización, hizo falta un mediador que pudiese producir ese cambio. Ese mediador fue Jesucristo.

¿Cómo podemos estar seguros de que Jesús nos desliga de la maldición? Ya sabemos algo: que la muerte y resurrección de Jesús ha logrado ordenar nuestra vida espiritual. Pero ¿cómo estar seguros de que la muerte y resurrección de Jesús también afecta nuestra vida diaria? Vamos a procurar respuestas a estos interrogantes.

La cruz y la redención de las circunstancias

Adán fue expulsado de la presencia de Dios y condenado por haber puesto en duda la orden divina, pero Jesucristo glorificó a Dios y nos redimió de ese pecado original mediante Su obediencia absoluta a Dios. Jesús fue el único Ser sobre la tierra que vivió una vida sin pecado; ni puso los mandatos de Dios en tela de juicio ni presentó excusas. El fue totalmente obediente a la voluntad de Dios, hasta la misma muerte. El dijo palabras tales como: "Porque yo no he hablado por mi propia cuenta; el Padre que me envió, él me dio mandamiento de lo que he de decir y de lo que he de hablar. Y sé que su mandamiento es vida eterna" (Juan 12:49-50).

- Padre mío, si es posible, pase de mí esta copa; pero no sea como yo quiero, sino como tú (Mateo 26:39 b). Ahora está turbada mi alma, ¿y qué diré? ¿`Padre, sálvame de esta hora'? Mas para esto he llegado a esta hora.

- Padre, glorifica tu nombre - (Juan 12:27-28 a).

En armonía con su Padre, sabiendo que Su muerte en la cruz era la voluntad de Dios, Jesús no se detuvo al considerar el dolor y la separación, sino que voluntariamente entregó Su vida en obediencia a El. Así está escrito: "Se humilló a sí mismo, haciéndose obediente hasta la muerte, y muerte de cruz" (Filipenses 2:8 b).

Adán fue condenado al destierro por haber enaltecido su propia persona. Jesús, mediante Su obediencia, expió la maldición librándonos de esa carga de muerte. Después de haber sido absuelto, ¿debe el acusado permanecer en prisión? Jesús perdonó nuestros pecados y nos salvó, y no sólo eso sino que nos libertó de la "prisión", del castigo por el pecado. ¿Cuál era el castigo? La maldición que trajo "cardos y espinas", es decir, el fracaso en todos los sentidos. ¡De eso hemos sido rescatados: de cardos y espinas, de la maldición de ser un fracaso! "Cristo nos redimió de la maldición de la ley, hecho por nosotros maldición (porque está escrito: Maldito todo el que es colgado de un madero)" (Gálatas 3:13).

¡Regocíjate! has sido rescatado de la condenación. Lo que ahora debemos examinar cuidadosamente es si Jesús, al ser crucificado, también redimió las circunstancias que nos rodean.

a. La pobreza de Jesús y nuestra prosperidad

"Porque ya conocéis la gracia de nuestro Señor Jesucristo, que por amor a vosotros se hizo pobre, siendo rico, para que vosotros con su pobreza fueseis enriquecidos" (2 Corintios 8:9).

El significado que salta a la vista de este texto es que Jesús, como sabemos, fue muy rico. Pero, si bien era Dios el creador y poseía todo el cielo, la tierra y todo lo que hay en ellos, El renunció a toda esa riqueza. Luego de ser concebido, nació como bebé en un humilde establo de Belén y durante su vida en la tierra vivió como un hombre pobre. En Mateo 8:20 se registró que cierta vez El dijo:

- Las zorras tienen guaridas y las aves del cielo nidos, mas el Hijo del Hombre no tiene dónde recostar su cabeza.

¿Por qué el Dios creador, que por Su palabra hizo todas las cosas, debía ser tan pobre durante su vida en la tierra como para andar de aquí para allá sin un lugar propio donde descansar? ¿Por qué el mismo Jesús que dio comida a más de cinco mil personas y aun le sobraron alimentos llevó una vida tan despojada de todo que buscó frutos en una higuera? También sabemos que a menudo pasaba la noche a la intemperie, expuesto al rocío del cielo. También dormía a veces sobre la tierra por no tener otro sitio donde recostarse. ¿Por qué hacía eso? La respuesta está en la Biblia: "... para que vosotros con su pobreza fueseis enriquecidos" (2 Corintios 8:9 b).

Si no recibimos las "riquezas", como dice ese texto, no aprovechamos para nosotros la "pobreza" de Jesús. Es una responsabilidad seria: recibir la vida de prosperidad, una vida en la que fluye la provisión de todo lo que podamos necesitar; eso es ahora posible para nosotros gracias a que El vivió en la pobreza. Estamos insultando esa victoria de Jesús si es que, sin ninguna razón en particular, vivimos una vida de pobreza. La razón especial, muy legítima, podría ser que nos disponemos voluntariamente a vivir como pobres porque ofrendamos todo lo que tenemos para la obra del Señor; también cuando, siendo muy perseguidos, vivimos en la pobreza para llevar gloria a Dios. Aparte de estos motivos, si no gozamos la prosperidad que Jesús ha conquistado para nosotros sino que vivimos en la miseria, acarreamos vergüenza al nombre de Cristo que se hizo pobre para que nosotros pudiéramos prosperar.

Por supuesto, es digna de elogio la virtud de aquellos que viven en la pobreza sin quejarse ni desanimarse, pero la pobreza en sí misma nunca es motivo de orgullo porque deja sin efecto los logros de la pobreza de Cristo. Así que, a menos que usted tenga una razón especial, tome aliento en el Señor porque Su voluntad para usted es que sus necesidades sean suplidas y que pueda prosperar. Determine en su mente esforzarse para lograr la prosperidad y Dios le ayudará. De esa manera glorificará a Dios en conformidad con las Escrituras.

b. Jesús cargó con nuestra maldición

¿Cómo nos redimió Jesús del castigo que merecían nuestros pecados?

Encontramos la respuesta a este interrogante en el registro de los sucesos de la crucifixión. El hecho de que Jesús cargara una corona de espinas al ser conducido hasta el Calvario es muy simbólico porque parte de la maldición que recayó sobre Adán al ser desterrado del jardín del Edén fueron los espinos. ¡Qué significativo que mientras Jesús moría por nosotros pendiente de una cruz llevara una corona de espinas sobre la cabeza, el símbolo de la maldición que pesaba sobre la humanidad! Esto es un indicio de que Él cargó con toda la culpa que persigue a la raza humana por causa de la caída de Adán. Aunque el que había cometido el pecado era Adán, fue Jesús quien sufrió el dolor al llevar sobre sí la condenación. Él canceló la deuda de Adán y restauró al hombre, antes fracasado y condenado, a la libertad. Por buenos que sean los planes que llevemos adelante en nuestro trabajo, si en nuestro camino hay "espinas", no podremos hacer nada por cuenta propia. Por el contrario, si ha sido retirada la maldición, la bendición alcanzará a todas las áreas de nuestra vida. La tierra antes maldita se tornará en terreno bueno "que fluye leche y miel" por las bendiciones de Dios. Todos los aspectos de nuestra vida serán redimidos para poder vivir en novedad .

También la cruz sobre la que clavaron a Jesús es un símbolo de la maldición. Por esa crucifixión es que nosotros pudimos ser redimidos del castigo de la condenación por el pecado. "Cristo nos redimió de la maldición de la ley, hecho por nosotros maldición (porque está escrito: `Maldito todo el que es colgado en un madero'), para que en Cristo Jesús la bendición de Abraham alcanzase a los gentiles, a fin de que por la fe recibiésemos la promesa del Espíritu" (Gálatas 3:13-14).

Como lo declara este pasaje, Jesús fue tomado por maldición para beneficio nuestro. El nos redimió de la maldición de la ley. Y ¿qué es la maldición de la ley? "Pero acontecerá, si no oyeres la voz de Jehová tu Dios para procurar cumplir todos sus mandamientos y sus estatutos que yo te intimo hoy, que vendrán sobre ti todas estas maldiciones, y te alcanzarán. Maldito serás tú en la ciudad y maldito en el campo. Maldita tu canasta y tu artesa de amasar. Maldito el fruto de tu vientre, el fruto de tu tierra, la cría de tus vacas y los rebaños de tus ovejas. Maldito serás en tu entrar y maldito en tu salir" (Deuteronomio 28:15-19).

¿Puede haber maldición más terminante para una persona que esa? Escrito está que somos malditos cuando no obedecemos la Palabra de Dios. En consecuencia Adán y sus descendientes caen bajo esta maldición hasta que no vienen a confesar su pecado a Jesús.

Colgado de una cruz que se preparaba para las personas que habían sido condenadas, Jesús redimió de la maldición de la ley a todos los que sudaban y crujían los dientes por la agonía de sus malditas situaciones. "Redimir" significa hacer regresar, mediante el pago de un rescate, a uno que había sido vendido como esclavo. Y éramos esclavos de Satanás como consecuencia de la desobediencia de Adán.

c. Poder en el nombre de Jesucristo

Después de ascender al cielo, Jesús compartió con nosotros la autoridad y el poder de Su nombre para que pudiésemos orar por cualquier cosa. ¡Cristo Jesús! Ese nombre posee el único poder para salvar y redimir de toda condenación y castigo. Para ser salvos del pecado y experimentar el nuevo nacimiento clamamos a Su nombre. "Y en ningún otro hay salvación; porque no hay otro nombre bajo el cielo, dado a los hombres, en que podamos ser salvos" (Hechos 4:12).

El poder del nombre de Jesús se pone en manifiesto cuando se nos perdonan nuestros pecados, porque es por ese poder que somos redimidos de nuestras deudas: "De éste dan testimonio todos los profetas, que todos los que en él creyeren, recibirán perdón de pecados por su nombre" (Hechos 10:43).

Es necesario el nombre de Jesucristo para recibir el bautismo del Espíritu Santo, como proclamó Pedro en Hechos 2:38: "Arrepentíos y bautícese cada uno de vosotros en el nombre de Jesucristo para perdón de los pecados; y recibiréis el don del Espíritu Santo".

También nos valemos de Su nombre para la sanidad de los cuerpos: "En mi nombre (...) sobre los enfermos pondrán sus manos y sanarán" (véase Marcos 16:17-18).

Luego cuando oramos por todo lo que necesitamos en nuestra vida invocamos Su nombre, como está escrito: "Si algo pidiereis en mi nombre, yo lo haré" (Juan 14:4); "... todo cuanto pidiereis al Padre en mi nombre, os lo dará" (Juan 16:23).

Jesús dijo además que enviaría a su Espíritu Santo para ayudarnos. El nombre de Jesucristo se convierte en la garantía de nuestros derechos. Podemos usar Su nombre sin titubear para que cualquier cosa salga bien. Cuando oramos en el nombre de Jesús pidiendo ser prosperados, el Espíritu Santo va quitando las espinas por nosotros. De modo que cuando invocamos el nombre de Jesucristo, equivale a poner en funcionamiento el más alto poder que hay en el cielo y en la tierra.

d. Resultados de la redención

¿Por qué Jesús quiso redimirnos pagando un precio tan espantoso, llevando una corona de espinas, soportando la agonía de ser clavado a una cruz y traspasado por una espada? Según está escrito, "... para que en Cristo Jesús la bendición de Abraham alcanzase a los gentiles, a fin de que por la fe recibiésemos la promesa del Espíritu" (Gálatas 3:14).

Jesús pagó nuestra deuda por el pecado para poder bendecirnos con las bendiciones que recibió Abraham. ¿Cuáles son las bendiciones de Abraham? El fue un hombre a quien se le imputó justicia por su gran fe. Por la fe abandonó su lugar de nacimiento, en obediencia a la promesa de Dios. Entonces las bendiciones de Abraham son: primeramente ser justificado por fe y recibir la salvación. Por añadidura Abraham se constituyó en manantial de bendiciones, como dice Génesis 12:2-3: "Y haré de ti una nación grande, y te bendeciré, y engrandeceré tu nombre, y serás bendición. Bendeciré a los que te bendijeren, y a los que te maldijeren maldeciré; y serán benditas en ti todas las familias de la tierra." Aparte de las bendiciones de descendencia, riqueza material y longevidad, las bendiciones de Abraham se convierten en fuente de bendición para otros también. Si somos bendecidos con las bendiciones de Abraham, aunque atravesemos pruebas y tribulaciones como Abraham, podemos vivir una vida sin privaciones.

Hemos visto que la cruz de Cristo Jesús nos redimió del castigo de la pobreza y la maldición. No solamente nos perdonó nuestros pecados, sino que también Jesús llevó los castigos del pecado. Hoy podemos pedir a Dios bendiciones y recibirlas. Pero para eso debemos preparar nuestro corazón.

El camino hacia una vida siempre próspera

Somos redimidos y rescatados de la condenación que siempre nos ha perseguido como el castigo que recibió Adán.

Satanás no puede ya amedrentarnos con acusaciones falsas. No tenemos que vivir en temor y ansiedad, como antes, ni tampoco apabullados como deudores. Nadie puede descargar sobre nosotros el castigo por el pecado. Ya nadie puede señalarnos con desprecio como una raza caída. Así que ¡levante su cabeza y alce sus ojos hacia el cielo! ¿No se da cuenta que su nombre está inscrito allí como hijo de Dios?

Somos los seres que deberían tener todo a su favor. Lo que nos queda por hacer es borrar la antigua imagen de nosotros mismos por la cual siempre nos hemos considerado en los aspectos negativos de oprimidos, despojados e indignos como castigo por nuestro pecado. En lugar de eso, debemos adoptar la nueva imagen. Ahora podemos exclamar:

- He sido hecho por Dios y soy su hijo; he nacido de nuevo por la sangre de Jesús; no le debo a nadie nada, excepto el amor al hermano como a mí mismo. He sido redimido del castigo por el pecado pues Jesús llevó una corona de espinas.

Algunas personas aun preguntan:

- ¿Qué más debemos hacer para gozar de las bendiciones de Dios? ¿Acaso la cruz de Cristo no ha cambiado ya nuestro rumbo?

Aunque se preparara una mesa con los manjares de todo el mundo, no tendrían sentido para nosotros si no los probáramos y gustáramos. Aunque cayera una lluvia al final de un tiempo de sequía, no podríamos llenar un recipiente vacío si no le quitáramos antes la tapa. De igual modo, Dios puede encargar Sus bendiciones para nosotros, prepararlas y servirlas, pero no podemos gustarlas si antes no nos disponemos a recibirlas. Si lo logramos, las disfrutaremos con acción de gracias.

Una condición esencial la constituye nuestro trabajo diario y por eso tiene un significado muy especial. Sin él no podemos abrir la puerta a las bendiciones sobre todas las cosas, si bien es tan sencillo como comer con una cuchara o conservar agua de lluvia levantando la tapa del depósito.

Veamos en detalle, una por una, las condiciones que se deben cumplir en lo relativo a nuestro trabajo.

a. La soberana autoridad de Dios y el diezmo

La ofensa irreparable que Adán cometió en su vida fue traspasar la soberana autoridad de Dios. No se pudo permitir a Adán vivir para siempre después de haber comido el fruto prohibido, pues una maldición pesa sin remedio sobre al que traspasa la soberanía de Dios. En consecuencia Adán fue maldito y desterrado del huerto, destinado a andar por el derrotero del dolor donde crecen cardos y espinas.

1. El árbol del conocimiento del mal en la actualidad

Probablemente usted se pregunte:

- El árbol del conocimiento del bien y del mal estaba en el jardín del Edén, pero no existe en el mundo presente, ¿no es así?

Ese árbol es aún más evidente a ahora, cuyo significado es aún que Dios tiene suprema autoridad. Su valor está a la vista aunque no veamos ese árbol corporalmente como en el paraíso.

Cuando aceptamos a Jesucristo como nuestro Salvador personal y El se ubica en el centro de nuestra vida, esa Fe que habita en nosotros es la manifestación de la soberana autoridad de Dios. Pero hay personas que se levantan contra esa autoridad, al negar a Jesucristo o al interpretarlo erróneamente. Una enseñanza falsa acerca de la redención de Cristo acarrea destrucción eterna a los que la enseñan y también a los que le prestan oídos y la siguen. Jesucristo es la representación viva de la soberanía de Dios y no debemos sobrepasar Su autoridad para que no caiga sobre nosotros la ira de Dios. El apóstol Juan dijo: "El que tiene al Hijo, tiene la vida; el que no tiene al Hijo de Dios no tiene la vida" (1 Juan 5:12).

Cuando una persona no tiene vida, está muerta. Cuando Adán tomó el fruto prohibido y lo comió, la sentencia de muerte cayó sobre él.

Por más espiritual que alguien parezca, si predica contrariamente a las Escrituras, esa persona es hijo de Satanás y está bajo el juicio de la ira si contradice la doctrina de que Jesús nació de una virgen, fue crucificado para la redención de todo el mundo, resucitó al tercer día, ascendió corporalmente al cielo, está a la diestra de Dios y regresará. Toda idea falsa acerca de Jesucristo es semilla sembrada por el espíritu del anticristo. Satanás intenta impedir que confesemos que Jesús es nuestro Señor y Salvador; lo que hace es engañarnos para que comamos la fruta prohibida de desacatar la supremacía de Dios. Está escrito: "Amados, no creáis a todo espíritu, sino probad los espíritus si son de Dios; porque muchos falsos profetas han salido por el mundo. En esto conoced el Espíritu de Dios: Todo espíritu que confiesa que Jesucristo ha venido en carne, es de Dios; y todo espíritu que no confiesa que Jesucristo ha venido en carne, no es de Dios; y este es el espíritu del anticristo..." (1 Juan 4:1-3).

También encontramos en Malaquías cómo Dios maldijo a los israelitas por desacatar la suprema autoridad de Dios en modo similar al desacato de Adán a la supremacía divina. Dice: "Desde los días de vuestros padres os habéis apartado de mis leyes y no las guardasteis. Volveos a mí, y yo me volveré a vosotros, ha dicho Jehová de los ejércitos. Mas dijisteis:

- ¿En qué hemos de volvernos?

- ¿Robará el hombre a Dios? Pues vosotros me habéis robado. Y dijisteis:

- ¿En qué te hemos robado?

- En vuestros diezmos y ofrendas. Malditos sois con maldición, porque vosotros, la nación toda, me habéis robado - " (ver Malaquías 3:7-9).

Por las palabras citadas vemos que la maldición en el paraíso y la maldición en la profecía de Malaquías sobrevinieron luego de dar la espalda a la autoridad suprema de Dios. En el jardín del Edén la maldición vino a causa de robar el fruto prohibido, y la de Malaquías a causa de robar el diezmo. Por eso el diezmo permanece aun como símbolo de la soberanía de Dios en el mundo material moderno, así como el árbol del conocimiento en el antiguo estaba en medio del huerto.

2. La tentación satánica de no diezmar

Para darnos cuenta más cabalmente de que el diezmo es un símbolo de la soberanía suprema de Dios, consideremos cómo Satanás se entremete en esto. Es el primer blanco de sus perversas jugadas. El tentó a Eva tenazmente hasta que ella finalmente cedió y comió el fruto del árbol del conocimiento. También incitó a Herodes al intento de asesinar a Jesús en cuanto llegó a este mundo. Satanás perseguía a Jesús por dondequiera que El iba entorpeciendo Su obra.

En la actualidad una enorme cantidad de cristianos encuentran difícil dar su diezmo a pesar de sus oraciones y lágrimas; es porque Satanás los cerca y les pone tropiezo con sus tentaciones. Con palabras engañosas nos tienta así:

- Como el diezmo pertenece a las antiguas tradiciones de la ley judaica, no nos compromete a nosotros los que vivimos en la dispensación de la gracia. Dios conoce tu pobreza, de manera que no está mal si postergas cumplir con el deber hasta poder enfrentar mejor el gasto. Luego podrás compensar tu descuido dando una doble porción de tu diezmo.

Este es el típico argumento que utiliza Satanás para impedir que diezmemos; me lleva a una más firme certeza de que el diezmo también simboliza la soberanía de Dios. ¿Es válido, entonces, el argumento de Satanás? Veamos primeramente el punto acerca de que el diezmo es una reliquia que conservamos de la antigua dispensación de la ley.

La ley fue dada por primera vez al pueblo de Israel a través de Moisés; sin embargo la Biblia refiere que 430 años antes de Moisés fue Abraham quien entregó sus diezmos:

"Entonces Melquisedec, rey de Salem y sacerdote del Dios Altísimo, sacó pan y vino y lo bendijo diciendo: Bendito sea Abram del Dios Altísimo, creador de los cielos y de la tierra, y bendito sea el Dios Altísimo que entregó tus enemigos en tu mano.

Y le dio Abram los diezmos de todo" (Génesis 14:18-20).

Más adelante nos relata la Biblia que Jacob, nieto de Abraham, fue bendecido en un sueño en el que ángeles subían y bajaban desde Dios. Cuando huyó de su casa a la casa del hermano de su madre para escapar de la ira de su propio hermano, juró que continuaría con la costumbre del diezmo: "E hizo Jacob voto, diciendo:

- Si fuere Dios conmigo y me guardare en este viaje que voy, y me diere pan para comer y vestido para vestir, y si volviere en paz a la casa de mi padre, Jehová será mi Dios. Y esta piedra que he puesto por señal será casa de Dios; y de todo lo que me dieres, el diezmo apartaré para ti" - (Génesis 28:20-21).

En el período del Nuevo Testamento, ¿acaso dijo Jesús que no era más necesario diezmar? ¿Está escrito en alguna parte de la Biblia que no nos ata más el compromiso de dar los diezmos por ser eso una reliquia acarreada de la dispensación mosaica que debe ser suspendida? Debemos percibir que ese argumento de que la obligación de diezmar sólo tenía vigencia durante la dispensación de la ley es una treta y tentación de Satanás para que afrentemos la soberanía de Dios. El mandamiento de Dios respecto del diezmo es la palabra del Dios viviente, y El es el mismo ayer, hoy y por siempre.

En segundo término analicemos la tentación de creer que podemos postergar este compromiso hasta estar en mejores condiciones económicas de cumplir. Satanás "no viene sino para hurtar y matar y destruir " (véase Juan 10:10), por eso en este caso su calculada mentira revela a las claras lo falso y detestable de su argumento. Satanás en realidad no quiere que prosperemos. El sabe que, si seguimos su consejo de postergar la entrega de nuestros diezmos, irá en aumento nuestra pobreza. No dice la Biblia que demos el veinte por ciento de nuestros ingresos. Lo que Dios quiere es el diez por ciento para darnos a cambio una vida próspera que resulta de aceptar el hecho de que la soberanía sobre el mundo material pertenece a Dios y de que debemos ser obedientes a El.

No nos engañemos: Dios no es tan pobre que necesite nuestros diezmos. El es el creador del universo, el que hizo los cielos y la tierra. Si quisiera, podría crear un nuevo mundo. Leemos en el Salmo 50.9-12: "No tomaré de tu casa becerros, ni machos cabríos de tus apriscos. Porque mía es toda bestia del bosque y los millares de animales en los collados. Conozco a todas las aves de los montes, y todo lo que se mueve en los campos me pertenece. Si yo tuviese hambre, no te lo diría a ti; porque mío es el mundo y su plenitud".

Satanás viene a nosotros como acusador de Dios. El tergiversó la voluntad de Dios en el jardín de Edén al decirle a Eva:

- No moriréis; seréis como Dios, sabiendo el bien y el mal - (véase Génesis 3:4-5).

Así en lo referente al diezmo Satanás nos deforma la imagen real de Dios para que parezca que El nos quita nuestro dinero para Sus propias necesidades. Si damos lugar al diablo y tomamos a la ligera la supremacía de Dios robándole en lo referente a los diezmos, viviremos permanentemente en la maldición. Nunca llegaremos a tanta abundancia como para dar dos diezmos de nuestros ingresos, y si lo hiciéramos, se nos tornaría muy difícil. Aunque seamos pobres y tengamos poco para dar, debemos igualmente devolver a Dios una décima parte, dejando de lado la situación que atravesemos, porque si somos pobres el diezmo es la condición para prosperar, pues la bendición de Dios se derrama sobre nosotros cuando reconocemos su autoridad en Su plan respecto a los diezmos.

3. El diezmo y la bendición sobre las cosas materiales

Diezmar es ofrecer un sacrificio agradable. Si obedecemos de este modo el resultado normal será ejercitar la fe en que Dios nos va a bendecir.

El encuentro entre Abram y Melquisedec, que ha quedado registrado para nosotros (véase Génesis capítulo 14), nos puede ayudar a comprender el plan de Dios en cuanto a los diezmos. El rey de Elam, Quedorlaomer, se parece a Hitler. Tomó más de cinco ciudades y obligó a los habitantes a pagarle tributo hasta que finalmente se levantaron contra él y, al desencadenarse la guerra, ganó el rey Quedorlaomer. Entonces llevó prisioneros a Lot y a su familia. Lot era sobrino de Abram, así que cuando le llegó la noticia salió con 318 siervos suyos y atacó de noche. Abram tuvo una gran victoria y rescató a Lot, su familia, sus siervos y todos sus bienes. Regresando a casa se encontró con Melquisedec, y fue entonces que Abram dio a Melquisedec la décima parte de todo lo conquistado en batalla. "Después de estas cosas vino la palabra de Jehová a Abram en visión, diciendo:

- No temas, Abram; Yo soy tu escudo, y tu galardón será sobre manera grande" - (Génesis 15.1).

Esta bendición fue prometida a Abram por haber diezmado. Su nombre fue luego cambiado a Abraham y él es no solamente padre de los judíos en lo concerniente a la descendencia de sangre, sino que en lo concerniente a la fe es padre de todos los que creen. Los que tienen ahora una fe semejante a la de Abraham reciben la misma bendición: "Sabed, por tanto, que los que son de fe, éstos son hijos de Abraham. Y la Escritura, previendo que Dios había de justificar por la fe a los gentiles, dio de antemano la buena nueva a Abraham, diciendo:

- En ti serán benditas todas las naciones.

De modo que los de la fe son bendecidos con el creyente Abraham" (Gálatas 3.7-9).éramos despojados de todo al ser prisioneros del diablo. Abraham salió y capturó todo lo que le había sido arrebatado por Quedorlaomer quien, en este pasaje bíblico, hace la función de Satanás. Y Abram aquí es nuestro representante de Cristo, porque mediante la fe en Cristo nosotros también hemos recuperado todo lo perdido. "Porque todo lo que es nacido de Dios vence al mundo; y esta es la victoria que ha vencido al mundo, vuestra fe. ¿Quién es el que vence al mundo sino el que cree que Jesús es el Hijo de Dios?" (1 Juan 5.4-5).

Melquisedec simbolizaba a Jesucristo. Leemos en Hebreos 6.20 que "Jesús entró por nosotros como precursor, hecho sumo sacerdote para siempre según el orden de Melquisedec."

Cuando creemos en Jesucristo llegamos a ser los vencedores que fueron trasladados desde la muerte, el infierno y la condición de esclavos del diablo, a la vida, el cielo y la condición de hijos de Dios, de la misma manera que Abraham venció en la batalla y recuperó todo lo que había sido arrebatado. No solamente que nos convertimos en vencedores, sino que también estamos en condiciones de participar de los sacramentos de la Santa Cena. Concluyendo: cuando diezmamos, la misma bendición que fue pronunciada sobre Abraham recae sobre nosotros.

Hay muchos cristianos en la actualidad que no disfrutan las bendiciones que están a disposición de todo creyente, y es porque no diezman. Cuando damos a Dios la décima parte, eso expresa nuestra fe en el Dios que da la bendición. Y ¿qué significan para nosotros la bendición y la confianza que recibió Abraham de parte de Dios? "Yo soy tu protector (o escudo). Tu recompensa va a ser muy grande" (Génesis 15.1 b. Ver V. P.)

En los tiempos de los acontecimientos bíblicos se usaba en batalla un escudo como protección para el cuerpo. Mientras vivimos en esta tierra nuestro enemigo, el diablo, nos trae tentaciones, tribulaciones, agonía y desdicha vez tras vez. Pero si le damos el 10%, Dios será nuestro escudo y nos hará vencer. No necesitamos preocuparnos si Dios es nuestro escudo y refugio. En el Salmo 121.5-6 también leemos:

"Jehová es tu guardador;
Jehová es tu sombra a tu mano derecha.
El sol no te fatigará de día,
Ni la luna de noche."

Podemos declarar nuestra fe con valor: "¿Quién nos separará del amor de Cristo? "¿Tribulación, o angustia, o persecución, o hambre, o desnudez, o peligro, o espada?... Antes, en todas estas cosas somos más que vencedores por medio de aquel que no amó" (Romanos 8.35 y 37).

La segunda parte de la reconfortante promesa que Dios le dio a Abraham era que su recompensa iba a ser muy grande, en otras palabras, "tu galardón será sobre manera grande" (Génesis 15.1). La paga que da el mundo de hoy es notablemente pasajera, si bien siempre han sido cambiantes las riquezas, la gloria y el honor del mundo; se perderá mañana lo que se gane hoy. "Toda carne es como hierba y toda la gloria del hombre como flor de la hierba. La hierba se seca y la flor se cae, mas la palabra del Señor permanece para siempre" (1 Pedro 1.24).

La recompensa prometida a Abraham por Dios no era de las que se herrumbran o ni son carcomidas. El mismo gran Señor que hizo el cielo y la tierra es nuestra recompensa y nos paga con abundancia y prosperidad. "Si Dios es por nosotros, ¿quién contra nosotros?" (Romanos 8.31 b). "No te desampararé, ni te dejaré" (Hebreos 13.5 b). "Yo estoy con vosotros todos los días, hasta el fin del mundo" (Mateo 28.20 b).

Si Abraham prosperó después de haber diezmado, los creyentes actuales seguramente deberían recibir las mismas bendiciones. "Traed todos los diezmos al alfolí, y haya alimento en mi casa, y probadme ahora en esto, dice Jehová de los ejércitos, si no os abriré las ventanas de los cielos y derramaré sobre vosotros bendición hasta que sobreabunde. Reprenderé también por vosotros al devorador y no os destruirá el fruto de la tierra, ni vuestra vida en le campo será estéril, dice Jehová de los ejércitos. Y todas las naciones os dirán bienaventurados; porque seréis tierra deseable, dice Jehová de los ejércitos" (Malaquías 3.10-12). Las bendiciones que serán derramadas sobre nosotros como consecuencia del diezmo no podrían estar escritas más certera y puntualmente que en este pasaje, el cual es exacto, pues Dios no puede mentir.

Una vez que reconozcamos la soberanía de Dios y le demos nuestros diezmos, debemos tener cuidado con varias cositas.

Primero: debemos entregar todos los diezmos. La cantidad debe ser precisa - una décima parte de lo que nos ingresa. Si nos tomamos la libertad de interpretar a gusto las indicaciones sobre los diezmos y entregamos una ofrenda como gratitud, o por ser domingo o a modo de beneficencia, no estamos entregando los diezmos. Un 10% debe permanecer intacto. Las demás ofrendas o contribuciones de caridad podemos darlas según nos guíe el Espíritu Santo.

Segundo: como está escrito: "... que haya alimento en mi casa". Los diezmos deben entregarse en la casa donde recibimos nuestro alimento espiritual, es decir, la propia iglesia; entonces si, siguiendo un capricho, tomamos los diezmos y lo enviamos a otro lugar o persona, no estamos aun reconociendo la soberanía de Dios del modo que nos revela Malaquías 3.10-12.

Dios nos prometió dos bendiciones si cumplimos las dos condiciones antedichas. Una es la bendición de protegernos del desastre. Aun contando con grandes ingresos, si se nos presenta una sucesión de reveses podemos llegar a una condición peor que si no tuviésemos ningún ingreso.

La otra bendición se refería a la fortaleza interior. Aunque ganemos mucho dinero, desaparece como el agua por el colador cuando nos golpea la enfermedad o la calamidad. Y no obtendremos lo que habíamos esperado por no haber entregado todos nuestros diezmos.

Diezmar es un acto de reconocimiento de la soberanía de Dios y un ejercicio de obediencia. Es la llave de fe por la cual abrimos la puerta a las bendiciones preparadas por Jesucristo para nosotros. Reconocemos la soberanía espiritual de Dios al aceptar a Jesús como nuestro Salvador; también reconocemos Su supremo poder sobre el mundo material al darle nuestros diezmos. Si somos obedientes también en esto, se deduce que las bendiciones de Dios nos alcanzarán y prosperaremos en todas las cosas.

b. Las leyes de las bendiciones materiales

Muchas veces Dios deseará darnos una bendición especial. Esta es una bendición con un determinado propósito. Recibimos la bendición de la abundancia para nuestra vida cuando entregamos los diezmos, pero cuando Dios nos da la bendición de la abundancia con un propósito especial, aplicamos la ley de las bendiciones materiales con fe. No es que diezmamos para recibir bendiciones; damos los diezmos como indicación de que reconocemos la soberanía de Dios y le obedecemos. Si aceptamos el plan de Dios dando a Su soberanía el debido reconocimiento mediante los diezmos, Él nos da una hermosa parcela y la bendice con frutos. Pero si con un propósito especial comenzamos algo nuevo, debemos seguir las normas siguientes para poder ser bendecidos nuevamente por Dios.

1. La ley de la siembra y la cosecha

Si, siguiendo la guía del Espíritu Santo, emprendemos un nuevo trabajo, podemos ejercitar al máximo nuestra fe con la ley de la siembra y la cosecha. La fe es como un grano de mostaza: la fe que no se siembra no produce nada, pero si se coloca en el suelo se hace un árbol y las aves se posan en sus ramas. "Pero esto os digo:

El que siembra escasamente también segará escasamente; y el que siembra generosamente, generosamente también segará.

Cada uno dé como propuso en su corazón: no con tristeza, ni por necesidad, porque Dios ama al dador alegre. Y poderoso es Dios para hacer que abunde en vosotros toda gracia, a fin de que, teniendo siempre en todas las cosas todo lo suficiente, abundéis para toda buena obra; como está escrito:

`Repartió, dio a los pobres;

Su justicia permanece para siempre.'

Y el que da semilla al que siembra, y pan al que come, proveerá y multiplicará vuestra sementera, y aumentará los frutos de vuestra justicia, para que estéis enriquecidos en todo para toda liberalidad, la cual produce por medio de nosotros acción de gracias a Dios" (2 Corintios 9.6-11).

¡Maravillosas palabras son estas! La semilla de la fe, si no es sembrada con alegría, no nos produce nada; es que en el instante en que depositamos nuestros bienes materiales, nuestra fe es liberada. Si tan sólo pudiéramos tener una fe como una semillita, ocurriría en nuestra vida el milagro de mover montañas. Jesús dijo: "Si tuviereis fe como un grano de mostaza, diréis a este monte: `Pásate de aquí allá', y se pasará; y nada os será imposible" (Mateo 17.20 b).

Jesús no exageraba al decir "nada os será imposible"; esta palabra promete y se cumplirá si tenemos fe como una semilla. Y tenemos esa clase de fe porque nos fue dada cuando reconocimos a Jesús como Salvador personal. Nos queda ahora la labor de sembrar: sembrar a costa de dinero, de tiempo y de nuestros cuerpos para que la semilla forme el capullo y el tallo desarrolle. Eso es fe. No dar con mezquindad ni por cumplir con una obligación sino de buen ánimo mientras nuestros corazones escuchan a Dios. Entonces El nos bendecirá; lo que se siembra en obediencia a Su dirección producirá abundancia.

2. La ley de la inversión

Implica invertir dinero para la obra de Dios bajo la dirección del Espíritu Santo. En el mundo secular la gente invierte y saca ganancias. De la misma manera, cuando los cristianos invierten en la obra de Dios se benefician con la bendición que Dios prepara para ellos. Esto lo dice claramente el apóstol Pablo: "... Ninguna iglesia participó conmigo en razón de dar y recibir, sino vosotros solos, pues aún a Tesalónica me enviasteis una y otra vez para mis necesidades. No es que busque dádivas, sino que busco fruto que abunde en vuestra cuenta. Pero todo lo he recibido, y tengo abundancia; estoy lleno habiendo recibido de Epafrodito lo que enviasteis; olor fragante, sacrificio acepto, agradable a Dios. Mi Dios, pues, suplirá todo lo que os falta conforme a sus riquezas en gloria en Cristo Jesús" (Filipenses 4.15-19).

Cuando invertimos en la obra de Dios, El nos recompensa en abundancia. Esa es la ley e la inversión: nosotros invertimos y El nos devuelve el 30%, al 60% o al 100%.

La Biblia nos habla mucho de personas que fueron bendecidas por haber aplicado la ley de la inversión. Entre otros ejemplos está la viuda de Sarepta y el muchachito que entregó a Andrés cinco panes y dos peces. Luego de la entrega de "un puñado de harina y un poco de aceite", la viuda protagonizó el milagro de salvarse ella y su hijo de la muerte por inanición. Esa porción de harina y aceite habían sido lo único que a la viuda le quedaba. No significaba mayormente una diferencia para ella esa comida porque de todas maneras no le quedaba más alternativa que morir de hambre. Y fue en esas circunstancias que recibió un incremento milagroso (1 Reyes 17.8-16).

Pedro puso como inversión para Jesús su barca, su tiempo y esfuerzo y recogió un cargamento hasta el tope de pescado. Jesús entró en la barca de Simón (Pedro) para enseñar a la muchedumbre. Simón, cansado, ya estaba lavando las redes pues había trabajado toda la noche pero no había pescado nada. Sin embargo, en obediencia a las palabras de Jesús se apartó un trecho de la orilla y esperó. Al rato Jesús le dijo que deberían lanzarse a alta mar y echar las redes como para aprovechar una correntada. Según la experiencia pesquera de Simón, la orden de Jesús iba contra el sentido común, porque en el Mar de Galilea el agua es tan clara que si uno echa la red a la luz del día los peces la ven y la esquivan. Aun así, invirtió en fe y como resultado atrapó tantos peces que las redes se rompieron. Eran los dividendos de la inversión hecha para Dios (ver Lucas 5.1-11).

El muchachito que ofrendó su merienda fue testigo del milagro que dio de comer a más de cinco mil hombres sin contar los muchos miles de mujeres y niños. Doce canastos de mendrugos sobraron. ¡Y todo lo que él había invertido para esa obra de Dios era cinco panes y dos pececillos! (ver Lucas 9.11-17).

Si con buen ánimo participamos y a la vez invertimos en la obra de Dios, El aceptará la ofrenda como algo agradable y satisfará nuestras necesidades abundantemente. El Señor no está en deuda con nosotros; no quiere deber nada a nadie. Quiere que nos amemos unos a otros. Cuando el Espíritu Santo nos indica que invirtamos para beneficiar a otras almas, nunca debemos titubear. Debemos invertir en la obra de Dios y vivir la experiencia del incremento que El nos otorga.

3. La ley del eco

La tercera ley por la cual podemos recibir una bendición especial se explica como la ley del eco. Si nos paramos sobre un monte y nos quedamos callados, no oiremos ninguna respuesta, en cambio si gritamos, el eco vuelve a nosotros como respondiendo. Así cuando hacemos algo que lleva gloria a Dios, regresa con la añadidura de Su bendición. A Dios no se le oculta ni se le escapa nada. La Biblia dice: "Dad, y se os dará; medida buena, apretada, remecida y rebosando darán en vuestro regazo; porque con la misma medida con que medís, os volverán a medir" (Lucas 6.38).

No dijo Dios que El nos devolvería tanto como le diéramos a El; lo que dijo fue que nos daría una buena porción y que la cantidad estaría calculada apretando bien el contenido y haciendo que quepa tanto como para que rebose.

A los que leen este libro les digo: Queridos hermanos, no den con mezquindad; den con alegría como el Señor los dirija. Den su vida a Dios y a su prójimo. Si nos aferramos a las cosas materiales o a nuestro tiempo, ambas cosas se nos deslizarán entre los dedos; por el contrario si damos a otros, las bendiciones vendrán sobre nosotros en aumento, como cuando una bola de nieve añade más cantidad al rodar.

Muchas personas se me acercan y me preguntan:

- Pastor, ¿cómo puedo enriquecerme?

Siempre les enseño la ley del eco. Es simple como ley, pero difícil de poner en práctica. Pero podemos encontrar muchos ejemplos de personas que en nuestra época triunfaron aplicando correctamente la ley del eco.

Andrés Carnegie, el famoso magnate del acero, llegó a ser multimillonario; sin embargo cuando emigró de Escocia hacia los Estados Unidos era casi un huérfano y ni siquiera había terminado la escuela primaria. Cuando instaló su empresa metalúrgica, a pesar de una serie de dificultades, conocía bien la ley del eco. Su sueño era poder proporcionar trabajo a mucha gente y enseñar a sus empleados a tener cuentas bancarias propias. Su meta era cimentar una fortuna para poder repartirla. Eso era la ley del eco puesta en práctica y con el tiempo lo convirtió en el magnate del acero de su siglo.

Henry Ford, pionero de la industria moderna del automóvil, también estaba interiorizado de la ley del eco. Su motivación era cómo fabricar el mejor automóvil al más bajo precio para que la mayor cantidad de personas pudiera adquirirlo. Soñaba con poner a los pies de los americanos ruedas poco costosas. Su idea produjo ondas que le trajeron de vuelta ecos que llegaron a hacerlo millonario.

Estas experiencias del mundo de los negocios también ilustran el principio espiritual: si queremos bendiciones de Dios, debemos primeramente deshacernos de la vida egoísta. Si hago un beneficio que le traiga bendición a otro, la ley del eco producirá el retorno de la bendición con un incremento del 30%, 60% o 100%. No podemos considerar nada propiamente nuestro en este mundo, pero cuando aprendemos a ayudar o bendecir a otros con lo que tenemos, el beneficio redundará sobre nosotros llegando a ser nuestro. He ahí la ley del eco.

Hasta aquí nuestro análisis del secreto de la prosperidad. Cuando lo pongamos en práctica y lo hagamos la norma de nuestra vida, la bendición de la abundancia y la prosperidad será vertida sobre nosotros como el agua que fluye de una fuente. Y si no preparamos una vasija para recibir esas abundantes bendiciones, no las podremos obtener a pesar de haber tomado bien en serio la práctica de esta ley.

La vasija es el corazón. Mostraremos las actitudes que llevan al fracaso con la esperanza de ayudarles a evitar los pozos en el camino hacia la prosperidad.

Actitudes interiores
que conducen al fracaso

"Sobre toda guardada, guarda tu corazón, porque de él mana la vida."

Dios, el Señor, es nuestro Padre, el creador de las raíces mismas de nuestra existencia, la causa de nuestro vivir y la fuente de todas las cosas. "En el principio era el Verbo, y el Verbo era con Dios, y el Verbo era Dios" (Juan 1.1).

"Pero la justicia que es por la fe dice así: No digas en tu corazón: ¿Quién subirá al cielo? (esto es, para traer abajo a Cristo); o: ¿Quién descenderá al abismo? (esto es. para hacer subir a Cristo de entre los muertos). Mas ¿qué dice? Cerca de ti está la palabra, en tu boca y en tu corazón. Esta es la palabra de fe que predicamos: que si confesares con tu boca que Jesús es el Señor, y creyeres en tu corazón que Dios le levantó de los muertos, serás salvo" (Romanos 10.6-9).

Dios, el origen de nuestras vidas, mora en nuestros corazones por medio de la Palabra. No es solamente Dios de los judíos ni tampoco Dios de los que vivieron hace dos mil años; no es la deidad remota que no quiere tener nada que ver con nosotros hasta una fecha prefijada para el futuro. Dios es el Señor que habita en nuestros corazones en este mismo instante, hoy,. ¡Cada uno de nosotros es el templo de Dios por medio del Espíritu Santo! Como está escrito en la Biblia: "¿No sabéis que sois templo de Dios, y que el Espíritu de Dios mora en vosotros?" (1 Corintios 3.16).

Los que hemos sido lavados por la sangre de Jesús no sólo hemos sido elegidos como el pueblo de Israel, sino que llevamos en el corazón al Espíritu Santo mismo, el que estuvo en el Edén, el que moraba en el tabernáculo en tiempos de Moisés y estaba en Jesucristo durante su paso por la tierra. El lugar donde está Dios, sea donde fuere, es el cielo. Cuando Dios vive en nuestro corazón, nuestro corazón se hace cielo. "... el reino de Dios está entre vosotros" (Lucas 17.21 b).

Y porque el reino de Dios está en nuestro corazón, deberíamos disfrutar el gozo del cielo en esta vida, incluyendo la comida y el vestido. Esa es la vida próspera. Para poder prosperar, Dios debe estar en nuestro corazón. Luego también llevaremos fruto: "Yo soy la vid, vosotros los pámpanos; el que permanece en mí, y yo en él, éste lleva mucho fruto; porque separados de mí, nada podéis hacer" (Juan 15.5).

Siendo que nuestros corazones son vasijas, a menos que estén limpias el reino de Dios no puede habitar en medio nuestro. La santidad y la pureza son atributos de Dios. Si entristecemos al Espíritu Santo por no mantener puro nuestro corazón, no morará en nosotros Dios ni llevaremos el fruto de la prosperidad.

¿Y cómo saber si nuestro corazón es puro? Es algo muy difícil de sondear. Como dice el dicho coreano: "Difícil es sondear mentes y corazones humanos". Luego ¿cómo averiguar si nuestro corazón está puro? Nuestras palabras pueden dar la medida de nuestra pureza, porque nuestros pensamientos, los cuales reflejan el contenido del corazón, se expresan a través de la boca vestidos del ropaje de las palabras.

Escrito está que al ver Dios el mundo que había creado por la Palabra de Su boca lo consideró "bueno". Esto demuestra que el pensamiento y el corazón de Dios era bueno. El hombre fue creado a imagen de Dios. Así también se manifestará la condición de nuestro corazón a través de lo que decimos. La boca es la medida de la salud de la mente. "Ninguna palabra corrompida salga de vuestra boca, sino la que sea buena para la necesaria edificación, a fin de dar gracia a los oyentes" (Efesios 4.29). Además nos dice la Biblia que "la lengua es un miembro pequeño, pero se jacta de grandes cosas" (Santiago 3.5).

Si transmitimos la gloria de Dios, podemos tenerle a El junto con Su salvación, bendiciones y vida. Debemos tener mucho cuidado y cautela con lo que decimos y no permitir que palabras "corrompidas" emerjan de nuestra boca. Satanás ingresa a nuestro corazón por medio de lo que decimos y luego se instala. Como nuestro corazón es una vasija, podemos decidir qué contenido tendrá. Debemos elegir con precaución.

Analizaremos a continuación las cosas que acarrean enfermedad al corazón.

a. Odio

Una de las cosas que conducirán hacia el fracaso es el odio. Es la causa de actitudes negativas; nos conduce a celos o envidias que obstaculizan el camino para la respuesta de Dios a nuestras oraciones. El odio nos lleva a la cárcel del "yo" deteniendo el crecimiento en nuestra vida de fe. Jesús resaltó la necesidad de deshacernos del odio cuando dijo: "Y cuando estéis orando, perdonad si tenéis algo contra alguno, para que también vuestro Padre que está en los cielos os perdone a vosotros vuestras ofensas. Porque si vosotros no perdonáis, tampoco vuestro Padre que está en los cielos os perdonará vuestras ofensas" (Marcos 11:25-26). El odio es una de las actitudes negativas que se tornan en impedimento a la gracia de Dios. Muchos cristianos se me acercan y me dicen:

- Pastor, yo asisto a las reuniones de oración, de ayuno y de vigilia, sin embargo no hay respuesta. ¿Qué puedo hacer para que Dios me conteste?

Cuando examino los detalles de sus problemas, siempre encuentro que no se llevan bien con los que están más próximos a ellos: desavenencia en las parejas, desacuerdo entre padres e hijos, conflictos con los vecinos - corazones que se llenaron de odio.

Anterior a toda acción humana está el proceso del pensamiento en la mente del que va a actuar. Si yo abrigo odio, ese sentimiento se transmite a mi mente. Por lo tanto, antes de maldecir a alguien surge en mi mente la idea de maldecir. Entonces, primeramente mi corazón se oscurece con el odio y la maledicencia. Luego, no puedo recibir respuesta a mi oración aunque haya sentido confianza al orar en fe a Dios y la haya confesado con mi boca.

Dios es luz; no hay en El nada tenebroso. El corazón de Dios rebosa de todo lo positivo: fe, esperanza y amor. Si nuestro corazón alberga pensamientos negativos como el odio, la maledicencia y el rencor, no puede morar Dios en el templo de nuestro corazón sino que se aleja de nosotros y no podemos recibir nada de El, por intenso que sea nuestro ruego.

Donde hay odio la consecuencia será la destrucción y la muerte. Jesús, cuando viajó por última vez a Jerusalén para ser crucificado, visitó a María y Marta que vivían con Lázaro, su hermano, en Betania. En esa ocasión María quebró un vaso de alabastro que contenía un ungüento de nardo y lo derramó sobre los pies de Jesús secándolos luego con su cabellera. La casa se llenó del aroma del perfume. Jesús estaba frente a la cruel muerte de cruz que lo esperaba a los pocos días, por eso el gesto de María le resultó reanimante. Todos los que estaban allí y vieron la escena sintieron su corazón desbordar de amor e indescriptible santidad. Ninguna persona reprochó a María por haber actuado así, excepto Judas Iscariote; él sentía odio. Este la reprendió con un tono de voz lleno de sarcasmo y rabia. Dice Juan 12:5, preguntó:

- ¿Por qué no fue este perfume vendido por trescientos denarios y dado a los pobres?

Entonces algunos discípulos se sumaron reprochando a María. Pero Jesús, según Mateo 26:10-13, aprobó a María:

- Ha hecho conmigo una buena obra, porque siempre tendréis pobres con vosotros, pero a mí no siempre me tendréis. Porque al derramar este perfume sobre mi cuerpo, lo ha hecho a fin de prepararme para la sepultura. De cierto os digo que dondequiera que se predique este evangelio, en todo el mundo, también se contará lo que ésta ha hecho, para memoria de ella.

Aun más se sintió confortado Jesús al poder decir palabras de aprobación acerca de María. Pero justamente eso hizo que aun más la odiara Judas Iscariote, y ese odio incluyó a Jesús también. Más adelante entregó a Jesús por dinero y después de eso se suicidó a causa de la agonía de la culpa que pesaba sobre su conciencia. Cuando el odio entra en el corazón produce actitudes tan negativas que el pensamiento, el habla, la vista y el oído de la persona se vuelven tan parciales que se queda sin bendición y la tribulación lo inunda al punto de poder acabar con él.

Las atrocidades que Hitler cometió en la Segunda Guerra Mundial procedían del odio. Cuando él era pequeño su padre viajaba con frecuencia por razones de negocios. Su madre vivía un romance prohibido, durante los largos períodos en que su esposo estaba ausente, con un judío que vivía en la vecindad. El odio hacia el hombre que era el amante adúltero de su madre hervía en el corazón del joven Hitler. Cuando llegó al poder, un odio ciego se había acumulado en él y estalló llevándolo a sacrificar seis millones de vidas judías en el altar de su odio. Después se eliminó a sí mismo.

El odio realiza la tarea de robar, matar y destruir todo lo que toca. Se reviste de las características de Satán y se goza en la desdicha de sus víctimas. Sin embargo, la parte más devastadora del odio es la auto-destrucción, pues cuando una persona abriga el odio dentro de sí, se torna negativo y así se convierte en la primera víctima de su odio. Como leemos en la Biblia: "El corazón apacible es vida de la carne; mas la envidia es carcoma de los huesos" (Proverbios 14:30).

Si no nos despojamos del odio, no podemos esperar recibir respuesta a nuestras oraciones, ni tampoco el éxito en nuestra vida. "Así que, si tu enemigo tuviere hambre, dale de comer; si tuviere sed, dale de beber" (Romanos 12:20 a); "... yo os digo: Amad a vuestros enemigos" (Mateo 5:44 a).

No es para beneficio de nuestros enemigos que Jesús nos dijo que los amáramos. Es porque si los odiamos, nosotros llegamos a ser las víctimas. Jesús quería que fuésemos bendecidos y prosperados. El no maldijo a Sus enemigos, ni aun cuando estaba sangrando y muriendo sobre la cruz. El oró: "Padre, perdónalos, porque no saben lo que hacen" (Lucas 23:34).

El odio es el elemento número uno para acarrear el fracaso a nuestra vida. Debemos agotar nuestros mayores esfuerzos para impedir que se apodere de nuestro corazón esta emoción desastrosa.

b. Ira

La número dos entre las actitudes interiores que nos lleva al fracaso es la ira. Es una emoción destructiva que suspende los procesos de pensar y va tan lejos que oprime los vasos sanguíneos del cuerpo entero provocando ataques cardíacos. Tiene poder para destruirnos en muy poco tiempo.

Un famoso cirujano y anatomista inglés, John Hunter, sostenía que la ira tenía poder para destruir a quien la abrigara. Estaba defendiendo su tesis acerca de este tema en un seminario de medicina cuando se involucró en una discusión; se inflamó a tal punto su furor que sufrió un ataque al corazón y murió instantáneamente. La Biblia enseña que el enojo rebaja el carácter de un hombre y lo vuelve ignorante: "La cordura del hombre detiene su furor, y su honra es pasar por alto la ofensa." "El que tarda en airarse es grande de entendimiento, mas el que es impaciente de espíritu enaltece la necedad." "Deja la ira y desecha el enojo; no te excites en manera alguna a hacer lo malo." (Proverbios 19:22; 14:29 y Salmo 37:8)

Nuestro furor acaba por lo general en algo malo, pero Dios acompaña a aquel que evita el mal. Cuando el pueblo de Israel avanzó hacia la tierra de Canaán conducido por Moisés, se topó con una gran dificultad al no conseguir agua en el desierto. De eso se quejaron a Moisés con amargura. El se enojó con el pueblo y les dijo:

- ¡Oiganme, rebeldes! ¿Quieren que haga salir agua de esta peña? - y movido por la cólera golpeó la roca con su vara dos veces.

En efecto, el agua brotó con fuerza de la peña para satisfacer la sed de los hijos de Israel, pero Dios no estaba contento con Moisés y les dijo a él y a su hermano:

- Por no haber creído en mí para que yo sea santificado ante el pueblo, ustedes no serán los que introduzcan a la congregación en la tierra que les daré, - (véase Números 20:10-12).

El enojo de Moisés efectivamente eclipsó la santidad de Dios; su castigo fue que Dios no le permitió entrar en la tierra que había prometido. Así actualmente también algunas personas quedan excluidas de la tierra prometida de la bendición porque permiten que su enojo esconda como con una mascara la santidad de Dios, "porque la ira del hombre no obra la justicia de Dios" (Santiago 1:20).

La ira es una emoción negativa que bloquea el torrente de la bendición de Dios. Es una pasión muy destructiva. El enojo causa la separación en los hogares, en las amistades, en la relación con los vecinos y quebranta la salud también. Debemos librarnos de esta fuerza destructiva.

Primero, cuando nos enojamos debemos intentar cantar alabanzas. Cuando cantamos al Señor el Espíritu Santo obrará la paz dentro de nuestro corazón y apaciguará el enojo que nosotros mismos no podemos calmar.

Segundo, cuando uno se enoja debe hacer una pausa y decir: "Postergaré este enojo por sólo veinte minutos." El diablo es impaciente; el Espíritu Santo no lo es. Esperando veinte minutos el enojo puede desaparecer por completo y la paz vendrá en su lugar, añadiéndose la conciencia de haber obrado bien.

Tercero, cuando el enojo sea furioso, trate de entender la causa u orientación que lleva esa pasión. A menudo es la consecuencia de un criterio centrado en uno mismo. Si comprendemos la razón de nuestro enojo, quizá desaparecerá y todo volverá a la calma.

Si podemos evitar el enojo, el Espíritu Santo morará en nuestros corazones en paz y traerá frutos abundantes en nuestra vida.

c. Codicia

La actitud interior de codicia nos hace amar a alguna otra cosa más que a Dios. Si la codicia se mete en nuestro corazón, las bendiciones del cielo no nos son entregadas sino que, por el contrario, la ira de Dios viene sobre nosotros, pues la codicia no es otra cosa que idolatría: ""Haced morir, pues, lo terrenal en vosotros: fornicación, impureza, pasiones desordenadas, malos deseos y avaricia, que es idolatría; cosas por las cuales la ira de Dios viene sobre los hijos de desobediencia" (Colosenses 3:5-6).

No debemos confundir nuestra codicia interpretándola como una visión de Dios que nos llevará a obtener nuestros propios deseos o metas. La codicia es una cosa distinta de un preanuncio. La codicia es un deseo egoísta, es querer tener la posición que otra persona ha alcanzado, o sus posesiones o su lugar en la vida. Pero también está la codicia en nuestro corazón cuando amamos a una persona, aun nuestros hijos, posesiones o trabajo más que a Dios. La codicia busca la satisfacción del propio ser en forma avara, mientras que cuando Dios fija en nuestro corazón una visión eso mismo lleva a la persona a glorificar a Dios con todas sus fuerzas a medida que trabaja y ora para concretar esa visión en una realidad. El diablo siembra la codicia en nuestro corazón para robarnos la bendición de Dios y, a la larga, matarnos. Una de las razones por las cuales algunos hombres de negocios no tienen éxito en sus emprendimientos es la codicia. Si una empresa va bien, a veces el empresario se vuelve codicioso y extiende el negocio más allá de su capacidad, atrayendo así la ruina sobre sí mismo. Por lo tanto, todo lo que comienza con una motivación avara fracasa inevitablemente porque el Espíritu Santo no puede participar de eso.

La codicia penetra en la vida de uno en varias etapas. La primera es el orgullo. Este es la consecuencia de un amor desmedido por uno mismo el cual nos lleva a olvidar el deber de amor hacia Dios. Eso tuvo origen en Satanás. El hombre orgulloso se erige delante de Dios y satisface un deseo desordenado de hacerse el ídolo de sí mismo. Dios no puede soportar al orgulloso ni andará en su compañía.

La segunda etapa es la mentira. La gente calumnia a los demás y así se exalta a sí misma, todo por satisfacer su codicia. El que engaña con facilidad es un hombre de corazón avaro. La Biblia pone de manifiesto una y otra vez que Dios ama la rectitud y la honradez. Una persona mentirosa no puede tener a Dios como compañero.

La codicia le acarreó a Adán una sentencia de muerte y lleva a un sinnúmero de mortales a sufrir el juicio de Dios; mancha de sangre a la historia humana. La codicia hace su obra en la actualidad causando en las iglesias divisiones, contiendas y destrucción. Si queremos a Dios en medio nuestro, debemos ser totalmente libres de esta actitud interior de codicia.

d. Perfeccionismo

Si durante toda la vida nos aferramos a un ideal de perfección insistiendo que todos los que nos rodean alcancen el nivel que nosotros hemos establecido, no podremos evitar el fracaso en nuestra propia familia, ni en nuestra vida social.

- Yo soy el mejor, así que todos deben hacer las cosas como yo.

Si nos dedicamos a insistir en algo así, eso nos separará de todo. El verdadero goce de la vida se encuentra en aceptar a amigos y parientes, tolerando su manera de ser con una actitud amplia.

Jesús también enseñó el importante papel que desempeña la comprensión en el caso de la mujer detectada en adulterio (véase Juan 8:3-11). Los fariseos y maestros de la ley que aparecen en este relato eran unos perfeccionistas que juzgaban todo con la medida de su ley. No tenían capacidad para comprender a la infeliz mujer; sólo tenían ojos para el acto criminal que había quebrantado la ley. Ese tipo de persona juzga todo de acuerdo con su ley, por eso siempre condena a otros señalando sus defectos.

Jesús se compadeció de esa mujer; no la vio a la luz de la ley sino a la luz de la misericordia. El veía el camino que había

recorrido antes de llegar al punto de cometer semejante pecado. También veía lo que llegaría a ser en el futuro como mujer
renacida. Como dice en Juan 3:17: "Porque no envió Dios a su
Hijo al mundo para condenar al mundo, sino para que el mundo sea salvo por El."

Nuestra visión del mundo que nos rodea varía enorme-
mente según sea positivo o negativo nuestro punto de vista. Si
vemos todas las cosas y personas con ojos de misericordia,
considerándonos a nosotros mismos como si hubiésemos estado en la situación mencionada y Jesús nos hubiera perdonado,
perdonaremos los errores de los demás y aceptaremos a las personas tales como son. Aun más, sabremos sobrellevar sus defectos y cargas. Si vivimos con compasión hacia otros,
comprendiendo y tolerando, habrá resultados constructivos y
productivos en nuestra propia vida. Nosotros somos pecadores; hemos sido perdonados por Dios y ahora lo servimos de la
mejor manera posible.

En Parque Nacional de Yellowstone en los Estados Unidos
los animales silvestres viven en libertad. Todos los días se acercan a comer a los bañados: lobos, zorros, comadrejas... Cuando aparece un oso en la escena, todos se apartan y lo observan
mientras come. Los osos son tan enormes y feroces que todos
los demás animales les temen - excepto el pequeño zorrino. Este puede comer al lado mismo del oso sin que éste siquiera le
preste atención. El pequeño zorrino no puede desafiar al oso
con sus fuerzas, sin embargo el oso sabe que, si hace un solo
gesto de agresión, el zorrino despedirá un hedor muy desagradable que quedará en la piel del oso por mucho tiempo; eso hace que el oso simule no ver al zorrino. Notamos que aun el
torpe oso tiene la sabiduría necesaria como para evitar lo que
es desagradable.

Hay muchas personas que viven en su auto-justificación;
eso los lleva a peleas por asuntos que suelen carecer de importancia. Este tipo de conflicto debe ser evitado por amor a
la paz. Se parecen en algunos aspectos a la mofeta o zorrino.

Después de tomar parte en un problema, sienten en sí mismos las consecuencias de la separación y de ello resulta la soledad. El perfeccionismo no es un atributo de Dios. Si El juzgase al mundo a la luz de la perfección, no habría ninguno que quedase en pie delante de El, pues no hay sobre la faz de la tierra ningún ser perfecto.

Debemos abandonar la actitud del ser impecable para poder, con Dios en nuestro corazón, llevar fruto, entre los cuales se incluye la prosperidad.

e. Conciencia acusadora

Otra tendencia al fracaso se encuentra en una conciencia intranquila. Es natural sentir esto si cometemos algo contra la ética o las reglas de la sociedad; si pecamos contra Dios, debemos sentir remordimiento. Volvemos a vivir cuando aceptamos a Jesucristo como Salvador; ya como cristianos, al mantener constantemente nuestra comunión con Dios, podemos saber siempre si Dios está conforme con nosotros o si lo entristecimos. Sabemos que cuando pecamos la presencia de Dios se desprende de nuestro corazón y el único camino para reanudar la comunión con El es el arrepentimiento.

Cuando confesamos nuestros pecados estando sinceramente arrepentidos, Dios los perdona y quita nuestra culpa devolviendo a nuestro corazón el gozo y la paz. Pero si seguimos oprimidos por una conciencia que se siente continuamente culpable, entonces es que hemos caído víctimas de Satanás, nuestro enemigo.

Para ser libres de esta conciencia de culpa, debemos limpiarla de pecados pasados, también nosotros perdonarnos a nosotros mismos y luego olvidar.

Aquellos cristianos que no se sienten libres de culpa, a raíz de pecados cometidos antes de su nuevo nacimiento espiritual, necesitan la liberación de todo residuo de culpa con el cual le encanta a Satanás aplastarnos. La Palabra de Dios nos dice que "si confesamos nuestros pecados, él es fiel y justo para perdonar nuestros pecados y limpiarnos de toda maldad" (1 Juan 1:9); "y nunca más me acordaré de sus pecados y transgresiones. pues donde hay remisión de éstos, no hay más ofrenda por el pecado" (Hebreos 10:17-18).

Al hombre le es imposible perdonar y olvidar fácilmente el pecado. Sólo la preciosa sangre de Jesús puede lavar nuestros pecados y borrarlos de nuestra memoria. Una conciencia culpable no nos dejará acercarnos a Dios.

Al comenzar a pastorear mi primera iglesia, luego de graduarme del seminario, yo ya había sido llenado con el Espíritu Santo y me sentía realmente bien, contento de permanecer en Jesucristo. Pero cierta vez me vi envuelto en una riña y entonces sentí que me había salido de la voluntad de Dios. Solía caer de rodillas arrepentido y, por medio de la confesión, se restauraba la libertad en mi espíritu. Entonces volvía a la dulce comunión con mi Señor. Sin embargo, a la mañana siguiente sentía por alguna razón que no había logrado todavía una correcta relación con Dios. Mi espíritu se sentía pesado por causa de las subidas y bajadas en mi vida hasta que llegó el punto en que no podía soportarlo más y clamé al Señor para que me diera una solución a mi problema.

- Señor, quiero estar en comunión contigo todo el tiempo. No permitas que me sienta comunicado una hora e incomunicado a la siguiente.

Entonces el Espíritu Santo me dijo:

- ¿Cuánto tiempo oraste para poder recibir el apellido Cho?
- Nunca elevé semejante oración, Señor.
- Entonces, ¿cómo lo recibiste?
- Nací dentro de la familia Cho.
- ¿Has nacido otra vez al creer en Jesús como tu Salvador?
- Sí.
- Dijiste que habías nacido en la familia Cho, ¿no es cierto?
- Sí.
- ¿Sería posible que tu apellido fuera Cho cuando estás contento y que cambiara cuando no estás contento?

No respondí nada. Continuó:

- Así como tu apellido es Cho sin importar cómo te sientes, si naciste de nuevo como hijo de Dios al creer en Jesús como Salvador, eres un hijo de Dios siempre y miembro de Su familia, no importa si "sientes" o no que lo eres.

Tampoco respondí esta vez. Pero al escuchar esas palabras se resolvió mi conflicto y pude comprender la Escritura que dice: "Mas por él estáis vosotros en Cristo Jesús, el cual nos ha sido hecho por Dios sabiduría, justificación, santificación y redención" (1 Corintios 1:30).

Si tenemos a Jesús morando en nosotros como nuestro Salvador, siempre estamos en comunión con El. Al ser Cristo crucificado, nosotros fuimos también crucificados. Cuando El fue sepultado en la tumba, nosotros fuimos sepultados con El, y cuando él resucitó, nosotros fuimos resucitados con El. En la cruz dejamos clavados todos nuestros pecados. La Biblia nos dice claramente: "Ahora, pues, ninguna condenación hay para los que están en Cristo Jesús..." (Romanos 8:1).

Jesús cargó sobre la cruz nuestras culpas. Ahora ya no puede haber condena para los que están en Cristo. Por el hecho de ser seres humanos, cometemos pecados a veces, pero el arrepentimiento nos restaura; no hay por qué recibir la condenación.

Una conciencia que carga con una culpa es un tremendo peso que puede destruir nuestra vida. Nos trae tristeza, depresión, y nos roba el valor y la esperanza. Nos impide recibir la gracia de Dios. Debemos aplicar el remedio a nuestra conciencia culpable para ser libres en Cristo.

f. Temor

Podemos llamarle preocupación, ansiedad o temor, pero es otro de los estados emocionales negativos que nos acarrean fracaso.

Un miedo normal está bien y es apropiado. Por ejemplo, el miedo al fuego nos hace cautelosos cuando encendemos una llama; el miedo a los automóviles nos hace observar las normas de tránsito; el miedo al castigo nos ayuda a cumplir con las leyes de un país. Pero no es conveniente que tengamos ansiedad o miedo de las cosas que no pueden hacernos daño.

Si estamos intranquilos en el corazón, no podemos ser felices ni equilibrados. Cuando una persona que sufre de ansiedad llega a su propia casa, vienen con él las quejas y la amargura. Por dondequiera que vaya esa persona desdichada, le sigue la nerviosidad como una reacción en cadena.

Un gran número de personas viven entre nosotros con temor y desesperación constantes. Cuando se hacen muy intensos esos sentimientos, el miedo hace presa de los corazones de modo que todo lo que ven y oyen sea totalmente negativo. El temor causa un estado de atrofia en la mente y en el cuerpo provocando enfermedades.

Un médico de la renombrada clínica Mayo, el Dr. Walt Clement Alberts, dio a conocer un informe de que todos los trastornos gástricos comienzan con la intranquilidad emocional.

Otro famoso estadounidense que difundió la filosofía del éxito fue Napoleón Hill. El hizo notar siete tipos de temor que destruyen al hombre. El más difundido es: 1) el temor a la pobreza; 2) el temor a la crítica; 3) el miedo a la enfermedad; 4) el miedo a la pérdida de cariño (porque el amor es tan esencial como el alimento, dado que el hombre tiene alma); 5) el miedo a la vejez (temor de ser desplazado); 6) temor a la pérdida de la libertad (éste se acrecienta en personas que han vivido durante una guerra); 7) miedo a la muerte.

¿De dónde vienen temores como esos? Cuando Adán comió del fruto prohibido, se dio cuenta de que estaba desnudo y se ocultó entre las plantas del huerto porque sintió vergüenza. Cuando Dios buscó a Adán y le preguntó por qué se escondía, Adán le respondió, según Génesis 3:10:

- Oí tu voz y tuve miedo, porque estaba desnudo, y me escondí.

Adán comió el fruto prohibido esperando probablemente que le fuesen abiertos los ojos y que de pronto se volviera un dios. Tuvo deseos de vivir independientemente, libre de Dios y de Su tutela. Pero cuando en realidad se despegó de Dios al comer del árbol prohibido, la primera cosa que lo invadió fue la vergüenza. En vez de un futuro brillante, descubrió su cuerpo. Esta vergüenza original nunca más pudo ser disimulada, excepto cuando Dios la cubre con su gracia. Lo que Adán vio en su desnudez fue un masacote de barro que se había quebrado.

A continuación, Adán fue preso de tal miedo que no podía vivir solo en la quietud del bosque ni por una hora. Ahora temía a la naturaleza circundante y al futuro. Estaba asustado; había perdido su tranquilidad. En el medio natural en que vivía había un cambio inmediato y amenazante. Los animales, que habían sido mansos y dóciles, se volvieron feroces; el hermoso jardín se transformó de repente en un sitio hostil.

El miedo de Adán indicaba que el amor y el cuidado de Dios se habían alejado. Mientras continuara viviendo con temor, no podría morar en su corazón el amor, la fe y la esperanza en Dios.

Además inevitablemente viene la ira de Dios. Como lo dice la Biblia: "En el amor no hay temor, sino que el perfecto amor echa fuera el temor; porque el temor lleva en sí castigo, de donde el que teme no ha sido perfeccionado en el amor" (1 Juan 4:18).

El temor es el resultado de la opresión del diablo. Los que le tienen miedo a sus amenazas son idólatras. El diablo siempre roba, mata, destruye y no tiene parte alguna en la bendición. Aquellos que son oprimidos por Satanás aquí en la tierra tienen como idea dominante esquivar sus daños. ¡El miedo es un tormento!

Dios no puede obrar con una persona llena de miedo. Cuando el pueblo de Israel salió de Egipto y llegó a Cades-Barnea, ya cerca de la tierra de Canaán, Moisés eligió a doce hombres y los envió a inspeccionar la tierra. Al regresar, diez de los hombres presentaron un informe pleno de temor. Decían: "El pueblo que habita aquella tierra es fuerte y las ciudades muy grandes y fortificadas; ... No podremos subir contra aquel pueblo, porque es más fuerte que nosotros; ... y todo el pueblo ... son hombres de grande estatura,... gigantes, y éramos nosotros a nuestro parecer como langostas, y así les parecíamos a ellos" (véase números 13:28-33).

En este informe encontramos la misma imagen del Adán caído. A pesar del hecho de que todos sus alimentos, vestidos y albergue les había sido provisto milagrosamente hasta ese día por la bondad de Dios, en el momento más crítico se colocaron en esa postura negativa:

- No podremos contra aquel pueblo.

Cuando el ser humano se planta en demanda de su independencia de Dios, no puede evitar el temor. No obstante confiaban en Dios dos de ellos, Josué y Caleb, los cuales valientemente dijeron:

- La tierra por donde pasamos para reconocerla es tierra en gran manera buena. Si Jehová se agradare de nosotros, El nos llevará a esta tierra y nos la entregará, tierra que fluye leche y miel... (véase Números 14:7-8).

Todos los exploradores daban fe de que la tierra era buena. Sin duda regresaron con la prueba de ello: trajeron un gajo con un racimo de uvas tan enorme que debía ser llevado entre dos hombres sujetando cada uno un extremo. Por el contrario los otros diez exploradores se habían asustado. Ellos sólo confiaban en sí mismos mientras que los dos restantes habían depositado su fe en Dios. Pero los diez primeros exploradores atemorizaron tanto a la gente que los israelitas lloraron la noche entera y eligieron otro líder para que los lleve de vuelta a Egipto, donde habían sido esclavos. Eso hizo que Dios se enojara mucho con ellos, tanto que les comunicó a Josué y a Caleb, los dos del informe positivo, que ellos serían los únicos que conservarían la vida hasta entrar en esa tierra prometida. Fue a causa de su temor que aquella gente tuvo que vivir hasta el fin de sus días en el desierto sin ver el cumplimiento de la promesa de Dios.

Debemos percibir con claridad el origen y también los efectos del temor para obtener la solución que acabe con él. El temor procede de depender de nuestra limitada capacidad en vez de elevar la mirada hacia Dios. Debemos mantener los ojos fijos en El y aprender a depender de El. No miremos las circunstancias para permitirles que determinen nuestras emociones, sea miedo o confianza, porque así colocamos nuestras esperanzas en apariencias externas. Esta fue la diferencia entre dos hombres que confiaron en Dios y diez que no lo hicieron.

Saúl, el rey de Israel, con toda su gente se atemorizó en gran manera cuando Goliat, un hombre de aproximadamente 3 m de estatura los desafió manejando una lanza con la facilidad de un tejedor con la lanzadera del telar. Pero David había crecido poniendo su confianza en Dios. Recordaba el incidente con un león cuando, como pastor, había podido vencerlo. De pie en este momento con cinco piedras lisas, frente a Goliat, David no consideró la realidad de ser un joven de sólo diciesiete años; puso la mira en Dios, creador del universo, a quien había conocido bien a través del tiempo.

Para ser libres del temor debemos saber por experiencia que Dios, quien creó los cielos, la tierra y todo lo que en ellos hay, nos ama y protege como si fuésemos la pupila de su ojo. Entonces se fortalecerá en nosotros la certeza de que Dios ahora es nuestro Padre y está con nosotros. Entonces pronto, a medida que confiamos en El, el temor será expulsado de nuestro corazón.

Ningún ser humano en este mundo ha podido vencer al miedo sin la comunión íntima con Dios, porque el miedo tiene su origen en el punto mismo donde la persona se aparta de Dios y no desaparece hasta que vuelve a Dios. "No hay paz para los malos, dijo Jehová" (véase Isaías 48:22).

Aquellos seres que ni conocen a Dios ni creen en Jesucristo atraviesan esta vida pasajera entre una inseguridad incesante y el temor, porque sus pecados no han sido perdonados. Como nuestro Dios es un Dios de perdón y eso es lo que vinimos a buscar en El, todos nuestros pecados fueron borrados y recibimos tranquilidad y paz de parte de El.

g. Frustración

También nos conduce al fracaso la sensación de frustración. Cuando la gente tiene dificultad para relacionarse con otros, o cuando fracasan al lanzar un negocio u otros emprendimientos, se denominan a sí mismos "un fracaso" cayendo en los lazos del complejo de inferioridad, lo cual les permite luego entregarse a la desesperación. Cuando aparentemente no se está triunfando, el fracaso comienza a invadir todas las áreas de la vida.

Durante la vida nos tocan distintas circunstancias. En cada ocasión nos esforzamos por encontrar la respuesta más apropiada para la situación dada. Este método para buscar una salida puede compararse a una serie de puertas. En nuestra lucha por dar con la puerta acertada muchas veces nos golpeamos contra las paredes o postes de indiferencia y dificultad y también tropezamos con otros obstáculos. Las personas precipitadas con más frecuencia y con mayor impacto se golpean mientras que los calmos se golpean menos. Sin embargo nadie está totalmente exento de esta dolorosa experiencia.

El momento decisivo en que nuestra vida se inclina hacia el éxito o el fracaso depende de nuestra actitud cuando estamos frente a frente con la derrota; depende de si nos ponemos de pie para intentar de nuevo o abandonamos todo intento. Alrededor de nosotros hay muchas personas que alguna vez en algún emprendimiento no tuvieron éxito, sin embargo no se dieron por vencidos. Intentaron una y otra vez hasta que triunfaron finalmente.

El famoso pintor americano J. M. Whistler vivió la desesperante experiencia de que se le cerrara una puerta en la cara. Ingresó en la academia militar estadounidense de West Point radiante de expectativa y estudió con aplicación. Por desgracia no obtuvo la nota necesaria en química. Su precioso sueño se hizo añicos.

Luego de un período de lucha con la depresión y el complejo de inferioridad, decidió ser ingeniero. Se inscribió en un instituto tecnológico y estudió con ahínco, pero lo ridiculizaban constantemente por su torpeza y finalmente fue descalificado. El peor problema que tenía que enfrentar Whistler era que no lograba sobrevivir económicamente porque no se le abría ninguna puerta. En medio de una situación desesperada tomó conciencia de que solamente Jesucristo podría llegar a ser la puerta para él. Cayendo de rodillas oró:

- Señor, todas las puertas se me cierran. No se abre ningún sendero para mí. Señor Jesús, Tú eres el único camino abierto. ¡Guíame!

Después comenzó a pintar por pasatiempo, pero cuando descubrió que tenía talento para la pintura, Whistler continuó haciéndolo como ocupación seria. Sus cuadros se vendían como pan caliente. Sin que pasara mucho tiempo llegó a ser un artista plástico famoso y gozó de prestigio por toda Europa así como en los Estados Unidos.

Otro ejemplo lo tenemos en el pastor Phillips Brooks, el que escribiera el villancico que aún se escucha "Pequeña aldea de Belén". Se graduó de un instituto como maestro y luego ejerció la docencia. Se consagró a la enseñanza y lo hizo con devoción, pero los alumnos eran rebeldes y no cesaban de causarle problemas. No tenía más remedio que cambiar una escuela por otra, hasta que no le quedó otra alternativa que asistir a una iglesia.

Allí lo convencieron de que fuera a estudiar a un seminario para ser pastor. Aunque eso no era lo que él deseaba ser, se vio obligado a aceptar el consejo para poder subsistir. Estudió en un seminario y llegó a asumir el pastorado. En cuanto se ponía de pie detrás del púlpito, súbitamente descendía sobre él el poder de Dios y su voz se asemejaba un sonido angelical. Cuando predicaba, muchísimas personas se conmovían hasta las lágrimas y entregaban su vida a Cristo.

También el apóstol Pablo experimentó la desesperación de una puerta cerrada. Una vez se propuso predicar el evangelio en Bitinia. El pensaba que si anunciaba el evangelio allí luego se esparciría hacia el Africa y el Asia. Debería ir lo antes posible, creía, y su sueño se haría realidad. Con esta idea en mente, se apoderó de él la impaciencia. Anunció su plan a las iglesias pidiéndoles sus oraciones y su apoyo. Resultaba incomprensible pero, cuando se proponía viajar, su partida fue demorada primero por una cosa y luego por otra. No fue interferencia diabólica.

"Y atravesando Frigia y la provincia de Galacia, les fue prohibido por el Espíritu Santo hablar la palabra en Asia; y cuando llegaron a Misia intentaron ir a Bitinia, pero el Espíritu no se lo permitió" (Hechos 16:6-7).

Pablo descendió a Troas, pero no deseaba realmente ir allí. Fue deprimido y desesperado, pero continuaba en oración y mediante la oración se libró de la frustración. Entonces se le abrió una nueva puerta, una más grande y esplendorosa que Bitinia. "Y se le mostró a Pablo una visión de noche: un varón macedonio estaba en pie rogándole, diciendo:

- Pasa a Macedonia y ayúdanos.

Cuando vio la visión, enseguida procuramos partir para Macedonia, dando por cierto que Dios nos llamaba para que les anunciásemos el evangelio" (véase Hechos 16:9-10). Así Pablo fue guiado hacia Macedonia, el último rincón que él hubiera elegido, pero ahora se daba cuenta que era el designio de Dios.

No hay ser viviente cuyos sueños no se hayan visto destrozados en algún momento de la vida. Muchísimas personas, tratando de que sus sueños se hagan realidad encuentran puertas cerradas o frustraciones; ¡a veces llegan hasta "Troas" y allí se quedan! Después se pasan el resto de la vida culpando a las circunstancias, o a sus vecinos y amigos. Pero podemos encontrar una puerta nueva y vivir una vida mejor si, como Pablo, estando en "Troas" oramos y venimos a Dios con una actitud interior positiva, diciéndole:

- Padre, elevo mis manos a Ti; no conozco ningún otro que me pueda ayudar.

La Biblia nos aconseja: "¿Está alguno entre vosotros afligido? Haga oración" (Santiago 5:13 a).

Cada vez que nos azote la frustración o el fracaso debemos orar como Elías. Aunque había eliminado a 450 profetas de Baal, Elías huyó para salvar su propia vida cuando Jezabel lo amenazó de muerte. Caminó un día entero y se internó en el desierto; allí se sentó bajo un árbol y clamó a Dios por ayuda. Dios escuchó la oración de Elías y le dio nuevas fuerzas.

Jesús es nuestro pastor y también la puerta del corral por la cual podemos entrar y salir cuando buscamos buenos pastos. El dijo: "Yo soy la puerta; el que por mí entrare, será salvo; y entrará, y saldrá, y hallará pastos" (Juan 10:9).

Cuando nos postramos ante Jesús y le hablamos después de haber gustado la amarga copa del fracaso, Jesús se torna la mejor puerta para nosotros. Pasando la puerta está preparado un mundo maravilloso que supera nuestros más caros sueños... "cosas que ojo no vio, ni oído oyó, ni han subido en corazón de hombre, son las que Dios ha preparado para los que le aman" (1 Corintios 2:9).

Esto da a entender que para los que no se estancan en "Troas" están preparadas cosas buenas que nunca habían sido vistas, oídas ni imaginadas. Son para aquellos que construyen un altar de oración y de rodillas esperan la dirección de Dios. Así que si ves destruirse tu sueño de ir a "Bitinia", toma los trozos rotos en tu mano y prosigue hasta "Troas". Ese puede ser el punto de partida de algo espléndido.

Hemos analizado siete elementos que llevan nuestra vida hacia el fracaso y hemos hallado una salida para cada uno. Si somos sobrios y velamos en nuestra vida diaria, avanzaremos hacia el próximo paso que lleva a la prosperidad. ¡Qué lamentable es ver a una persona que no saca el mayor provecho de una gran fortuna heredada de sus padres sino que la desperdicia! Debemos examinar nuestro corazón constantemente en fe para que no quede anulada la bendición de la prosperidad la cual es también una herencia conquistada para nosotros por la sangre de Jesús.

Hacia el éxito

Sin excepción, todos los que habitan este mundo quieren triunfar y la verdadera felicidad y el sentido de la vida sólo pueden encontrarse en el éxito que Dios da. Cuando decimos vida "próspera" queremos significar vida de "éxito".

Dios quiere que Sus hijos vivan una vida de victoria y que gocen de satisfacción y felicidad. Según se manifiesta en el proceso de la creación, Dios desea éxito para todos. Los que hemos sido creados a imagen y semejanza de Dios hemos sido bendecidos con la capacidad y el privilegio de vivir una vida victoriosa. La voluntad de Dios en definitiva y Su propósito para nosotros se expresa en las siguientes maneras: "Abre tu boca, y yo la llenaré" (Salmo 81:10); "... a todo hombre a quien Dios da riquezas y bienes, y le da también facultad para que coma de ellas y tome su parte, y goce de su trabajo, esto es don de Dios" (Eclesiastés 5:19); "Y poderoso es Dios para hacer que abunde en vosotros toda gracia, a fin de que, teniendo siempre en todas las cosas todo lo suficiente, abundéis para toda buena obra" (2 Corintios 9:8); "Amado, yo deseo que tú seas prosperado en todas las cosas, y que tengas salud, así como prospera tu alma..." (3 Juan 2).

Desde Génesis hasta Apocalipsis, la Palabra de Dios está llena de ejemplos de grandes hombres que vivieron vidas exitosas: Abraham, Isaac, Jacob, Moisés están en la nómina. Aun las vidas de Job y Jonás que parecían en cierto momento un fracaso acabaron en el éxito. En el Nuevo Testamento encontramos el cambio en la vida del rústico Pedro y también el genuino éxito de Pablo quien consideraba todos sus logros anteriores como basura en comparación con la ganancia del excelente conocimiento de Cristo Jesús. Interpretaba que todas las cosas de las que se pudiera haber jactado eran como simples desperdicios. El lugar que Dios ha preparado para los creyentes está descrito en el libro de

Apocalipsis, un libro que nos muestra claramente cuánto le agrada a Dios que triunfemos en esta vida.

En realidad ¿cuál es el significado de la expresión "vida victoriosa"? El hombre moderno tiende a medir el éxito solamente en relación a la acumulación de riquezas materiales, pero hay otras clases de éxito que Dios da. Cualquiera sea la actividad en que nos desenvolvemos, si nos brinda satisfacción, placer, auto-realización y logros y da la gloria a Dios, esa es una vida victoriosa porque El es quien lleva a cabo el éxito en nosotros. Cuando un hombre de negocios obtiene ganancia, cuando a un estudiante le aprovecha su estudio. cuando un predicador ve el fruto de su predicación, cuando un estadista o participante de la vida cívica logra traer prosperidad a su patria - cada uno de éstos, aunque trabaje en diferentes áreas, logra una vida victoriosa.

Analicemos algunos secretos que cada uno de nosotros puede aplicar en su propia actividad para lograr el éxito.

Discernir la voluntad de Dios

La vida se parece a un buque que navega por el océano. Nuestra meta debería ser como la del que navega a todo vapor: con la proa hacia un punto determinado. No puede el goleador de un equipo conducir a los demás a la victoria a menos que sepa dirigir la pelota hacia el blanco; así tampoco puede un hombre vivir con éxito si no tiene una dirección en la cual apuntar sus esfuerzos.

Pero ¿cómo encontrar el objetivo de nuestra vida? Cuando debemos elegir el blanco, ¿cuál será la elección que nos conducirá al éxito? ¿Cómo dar con el paso hacia la meta cuando la vida nos interpone un muro? ¿Cuál es la voluntad de Dios para nosotros? Para tener una vida victoriosa debemos comprender claramente y cuanto antes cuál es la voluntad de Dios, pues el fin de nuestra vida es hacer la voluntad de Dios.

Pasaremos a explicar cinco pasos por los cuales se puede discernir la voluntad de Dios.

1. Obediencia absoluta

"Porque todos los que son guiados por el Espíritu de Dios, éstos son hijos de Dios" (Romanos 8:14).

Podríamos invertir el orden de las palabras anteriores e interpretar que todo hijo de Dios es guiado por El. Continúa "... habéis recibido el espíritu de adopción por el cual clamamos: ¡Abba, Padre!" (Romanos 8:15). Vale decir que tenemos el privilegio de ser dirigidos en la vida diaria por el Espíritu de Dios. En tiempos remotos Enoc caminó junto a Dios durante toda su vida (véase Génesis 5:24). Aun en estos tiempos Dios está dispuesto a andar con nosotros enseñándonos Su voluntad. En primer lugar debemos estar seguros de que tenemos un corazón sincero ante Dios para poder discernir Su voluntad. Nuestro corazón debe ser totalmente obediente. Puede suceder que nuestra actitud interior sea la de querer obedecer la voluntad de Dios cuando nos conviene, pero cuando no nos conviene, no. Así no nos mostrará Dios Su voluntad.

Muchos creyentes en la iglesia de hoy tienen la fe de Jonás. Jonás aceptó la voluntad de Dios de destruir a Nínive, pero no aceptó su papel de ser un enviado a clamar que se arrepienta Nínive para evitar la destrucción. Su propia voluntad estaba antepuesta a la de Dios. Nosotros aceptamos el modo de pensar de Dios si nos es agradable, pero lo rechazamos si parece desagradable. Esa actitud interior es el primer obstáculo en nuestro camino con Dios.

Un ejemplo de absoluta obediencia lo encontramos en Jesús al orar justo antes de ser crucificado. Oraba diciendo: "Abba, Padre, todas las cosas son posibles para ti; aparta de mí esta copa; mas no lo que yo quiero, sino lo que tú" (Marcos 14:36).

Samuel reprendió severamente la desobediencia de Saúl con estas palabras: "¿Se complace Jehová tanto en los holocaustos y víctimas, como en que se obedezca a las palabras de Jehová? Ciertamente el obedecer es mejor que los sacrificios, y el prestar atención que la grosura de los carneros. Porque como pecado de adivinación es la rebelión, y como ídolos e idolatría la obstinación" (1 Samuel 15:22-23).

Por lo tanto la obediencia total es la condición indispensable por la cual se nos revela la divina voluntad para nuestra vida. Dios nos mostrará con toda seguridad Su voluntad si venimos con el corazón dispuesto a lo que sea, diciendo:

- Voy a obedecer la voluntad de Dios sea que me favorece o no, sea que yo prospere o no, sea que esté sano o enfermo.

Si clamamos a Dios para solicitar algo de El habiéndonos convencido de que lo necesitamos, no se nos contestará la oración porque ya hemos colocado en primer término nuestros deseos. En cambio cuando, libres de codicia, oramos con calma y sinceridad pidiendo conocer la voluntad de Dios, El nos mostrará Su deseo para nosotros.

2. Nuestro mayor deseo

Si le estamos pidiendo que nos haga conocer Su voluntad, Dios nos dará deseos que sean conformes con esa voluntad. El no está lejos de nosotros, en un cielo remoto. Tampoco es un ser que solamente apareció en el templo de Jerusalén hace dos mil años. Dios está dentro de nosotros, y aún en la actualidad camina con nosotros todos los días. Y como dice la Biblia: "Porque Dios es el que en vosotros produce así el querer como el hacer, por su buena voluntad" (Filipenses 2:13).

De modo que para conocer la voluntad de Dios debemos observar cuidadosamente qué anhelos surgen en nuestro corazón mientras oramos. Cuando El nos muestra Su voluntad, no va contra nuestra voluntad sino que hace nacer en nosotros el deseo para que nuestra voluntad concuerde con la de El.

En mi caso, recibo muchas invitaciones para dirigir la palabra en reuniones de avivamiento por todo el mundo. Si las aceptara todas, me sería imposible ministrar en mi propia iglesia. Así que yo despliego las invitaciones ante mi vista y oro:

- Señor, no puedo aceptar más de cuatro. ¿Cuáles son las que debo aceptar? Esta es de Gran Bretaña, esta otra de Francia y aquella de los Estados Unidos.

Luego oro toda la noche con sinceridad, con ayuno, y Dios mediante Su Espíritu Santo deposita en mi corazón un deseo que concuerda con Su voluntad. Acepto las invitaciones que son seleccionadas por la voz que procede de mi corazón mientras oro. Algunas veces no es elegido el país al que yo tanto deseaba ir sino que me indica otro por el cual no sentía entusiasmo. De cualquier manera, como ya había decidido obedecer absolutamente la voluntad de Dios, estoy en condiciones de elegir conforme con el deseo del Espíritu Santo.

En 1969 nuestra iglesia estaba reflexionando sobre ir a Yoido y construir un santuario con capacidad para diez mil personas; yo tenía dudas acerca de que esa fuese la voluntad de Dios. El costo de la edificación se estimaba en ese entonces en dos mil millones de won, pero nuestra iglesia sólo podría aportar dos millones, de manera que si no hubiera sido la voluntad de Dios que se proceda a construir, mi congregación habría quedado en la bancarrota y yo estaría sepultado cubriendo de oscuridad la gloria de Dios.

En el momento crítico, me arrodillé delante de Dios y elevé una ferviente súplica. Despojé mi corazón de todos mis pensamientos, planes y ambiciones y quedé de rodillas en completa sumisión. De pronto, en medio de mi oración la presencia del Espíritu Santo surgió en mi corazón como un fuego líquido y me invadió un poderoso deseo. En mis manos no había nada, ni se oía ni se veía nada, sin embargo en mi corazón sentía brotar el ferviente deseo de construir un templo con capacidad para diez mil personas. Ya hemos pagado todas las deudas de la construcción y también estamos ya predicando el evangelio a todo el mundo a través de nuestros misioneros.

Es tan importante para discernir la voluntad de Dios la parte que desempeña nuestro deseo. Debemos orar con ayuno pidiendo la solución para nuestros problemas, dispuestos hasta quedarnos toda la noche levantados, observando atentamente ese deseo que surge con fuerza y claridad en nuestro corazón.

3. Con la Palabra de Dios

Cuando surge un deseo en nuestro corazón, sin embargo, es necesario que lo examinemos a la luz de la Palabra de Dios para constatar si éste concuerda con la voluntad de Dios, porque ninguna revelación debe jamás transponer los límites de la Biblia. La Palabra escrita se constituye en la medida suprema y la autoridad determinante por la cual pueden ser juzgadas todas las cosas. Jesús mismo, cuando fue tentado en el desierto, puso a Satanás en fuga citando las Escrituras con la frase inicial "escrito está..." (véanse los primeros versículos de Mateo 4, Marcos 1 y Lucas 4).

Un deseo puede ser muy poderoso en nuestro corazón, pero a menos que concuerde con la Palabra de Dios, no proviene del Espíritu Santo, porque los deseos personales no sólo provienen del Espíritu Santo; también surgen de nuestra naturaleza carnal y de parte de Satanás deseos lujuriosos, voracidad y perversidad.

Recientemente designado director de un coro había un hombre que había constituido una familia hermosa y ejemplar. En ese coro cantaba una chica de una belleza descollante por la cual él fue poderosamente atraído. Tanta era la fascinación que ejercía sobre él esa chica que llegó el punto en que él no podía ya controlar más sus emociones. Fue entonces que se arrodilló a orar:

- Señor, revélame Tu voluntad para mí. Permíteme interpretar que mi esposa y yo fuimos una pareja mal constituida desde el principio y que estaba predestinado en el cielo que me casara con la encantadora muchacha de la me he enamorado.

¡Esa fue una muy mala oración! Comenzó a oír la voz del diablo disfrazada de Dios diciéndole que su oración había sido oída y aceptada. El director del coro llamó al pastor de la iglesia ese mismo día y le pidió permiso para divorciarse de su esposa. El pastor le mostró lo que dice la Escritura en 1 Corintios 7:11, "...que el marido no abandone a su mujer", y trató de convencerlo de que implicaba la ira de Dios. Pero el hombre avanzó con la lujuria de la carne, se divorció de su mujer y tomó por esposa a la joven bella. La esposa de este director, completamente decepcionada por las acciones de su marido, abandonó el camino de la fe y se volvió a casar.

Poco tiempo después el director del coro ya no podía más orar por cuanto el Espíritu Santo lo había abandonado. Luego sufrió un colapso nervioso, y entonces se dio cuenta de que había procedido mal. Entró en la iglesia y lloró amargamente, golpeando el altar con las manos, pero sus lágrimas no pudieron nunca reparar el daño causado por ceder a los deseos de la carne y rechazar el consejo bíblico del pastor.

Nuestra autoridad final es la Palabra de Dios. Cualquiera que desecha el consejo supremo de la Palabra de Dios pronto llega al punto donde le es imposible volver atrás y enmendar los daños.

Cuando surge en nuestro interior un deseo poderoso, juzguémoslo a la luz de la Palabra de Dios. Si no concuerda con ella, debemos resueltamente renunciar y ordenarle que se aparte de nosotros. Nunca proceden de Dios ni las revelaciones, ni las visiones, ni las lenguas, ni las profecías que contradicen a la Palabra escrita. Cuando esas cosas no provienen de Dios son del diablo, no importa si están bien disfrazadas para representar la voluntad divina.

Toda Escritura es con toda precisión Palabra de Dios, escrita por inspiración de Su Espíritu, sin error, y nos proporciona las pautas por las cuales podemos ver y conocer claramente cuál puede ser la voluntad de Dios.

4. Evidencias en las circunstancias

Dios es un Dios ordenado. Para revelar Su voluntad usa ciertos métodos. Si al orar surge en usted un deseo y ese deseo concuerda con la Palabra de Dios, a continuación debe pedir a Dios que le proporcione circunstancias que hagan patente Su conformidad con el deseo que usted siente.

En el Antiguo Testamento, durante la vida de Elías, Dios impidió que lloviera sobre la tierra del pueblo rebelde de Israel durante tres años y medio. La prolongada sequía que dio como resultado la escasez de alimentos llevó a los israelitas a una aflicción extrema; se moría el ganado y los rebaños por no encontrar qué comer. Cierto día, estando la tierra en las garras de una sequía apremiante, Elías subió al Monte Carmelo y postrado rostro en tierra oró fervientemente a Dios. Mandó a su siervo a mirar hacia el mar por si apareciera una nube. El siervo observó bien pero no vio ninguna nube. Elías lo envió una y otra vez hasta escudriñar el cielo siete veces seguidas. Al cabo de la séptima, el sirvo regresó diciendo:

- Yo veo una pequeña nube, como la palma de la mano de un hombre, que sube del mar.

Cuando Elías tuvo esta confirmación, mandó decir al rey Acab:

- Toma tu carro y ven antes que la lluvia te lo impida - (véase 1 Reyes 18:44-45).

Además de la Palabra de Dios y del deseo personal de Elías, apareció un pequeña nube. Cuando oramos por algo que deseamos, es natural que comencemos a percibir una pequeña "nube" que confirma en fe que vendrá la respuesta.

Gedeón fue uno de los más grandes jueces de Israel. El también había pedido una prueba por medio de circunstancias. En su época Israel estaba ocupada por los madianitas, de modo tal que Israel estaba a punto de pasar a ser un país dominado. Por esa razón el corazón del joven Gedeón ardía en deseos de ver a su gente libre de la opresión madianita. Cierto día un ángel se apareció a Gedeón y le confirmó que ese deseo concordaba con la voluntad de Dios, pero Gedeón no tenía suficiente con el mensaje del ángel. Pidió una evidencia:

- Si has de salvar a Israel por mi mano como has dicho, he aquí yo pondré un vellón de lana en la era; y si el rocío estuviere en el vellón solamente, quedando seca toda la otra tierra, entonces entenderé que salvarás a Israel por mi mano, como lo has dicho - (véase Jueces 6:36-37).

A la mañana siguiente Gedeón se levantó temprano, tomó el vellón empapado de rocío y lo exprimió con lo que se llenó de agua un recipiente. Y Gedeón volvió a hablar con Dios:

- No se encienda tu ira contra mí si aún hablare esta vez; solamente probaré ahora otra vez con el vellón. Te ruego que solamente el vellón quede seco, y el rocío sobre la tierra - (Jueces 6:39).

Esa noche Dios contestó nuevamente a Gedeón haciendo tal como él se lo había pedido. El vellón estaba seco y toda la tierra alrededor estaba mojada por el rocío. Luego de ver estas evidencias en las circunstancias, Gedeón salió a pelear con valor contra los madianitas y se constituyó en el instrumento de Dios para salvar a Israel. Cuando Dios nos revela Su voluntad, también nos muestra evidencias por las circunstancias, sea una pequeña nube o un vellón mojado. Podemos y debemos pedir que las circunstancias confirmen la voluntad de Dios en cuanto a nuestro pedido.

5. Paz interior al orar

Luego de ver que las circunstancias dan evidencia, viene el momento de pedir la paz de Dios. Donde esté Satanás, habrá intranquilidad, pero donde está Dios hay paz. Independientemente de las pruebas y tentaciones que nos asalten, si mora en nosotros el Espíritu de Dios, Su paz será para nosotros Su expresión de aprobación de que estamos en la voluntad de Dios. En cambio, cuando no hay ni amor ni paz, no está presente la obra del Espíritu de Dios.

Cuando alguien siembra las quejas y el descontento por donde va, esa persona tiene otro espíritu y no está llena del Espíritu Santo. Aunque concurra a una iglesia, causa problemas, desacuerdos y agitación. Pero la obra del Espíritu de Dios es traer amor y paz, por eso la última evidencia por la cual podremos discernir la voluntad de Dios será la paz en nuestro corazón y mente. Puede suceder que tengamos las cuatro evidencias anteriores antes de llegar a este punto; si esta última falta, puede ser un indicio de que sea la voluntad de Dios pero que no es para el tiempo presente. Si tenemos esta experiencia, debemos esperar hasta tener paz en nuestro corazón y mente, porque el Espíritu Santo nos traerá paz cuando sea el momento perfecto que Dios ha preparado. "Luego se alegran, porque se apaciguaron; y así los guía al puerto que deseaban" (Salmo 107:30).

Dios gobierna sobre toda Su creación según sus tiempos, como dice la Biblia: "Todo tiene su tiempo, y todo lo que se quiere debajo del cielo tiene su hora" (Eclesiastés 3:1). La oportunidad o tiempo apropiado que hemos mencionado con relación a la voluntad de Dios puede determinarse observando la paz que sentimos al orar. Si usted no siente paz al orar, no es el tiempo indicado para proseguir con lo que usted está buscando. Pero si la paz fluye como un río, puede tomarlo como indicación para emprender la acción. Esa paz puede darle la seguridad de que se está ejecutando la voluntad de Dios.

Hemos visto cinco pasos mediante los que podemos discernir la voluntad de Dios. Primero: tener una actitud interior de completa obediencia para hacer cualquier cosa que Dios quiere que uno haga. Segundo: tratar de descubrir cuál es el deseo que Dios hace surgir en su corazón. Tercero: comparar con la Palabra de Dios para ver si concuerda con sus enseñanzas. Cuarto: pedir fervientemente que las circunstancias le den evidencias que confirmen. Quinto: esperar hasta tener paz en la mente y en el corazón y luego actuar.

Estos cinco pasos le ayudarán a atravesar las etapas que lo conduzcan con éxito en la voluntad de Dios.

La vida con una meta

Una vez que vemos claramente la voluntad de Dios, debemos usar esa revelación como meta en la vida. El que tiene una meta vive más organizada e intensamente, además de obtener resultados más abundantes de su vida. Por el contrario, una vida sin objetivo es como una hoja que cae y flota sin destino por el agua hasta hundirse finalmente.

Debemos perseguir un fin grande al que apuntamos durante todas las etapas de la vida, pero además debemos tener objetivos menos amplios que nos propongamos ir alcanzando. Cada día debemos hacernos un plan y horario que ordene qué cosas se atenderán primero. A esos objetivos mayores y menores el apóstol Pablo se refirió como aquello para lo cual había sido alcanzado por Jesucristo. Para describir la vida del que suma todos sus esfuerzos para alcanzar algo usó la expresión "proseguir a la meta". "No que lo haya alcanzado ya, ni que ya sea perfecto; sino que prosigo, por ver si logro asir aquello para lo cual fui también asido por Cristo Jesús. Hermanos, yo mismo no pretendo haberlo ya alcanzado; pero una cosa hago: olvidando ciertamente lo que queda atrás, y extendiéndome a lo que está adelante, prosigo a la meta, al premio del supremo llamamiento de Dios en Cristo Jesús" (véase Filipenses 3:2-14).

Una meta por la cual orientar nuestras actitudes resulta ser un tónico que vigoriza nuestra fe y nuestra vida. Examinemos cómo alcanzar los objetivos subdividiendo varias secciones.

a. Un blanco bien demarcado

La mayor parte de la humanidad actualmente no encuentra la manera de triunfar en la vida. A pesar de su inteligencia, salud y educación, deambulan sin rumbo por no tener una meta.

Norman Vincent Peale fue famoso en los Estados Unidos por los consejos que daba. Cierto día en que había ido a jugar al golf inició una diálogo con el que le acarreaba los palos:

- ¿Cómo te va?
- Y... más o menos. Siempre lo mismo.
- ¿Qué trabajo te gustaría hacer?
- Yo qué sé.
- ¿Tienes algún talento especial?
- No, no sé hacer nada demasiado bien.
- ¿Qué tipo de trabajo te traería mayor placer.
- No se me ocurre nada que me satisfaga en especial.

- Te he hecho tres preguntas muy importantes, pero sólo me respondiste vaguedades. Cuando llegues a tu casa hoy, toma papel y lápiz y no te muevas hasta que anotes respuestas concretas a mis preguntas. Hasta mañana.

Al día siguiente volvieron a encontrarse. El joven le dijo a Peale que lo que quería era llegar a ser capataz de una fábrica de plástico. Con el correr del tiempo llegó a esa posición y encontró satisfacción en la vida.

Lo más importante es fijar la meta en la vida. Aunque tuviésemos una fe como para mover montañas, si no tenemos un objetivo que sea "lo que se espera" (según Hebreos 11:1), nuestra fe no logrará nada.

Salvo excepciones especiales, Dios reconoce los deseos de los creyentes que lo aman y les trae el cumplimiento. Algunos versículos apoyan este criterio: "Deléitate asimismo en Jehová, y él te concederá las peticiones de tu corazón" (Salmo 37:4). "Por tanto, os digo que todo lo que pidiereis orando, creed que lo recibiréis y os vendrá" (Marcos 11:24).

La meta de nuestra vida debe permitirle a Dios manifestar Su gloria. Debemos constatar nuestra meta a la luz de la Palabra de Dios y completarla con detalles específicos, punto por punto. A Dios le placen nuestros planes y pedidos bien definidos.

Si una persona corta de vista lleva lentes inadecuados, su vista será pobre y no podrá desempeñarse en manera rápida y precisa. Así es en el caso del que no tiene una meta definida en la vida: le falta capacidad para vivir con eficacia.

Un objetivo bien centrado, enfocado claramente, hace el camino más corto hacia la prosperidad.

b. Un deseo ferviente

Por más que apuntemos alto y planifiquemos con esmero, si no tenemos un ardiente deseo de conseguir aquello, es como si decimos que poseemos un automóvil pero simplemente lo hemos dibujado sobre papel. Una vez fijado el objetivo, debemos correr con fervientes ansias, la mente y el corazón concentrados en el intento. Una persona que tiene pocos deseos de alcanzar algo no puede llevar a cabo ningún trabajo creativo. Nuestra personalidad se ve más afectada por el entusiasmo de alcanzar un objetivo que por sus logros anteriores o su modo de vida presente. Y no sólo su personalidad, sino su visión de la vida y la muerte tiene que ver con la manera de perseguir sus objetivos.

"El camino más corto para llegar a la muerte es jubilarse y dejar la vida en blanco. Si desea continuar viviendo debe proponerse un objetivo que usted pueda perseguir con interés"; esto lo dijo el Dr. G. E. Brooks, renombrada autoridad en microbiología de la Facultad de Medicina Tallon.

El hombre es un ser que persigue una meta. Es por eso que con cuanta más fuerza procure alcanzarla, mejor y más saludable será su vida. A continuación sustentaré mi punto de vista con una historia verídica:

Una viuda quedó sola en el mundo con un hijo de dos años. Luego le tomó un cáncer. Su ardiente deseo era no morir hasta ver a su hijo graduarse de una carrera universitaria. Por su tremenda fuerza de voluntad y su ferviente deseo, esta mujer resistió veinte años más después de haber sido deshauciada por los médicos, y vivió hasta que él terminó sus estudios. Murió seis semanas después de su graduación. La fuerza que prolongó la vida de esta mujer no fue la medicina ni el conocimiento, ni cosa material alguna. Fue la meta que se propuso a partir del amor por su hijo y el ferviente deseo de verlo graduarse.

En la parábola del juez y la viuda, Jesús resaltó el poder de un imperioso deseo (véase Lucas 18:1-8). El juez injusto era insensible, orgulloso y cruel. No sentía temor de Dios, mucho menos de los hombres. Como la viuda continuaba molestándolo con su continuo reclamo de justicia contra su adversario, el juez decidió defenderla.

El ferviente deseo que usted tenga de alcanzar su objetivo también tendrá un poder tan extraordinario como ése. Las palabras de la Biblia nos dicen: "En lo que requiere diligencia, no perezosos; fervientes en espíritu, sirviendo al Señor" (Romanos 12:11).

Dios no hace milagros para los que no los desean fervientemente. Los que tenemos ese deseo ardiente que llega delante de Dios en oración incesante y que opera según la medida de fe en nosotros somos los que obtenemos el objetivo de manera milagrosa.

Ese deseo ferviente de ver milagros aumenta siempre nuestra fe para creer que El los llevará a cabo y para experimentarlos. Este deseo que todos debieran abrigar en el corazón es sofocado dentro de algunas personas. Eso se debe a varias causas. La primera es el temor que nos causa la perspectiva de fracaso. El que teme el futuro no puede dar un paso adelante. Ese tipo de persona no puede esperar éxito en su vida. Según un viejo adagio: "Hacemos todo lo posible y dejamos lo imposible a Dios". El verdadero deseo ferviente debe ir de la mano de la disciplina de la fe - o creer en Dios. De lo contrario el deseo, aunque parezca ferviente, es sólo una ilusión pasajera.

La segunda razón es la timidez. Le va mejor a la persona insignificante, simple, ingenua y sin talento que al bien dotado, que tiene capacidad suficiente pero está sumido en sentimientos de inferioridad. Esa persona esconde sus deseos por temor a quedar relegado si participa en algo competitivo. Tiende a poner excusas para no hacer las cosas. Así como un auto detenido no parece tener poder alguno, pero cuando se enciende el motor despliega mucho poder, así no le sirve la capacidad a la persona hasta que no comienza una tarea con un deseo ardiente.

Un tercer factor que ahoga el deseo es la limitación en la situación en que uno se encuentre; por ejemplo, cuando los padres fuerzan a los hijos a vivir según las expectativas de ellos. Pero el verdadero éxito y felicidad lo obtenemos solamente cuando nuestra vida está de acuerdo con los talentos que Dios nos ha dado y el deseo de ponerlos en práctica.

Si desarrollamos nuestros planes paso a paso, con un deseo ferviente de alcanzar la meta, esos planes se cristalizarán lentamente hasta llegar a ser una realidad total. El deseo ferviente traerá la convicción íntima de que podemos alcanzar nuestro objetivo. Nuestro deseo, unido a la oración ferviente, da como fruto la firme convicción de que podemos creer en Dios a pesar de las circunstancias adversas, aun cuando en apariencia no haya progreso.

c. Las leyes que nos ayudan a llegar a la meta

Cuando nos abalanzamos hacia la meta con un corazón en llamas, debemos tener presentes dos leyes las cuales son creativas y cósmicas. Una es la ley "de la agrupación" y la otra es la ley "de la vista". La primera, la de agrupación, es una ley natural ilustrada por las bandadas de pájaros donde siempre encontramos un mismo plumaje. De esa manera también los que tienen una imagen de sí como de triunfadores, los que tienen una meta clara y un deseo ferviente, siempre se asocian con otras personas que también se ven a sí mismos como triunfadores. En cambio lo que están invadidos por la sensación de fracaso e inferioridad parecen acompañarse del mismo tipo de gente.

Súbditos leales y amigos, como Jonatán y Joab, se reunían alrededor de David, quien era valiente y defensor de lo justo. La gente inteligente acudía en tropel al sabio Salomón. Por el otro lado, como Roboam era muy tonto, todos los que lo rodeaban eran muy insensatos. Así fue que, obrando según el consejo de tales amigos, Roboam fue el protagonista de la tragedia de figurar en los anales como una mancha, un rey que avergüenza la historia. Por su torpeza el reino fue dividido en dos partes: Judá e Israel.

Si abrigamos un anhelo ferviente, los que tengan un deseo similar se nos unirán. Los triunfadores siempre hablan de cosas positivas y optimistas respecto a su futuro éxito. Si atendemos a la sabiduría de los que han experimentado el éxito y elegimos la gente apropiada para realizar la tarea, con mayor facilidad alcanzaremos la meta.

La segunda, la ley de la vista, hace que el objeto de nuestros sueños se nos acerque poco a poco. Si fijamos nuestra vista en el objetivo que tenemos en mente y lo contemplamos fijamente y en oración mediante los ojos de la fe, sucede luego que la cosa se nos acerca o que nosotros nos acercamos a ella.

Algunos ejemplos: la caída de Adán y Eva comenzó al mirar la fruta prohibida; el pecado de adulterio de David comenzó al mirar el cuerpo desnudo de Betsabé desde una terraza del palacio. La esposa de Lot se convirtió en estatua de sal cuando volvió la vista hacia Sodoma y Gomorra. El mendigo cojo sentado a la puerta llamada Hermosa pudo ponerse de pie y saltar después de mirar a Pedro y Juan. Cuando Dios bendijo a Abraham con la promesa de darle descendencia, le dijo que mirara las estrellas. En Génesis 13:14-15, cuando le prometió la tierra de Canaán, le hizo contemplar la región:

- Alza ahora tus ojos y mira desde el lugar donde estás hacia el norte y el sur, al oriente y al occidente; porque toda la tierra que ves la daré a ti y a tu descendencia para siempre.

No es nuestra voluntad la que gobierna sobre nuestro corazón sino nuestra mirada de fe y nuestra imaginación. La imaginación es una actividad del pensamiento y la vista no se limita a la función de los ojos. Por medio de la imaginación y el pensamiento podemos ver cosas con los ojos cerrados. Esto quiere decir la Biblia cuando dice: "Sobre toda cosa guardada, guarda tu corazón porque de él mana la vida" (Proverbios 4:23).

Si contemplamos fijamente el blanco, trayendo todo pensamiento cautivo a la obediencia a Cristo, poco a poco la distancia entre nosotros y la meta se acortará, y finalmente atraparemos nuestro objetivo, el cual a la vez nos tiene atrapados. Dice la Biblia: "Por lo demás, hermanos, todo lo que es verdadero, todo lo honesto, todo lo justo, todo lo puro, todo lo amable, todo lo que es de buen nombre; si hay virtud alguna, si algo digno de alabanza, en esto pensad" (Filipenses 4:8)..

d. No pierda la calma; reconozca el éxito

Para llevar una vida victoriosa no se debe perder la calma. Si nuestro corazón se balancea de aquí para allá como bote hamacado por las olas, no triunfaremos en nada. No podemos apuntar hacia el blanco si perdemos la paz - no importa que nuestra meta haya sido loable, nuestro deseo ferviente y las leyes "de agrupación" y "de vista" bien ejecutadas. Todo habrá sido en vano.

Lo que generalmente nos roba la paz interior es la codicia. Por supuesto que debemos apuntar alto, pero a la vez debemos estar dispuestos a comenzar por lo pequeño. Aun el trabajo de edificar un gran palacio comienza con un solo ladrillo, y el recorrido de mil millas se inicia con un solo paso. Si se acumulan las lágrimas, a la larga formarán un lago. Los pensamientos vanos producen codicia, la cual a su vez acarrea el fracaso porque nos hace olvidar la realidad. Pero si andamos en paz, despojando nuestro corazón de codicia, sucederá el milagro que producirá el éxito.

Factores importantes en la implantación de la paz dentro del corazón son una fe intrépida y una absoluta convicción: Dice: "los de doble ánimo, purificad vuestros corazones"; "porque el que duda es semejante a la onda del mar que es arrastrada por el viento y echada de una parte a otra. No piense, pues, quien tal haga, que recibirá cosa alguna del Señor. El hombre de doble ánimo es inconstante en todos sus caminos" (véase Santiago 4:8 y 1:6-8).

Dios creó al mundo por Su Palabra. El hombre fue hecho a imagen y semejanza de Dios, por lo tanto el hombre semejante a Dios puede mejorar su destino y cambiar las circunstancias mediante la lengua. Nuestro lenguaje, como las palabras de Dios, debe demostrar el maravilloso poder creativo de Dios cuando se habla en fe.

Jesús entró en el mundo como el Verbo. Esto significa que Dios había tenido desde el comienzo la intención de salvar a la humanidad. Jesús efectuaba el perdón de los pecados por el acto de hablar. Así también sanaba a los enfermos, echaba fuera espíritus inmundos y hacía secar las hojas de una higuera. Pedro y Juan, habiendo aprendido durante sus tres años de seguir a Jesús el poder de proferir la Palabra, hicieron que el cojo se ponga de pie y salte por sus palabras.

Las Escrituras dan constancia de que nuestra lengua es uno de los elementos que rigen nuestra persona y nuestro destino. Es por medio del habla que intercambiamos con los demás lo que pensamos. El lenguaje es el hilo que une pensamiento y vida. Un gusano de seda forma su capullo con la seda que procede de su orificio bucal; y en modo similar una persona maneja su vida según las palabras que pronuncian sus labios. "Te has enlazado con las palabras de tu boca, y has quedado preso de los dichos de tus labios" (Proverbios 6:2); "... la lengua es un miembro pequeño pero se jacta de grandes cosas" (Santiago 3:5 b).

Jesús entró en el mundo como el Verbo. El todavía mora en nosotros; Su Palabra permanece en nuestro corazón y nuestra boca. Cuando recibimos a Jesús en el corazón eso equivale a recibir la Palabra en nuestro corazón. El hecho de nacer de nuevo implica que cambiamos nuestro lenguaje por el lenguaje de Dios. La Biblia también enseña que: "... con el corazón se cree para justicia, pero con la boca se confiesa para salvación" (Romanos 10:10).

Nuestro lenguaje debería llegar a ser el idioma de los milagros que da gloria a Dios, por el cual podamos también extender la bendición a nuestro prójimo. A ellos al mismo tiempo que a Dios deberíamos decirles:

- Estoy seguro de que recibiré una bendición. Jesús me hizo merecedor vertiendo Su sangre por mí, por eso tengo la certeza de que mi plan, con Su aprobación, será un éxito.

Acerca de otros que van luchando en el camino podemos decir:

- Aunque es un poco precipitada esta persona, llegaría a ser provechosa si tan sólo creyera en Jesús. Ahora es un pobre hombre, pero llegará a prosperar. Yo lo aprecio, lo comprendo y espero mucho de él.

Y a Dios debemos decirle:

- Gracias, oh Señor, el gran Dios Creador. Gracias por las maravillosas obras tuyas que están transformando mi vida. Gracias por permitir que el trabajo que emprendí culminara en el éxito. ¡Oh Señor, te bendigo a Ti!

Si reconocemos con nuestros labios el poder de Dios, eso nos conducirá al éxito. Si confesamos con nuestra boca que Jesús nos ha salvado, la salvación será nuestra. Si confesamos que somos bendecidos, la bendición vendrá sobre nosotros.

En la actualidad hay médicos que aseguran que siendo que el habla afecta a todo nuestro sistema nervioso, la autosugestión que produce la confesión verbal afecta poderosamente nuestro pensamiento y lo transforma. Este hecho ya había sido expuesto hace varias centurias en Santiago 3:4-5: "Mirad también las naves; aunque tan grandes, y llevadas de impetuosos vientos, son gobernadas con un muy pequeño timón por donde el que las gobierna quiere. Así también la lengua es un miembro pequeño, pero se jacta de grandes cosas". Está escrito en Marcos 11:23: "Porque de cierto os digo que cualquiera que dijere a este monte 'Quítate y échate en el mar', y no dudare en su corazón, sino creyere que será hecho lo que dice, lo que diga le será hecho."

Jesús mismo dijo que un milagro sucedería cuando una persona confesara lo que creía y no solamente orara. Podemos vivir el milagro de echar un monte en el mar logrando el éxito en nuestra vida. Es por eso que necesitamos desde el primer momento tener claramente definido nuestro objetivo y un plan detallado mediante el cual cristalizar nuestro emprendimiento confirmado antes por la Palabra de Dios.

En segundo término está el deseo ardiente de llegar a la meta. Si ardemos por lograrlo, estaremos motivados poderosamente para hacer todo lo posible por concretar el objetivo.

En tercer lugar, debemos contemplar en el lienzo de nuestra mente un sueño de victoria, aplicando las leyes de "agrupación" y de "vista", teniendo en cuenta que Dios se glorifica cuando tenemos éxito porque El ya ha puesto Su aprobación sobre el objetivo.

El cuarto punto es confesar nuestro triunfo con un vocabulario creativo. La confesión verbal es como poner un sello en un contrato.

Lo único que resta ahora es dar la gloria a Dios al comprobar cómo se concretó el éxito del plan u objetivo. Entonces de ahora en más deje que Dios obre por usted y grandes maravillas ocurrirán.

Bendecido en todas las cosas

Estamos a punto de salir del segundo cuarto, el de la prosperidad, en la mansión de la triple bendición.

Antes de crear a la humanidad, Dios hizo primeramente el mundo material; luego colocó al hombre en un huerto abundante y hermoso. Pero después que el hombre usurpó la soberanía de Dios al comer la fruta prohibida, por la fuerza salió a enfrentar una vida de arduo trabajo y fracaso. Mas nuestro Dios intervino enviando a Su Hijo unigénito para cargar con nuestra maldición y nuestra miseria al ser clavado a una cruz en lugar de nosotros. Así rompió Cristo esa maldición y nos libertó de su atadura.

Los que ya hemos sido bendecidos en todas las cosas debemos reconocer el soberano poder de Dios entregándole nuestros diezmos, "el fruto del árbol del conocimiento" en nuestra era, no sea que caigamos nuevamente bajo maldición. También debemos atender a la ley de la siembra y la cosecha para que podamos recibir la bendición física. Esta es el yugo liviano que Dios puso sobre nosotros.

El diablo, sin embargo, está siempre atento buscando una oportunidad para hacer caer a los elegidos de Dios. Por eso debemos despojar nuestro corazón de odio, ira, codicia, perfeccionismo, conciencia intranquila, temor y frustración. Nuestra prosperidad dependerá de tener esta liberación. Además necesitamos discernir la voluntad de Dios y vivir caminando hacia la meta que esté de acuerdo con esa voluntad para poder triunfar en la vida.

Así como Dios puso ese mundo perfecto que había creado en manos de Adán y Eva, así hoy Jesús nos ha dado un mundo nuevo al clavar la maldición a la cruz y quitándonos su yugo. Ese nuevo mundo conduce a la prosperidad y la bendición. En el principio Adán y Eva perdieron su privilegio a causa de su desobediencia y orgullo. Si nosotros nos negamos a reconocer la soberanía de Dios, estaremos solicitando la esclavitud del diablo nuevamente y él nos arrastrará hacia toda clase de fracasos.

De esta manera al atravesar el cuarto llamado "prosperidad", hemos sido bendecidos. El poder maligno de Satanás no puede oprimirnos. Hemos recuperado la autoridad sobre el mundo, hemos tomado el comando mediante la gracia de Jesucristo. Nuestra lengua tiene la autoridad de un mandatario. La sabiduría creativa está sobre nuestra cabeza. Dios está en nuestro corazón por el Espíritu Santo - todo gracias a la obra por la cual Jesús nos redimió.

Los que ya han sido bendecidos con la prosperidad tienen una nueva imagen de sí mismos. Liberados de la maldición, deben estar en condiciones de ver la nueva imagen de sus vidas transformadas como si se viesen en un espejo: "Mas por él estáis vosotros en Cristo Jesús, el cual nos ha sido hecho por Dios sabiduría, justificación, santificación y redención" (1 Corintios 1:30).

Cuando estamos en Cristo Jesús nuestro pecado y condenación, junto con la muerte, se nos quitan, y se puede ver un nuevo retrato de nosotros mismos: "Os dio vida juntamente con él, perdonándonos todos los pecados, anulando el acta de los decretos que había contra nosotros, que nos era contraria, quitándola de en medio y clavándola en la cruz" (Colosenses 2:13 b - 15).

Por lo tanto, todo problema debe ser considerado desde el comienzo a través de la cruz para poder vivir continuamente la prosperidad. Cuando nos miramos a nosotros mismos debemos ver nuestra nueva imagen forjada por la obra de Cristo hecha en la cruz.

El primer elemento indispensable para comenzar y continuar viviendo una vida victoriosa es el firme fundamento de la obra completada por Jesucristo, sobre la cual nos basamos.

Además, para ser prosperados por Cristo debemos establecer para lo puramente material un sistema de valores irreprochable y que esté definido con claridad. Las cosas materiales en su máxima expresión son tan sólo medios por los cuales nuestra vida aquí puede ser más placentera, pero no deben gobernarnos.

Hay un orden absoluto tanto en el mundo espiritual como en el físico. Es importantísimo que el hombre obedezca a Dios, fuente de orden. Luego podremos tener autoridad sobre el mundo de los espíritus malignos y sobre todo el mundo físico por medio del nombre y la autoridad de Jesucristo.

Sin embargo, muchas personas son esclavas durante toda la vida de las adquisiciones materiales. Aunque vivan en la abundancia, no son bendecidas en todas las cosas. Algunos piensan que la felicidad se encuentra sólo en lo material o en lo que los rodea. Esa idea es errónea. Pero cuando damos a Dios el primer lugar en nuestra vida, las cosas materiales que obtenemos no nos hacen caer esclavos de ellas.

Tenemos que reconocer la soberanía de Dios sobre nosotros mismos y sobre todo lo material. Debemos además amar a Dios y a nuestro prójimo. Después, y no antes, tendremos dominio sobre el mundo material. Una vez que somos hechos hijos de Dios es normal que seamos bendecidos, o "prosperados en todas las cosas".

Capítulo IV

QUE *TENGAS* SALUD

Todavía nos encontramos en la casa de las tres bendiciones. Después de ingresar por el vestíbulo de entrada, visitamos el primer cuarto donde nos enteramos de que es la voluntad de Dios que prospere nuestra alma. Luego pasamos al segundo cuarto donde vimos que todo contribuye a nuestro favor. Ahora estamos a la puerta del tercer y último cuarto donde averiguaremos si es la voluntad de Dios que tengamos salud.

Es el deseo de Dios que gocemos de buena salud. La muerte, a la cual todos temen, no estaba en el plan original de Dios para el hombre. Cuando Dios lo creó, lo hizo para que viviera para siempre. El destino del hombre era andar por siempre junto a Dios en el jardín del Edén gozando del fruto del árbol de vida. La caída del hombre lo condenó a la muerte y a la esclavitud de la enfermedad, instrumento de muerte. Desde entones el hombre fue un ser mortal. En consecuencia, en el plan cósmico de Dios para salvar al hombre, una parte la constituye la liberación de la enfermedad. Dios puso esta misión sobre su Hijo unigénito, Jesús. ¡Tan importante era la divina voluntad de cuidar nuestra salud!

Abramos la puerta al tercer cuarto de la divina voluntad. Entremos. Ni bien abrimos la puerta vemos que el deseo de Dios para todo Su pueblo es: ¡buena salud!

Primeramente examinemos qué es lo que obstaculiza la buena salud y cuál es el origen de la enfermedad. Luego indagaremos la iglesia moderna y el don de sanidades divinas. Por último sólo nos resta salir del cuarto por la vía en que pueda ser sanada la enfermedad. ¡Así que debemos estar revestidos de una nueva apariencia cuando salgamos de este cuarto! El viejo vestido de enfermedad, maldición y dolor nos será quitado y llevado lejos.

Origen de la enfermedad

Debemos conocer la primera causa de la enfermedad para poder fortalecer nuestro cuerpo debilitado y recuperar la salud. Sin saber estas cosas es imposible conocer la liberación de la enfermedad. La esencia y la fuente de toda enfermedad no quiere darse a conocer, así como las células cancerosas no quieren revelar su origen. Una vez expuesta a la cruz de Cristo, la raíz de la enfermedad es inmediatamente tronchada y exterminada, así como el bacilo de la lepra muere al ser expuesto al aire.

Las tres causas malignas que nos trajeron la enfermedad son el diablo, el pecado y la maldición. Como estas tres siempre actúan juntas y colaboran entre sí, no pueden ser tratadas por separado. El diablo induce al hombre a pecar contra Dios, y ese pecado acarrea la maldición de Dios. Analicemos primeramente los poderes de la muerte que son fuente de enfermedad.

a. El pecado

"Y mandó Jehová Dios al hombre, diciendo: De todo árbol del el huerto podrás comer; mas del árbol de la ciencia del bien y del mal no comerás; porque el día que de él comieres, ciertamente morirás" (Génesis 2:16-17).

A pesar de una advertencia tan espantosa de parte de Dios, Adán y Eva fueron efectivamente engañados por Satanás, por eso comieron el fruto prohibido y así cayeron bajo la pena de muerte: "Con el sudor de tu rostro comerás el pan hasta que vuelvas a la tierra; porque de ella fuiste tomado, pues polvo eres y al polvo volverás" (Génesis 3:19).

Tal fue el comienzo de la tragedia humana. El hombre murió espiritualmente habiéndose separado de su comunión con Dios. Esta clase de muerte no significaba que cesaría su existencia humana; significaba la muerte "espiritual". Luego el hombre fue corrompido por el diablo, causante de la muerte. Entonces Dios expulsó al hombre del huerto, diciendo "... que no alargue su mano, y tome también del árbol de la vida, y coma, y viva para siempre" (Génesis 3:22 b). Dios desterró a Adán y Eva del jardín para siempre de modo que ni ellos ni sus descendientes escaparían jamás la muerte física. Desde entonces el poder de la muerte comenzó a ejecutar la corrupción en el espíritu humano de Adán y a destruir su cuerpo. "Por tanto, como el pecado entró en el mundo por un hombre, y por el pecado la muerte, así la muerte pasó a todos los hombres, por cuanto todos pecaron" (Romanos 5:12).

Al caer el hombre, la muerte del espíritu, o la interrupción del diálogo con Dios, antecedieron a la muerte del cuerpo. Podríamos decir que la muerte del espíritu fue el punto de partida de la muerte en general. Un versículo en el libro de Job, texto que se refiere a la muerte en términos simbólicos, expresa: "La enfermedad roerá su piel, y a sus miembros devorará el primogénito de la muerte" (Job 18:13). El "primogénito de la muerte", muerto como pago por el pecado, fue el espíritu; "piel" se refiere a nuestra carne.

Cuando Adán cometió pecado, su espíritu murió en el acto y su cuerpo inició el deterioro. Ese cuerpo humano fue creado por Dios con tal perfección que, luego de la muerte del espíritu, le llevó casi mil años al poder de la muerte para destruirlo. Por estar el mundo tan lleno de pecado actualmente, en menos de cien años el poder de la muerte tiene suficiente tiempo para destruir un cuerpo. Esto prueba que el hombre es presa del poder del pecado y de la muerte.

El pecado causó la muerte al espíritu, lo cual a la vez resultó en la muerte del cuerpo. La primera etapa de este proceso es la enfermedad. Por eso la muerte del espíritu se llamó "el primogénito de la muerte".

Nosotros no deberíamos hoy procurar solamente el tratamiento para nuestra necesidad física. Cuando buscamos la raíz de la enfermedad y la tratamos, podemos ser atendidos más rápida y eficazmente. Por eso Santiago en su carta nos exhorta: "Confesaos vuestras ofensas unos a otros, y orad unos por otros, para que seáis sanados" (Santiago 5:16).

Ahí se da a entender que la enfermedad surge a causa del pecado, por eso debemos confesarnos nuestras faltas para que nuestra enfermedad pueda ser curada. Nuestra sanidad está en la gracia redentora de Jesús; recibimos la sanidad del cuerpo al mismo tiempo que nuestros pecados son perdonados.

b. El diablo

Hay una relación recíproca entre el pecado y el diablo. Donde está el diablo, siempre hay pecado; donde hay pecado, está el diablo. El diablo tienta a los humanos a cometer pecado haciendo que se rebelen contra Dios. El pecado, como socia trae a la enfermedad que destruye y deteriora a las personas sin cesar. "Porque la paga del pecado es muerte" (Romanos 6:23 a). El diablo tiene "el imperio de la muerte" (ver Hebreo 2:14) y sin descanso alimenta a la enfermedad con su energía para "robar, matar y destruir" continuamente (véase Juan 10:10).

Por lo tanto el tratamiento de una enfermedad sólo es completado cuando antes de la atención física se proporciona la atención espiritual. Es el espíritu que habita en el hombre el que le da la vida y la energía al cuerpo humano para que pueda funcionar. Cuando el espíritu abandona a la carne, aún el cuerpo más fuerte y resistente dejará de vivir y comenzará su corrupción. Lucas, en el capítulo 8, refiere que, Jairo, un jefe de sinagoga, quería que Jesús orase por su hija quien estaba muriendo. Cuando Jesús llegó a ese hogar tomó a la niña, ya muerta, por la mano diciéndole:

- Muchacha, ¡levántate!

Al instante el espíritu de la niña volvió y ella revivió.

Esta es una buena demostración de que la vida revive cuando el espíritu entra de nuevo en el cuerpo. El hecho de que el espíritu mantiene al cuerpo se menciona en varias partes de la Biblia. "El ánimo del hombre soportará su enfermedad; mas ¿quién soportará el ánimo angustiado?" "El corazón alegre constituye buen remedio; mas el espíritu triste seca los huesos" (Proverbios 18:14 y 17:22).

Cuando en hombre cayó bajo el poder de la muerte a causa de su pecado, el diablo comenzó a atacar su cuerpo hasta matarlo. La completa salud física solamente se obtiene luego de que el espíritu de la persona se libera del poder de la muerte y se llena con la vida de Dios.

La enfermedad implica un estado orgánico. Es una sucesión de efectos que resultan en la destrucción final de la vida física. El diablo es el responsable de la enfermedad y abastece la energía destructiva de la enfermedad. Su operación es robar, matar y destruir. Por lo tanto si el diablo se aparta de la enfermedad, los elementos patógenos se desorganizan y desaparecen. No queda nadie que alimente la enfermedad ni cause su propagación. La Biblia explica "cómo Dios ungió con el Espíritu Santo y con poder a Jesús de Nazaret, y cómo éste anduvo haciendo bienes y sanando a todos los oprimidos por el diablo" (Hechos 10:38).

Detrás de las enfermedades de diferentes tipos que Jesús sanó, siempre estaba el diablo abasteciendo la energía para enfermar. Cuando Jesús echó fuera el espíritu del demonio, quebró la fuerza de la enfermedad y el cuerpo desvalido quedó restaurado a la salud completa. Aparecen en la Biblia muchos casos de enfermedad: "Y cuando llegó la noche, trajeron a él muchos endemoniados; y con la palabra echó fuera a los demonios, y sanó a todos los enfermos" (Mateo 8:16). "Y cuando Jesús vio que la multitud se agolpaba, reprendió al espíritu inmundo, diciéndole: Espíritu mudo y sordo, yo te mando, sal de él, y no entres más en él" (Marcos 9:25).

El diablo con sus millares de demonios traen toda suerte de enfermedades y dolencias. Alguno preguntará:

- ¿Acaso no son los virus la causa de la enfermedad?

Repito: Satanás proporciona todos los elementos patógenos con su energía destructiva. Cualquiera que desee ser sanado por completo debe primeramente confesar sus pecados y creer en Jesús, el Unico que tiene el poder para destruir el pecado y la muerte. Enfermedades y dolencias son armas del diablo. El que es creyente debe recibir la obra del Espíritu Santo, el cual trae vida, en su alma. La vida del Espíritu Santo resiste la obra del diablo que es quien causa la enfermedad y la muerte. Entonces el diablo huye y no solamente se recupera la salud sino que la persona se vuelve más sana de lo que había sido antes.

c. La maldición

Dios es recto y justo. Cuando el hombre pecó, quebrantó el mandamiento específico de Dios. Y tuvo que castigarlo Dios porque El es justo. La maldición de la enfermedad, el dolor y la muerte fue consecuencia de desobedecer a Dios y tomar parte con el diablo. No obstante, Dios nos preparó una vía de salvación porque no solamente es un juez justo sino que a la vez es un Dios de amor y misericordia. Cuando los hombres no responden a Su llamado y exhortación, entonces El los deja a la merced de sus corazones corruptos de tal modo que reciben "en sí mismos la retribución debida a su extravío" (Romanos 1:27 b). Ese fue el principio de la enfermedad que nos vino como maldición.

"¿Por qué querréis ser castigados aún? ¿Todavía os rebelaréis? Toda cabeza está enferma, y todo corazón doliente. Desde la planta del pie hasta la cabeza no hay en él cosa sana, sino herida, hinchazón y podrida llaga; no están curadas, ni vendadas, ni suavizadas con aceite" (Isaías 1:5-6).

La enfermedad llega como maldición de la ley por lo general. Es lazo y tormento del diablo que intenta "robar, matar y destruir", como dice en Juan 10:10. Satanás es un torturador. De no haber protegido al mundo Dios, con su ternura y compasión, el poder maligno del diablo ya hubiese acabado con el mundo. Si Dios no nos hubiera mostrado Su bondad esperando que nosotros nos volvamos a Él arrepentidos, hace tiempo que hubiéramos sido destruidos como Sodoma y Gomorra.

Analicemos la maldición de la enfermedad que Dios permitía y alcanzaba al hombre por haber desobedecido: "Y Jehová enviará contra ti la maldición, quebranto y asombro en todo cuanto pusieres mano e hicieres, hasta que seas destruido y perezcas pronto a causa de la maldad de tus obras por las cuales me habrás dejado. Y Jehová traerá sobre ti mortandad, hasta que te consuma de la tierra a la cual entras para tomar posesión de ella. Jehová te herirá de tisis, de fiebre, de inflamación y de ardor, con sequía, con calamidad repentina y con añublo." "Jehová te herirá con la úlcera de Egipto, con tumores, con sarna, y con comezón de que no puedas ser curado. Jehová te herirá con locura, ceguera y turbación de espíritu." "Te herirá Jehová con maligna pústula en las rodillas y en las piernas, desde la planta de tu pie hasta tu coronilla, sin que puedas ser curado." "Y traerá sobre ti todos los males de Egipto, delante de los cuales temiste, y no te dejarán. Asimismo toda enfermedad y toda plaga que no está escrita en el libro de esta ley, Jehová la enviará sobre ti, hasta que seas destruido" (véase Deuteronomio capítulo 28, versículos 20-22; 27-28; 35; 60-61).

¡Qué terrible y espantosa advertencia! Esa es la maldición de la ley que venía sobre los que vivían según sus propias concupiscencias. Hoy se manifiesta ese fenómeno ante nuestros ojos. A pesar de todos los esfuerzos por libertar al hombre de la enfermedad y de la muerte, aumenta el número de pacientes en los hospitales porque van en aumento, en vez de disminuir, las enfermedades incurables.

Los que están leyendo este libro podrían sentir confusión al llegar a este punto, porque en las secciones anteriores se explicó que la causa de la enfermedad es la maldición resultante del pecado y de Satanás, pero en esta sección se sostiene que la enfermedad nos alcanza como maldición de Dios por la desobediencia caprichosa del hombre a las instrucciones de Dios. Por supuesto que la enfermedad misma se originó en el pecado del hombre y es agravada por el diablo a quien le fue dado el poder de la muerte (véase Hebreos 2:14). El hombre pecó y cayó bajo el juicio de la maldición y es entregado al diablo para ser oprimido con enfermedad y muerte. Citamos a continuación Job 2:6-7: "Y Jehová dijo a Satanás: `He aquí, él está en tu mano; mas guarda su vida'. Entonces salió Satanás de la presencia de Jehová, e hirió a Job con una sarna maligna desde la planta del pie hasta la coronilla de la cabeza."

La enfermedad entró en el mundo cuando el hombre fue entregado en manos de Satanás, a causa de su pecado y la maldición de la ley. Todavía Dios proclama Su juicio sobre el cuerpo del hombre que peca; lo entrega a manos del diablo y cae bajo la maldición de la enfermedad.

El apóstol Pablo escribió: "Por cuanto todos pecaron, y están destituidos de la gloria de Dios" (Romanos 3:23). Este texto explica que todas las personas están en las garras de Satanás y bajo la maldición de la ley. A la vez nos muestra que el tratamiento médico por sí solo no puede vencer a la enfermedad, porque aunque se tenga éxito venciendo una, el diablo traerá sin falta otro mal incurable mientras exista el pecado en el mundo. Debemos confesar nuestros pecados, ser limpios y perdonados antes de poder tener libertad del pecado y de la maldición del diablo. Necesitamos un Ser soberano que sea omnipotente para rescatarnos y redimirnos de semejante causante de la enfermedad. La verdadera buena noticia nos llegó con nuestro Señor Jesucristo, "Cristo nos redimió de la maldición de la ley, hecho por nosotros maldición (porque está escrito: Maldito to-do el que es colgado en un madero)" (Gálatas 3:13); "Siendo justificados gratuitamente por su gracia, mediante la redención que es en Cristo Jesús" (Romanos 3:24).

Estos textos con promesas de gracia nos hacen tomar conciencia del asombroso amor de Dios. El es en efecto el Dios de justicia y juicio que hizo que el hombre conozca el sufrimiento de la enfermedad, pero también es el Dios de amor y misericordia. Por Su gran amor envió a Jesús sobre quien cargó nuestra desobediencia y pecado. Por esa causa, como leímos, Cristo fue condenado en nuestro lugar.

Si una persona confiesa sus pecados y cree en el poder de la preciosa sangre del señor Jesús, se le perdonan sus pecados y recibe salvación. Entonces es libre de la maldición de la ley, porque El "nos ha librado de la potestad de las tinieblas, y trasladado al reino de su amado Hijo, en quien tenemos redención por su sangre, el perdón de pecados" (Colosenses 1:13-14).

Si nuestros pecados son perdonados, también somos libres del tormento del pecado y de la enfermedad del cuerpo. Pues entonces la gracia redentora de Jesucristo ¿también cubre nuestra dolencia física? Trataremos de responder esa pregunta.

Jesús y la sanidad divina
-El llevó nuestra enfermedad

Más de veinte años atrás, cuando acababa de graduarme del instituto bíblico, comencé una obra en una carpa raída en el pueblo de Pulkwang-dong. Preparándome para ministrar en un funeral, repasé toda la Escritura en busca de sermones que Jesús haya predicado en una ocasión así, pero aunque revisé desde la primera página del Génesis hasta la última del Apocalipsis, no pude encontrar ni una sola descripción de un servicio fúnebre. Jesús predicó un sermón sobre un monte el cual incluye dichos a los cuales llamamos Bienaventuranzas. A orillas del Mar de Galilea predicó Su sermón sobre el sembrador.

Pero nunca pronunció un sermón fúnebre. Por el contrario, detuvo un servicio fúnebre y resucitó al muerto.

Cuando la hija del jefe de la sinagoga murió (véase Marcos 5:41), Jesús no predicó un sermón. Sencillamente le dijo a la pequeña:

- Niña, a ti te digo, levántate.

También a Lázaro, siendo que había fallecido hacia cuatro días, Jesús le ordenó:

- ¡Lázaro, ven fuera!

Lázaro salió, atado de pies y manos por los lienzos (véase Juan 11:43-44).

Estos acontecimientos nos convencen de que Jesucristo es el Señor de la vida, El único que venció a la muerte, al sepulcro y su poder. Encontramos a Jesús donde quiera que iba perdonando pecados, sanando enfermos y dando vida al levantar a los muertos, no solamente a los que estaban espiritualmente muertos sino también a los físicamente muertos.

a. El perdón de los pecados y la sanidad

Perdonar pecados y sanar eran dos cosas que Jesús hacía por donde iba. Eran las cosas importantes de Su ministerio. En todas partes perdonó y sanó. Dos terceras partes de su ministerio se dedicaron a la sanidad. Por donde iba Jesús, lo seguían los pecadores y los debilitados, los cuales fueron testigos de milagros que traían salud a los enfermos y los levantaban del lecho.

Un día Jesús estaba predicando el evangelio en una casa en Capernaum. En eso cuatro hombres levantaron parte del techo de la vivienda e hicieron bajar a un paralítico a través del cielo raso para que Jesús orase por él. Jesús le dijo al paralítico:

- Hijo, tus pecados te son perdonados.

Algunos escribas judíos se indignaron y pensaron:

- ¿Quién puede perdonar pecados sino Dios?

Jesús sabía lo que habían pensado, así que les dijo:

- ¿Qué es más fácil, decir al paralítico: `Tus pecados te son perdonados' o decirle: `Levántate, toma tu lecho y anda'? Pues

para que sepáis que el Hijo del Hombre tiene potestad en la tierra para perdonar pecados..., - dijo al paralítico):

- A ti te digo: Levántate, toma tu lecho, y vete a tu casa-"
(Véase Marcos 2:9-11).

Al ser perdonado su pecado, se curó la enfermedad. Precisamente, cuando los pecados son perdonados, la persona también
debería quedar libre de la esclavitud de la enfermedad. Jesús, refiriéndose a este tema claramente, dijo esto: "Todo aquel que hace pecado, esclavo es del pecado. Y el esclavo no queda en la casa
para siempre; el hijo sí queda para siempre. Así que, si el Hijo os
libertare, seréis verdaderamente libres" (Juan 8:34-36).

¿De qué modo nos libertaría el Hijo? El libera al hombre de
la esclavitud del pecado y lo desata de la enfermedad que recibió como castigo por el pecado. Como Jesús era verdaderamente Dios, tenía la facultad de perdonar pecados.
Inesperadamente, la prueba de esto vino como resultado de la
pregunta crítica formulada por los escribas; entonces Jesús
combinó el perdón con la sanidad demostrando que eran cosas
inseparables.

Los escribas habían dicho:

- ¿Quién es éste, que también perdona pecados? - (véase
Lucas 7:49).

Pero ninguno pudo acusar a Jesús al ver al hombre levantarse, tomar su lecho e irse a casa. El hecho de que Jesús poseía
la autoridad para perdonar pecados no podría haber quedado
demostrado de mejor manera que esa.

Cuando Jesús sanaba a los enfermos, perdonaba sus pecados y les daba la fe para creer que habían sido perdonados. Le
dijo al hombre junto al estanque de Betesda:

- No peques más, para que no te venga alguna cosa peor -
(véase Juan 5:14).

Cuando una mujer que estaba hacía doce años enferma de
flujo de sangre tocó el borde de su manto, Jesús le dijo:

- Tu fe te ha salvado - (véase Mateo 9:22).

Por supuesto la Biblia también nos habla de enfermedades

que no fueron causadas por el pecado. El hombre que había nacido ciego es uno de esos casos. Jesús dijo que el hecho de ser ciego de nacimiento no era por causa de su pecado ni por los pecados de sus padres. Había nacido ciego, en cambio, para que la obras de Dios pudieran evidenciarse en él. Esto da a entender que la enfermedad no es siempre motivada por el pecado, aunque sí existió por primera vez y alcanzó a toda la humanidad por el pecado original de Adán y Eva con quienes compartimos la responsabilidad. Por eso la persona debe recibir primeramente el perdón por sus pecados antes de ser sanado de su enfermedad.

Vemos en la Biblia que cada vez que Jesús perdonaba los pecados el diablo era expulsado. Hechos 10:38 dice "cómo Dios ungió con el Espíritu Santo y con poder a Jesús de Nazaret, y cómo éste anduvo haciendo bienes y sanando a todos los oprimidos por el diablo, porque Dios estaba con El."

Cuando nuestro Señor perdonaba pecados y obraba milagros los espíritus inmundos, clamando a gran voz, eran expulsados de muchos de los poseídos, pues en el momento en que Jesús perdonaba al enfermo el diablo perdía el fundamento por el cual podía conservarlo como esclavo a su servicio. El hecho de ser librado de una enfermedad es prueba de otro hecho: de que hemos sido puestos en libertad de la atadura del diablo.

Cuando Jesús leyó "el año agradable del Señor" (véase Lucas 4:19), estaba citando la referencia al jubileo del Antiguo Testamento. El jubileo representa la imagen clara de la bendición que vendría en la dispensación de la gracia. Cuando analizamos Levítico capítulo 25, versículos 8 al 12, vemos que al anuncio del Año del Jubileo le precedía el día de Expiación. En éste se mataba una víctima como sacrificio y la sangre de ese animal se rociaba sobre el trono de la misericordia para que los pecados del pueblo pudieran recibir perdón.

A continuación se tocaba la trompeta del jubileo. Era entonces cuando la gente que había perdido su tierra o su casa mucho tiempo atrás la recobraba, y también aquellos que habían sido vendidos como esclavos en pago de sus deudas recibían el perdón y eran devueltos a sus familias.

Eso es un símbolo del hecho de que recibimos la misericordia de Dios y Su bendición solamente mediante la redención de la cruz de Cristo. Jesús se hizo ofrenda por nuestros pecados cuando fue crucificado en la cruz del Calvario rociando Su sangre en el trono celestial de la gracia. Fue así que restauró todas las cosas que se nos habían perdido. Cuando nos envió al Espíritu Santo, hizo sonar la trompeta de gozo del evangelio proclamando nuestra liberación del diablo.

Luego de que la trompeta anunciaba el año de jubileo, la orden de Dios para el pueblo era: "Pregonaréis libertad en la tierra a todos sus moradores,... y volveréis cada uno a vuestra posesión, y cada cual volverá a su familia" (Levítico 25:10).

Si somos el pueblo de Cristo, quien ofreció un sacrificio más excelente estableciendo un pacto mejor, cuánto más lógico será que nuestros pecados sean perdonados y que seamos liberados del poder del diablo.

Además, cuando Jesús perdonó los pecados y sanó a los enfermos, lo que hizo quedó como prueba de que nos liberaba de la maldición de la ley, puesto que la causa de la enfermedad se originaba en la maldición por haber pecado: "Cristo nos redimió de la maldición de la ley, hecho por nosotros maldición (porque está escrito: Maldito todo el que es colgado de un madero" (Gálatas 3:13).

Jesús pendió del madero para redimirnos de la maldición y de esa manera nos hizo libres de toda enfermedad.

De manera que como el pecado se tomó de la mano de la enfermedad para destruir al hombre cuando Adán pecó, así el perdón se tomó de la mano de la sanidad para restaurar al hombre, siguiendo a la gracia redentora y al poder salvador de Jesucristo. Obraron en conjunto para dar al hombre vida eterna. En el ministerio de Jesús, el perdón y la sanidad eran compañeros inseparables, y cuando El envió a Sus discípulos les ordenó que sanaran a los enfermos además de proclamar el perdón. "Entonces llamando a sus doce discípulos les dio autoridad sobre los espíritus inmundos, para que los echasen fuera, y para sanar toda enfermedad y toda dolencia" (Mateo 10:1). Esa es la "Gran Comisión" del Evangelio, y no ha cambiado.

b. ¿Por qué Jesús sanaba?

Ya hemos dicho que dos terceras partes del ministerio público de Jesús estuvo dedicado a sanar a los enfermos. ¿Por qué Jesús lo consideró tan importante?

Primero, Jesús quiso demostrar que El era el Mesías mediante señales y prodigios de sanidad divina. Esto fue lo que Jesús les respondió a sus acusadores cuando negaban que El fuese el Cristo que Dios había enviado:

- Si no hago las obras de mi Padre, no me creáis. Mas si las hago, aunque no me creáis a mí, creed a las obras, para que conozcáis y creáis que el Padre está en mí, y yo en el Padre - (Juan 10:37-38).

Con estas palabras Jesús hizo una enfática aseveración de que la sanidad era la obra de Dios y que el que estaba llevando a cabo esa obra era el Mesías, Ungido de Dios.

También mandó decir esas cosas a Juan el Bautista quien en aquellos días estaba encarcelado por orden del rey Herodes. Juan había dado testimonio de que Jesús era el Cordero de Dios, pero cuando cayó en la cuenta de que Israel no era prontamente libertada del dominio romano, se desilusionó y se llenó de dudas. Por esa razón envió a sus discípulos a preguntar a Jesús:

- ¿Eres tú el que ha de venir, o esperaremos a otro?

Entonces Jesús les hizo ver a los discípulos de Juan cómo El había sanado muchas plagas y dolencias físicas, había echado fuera los espíritus inmundos de los endemoniados y devuelto la vista a los ciegos. Luego los mandó de vuelta:

- Id, haced saber a Juan lo que habéis visto y oído: los ciegos ven, los cojos andan, los leprosos son limpiados, los sordos oyen, los muertos son resucitados, y a los pobres es anunciado el evangelio - (véase Lucas 7:19-22).

Juan el Bautista había estado esperando un enviado político, pero Jesús se manifestó y demostró ser el Mesías que suelta al pueblo de las cadenas del diablo. Los grilletes que llevaban por causa de él eran más fuertes y pesados que los del Imperio Romano. Y también nosotros, por lo tanto, si creemos que Jesús es el Mesías, el Salvador, debemos creer y experimentar Su sanidad.

Segundo, la sanidad es la manifestación de la gracia y la misericordia de Jesús. David escribió en el Salmo 145:8: "Clemente y misericordioso es Jehová, lento para la ira y grande en misericordia." Mientras estuvo en carne aquí en la tierra la segunda persona de la Trinidad, Jesucristo, sintió compasión por los que vivían atormentados por enfermedades o demonios. Los sanaba o liberaba de la posesión demoníaca. Lo vemos en Marcos 1:41: "Y Jesús, teniendo misericordia de él, extendió la mano y le tocó, y le dijo:

- Quiero, sé limpio."

A pesar de las amenazas de los líderes religiosos judíos, quienes susurraban planes de matarlo bajo el cargo de haber quebrantado la sacra ley mosaica del reposo, Jesús todavía obraba milagros y sanaba enfermos. Fue en un día de reposo que desató de la enfermedad a una mujer que andaba encorvada y en ninguna manera se podía enderezar. Entonces el principal de la sinagoga reprendió con indignación a la congregación diciendo:

- Seis días hay en que se debe trabajar; en éstos, pues, venid y sed sanados, y no en día de reposo.

Jesús respondió:

- ¡Hipócrita! Cada, uno de vosotros ¿no desata en el día de reposo su buey o su asno del pesebre y lo lleva a beber? Y a esta hija de Abraham, que Satanás había atado dieciocho años, ¿no se le debía desatar de esta ligadura en el día de reposo? - (véase Lucas 13:11-16).

Así vemos cómo Jesús por dondequiera que iba sanaba a los enfermos con ternura y compasión. Sensibilidad y misericordia como esas son cualidades del amor. La Biblia dice en 1 Juan 4:16 que Dios es amor. Movido por ese amor, Dios el Hijo se encarnó como humano y vino a este mundo. Perdonó nuestros pecados y sanó nuestras dolencias. Finalmente fue martirizado sobre la cruz como ofrenda por el pecado, para ofrecer una propiciación por nuestras faltas. El es nuestro sumo sacerdote, fiel y compasivo, quien aún hoy intercede a favor de nosotros. Por eso se nos anima en la Palabra: "Porque no tenemos un sumo sacerdote que no pueda compadecerse de nuestras debilidades, sino uno que fue tentado en todo según nuestra semejanza, pero sin pecado. Acerquémonos, pues, confiadamente al trono de la gracia, para alcanzar misericordia y hallar gracia para el oportuno socorro" (Hebreos 4:15-16).

Confiando en esa misericordia y compasión todos los que están enfermos pueden venir a Jesucristo, nuestro sumo sacerdote, y obtener el descargo de sus pecados por la virtud de Su sangre y, además, pueden recibir sanidad para sus enfermedades. Si no creemos poder recibir sanidad, estamos negando a Jesús como Salvador y volviendo la espalda a Su divino amor.

c. La redención en el Antiguo Testamento

El tema central de este libro, la mayor premisa de las tres bendiciones en Cristo, es la cruz. Podríamos sintetizar así su esencia: el hombre pecó rebelándose contra Dios; su espíritu, alma y cuerpo quedaron bajo el yugo de Satanás, pero, por la virtud de la sangre de Cristo derramada en la cruz, el hombre fue libertado de la esclavitud del pecado y de la muerte.

Si seguimos una deducción lógica, la enfermedad, que cayó sobre el hombre como consecuencia del pecado, debe estar incluida en la gracia redentora de la cruz. Si no fuera así, por maravillosa que hubiese sido la obra sanadora de Jesús, llena de ternura y compasión, y por más que a esta misión le haya dedicado dos tercios de su ministerio público, hubiese concluido como un mero período de misericordia y buenas obras. La eficacia eterna del Nuevo Pacto hecho entre Dios y los hombres sólo es válida gracias a la cruz.

Alguno puede preguntar si es segura la liberación de la enfermedad mediante la cruz, como una gracia de la salvación que Dios preparó antes de que el mundo existiese. Si la sanidad de las enfermedades ciertamente jugara un papel importante en la obra eterna de la salvación, deberíamos encontrar en el Antiguo Testamento ya profetizada o simbolizada esa sanidad. Después de todo, si el Antiguo Testamento prefigura al Nuevo Testamento, podemos buscar las figuras de la redención de la enfermedad que aparezcan ya en él.

1. Cordero de Pascua

Una de las figuras simbólicas importantes que implican que la redención de la enfermedad está incluida en la obra de Jesús en la cruz es el cordero de la Pascua. Vimos ya, en el capítulo 1 de este libro, que el cordero pascual simboliza a Cristo. El hecho de que a los israelitas en Egipto se les eximía de la plaga de la muerte untando con la sangre de los corderillos los dinteles de las puertas es una demostración de que nuestros pecados son perdonados merced a la sangre de Jesús, el Cordero de Dios, y que nuestra alma queda exenta de la ira del juicio. ¿Y qué simboliza la carne del cordero pascual?

Está indicado en Exodo 12:46 y en Números 9:12 que los israelitas deberían comer los corderos la noche de Pascua, sin dejar restos para el día siguiente, y que no debían quebrar los huesos. Este es un paralelo entre el cuerpo del Hijo de Dios crucificado y el cordero pascual. En Juan 19:32-33 vemos que los soldados romanos quebraron las piernas de los malhechores en las cruces junto a la de Jesús porque ellos dos todavía no estaban muertos, pero no quebraron ningún hueso de Jesús porque en ese momento ya estaba muerto.

La carne de los corderos de la primera Pascua proporcionó a los israelitas salud y fuerzas para la larga salida nocturna. Así

Jesús nos concede la facultad de estar sanos y también Su fortaleza para nuestro largo viaje por el mundo hasta que El regrese a buscar a Su pueblo. Las palabras del Espíritu Santo profetizadas en Isaías 53:5 dicen: "... por su llaga fuimos nosotros curados."

El apóstol Pedro escribió este contundente testimonio, inspirado por el Espíritu de revelación, acerca de Jesucristo: "Quien llevó él mismo nuestros pecados en su cuerpo sobre el madero, para que nosotros, estando muertos a los pecados, vivamos a la justicia; y por cuya herida fuisteis sanados" (1 Pedro 2:24).

La fiesta de la Pascua según el Antiguo Testamento incluye la gracia expiatoria que nos redime de nuestras enfermedades, simbolizando las llagas que laceraron el cuerpo de Jesús.

2. Aguas de Mara

Cuando Moisés llegó a la región de Mara en el desierto de Shur, el sol quemaba y el calor de la tierra desierta aumentaba mucho la sed del pueblo, pero solamente encontraron agua amarga en el oasis de Mara. La gente se quejaba de sed a Moisés. Entonces Moisés se postró ante Dios y El le mostró cierta planta. Cuando Moisés arrojó la rama al agua, como Dios le había dicho, el agua se hizo agradable y la gente bebió.

Este incidente nos demuestra con un símbolo que la gracia que nos redime de la enfermedad es parte de la obra de Cristo en la cruz. El Antiguo Testamento contiene la sombra o anticipo del Nuevo. Moisés, quien sacó a los israelitas de Egipto, los libertó de la esclavitud a manos de los egipcios y fue junto con ellos por tierras inhóspitas hacia el país de Canaán. El es un símbolo de Cristo, el gran libertador, quien llama a su gente para sacarlos de un mundo pecador y llevarlos a cielo nuevo y tierra nueva.

Las aguas amargas de Mara toman como significado las tribulaciones y enfermedades que encuentran nuestro espíritu y nuestra carne en su paso por la vida, y la planta que fue arrojada a la laguna nos habla de la cruz de Cristo. En ese mismo lugar Dios hizo un pacto de sanidad con los israelitas: "Allí les dio estatutos y ordenanzas, y allí los probó; y dijo: Si oyeres atentamente la voz de Jehová tu Dios, e hicieres lo recto delante de sus ojos, y dieres oído a sus mandamientos, y guardares todos sus estatutos, ninguna enfermedad de las que envié a los egipcios te enviaré a ti, porque yo soy Jehová tu Sanador" (véase Éxodo 15:25-26).

La palabra hebrea que aparece en este texto en el original es Yaveh Rofekah, es decir, "el Señor que sana". Este nombre santo del Dios eterno pone de manifiesto que no es la voluntad de Dios provocar la enfermedad, sino curarla. Tampoco es Su voluntad herir de muerte al ser humano, sino darle vida.

Por este hecho de endulzar las aguas amargas, Dios hizo que dos millones de israelitas dependieran de su Dios, que sana. Andaban por el desierto, donde no hay instalaciones sanitarias; inclusive la comida, la ropa y el techo eran cosas muy precarias. La realidad era que si Dios no sanaba y vendaba sus heridas, un gran número de personas se enfermaría; hubiesen muerto por el camino.

Todos los israelitas, sin embargo, creyeron a las palabras de la promesa de Dios y le obedecieron, por eso fueron todos sanos de sus enfermedades. Entre ellos no hubo débiles ni enfermos en todo el camino. El Espíritu Santo inspiró al salmista a escribir haciendo memoria de aquella época: "Los sacó con plata y oro; y no hubo en sus tribus enfermo" (Salmo 105:37).

Esos esclavos israelitas que fueron puestos en libertad son un buen paralelo de los cristianos modernos que han sido librados de la vida pecaminosa. El paso por el Mar Rojo simboliza con grandiosidad el volver a nacer de los cristianos. La vida del pueblo en el desierto refleja nuestra vida aquí en la tierra donde somos peregrinos y extranjeros hasta que llegamos al lugar celestial que se nos ha prometido.

Entonces, pues, la sanidad de la enfermedad, tanto espiritual como física, debería ser nuestra experiencia también, ya que estamos bajo "un mejor pacto, establecido sobre mejores promesas" (Hebreos 8:6 b). Vamos siguiendo las huellas de Jesús, quien es "fiador de un mejor pacto" (Hebreos 7:22). Y tenemos Sus promesas escritas: "Y estas señales seguirán a los que creen: en mi nombre echarán fuera demonios; hablarán nuevas lenguas; tomarán en las manos serpientes, y si bebieren cosa mortífera, no les hará daño; sobre los enfermos pondrán sus manos, y sanarán" (Marcos 16:17-18).

El pacto de sanidad hecho en Mara fue un tipo o preanuncio de que la redención efectuada en la cruz incluye la gracia sanadora. En esa cruz Cristo confirmó el pacto final de sanidad. Por eso ahora podemos gozar de salud hasta ingresar allí donde "no habrá muerte, ni habrá más llanto, ni clamor, ni dolor" (Apocalipsis 21:4).

3. La serpiente de bronce

Dice el registro histórico en Números 21:4-9:

"Después partieron del monte de Hor, camino del Mar Rojo, para rodear la tierra de Edom; y se desanimó el pueblo por el camino. Y habló el pueblo contra Dios y contra Moisés:

- ¿Por qué nos hiciste subir de Egipto para que muramos en este desierto? Pues no hay pan ni agua, y nuestra alma tiene fastidio de este pan tan liviano.

Y Jehová envió entre el pueblo serpientes ardientes que mordían al pueblo; y murió mucho pueblo de Israel. Entonces el pueblo vino a Moisés y dijo:

- Hemos pecado por haber hablado contra Jehová y contra ti; ruega a Jehová que quite de nosotros estas serpientes.

Y Moisés oró por el pueblo. Y Jehová dijo a Moisés:

- Hazte una serpiente ardiente, y ponla sobre una asta; y cualquiera que fuere mordido y mirare a ella, vivirá.

Y Moisés hizo una serpiente de bronce, y la puso sobre una asta; y cuando alguna serpiente mordía a alguno, miraba la serpiente de bronce, y vivía."

Esa serpiente de bronce también anuncia la obra redentora de la gracia mediante la crucifixión de Jesús, la cual nos libra de la enfermedad.

Seguramente ya había serpientes ponzoñosas en ese desierto, pero antes de este acontecimiento los israelitas habrán estado a salvo de esos peligros porque Dios los protegía poderosamente. Sin embargo cuando se rebelaron contra Dios, pecando, la protección de Dios se apartó de ellos. Fue entonces que las serpientes ponzoñosas mordieron a muchos causando la muerte. Esas serpientes simbolizan para nosotros el diablo, y el acontecimiento referido nos demuestra que cuando la protección de Dios desaparece del lado de los creyentes, el diablo siempre ataca como un león a su presa.

Moisés siguió las instrucciones de Dios y formó una serpiente de bronce, la alzó sobre una asta y cualquiera que era mordido por un reptil venenoso se sanaba tan sólo contemplando la serpiente erigida. Al arrepentirse de sus pecados, Dios les restituyó Su protección. Este hecho tendría un significado profético: llegaría el día en que el diablo, el que constantemente atormenta a las personas, sería derrotado para siempre. Esta profecía se cumplió literalmente en la vida y obra de Jesucristo.

Cierta vez vino a ver a Jesús de noche Nicodemo, uno de los principales jefes judíos. A él Jesús le anticipó:

- Como Moisés levantó la serpiente en el desierto, así es necesario que el Hijo del Hombre sea levantado para que todo aquel que en él cree, no se pierda, mas tenga vida eterna - (véase Juan 3:14-15).

La serpiente de bronce del episodio de Moisés es un símbolo de la obra redentora que Jesús llevaría a cabo en la cruz. Esa serpiente hecha por Moisés de metal era profética. El hecho de colocarla sobre una asta alta era la señal de la completa derrota de nuestro enemigo, llamado en Apocalipsis 12:9 "la serpiente antigua", "el gran dragón", diablo y Satanás, porque la muerte de Jesús de hecho consumó la derrota completa de nuestro adversario el diablo. El mismo Jesús dio testimonio a

Sus discípulos de la realidad de esa derrota: "Y les dijo: Yo veía a Satanás caer del cielo como un rayo" (Lucas 10:18-19); "Ahora es el juicio de este mundo; ahora el príncipe de este mundo será echado fuera" (Juan 12:31); "y estas señales seguirán a los que creen: en mi nombre echarán fuera demonios" (Marcos 16:17 a). Comenta el apóstol Pablo: "... despojando a los principados y a las potestades, los exhibió públicamente, triunfando sobre ellos en la cruz" (Colosenses 2:15).

Esas "potestades" se enumeran en Efesios 6.12. Las fuerzas del enemigo fueron vencidas una vez y para siempre por la muerte redentora de nuestro Señor Jesucristo, tal como cuando Moisés levantó en un palo la serpiente de bronce en el desierto y las picaduras ardientes de las serpientes quedaban sin efecto. Cuando un israelita alzaba la vista hacia el objeto en la punta del asta, una poderosa obra de sanidad divina sucedía y la persona, que de otra manera hubiese muerto envenenada, salvaba su vida. Este símbolo figuraba la obra redentora de Jesucristo, porque El tiene el poder para sanar a todo aquel que pone su mirada en El.

Un gran predicador itinerante que conmocionaba hace años a los Estados Unidos y a Canadá con un poderoso don para impartir la sanidad divina, F. F. Bosworth, escribió las siguientes palabras en su libro titulado Cristo el sanador: Un mensaje de sanidad divina: "Si la redención no incluyera la sanidad del cuerpo, ¿por qué a esos israelitas agonizantes se les pedía que miraran al símbolo de nuestra redención para ser sanados? Ese símbolo era el medio por el cual recibían sanidad y perdón, luego ¿por qué no recibiremos nosotros ambas cosas mediante Jesucristo, el real, no el objeto que lo simbolizaba?"

Hemos visto tres de los acontecimientos que preanunciaban en el Antiguo Testamento la obra redentora de Jesús, la cual redime nuestros cuerpos enfermos así como nuestras almas. Dios es el Señor que nos sana, el que desea curar nuestras dolencias. El quiere que estemos en salud; esa es la buena intención de nuestro buen Dios.

La enfermedad llegó como castigo por el pecado cometido al caer Adán y Eva. Pero cuando Jesús resucitó de los muertos tres días después de Su sacrificio en la cruz, el diablo ya estaba atado. Ahora la remisión de los pecados y la sanidad le son concedidos a todos los que claman en el nombre de Jesucristo.

Para que esta verdad resulte más clara analizaremos a continuación el evangelio anunciado por el profeta Isaías, ya que la vida de Jesús y el propósito que cumpliría fueron profetizados con gran relieve en el capítulo 53 del libro de Isaías.

d. Isaías, evangelio de la sanidad divina

Isaías fue un profeta de Dios que vivió en tierra de Judá entre los años 750 y 695 a. de C. Su libro, si bien dentro del Antiguo Testamento, puede ser descrito como uno de los evangelios por el hecho de que nos da una profecía detallada acerca de nuestro Señor Jesús en la cruz tal como si el escritor hubiese visto la crucifixión. Si atendemos a la lectura del capítulo 53, encontraremos en forma muy vívida la revelación de la muerte expiatoria del Señor Jesucristo. Veremos a continuación si la enfermedad está contemplada en la obra redentora de Jesús en la cruz buscando la interpretación de algunos vocablos hebreos utilizados en ese capítulo de Isaías.

1. "Choli" - Enfermedad, quebranto

La palabra que encabeza esta sección significa en hebreo enfermedad. En todo el Antiguo Testamento aparece aplicada la palabra "choli" para enfermedad o quebranto en la salud. Por ejemplo, Deuteronomio 7:15 (a) y 28:61: "Y quitará Jehová de ti toda enfermedad (choli)"; "asimismo toda enfermedad (choli) y toda plaga..."

En muchos otros lugares de la Biblia encontramos ejemplos del uso de este vocablo. En español encontramos traducido "choli" como enfermedad y quebranto en Isaías 53, tanto en el versículo 3 como en el 4, por eso podemos tomar la expresión "experimentado en quebranto" como enfermedad. Se deduce que Jesús conoce nuestras enfermedades y las llevó sobre la cruz.

2. "Makob" - Sufrimiento, dolor

"Mas su carne sobre él se dolerá(Makob), y se entristecerá en él su alma"; "también sobre su cama es castigado con dolor (Makob) fuerte en todos sus huesos" (Job 14:22 y 33:19).

Esta palabra traducida al español en Isaías 53 versículos 3 y 4 como "dolores" nos indica que en hebreo Makob se refiere al dolor que surge del sufrimiento causado por una enfermedad. Con este conocimiento del idioma original podemos dar esta versión de Isaías 53:4: "Ciertamente llevó él nuestras enfermedades (dolores), y sufrió nuestros dolores" (dolor causado por el sufrimiento).

Literalmente este versículo significa que el Señor Jesús llevó sobre El mismo a favor nuestro toda nuestras enfermedades y sufrió todo tipo de dolor, agonía y sufrimiento que surge de las enfermedades. El hecho de que el original hebreo lo confirme evita que interpretemos este versículo en manera diferente, sea espiritual o simbólicamente. Además hay una prueba contundente que hace que el significado de ese versículo sea inequívoco: la palabra que el Espíritu Santo proporcionó a Mateo para citarla en su evangelio: "Y cuando llegó la noche, trajeron a él muchos endemoniados; y con la palabra echó fuera a los demonios, y sanó a todos los enfermos; para que se cumpliese lo dicho por el profeta Isaías cuando dijo: `El mismo tomó nuestras enfermedades, y llevó nuestras dolencias'" (Mateo 8:16-17). La última parte es una cita de Isaías 53:4 a modo de explicación añadida por el Espíritu Santo, quien claramente nos muestra, al citar el versículo, que la sanidad divina viene mediante la redención en la cruz.

Por lo tanto ninguno podría contradecir la verdad de que Jesús mediante Su obra redentora también nos redimió de nuestras enfermedades y dolores.

3. "Sabal" - llevar, quitar

Mediante el término hebreo "Sabal" se nos indica que tanto el pecado como la enfermedad fueron llevados juntos. Este vocablo se encuentra en Isaías 53:4 y 53:11: "Ciertamente llevó él nuestras enfermedades y sufrió ("sabal") nuestros dolores; ... y llevará("sabal") las iniquidades de ellos".

En estos dos versículos la palabra "Sabal" deja constancia de que Jesús llevó nuestros dolores y sufrimientos originados en la enfermedad así como llevó nuestros pecados. Por lo tanto, si nosotros creemos que Cristo nos redimió de nuestros pecados, también debemos creer que nos redimió de nuestras enfermedades. Si no podemos creer en ambos puntos de la redención, no debemos creer en ninguno, pues Jesús llevó tanto nuestros pecados como nuestras enfermedades. Si es verdad que Jesús llevó nuestros pecados e iniquidades, también es cierto que quitó nuestras enfermedades y dolores. Si hemos recibido gratuitamente el perdón de los pecados, también debemos recibir gratuitamente la sanidad por fe. No podemos negar ni cambiar esta verdad porque la expresa claramente la Palabra de Dios.

El vocablo hebreo "Sabal" describe una figura femenina encinta arrastrándose con un gemido. Esto nos describe a Jesús pendiente de una cruz llevando nuestros pecados y enfermedades como una mujer su embarazo. El estaba dando a luz la redención y la sanidad en la agonía de esas últimas y dolorosas horas.

4. "Nasa" - llevar, cargar

Otra palabra que aparece en Isaías 53 es el verbo hebreo "nasa" el cual también confirma que Jesús llevó sobre sí a la vez nuestros pecados y enfermedades redimiéndonos de ambas cosas. En español se traduce así: "... habiendo él llevado el pecado...," (versículo 12); "Ciertamente llevó él nuestras enfermedades..." (versículo 4).

En el contexto citado el mismo término hebreo "nasa" significa tanto llevar los pecados como llevar las enfermedades. Significa llevar, cargar, alzar, retirar. Es la misma palabra que aparece en el original hebreo cuando se describe la misión del chivo emisario que llevaba hacia tierras despobladas todos los delitos del pueblo. "Y pondrá Aarón sus dos manos sobre la cabeza del macho cabrío vivo, y confesará sobre él todas las iniquidades de los hijos de Israel, todas sus rebeliones y todos sus pecados, poniéndolos así sobre la cabeza del macho cabrío, y lo enviará al desierto por mano de un hombre destinado para esto. Y aquel macho cabrío llevará sobre sí todas las iniquidades de ellos a la tierra inhabitada; y dejará ir el macho cabrío por el desierto" (Levítico 16:21-22).

Anualmente el día de la Expiación en el pueblo de Israel se traían dos cabras. A uno de los machos lo mataban para pagar por los pecados de Israel y rociaban su sangre sobre el altar. El otro macho cabrío se espantaba hacia el desierto por donde andaría errante indefinidamente con innumerables pecados sobre sí hasta que por fin desfalleciera y muriera.

Este chivo expiatorio también es un símbolo de nuestro Señor Jesucristo porque, así como llevaba lejos las iniquidades de los israelitas, así Jesús en la cruz cargó con todos nuestros pecados y pagó el precio una vez y para siempre. Este aspecto de la sanidad divina se describe explícitamente en el versículo 5: "Mas él herido fue por nuestras rebeliones, molido por nuestros pecados; el castigo de nuestra paz fue sobre él, y por su llaga fuimos nosotros curados."

Esta Escritura fue citada por Pedro explicando con elocuencia que nuestro Señor nos redimió de nuestros pecados y a la vez de nuestras enfermedades: "quien llevó El mismo nuestros pecados sobre su cuerpo en el madero...; y por cuya herida fuisteis sanados" (1 Pedro 2:24).

Claramente subraya esta verdad el Espíritu Santo, nuestro Consolador, al citar en tiempo pretérito: "fuisteis sanados", porque el pago de nuestros pecados y enfermedades ya fue pagado por completo sobre la cruz. Nos resta a nosotros creer firmemente en este hecho consumado hace dos mil años y recibir su beneficio.

Es el deseo ferviente de Dios que nosotros seamos libres de la enfermedad. Isaías expresó este deseo de Dios con toda claridad en el versículo 10: "... Jehová quiso quebrantarlo, sujetándole a padecimiento".

¿Por qué quiso Dios que su Hijo unigénito Jesucristo soportara los azotes y la crucifixión? Fue porque El quería librarnos a nosotros del castigo. Y ¿por qué Jesús quedó en silencio, sin abrir la boca, afligido hasta lo último como una oveja que es trasquilada? lo hizo porque El voluntariamente se propuso redimirnos de nuestra aflicción y nuestro dolor.

Por lo tanto, si un cristiano dice que sus pecados ya fueron perdonados pero no quiere ser redimido de la enfermedad y el sufrimiento, ello se vuelve un agravio contra los deseos de Dios y deja incompleto el plan de redención para sus vidas. Realmente hay muchos cristianos que dejan su fe actuar hasta la mitad del camino. Dios ya sabía que habría esa clase de gente y se lamentó en el libro de Isaías con estas palabras: "¿Quién ha creído a nuestro anuncio?" (versículo 1).

Mediante el estudio del capítulo 53 de Isaías hemos arribado a la conclusión de que el evangelio incluye también la sanidad y de que Dios desea libertarnos de la enfermedad y el sufrimiento.

A continuación veremos cómo interpreta y acepta la iglesia moderna el don de la sanidad divina.

La iglesia actual y la sanidad divina

Antiguamente la iglesia enseñaba la sanidad como uno de los tres sacramentos, junto con el bautismo y la santa comunión, con la convicción de que éstos debían preservarse hasta el fin de los tiempos. No obstante, algunas iglesias de la era moderna han cambiado los ritos: en algunas iglesias han cambiado el bautismo por el rito de la aspersión sobre la cabeza. La participación y la comunión hasta ahora se practica en la iglesia moderna, pero en algunas se participa solo una o dos veces al año. En cuanto a la sanidad, ha sido completamente suprimida en la mayoría de las iglesias. Este estado de cosas demuestra a las claras que la iglesia moderna se ha distanciado bastante de la Palabra de Dios.

En definitiva ¿le fue dado realmente a la iglesia el don divino de la sanidad? Si esto es cierto ¿está en vigencia todavía? ¿Continúa el Espíritu Santo Su obra de sanidad?

a. Los dones de sanidad divina son concedidos por Dios

Dice en 1 Corintios 12:28: "Y a unos puso Dios en la iglesia, primeramente apóstoles, luego profetas, lo tercero maestros, luego los que hacen milagros, después los que sanan..."

Incluidos dentro de los diversos dones que Dios estableció para la iglesia están los dones de sanidad. Esto también lo afirma Santiago en el capítulo 5, versículos 14 y 15: "¿Está alguno enfermo entre vosotros? Llame a los ancianos de la iglesia, y oren por él, ungiéndole con aceite en el nombre del Señor. Y la oración de fe salvará al enfermo, y el Señor lo levantará; y si hubiere cometido pecados, le serán perdonados."

Santiago era hermano de Jesús y fue quien presidió el Concilio en la iglesia de Jerusalén (véase Hechos 15:13). El mismo Pablo dijo de Santiago que era columna de la iglesia (véase Gálatas 2:9). Se habían formado dos facciones allí como resultado de divergencia de opinión sobre el tema de la circuncisión: una sostenía que los gentiles que se convertían debían guardar la Ley y ser circuncidados; la otra objetaba que siendo que habían sido salvos por fe, no necesitaban ser circuncidados. Santiago puso fin al asunto con la palabras: "yo juzgo que... " (Hechos 15:19). Esto demuestra qué tipo de autoridad Santiago ejercía sobre los apóstoles; los otros discípulos se sometieron a su conclusión y lo obedecieron. Si partimos de que su juicio fue escrito en una carta abierta que Santiago escribió a toda la Iglesia, podemos aceptar también la autoridad por la cual Santiago escribió acerca de los dones de sanidad que Dios había dado a la iglesia.

La epístola de Santiago fue escrita en al última parte de la era apostólica. Quedaban pocos apóstoles porque la mayoría ya había partido de este mundo. Por ende la facultad de sanar no podía quedar encomendada en manos de los apóstoles exclusivamente. Entonces el poder de sanar le fue dado a otros líderes de la iglesia, esto es, los ancianos que eran fácilmente accesibles para la congregación. Es por eso que los ancianos de la iglesia tienen la autoridad bíblica de recibir y ejercer este don destinado por Dios para la iglesia mientras ésta exista sobre la tierra. Los ancianos de la iglesia en aquel tiempo eran iguales que los líderes de hoy dentro de una congregación: predicadores, pastores, ministros y todos aquellos que son llenos del Espíritu Santo y de la Palabra.

Acabamos de ver las razones por las cuales el don de sanidad divina tiene la autoridad conferida por Dios y opera a través de aquellos que ministran el cuerpo de Cristo. A pesar de esto, todavía algunos pueden abrigar dudas y preguntarse:

- ¿No desapareció el don de sanidad con la primera iglesia?

Para responder a este interrogante quisiera citar algunos párrafos de la Biblia.

Un sábado Jesús llegó a la sinagoga de Nazareth y leyó esta porción del profeta Isaías:

"El Espíritu del Señor está sobre mí,

Por cuanto me ha ungido para dar buenas nuevas a los pobres;

Me ha enviado a sanar a los quebrantados de corazón;

A pregonar libertad a los cautivos,

Y vista a los ciegos;

A poner en libertad a los oprimidos;

A predicar el año agradable del Señor." (Lucas 4:18-19).

Esta escritura realmente se cumplió. Jesús no solamente hizo libres a los que eran esclavos del pecado, sino que en verdad echó fuera demonios, como en el caso de un hombre de Gadara que estaba poseído por una legión de demonios. Abrió los ojos de los ciegos, no solamente en el sentido espiritual, sino que le dio la vista a uno que había nacido ciego. También sanó la ceguera del mendigo Bartimeo.

¿Qué significan las palabras "poner en libertad a los oprimidos"? Encontraremos la respuesta en el sermón que predicó Pedro en la casa de Cornelio, un romano creyente:

Por lo visto "poner en libertad a los oprimidos" significa soltar de la opresión del diablo a las personas. Jesús soltó a tales personas, incluyendo a los enfermos. Una vez que terminó de leer este pasaje del libro de Isaías, Jesús dijo:

- Hoy se ha cumplido esta Escritura delante de vosotros - (véase Lucas 4:21).

No dijo nuestro Señor que esa Escritura se cumpliría en un futuro lejano, sino que subrayó el hoy y aquí. También desea el Señor que el don de sanidad se derrame sobre nosotros abundantemente hoy mismo. Jesús quiere derramar este don sobre nosotros para que prediquemos que hoy es el año agradable de Dios.

El profeta Joel, en el Antiguo Testamento, predijo que en los últimos tiempos Dios derramaría Su Espíritu sobre toda carne (véase Joel 2:28). El apóstol Pedro al predicar su sermón el día de Pentecostés declaró, estando lleno del Espíritu Santo, que "los postreros días" indicaban la dispensación de la gracia, la época en que nosotros vivimos (véase Hechos 2:17).

Santiago también habló de "la lluvia temprana y la tardía" (Santiago 5:7). La lluvia tardía es la que el Espíritu Santo está derramando hoy. Entonces ¿podemos negar "la manifestación del Espíritu" que se menciona en 1 Corintios 12:7? La manifestación del Espíritu incluye "dones de sanidades" (1 Corintios 12:9); los dones obran "como El quiere" (1 Corintios 12:11). De manera que tenemos la certeza de que el don de sanidad no ha desaparecido; por el contrario, se manifestará cada vez más en las iglesias de nuestro tiempo a medida que arribamos al final de la era.

b. Sanidad - Fundamento del reino de los cielos

Cuando Jesús anunciaba el evangelio, los demonios eran expulsados y toda clase de dolencias eran sanadas. Esto le acarreó la burla de los fariseos quienes dijeron:

- Este no echa fuera los demonios sino por Beelzebú, príncipe de los demonios - (véase Mateo 12:24).

Jesús los reprendió severamente y les aseguró:

- Pero si yo por el Espíritu de Dios echo fuera los demonios, ciertamente ha llegado a vosotros el reino de Dios - (véase Mateo 12:24-28).

Jesús demostró con Sus mismas palabras que el echar fuera demonios y el sanar a los enfermos son señales de la presencia del reino de los cielos. Jesús es Dios y vive entre nosotros, y cuando El está con nosotros el mismo reino de los cielos está con nosotros; la sanidad divina prueba que esto es así. Si aceptamos la sanidad como fundamental al reino de los cielos, el maestro creador de los cielos, el Mesías, también debe ser el sanador. Juan el Bautista envió a sus discípulos a preguntar a Jesús:

- ¿Eres tú el que había de venir? - (Lucas 7:19)

Jesús respondió así:

- Los ciegos ven, los cojos andan, los leprosos son limpiados, los sordos oyen, los muertos son resucitados, y a los pobres es anunciado el evangelio - (véase Lucas 7:19 y 22 b).

Estas palabras afirman que el Mesías, quien habría de rescatarnos de la agonía de la muerte y la descomposición, sería un sanador. Jesús fue el gran médico que sanó nuestra enfermedad espiritual y dio nueva vida a nuestro espíritu. Luego ¿por qué no ha de poder sanar las enfermedades de nuestro cuerpo que son menores que las del espíritu?

En el último libro del Antiguo Testamento, Malaquías, está escrita una profecía maravillosa que se refiere al Mesías como sanador: "Mi justicia brillará como la luz del sol que en sus rayos trae salud" (Malaquías 4:2 b, Versión Popular).

Después de haber sido sanados tanto en el espíritu como en el cuerpo por Jesús el sanador, podemos vivir una vida sana y dinámica como cuando se suelta a un becerro del establo. La razón por la cual los creyentes en la actualidad se encuentran enfermos y débiles es que no han sido sanados de sus dolencias espirituales y físicas; el reino de los cielos no se ha instalado en su espíritu y en su cuerpo. La predicación del evangelio trae la presencia del reino de los cielos. La obra sanadora que se produce como resultado de la predicación del evangelio es la demostración de que el reino de los cielos ya ha llegado. Por eso cuando Jesús envió a setenta mensajeros designados para predicar el evangelio, les dio este encargo:

- Sanad a los enfermos y decidles: `Se ha acercado a vosotros el reino de los cielos`.

La implicancia de esa exhortación de Jesús en Lucas 10:9 era que, luego de sanar a los enfermos, los setenta mensajeros debían hacer comprender a la gente que los milagros de sanidad eran la demostración de la presencia del reino de Dios. Cuando los setenta mensajeros regresaron Jesús, El volvió a explicarles la relación que existía entre la sanidad y la presencia del reino de los cielos. Ellos le dijeron:

- Señor, aun los demonios se nos sujetan en tu nombre.

Y El les aclaró:

- No os regocijéis de que los espíritus se os sujetan, sino regocijaos de que vuestros nombres están escritos en los cielos - (Lucas 10:17, 20).

Si usted ha aceptado ya a Jesucristo como su Salvador, entonces el reino de los cielos ha llegado a usted. ¿Cree usted que el reino de los cielos ahora está dentro suyo? Entonces se manifestará el poder de Cristo para sanar. El es el profetizado por Malaquías como el que "en sus rayos trae salud", el Dios sanador. Es el Señor misericordioso que soportó los azotes y fue crucificado para redimirnos de la enfermedad y la aflicción.

El reino de los cielos fue proclamado primeramente por Jesús, luego por sus doce apóstoles y más tarde por los setenta discípulos. Después fue anunciado por innumerables cristianos que vivieron antes de nuestros tiempos. En la actualidad más de 1,500 millones de creyentes dan testimonio de El alrededor del mundo entero. Siendo así, el poder sanador y sus efectos deberían fluir abundantemente en todas las iglesias por todo el mundo. Sin embargo las iglesias están hoy colmadas de enfermos con serios problemas en su espíritu o su cuerpo, y esto es porque la iglesia no predica el evangelio de la sanidad. ¡Cómo entristece esto a Dios!

Lo que deberíamos hacer es dejar de discutir la necesidad de la sanidad divina para la iglesia moderna y permitir que Su luz penetre acerca de esto. Deberíamos además dar testimonio personalmente de haber sido sanados de males del espíritu o del cuerpo. Debemos predicar las buenas noticias de que el reino de Dios se ha acercado a esta tierra con Jesucristo: debemos echar fuera todos los espíritus atormentadores y dejar en libertad a todos los oprimidos por el diablo ayudándoles a creer en la gracia sanadora y a experimentarla, lo cual es uno de los aspectos del reino de los cielos. Así como una iglesia que no predique el reino de los cielos es inservible, así el mensaje del evangelio que no incluye la gracia sanadora es un mensaje mutilado. Jesús todavía desea fervientemente que tomemos parte en edificar el reino de los cielos poniendo en práctica el don de sanidad.

c. La obra del Espíritu Santo: "Otro Consolador"

Ya hemos visto que Jesús llevó nuestras enfermedades y que Dios impartió también entre nosotros el don de sanidad. También dijimos que la sanidad es el fundamento del reino de los cielos y es la demostración de la presencia real de ese reino. Pero alguno que está leyendo este libro aún puede tener un interrogante como este:

- ¿Acaso no hace ya dos mil años que Jesús derrotó a los demonios, abolió la enfermedad, resucitó de la muerte y ascendió a los cielos? ¿Quién hace Su obra en la tierra ahora que El ya no es visible a los ojos?

Para los que todavía se hacen preguntas como esas, presentaremos seguidamente al "otro Consolador", el Espíritu Santo. Como hemos visto en el primer capítulo de este libro, nuestro Dios en un Dios bueno. Jesucristo, la segunda persona de la trinidad, es bueno; llevó una corona de espinas y se dejó crucificar. El Espíritu Santo es la tercera persona de la Trinidad; El logra en nuestra vida la salvación, la salud y la prosperidad conforme a la voluntad de nuestro buen Dios.

Antes de Su ascensión al cielo, Jesús dejó una maravillosa promesa divina que nadie había hecho antes y ningún otro podrá hacerla jamás: "Id, y haced discípulos a todas las naciones, bautizándolos en el nombre del Padre, y del Hijo, y del Espíritu Santo, enseñándoles que guarden todas las cosas que os he mandado; y he aquí yo estoy con vosotros todos los días hasta el fin del mundo" (Mateo 28:19-20); "porque donde están dos o tres congregados en mi nombre, allí estoy yo en medio de ellos " (Mateo 18:20).

Un hecho indiscutible es que Jesús fue crucificado, murió y fue puesto en un sepulcro. Con la misma certeza sabemos que emergió de los muertos y ascendió al cielo. Ya no podemos encontrar Su cuerpo carnal sobre la tierra ni Sus restos mortuorios. Pero el prometió que estaría entre nosotros y con nosotros. Luego si Jesús está con nosotros ahora, las mismas cosas que El hizo hace dos mil años deberían aparecer en nuestra vida cotidianamente. Podríamos juzgar por ello la veracidad de los dichos de Jesús: si estas cosas no suceden entre nosotros, la promesa de Jesús se ha convertido en palabrería hueca.

Pero ¿de qué manera está Jesús presente con nosotros? El dijo:

- Yo rogaré al Padre, y os dará otro Consolador, para que esté con vosotros para siempre: el Espíritu de verdad, al cual el mundo no puede recibir, porque no le ve, ni le conoce; pero vosotros le conocéis, porque mora con vosotros, y estará en vosotros. No os dejaré huérfanos; vendré a vosotros - (Juan 14:16-18).

"Consolador" significa uno enviado a interceder por otro, que siempre acompaña al otro. En el texto citado Jesús dio a entender que El era el primer consolador. El Espíritu de verdad fue designado por Jesús como "otro consolador", en griego "allos", que significa "una de dos cosas idénticas". De manera que Jesús y el Espíritu Santo son ambos consoladores. La diferencia entre uno y otro es solamente que Jesús vino primero y "el otro" lo siguió.

El Espíritu Santo que descendió en Pentecostés, después que Jesús había resucitado y ascendido, hizo la obra de Jesús en su Nombre y en su lugar por eso es el "otro consolador". Jesús había asegurado: "No os dejaré huérfanos; vendré a vosotros" (Juan 14:18). Significa que la presencia del Espíritu Santo es la presencia de Jesús. Como para aclarar más este punto, Jesús también dijo: "En aquel día vosotros conoceréis que yo estoy en mi Padre, y vosotros en mí, y yo en vosotros" (Juan 14:20). El Espíritu Santo que enviaría para suplir el vacío de Su partida estaría con nosotros hasta el fin del mundo, dijo Jesús.

¿Cuál es la obra que hizo el Espíritu Santo al venir? Dice Hechos 2:33 que: "habiendo recibido del Padre la promesa del Espíritu Santo, ha derramado esto que vosotros veis y oís".

¿Qué habrá sido "esto que vosotros veis y oís"? Lo que el Señor nos dice sobre el Espíritu Santo está en Juan 16:14-15:

- El me glorificará; porque tomará de lo mío y os lo hará saber. Todo lo que tiene el Padre es mío; por eso dije que tomará de lo mío, y os lo hará saber.

Mediante las palabras citadas Jesús mostró que "esto que vosotros veis y oís" es la obra de la salvación que El mismo llevó a cabo en este mundo: perdón de los pecados y sanidades. Esa es la voluntad y el propósito de Dios nuestro Padre para nosotros. Podemos ver la obra que el Espíritu Santo hacía en El por el pasaje de Isaías que Jesús mismo citó: "El Espíritu del Señor está sobre mí, por cuanto me ha ungido para dar buenas nuevas a los pobres; me ha enviado a sanar a los quebrantados de corazón; a pregonar libertad a los cautivos y vista a los ciegos;

a poner en libertad a los oprimidos; a predicar el año agradable del Señor" (Lucas 4:18-19).

Estas palabras son el anuncio del evangelio de Jesucristo. Nuestro Señor dijo que llevaría a cabo esa obra por la unción del Espíritu Santo. Ese mismo Espíritu Santo ya ha venido a continuar esa misma obra en la iglesia, que es el cuerpo de Cristo. Aún hoy continuamos predicando el evangelio a los pobres de espíritu y de cuerpo. Se le anuncia libertad a los cautivos en el pecado, recuperación de la vista a los espiritualmente ciegos, sanidad a los que sufren diversas enfermedades y a los oprimidos por el diablo. ¡Salvación para el mundo entero! Y de igual manera el "otro Consolador", el Espíritu Santo, otorga dones de gracia pagados ya por Jesucristo con Su sufrimiento y muerte en la cruz.

No solamente da testimonio de la gracia de la redención conquistada por Jesús (véase Juan 15:26) y nos muestra esa gracia a nosotros (véase Juan 16:12-14), sino que también el Espíritu Santo, por su exclusiva capacidad de conferir revelaciones espirituales, nos ayuda a comprender (véase 1 Corintios 12:3). También hace posible que su revelación conduzca a las personas a la experiencia de nacer de nuevo, la cual puede ser recibida por todo aquel que abre su corazón (véase Romanos 8:1-4). Debemos subrayar que en las Escrituras referidas más arriba está incluida la sanidad de Jesús. Dice de manera inequívoca en 1 Corintios 12:9 (b) "dones de sanidades por el mismo Espíritu". Observemos de paso el plural utilizado en esa frase.

El Espíritu Santo, el "otro consolador" que mora entre nosotros continuando la obra de Jesús, nos ayuda a entender y a recibir el perdón merced al sacrificio del Calvario. El nos sana como evidencia de que hemos sido perdonados. Mediante el Espíritu Santo recibimos la gracia de la salvación con sanidades como señal. Cuando creemos en Cristo y el Espíritu Santo Consolador está con nosotros, las grandes obras realizadas por Jesús hace dos mil años tienen que manifestarse también entre nosotros.

d. ¿No es necesaria la sanidad?

La liberación de la enfermedad efectuada por Jesucristo, Su gracia sanadora, continúa presente en la iglesia, y así debe ser. Sin embargo a menudo se oye decir que la sanidad no es necesaria. Este concepto puede ser fruto de la confianza en la mejoría de las condiciones de salud, posibilitado por los adelantos médicos en la ciencia moderna y un ambiente más sano. No obstante, cuando vemos a la enfermedad a la luz de la fe en su relación con el pecado y la redención, fácilmente reconocemos que ese concepto es mundano y carnal.

Nosotros proclamamos la verdad de que, siendo que recibimos a la vez la salvación y los dones de sanidad, todos los que son salvados también deben ser sanados. Vemos en el Nuevo Testamento que todos los discípulos de Jesús enseñaron esto y subrayaron tanto la salvación como la sanidad divina. La obra evangelizadora del apóstol Pedro se centraba en la salvación de las almas y en la operación de milagros de sanidad divina así como su testimonio verbal (véase 1 Pedro 2:24). Encontramos este cuadro en Hechos 5:15-16: "Tanto que sacaban los enfermos a las calles, y los ponían en camas y lechos, para que al pasar Pedro, a lo menos su sombra cayese sobre alguno de ellos. Y aun de las ciudades vecinas muchos venían a Jerusalén, trayendo enfermos y atormentados de espíritus inmundos; y todos eran sanados".

También el apóstol Juan, quien durante la última cena con el Señor se recostó sobre Su pecho, habló de ser sano en el nombre del Señor a un inválido que yacía a la puerta llamada "Hermosa" del templo de Jerusalén. Luego escribió en su tercera epístola: "... deseo que seas prosperado en todas las cosas y que tengas salud."

Los apóstoles en la primera iglesia consideraban los milagros de sanidad tan importantes como la predicación del evangelio para que las almas fuesen salvas, y oraban para que los milagros ocurrieran. Al comienzo mismo de la iglesia cristiana, los apóstoles Pedro y Juan fueron llevados ante el Sanedrín para ser interrogados. Pronto fueron puestos en libertad y contaron a los hermanos acerca de su entrevista con el Sanedrín. En consecuencia la iglesia oró así: "Y ahora, Señor, mira sus amenazas, y concede a tus siervos que con todo denuedo hablen tu palabra, mientras extiendes tu mano para que se hagan sanidades y señales y prodigios mediante el nombre de tu santo Hijo Jesús" (Hechos 4:29-30). Esa iglesia fue del agrado de Dios; prueba de eso fue lo siguiente: "Cuando hubieron orado, el lugar en que estaban congregados tembló; y todos fueron llenos del Espíritu Santo y hablaban con denuedo la palabra de Dios... Y con gran poder los apóstoles daban testimonio de la resurrección del Señor Jesús, y abundante gracia era sobre todos ellos" (Hechos 4:31 y 33).

Algunas personas sostienen hoy que solamente deben predicar el evangelio. Se avergüenzan de que el Espíritu Santo obre señales y maravillas mientras es anunciado el evangelio, y no sólo eso, sino que critican los milagros. Esa es la actitud de un hipócrita, porque representa una falsa piedad y un legalismo que no permite a otros entrar en el reino de los cielos ni entra él mismo puesto que predica en contra de las obras de Dios.

Nuestra predicación del evangelio debe ser en el poder del Espíritu Santo, acompañada de señales y prodigios, pues dondequiera que el evangelio es recibido el hombre viejo es desechado y el diablo, nuestro antiguo amo, se aleja con un alarido. Pablo, conocido como el apóstol por excelencia, dio por sentado que al anunciar el evangelio se manifiesta el poder del Espíritu Santo y confesó que eso daba éxito a su predicación: "Tengo, pues, de qué gloriarme en Cristo Jesús en lo que a Dios se refiere. Porque no osaría hablar sino de lo que Cristo ha hecho por medio de mí para la obediencia de los gentiles, con la palabra y con las obras, con potencia de señales y prodigios, en el poder del Espíritu de Dios; de manera que desde Jerusalén, y por los alrededores hasta Ilírico, todo lo he llenado del evangelio de Cristo" (Romanos 15:17-19).

Por no ejecutar en nuestra iglesia las obras que menciona al apóstol Pablo, el mundo dentro y fuera de la iglesia se encuentra lleno de paganos civilizados. Si fuesen más eficaces la ciencia, la filosofía y la educación de nuestra época que las obras que llevaba a cabo el apóstol Pablo, ¿por qué no evangelizamos a fondo a nuestra sociedad por medio de la filosofía y la cultura? La realidad es que hay más paganos a nuestro alrededor en la sociedad presente que en la del apóstol Pablo.

Precisamente para no desviarnos por sendas laterales, Jesús nos encomendó la Gran Comisión, la cual bajo ninguna circunstancia puede ser alterada: "Y les dijo :Id por todo el mundo y predicad el evangelio a toda criatura. El que creyere y fuere bautizado, será salvo; mas el que no creyere, será condenado. Y estas señales seguirán a los que creen: en mi nombre echarán fuera demonios; hablarán nuevas lenguas; tomarán en las manos serpientes, y si bebieren cosa mortífera, no les hará daño; sobre los enfermos pondrán sus manos, y sanarán" (Marcos 16:15-18).

La Gran Comisión es la voluntad inalterable de Dios. Algunas iglesias tratan de mantener una distancia respecto de señales, prodigios y el poder del Espíritu Santo haciendo una crítica de ello. Esto se originó básicamente en la esperanza de ocultar o justificar la falta de poder en los predicadores. El resultado entristeció a Dios y agradó al diablo, porque el poder del Espíritu Santo, las señales y los prodigios son esenciales en el anuncio eficaz del evangelio. Es más, "¿cómo escaparemos nosotros, si descuidamos una salvación tan grande? La cual, habiendo sido anunciada primeramente por el Señor, nos fue confirmada por los que oyeron, testificando Dios juntamente con ellos, con señales y prodigios y diversos milagros y repartimientos del Espíritu Santo según su voluntad" (Hebreos 2:3-4).

Los dones de sanidades deben ser ejercidos para la gloria de Dios puesto que El los ordenó y asignó a la iglesia habiéndolos aplicado El mismo. Es muy lamentable que esos dones preciosos sean mal manejados y mal aplicados. Sin embargo, es evidente que donde tiene lugar una buena obra de Dios siempre ocurre una interferencia del diablo quien "se disfraza como ángel de luz", según 2 Corintios 11:14).

Debemos desenmascarar al diablo defendiendo "la fe que ha sido una vez dada a los santos" (véase Judas 3 b); debemos mostrar el poder del evangelio al mundo entero sentando la verdad de la Palabra de Dios. De esta manera podemos impedir que nuestros rebaños sedientos y vulnerables sigan secretamente en pos de herejes y ocultistas que andan de aquí para allá con disfraz de ovejas, inspirados por el diablo. Los apartaremos del error conduciéndolos a la senda recta.

Abramos el corazón al reino de Dios permitiendo que estas verdades cobren vida en nosotros y en nuestra familia por medio de la sanidad en Cristo. Permitamos a nuestro cuerpo enfermo recibir el milagroso poder sanador de este "otro Consolador", el Espíritu Santo, quien ahora mismo desciende otorgándonos el mismo poder sanador que tenía Cristo. Aceptemos el evangelio de salvación y sanidad para no hacer nulo el sufrimiento de los azotes que él soportó por nosotros.

"Y el mismo Dios de paz os santifique por completo; y todo vuestro ser, espíritu, alma y cuerpo, sea guardado irreprensible para la venida de nuestro Señor Jesucristo" (1 Tesalonicenses 5:23).

¿Cómo puede ser sanada la enfermedad?

Hasta aquí vimos que la redención consumada por Cristo Jesús incluye la libertad de la enfermedad y que Su poder sanador se manifiesta en nuestro cuerpo a través del "otro Consolador", el Espíritu Santo. Esta verdad permanece firme como el cielo y la tierra. Sin embargo un gran número de cristianos todavía padecen la agonía física de la enfermedad. Si creyendo en Jesús recibimos la salvación, la salud debe ser el resultado visible.

¿Por qué entonces tantos hijos de Dios todavía están esclavizados por ese azote, que fue la consecuencia del pecado, si ya han confesado que Jesús es su Salvador? Seguramente le produce a Dios pena e insatisfacción el vernos esclavizados y atormentados, a pesar de que nuestros pecados ya hayan sido perdonados, sólo por negarnos a recibir las bendiciones que El preparó para nosotros. Es que aunque caiga en abundancia la lluvia celestial, no podemos recibirla si la vasija está tapada. De la misma manera debemos preparar nuestro vaso para recibir si deseamos ser libres del pecado y su tormento e ingresar en las bendiciones celestiales. Nos preparamos quitando la tapa del vaso y la bendición divina llega a nosotros, como lluvias copiosas, y rompe cualquier esclavitud a la enfermedad llevándose la aflicción. Viviremos en salud, libres de la enfermedad, hasta que seamos llamados a estar en la morada celestial para siempre.

Ahora quisiera explicar cómo preparar la vasija para que contenga a esta bendición de la salud.

1. Desear fervientemente la salud

Como cualquier otra bendición, también la sanidad la reciben los que la anhelan. Dios no da dones a los indiferentes o a los que piensan que no deberían aceptar regalos. Por el contrario, los que quieren ser libres del poder de la enfermedad deben tener un poderoso deseo - deben anhelar - gozar de perfecta salud.

En el estanque de Betesda, Jesús encontró a un hombre que había estado enfermo por treinta y ocho años. Esperaba día tras día junto al estanque la oportunidad de entrar en el agua y ser el primero después de la agitación del ángel, pero su debilidad era tan extrema que nunca podía aventajar a otros. Jesús le hizo una pregunta inesperada:

- ¿Quieres ser sano?

Lo que Jesús quería verificar era si el hombre estaba realmente preparado para ser sanado - si deseaba ardientemente la sanidad (véase Juan 5:2-9).

Todos tomamos decisiones diversas en la vida cotidiana, y son ellas las que nos conducen al bien o al mal. Si un enfermo resuelve en su interior que quiere sanar, la medicina que tome le hará efecto rápidamente y la cura será eficaz. Si está decidido a estar enfermo siempre y espera la llegada de la muerte, no le ayudarán los medicamentos. Es un hecho que algunos enfermos no quieren ser sanos porque estando impedidos reciben mucha atención. Familiares y amigos les tienen lástima y los miman. Aun otros están enfermos porque ya desean ir a la presencia del Señor. Si se enferman porque no tienen más voluntad de quedar en el mundo, no hay a quién culpar.

De modo que los enfermos deben primeramente aprestar sus corazones para recibir la sanidad. Dios no nos ayuda a menos que deseemos realmente Su ayuda.

Luego de relatar la parábola de la viuda y el juez injusto (véase Lucas 18:6-7), Jesús añadió:

- Oíd lo que dijo el juez injusto. ¿Y acaso Dios no hará justicia a sus escogidos, que claman a él día y noche? ¿Se tardará en responderles?

Aquí se implica que si no ansiamos fervientemente la salud o una respuesta de Dios, El no puede contestar la oración, pero si es un deseo ardiente, y si no va contra Su voluntad, El lo satisfará. Acerca de nuestras aspiraciones y su cumplimiento la Biblia nos dice: "Deléitate asimismo en Jehová, y él te concederá las peticiones de tu corazón" (Salmo 37:4); "porque Dios es el que en vosotros produce así el querer como el hacer, por su buena voluntad" (Filipenses 2:13), luego "a los justos les será dado lo que desean" (Proverbios 10:24 b).

Naamán, un comandante del ejército del rey de Siria, tenía honor, riquezas y posición social, pero se le declaró la lepra. (Véase esta historia en 2 Reyes 5:1-14). Su futuro era muy negro, pero su corazón ardía en deseos de ser sano y libre de su enfermedad, por eso no rechazó el consejo de una joven esclava.

Cuando la esclavita le contó de un profeta en Israel que podría sanar su lepra, preparó inmediatamente el viaje y partió hacia Israel. Siria en esa época tenía malas relaciones con Israel, por lo cual había una gran posibilidad de ser muerto o capturado. Sin embargo el ardiente deseo de ser sanado de su aflicción lo llevó a arriesgar su vida para visitar a Eliseo.

Este le dijo que se sumergiera siete veces en el Jordán; fue entonces que Naamán estuvo muy cerca de abandonar la ilusión de ser sano. Pero siguió el consejo de sus siervos y amigos: entró en el agua enlodada y se sumergió siete veces. Tuvo que dejar de lado su orgullo y obedecer la orden del siervo de Dios. Al principio pensó que no era para su dignidad entrar en el agua sucia, pero de cualquier manera lo hizo porque su deseo de ser sano era más fuerte. Como resultado, su carne volvió a ser tan tersa como la de un bebé.

Cuando Jesús predicó en su pueblo natal, Nazaret, reprendió a la gente por su incredulidad diciéndoles:

- Muchos leprosos había en Israel en tiempo del profeta Eliseo; pero ninguno de ellos fue limpiado, sino Naamán, el sirio - (véase Lucas 4:27).

En Marcos 5:25-34 se menciona a una mujer que tenía flujo de sangre hacía doce años; ella también fue sanada porque su deseo de ser sana era grande. Se había reducido a piel y hueso y, aunque había consultado con muchos médicos, ninguno podía ayudarla. Yendo de uno a otro había gastado todo el dinero con que contaba. Como el flujo de sangre era considerado por ley una enfermedad inmunda, así como la lepra, ella sufriría doblemente: tanto por la agonía espiritual como por la física. Se la obligaría a recluirse en una habitación apartada de la casa o en una choza, lejos de las amistades o familiares. Su estado empeoraba con el correr del tiempo, pero tenía dentro de sí un deseo poderoso de sanarse y vivir.

En sus ansias le fue posible escuchar una noticia que podría haber pasado inadvertida. Pero ella fue hacia donde estaba Jesús para poder tocar el borde de Su manto, a pesar del reproche de la gente. No es que alguien le hubiese dicho que para ser sana sólo tendría que tocar Su vestimenta. Miles de personas pasaban junto a Jesús día tras día, empujando y apretando en su intento de acercarse a El, sin embargo no le pasó nada a nadie. Pero esta mujer tenía una revelación personal y pensaba que con sólo tocar el borde de la vestimenta, sanaría. Esas ansias poderosas la llevaron a continuar hacia adelante hasta tocar finalmente Su manto. Su anhelo germinó en fe y cuando ella obró en fe, Jesús percibió que había salido poder de El.

Si deseamos ser sanados, debemos tener un anhelo y un deseo ferviente de salud así como también una determinación de acercarnos lo más posible a Jesús para recibir libertad de la enfermedad. Llegando a esta etapa, la sanidad está un paso más cerca.

2. Arrepentirse

Cuando creemos en Jesús como Salvador y confesamos Su nombre con nuestros labios, nacemos del agua y del Espíritu. Esta operación trae consigo un cambio en la toda la persona. Por medio de este cambio somos libres de la esclavitud de Satanás y llegamos a ser hijos de Dios. Pero Satanás anda merodeando como un león rugiente, siempre buscando la oportunidad de retomar el control sobre nosotros. El diablo es el mismo que tentó a Judas Iscariote a que traicionara a Jesús a cambio de dinero; es el mismo que empujó a Pedro para que estorbara la obra redentora de Jesús. Ese mismo ser maligno está en acción todavía hoy.

Si un creyente actúa en contra de la guía del Espíritu Santo, éste retira Su presencia; entonces la carne toma la delantera otra vez y Satanás se adueña de muchas áreas de la vida. Está escrito así: "Y como ellos no aprobaron tener en cuenta a Dios, Dios los entregó a una mente reprobada, para hacer cosas que no convienen; estando atestados de toda injusticia, fornicación, perversidad, avaricia, maldad; llenos de envidia, homicidios, contiendas, engaños y malignidades; murmuradores, detractores, aborrecedores de Dios, injuriosos, soberbios, altivos, sin afecto natural, implacables, sin misericordia; quienes habiendo entendido el juicio de Dios, que los que practican tales cosas son dignos de muerte, no sólo las hacen, sino que también se complacen con los que las practican" (Romanos 1:28-32).

Si se le permite al diablo sembrar sus semillas en nuestra mente, en poco tiempo nuestros pensamientos llegan a ser controlados y manipulados por él. No está demás volver a recalcar enfáticamente que él está buscando a todo el pueblo de Dios para robar, matar y destruir, si le fuese posible. Cuando se le permite gobernar sin límite por algún tiempo nuestros pensamientos, actitudes o modo de comportarnos, él empieza a sembrar enfermedades hasta matar lentamente el espíritu y después el cuerpo. Para ser libres del poder de Satanás, debemos santificarnos mediante la lectura de la Palabra (la cual siempre nos santifica, según Juan 17:17), orando con palabras de arrepentimiento y obedeciendo lo que está escrito hasta llegar a la meta de la completa liberación de la enfermedad (véase 1 Timoteo 4:5 y Efesios 5:26).

La palabra griega que se traduce arrepentimiento es "metanoia", la cual indica un cambio en la manera de pensar. Si confesamos nuestras fallas y renovamos nuestra mentalidad por medio de la Palabra de manera que nuestra mente se someta a Dios en vez de al enemigo, Satanás ya no podrá controlar nuestros pensamientos. Luego la enfermedad que él nos trajo perderá su poder y desaparecerá. Al alejarse el diablo, el agente que causa la enfermedad y todo trastorno pierde su poder., porque él no está para darle alimento y vida. Además al desaparecer el diablo de la escena, nuevas células de vida tomarán el lugar en la parte enferma, porque Jesús llegó para traer vida, ¡vida más abundante!

Los siguientes versículos serán de utilidad: "Sobre toda cosa guardada, guarda tu corazón; porque de él mana la vida" (Proverbios 4:23). "Confesaos vuestra ofensas unos a otros, y orad unos por otros, para que seáis sanados" (Santiago 5:16).

Jesús siempre sanó a los enfermos y perdonó sus pecados a la vez. En mi propio ministerio, al orar por la sanidad de la gente, vi a muchos ser sanados y al mismo tiempo nacer de nuevo. Cuando nos arrepentimos de nuestros pecados, el diablo teme porque ha perdido su terreno en nuestra vida. Entonces huye con rapidez. Dios les otorga una sanidad duradera sólo a los que confiesan sus pecados, se deciden a vivir centrados en Dios y renuevan su modo de pensar de acuerdo con la Palabra de Dios.

3. El perdón

Como un manantial del que fluye la salud que nos hace estar sanos en espíritu y mente, así es el perdón. Cuando Jesús pronunció las palabras "tus pecados te son perdonados", el paralítico se levantó y anduvo (véase Lucas 5:20). Para recibir la sanidad por el poder y la autoridad del nombre de Jesús, primeramente debemos confesar nuestros pecados y pedir perdón.

Si estamos enfermos, debemos ante todo ser perdonados para tener esa paz que el perdón trae al alma. Y aun después de estar seguros del perdón, el diablo nos acusa desenterrando viejos errores y faltas. Por eso cuando confesamos nuestros pecados, debemos pedir al Señor que nos ayude a recordar todo lo que hemos hecho, sean palabras, acciones o pensamientos, para poder confesar las faltas, sean grandes o pequeñas. Pueden referirse a haber entristecido a Dios, haber causado algún daño al prójimo, herido a amigos o familiares - todo lo que venga a nuestra mente por el Espíritu Santo. Debemos pedir perdón por todos los errores y recibir la plena seguridad de que sí hemos sido perdonados.

El diablo siempre trata de inculcar en nuestro corazón un sentimiento de culpa. Si él nos engaña o nos confunde susurrando esa insinuación y caemos presa de sus acusaciones, nos invadirá el temor. Ese temor trae consigo tormento y el cuerpo se enferma. Pero el Espíritu Santo puede darnos una firme convicción de que nuestros pecados ya han sido perdonados. Luego podremos perdonarnos a nosotros mismos y ser libres de las acusaciones de nuestro enemigo. Una vez recibida esa seguridad, no debemos dejar que nuestra fe en el perdón de Dios tambalee. Es grato para Dios darnos Su perdón cuando nos arrepentimos, como está escrito: "Venid luego, dice Jehová, y estemos a cuenta: si vuestros pecados fueren como la grana, como la nieve serán emblanquecidos; si fueren rojos como el carmesí, vendrán a ser como blanca lana" (Isaías 1:18).

Sin embargo, ¿se nos ha concedido sin ningún costo el perdón de nuestros pecados? No; lejos de ello. Dios es el Dios de justicia y Él decidirá cuál es el precio que demanda el pecado. Prueba de ello fue el gran diluvio en tiempos de Noé así como la destrucción de Sodoma y Gomorra.

¿Cómo puede un Dios justo indultar nuestros pecados? Puede perdonar por haber demandado que un Ser sin defecto pague con Su vida por el pecado nuestro. Por eso Jesús murió sobre una cruz y saldó por completo la deuda de nuestro pecar. Esa preciosa sangre de Jesús, plena de poder y autoridad para limpiar el pecado, es la única garantía de Su perdón, una garantía que perdura para siempre. De manera que podemos recibir el perdón de Dios con sólo confesar nuestra maldad y creer que Su sangre tiene poder para borrarla.

Después de ser perdonados, podemos ser libres de la acusación de la conciencia y de la enfermedad que eso acarrea. El diablo siempre intenta regresar y sembrar la enfermedad en el espíritu y en el cuerpo de los que viven aún con intranquilidad en su conciencia por no valorar el precio que Jesús debió pagar por nuestros pecados. Esas personas se parecen a uno que recibe un regalo muy caro y sin embargo no lo acepta ni se lo lleva a casa. Es decir, si hemos confesado nuestra maldad podemos librarnos del cargo de conciencia al recordar el precio pagado por Jesús; luego debemos vivir con valentía, con la convicción de que ya hemos sido perdonados.

Además tenemos que perdonar los errores de los otros. Jesús le dijo a Pedro que debía perdonar a su prójimo setenta veces siete. El mismo dio el ejemplo al perdonar a la mujer detectada en adulterio. El punto culminante de Su obra perdonadora fue otorgarle perdón al ladrón que estaba junto a Su cruz y pedir al Padre que perdonara a aquellos que estaban crucificándolo.

Tenemos que perdonar a nuestros semejantes en el nombre de Jesucristo por mucho que eso nos cueste. Nuestro primer deber es obedecer el mandamiento de Dios y después forjar una relación amable con aquellos a los que perdonamos. La primera condición para que Dios responda a nuestra oración es perdonar las ofensas hacia nosotros. El perdonar a nuestros semejantes es la condición previa para que Dios también nos perdone (véase Mateo 6.14-15).

No es en absoluto fácil perdonar las ofensas de los demás, pero así como hemos sido perdonados por Dios y por otras personas, también es nuestra responsabilidad perdonar a nuestros semejantes. No importa cuán difícil sea, eso debe ser hecho mediante nuestra mente, nuestras palabras y nuestra acción; si no fuese así, tampoco nos perdonaría Dios a nosotros. Necesitamos pedir la ayuda del Espíritu Santo para cumplir ese deber.

Actualmente muchas personas entran en un oscuro callejón sin salida por no poder perdonar. Las esposas viven la agonía de la infidelidad de sus maridos, mientras ellos viven el tormento de la infidelidad de sus esposas. Otros viven en tristeza y dolor por la desobediencia de sus hijos o por problemas con su familia o sus vecinos. Pero es por medio del perdón que destruimos la fortaleza construida por el diablo y edificamos el reino de Dios. La razón por la cual es tan difícil perdonar es que el diablo se esmera con todas sus fuerzas para perpetuar el recuerdo del dolor de modo que no nos perdonemos los unos a los otros. A pesar de eso, siempre se puede obtener ayuda del Espíritu Santo, una ayuda tan grande como para cubrir toda la necesidad.

Corrie ten Boom fue una famosa oradora holandesa mundialmente conocida. Durante la Segunda Guerra Mundial ella y su hermana fueron deportadas a un campo de concentración nazi a causa de haber escondido a judíos. El trato brutal en el campo de concentración pudo con la vida de su hermana. Corrie, sin embargo, a pesar de torturas brutales, escapó de la muerte. Al regresar a su patria, ella se capacitó en un seminario teológico y dedicó el resto de su vida a anunciar el evangelio de nuestro Señor Jesucristo.

Por aquel entonces oyó el llamado del Espíritu Santo que le indicaba ir a Alemania a predicar. Los alemanes se retorcían bajo la opresión de los ocupantes a causa de la derrota y también por el peso de la culpa de ese pasado en el que tanta gente había sido aniquilada. Por cierto que lo último que hubiese querido es tener que ir al país enemigo, pero, aunque de mala gana, fue y predicó el evangelio al pueblo alemán porque lo que deseaba era obedecer la orden de Dios.

Al oír el evangelio del perdón, se regocijaron. Muchos alemanes entregaron su vida a Dios y un gran número de personas a la vez fueron libres de enfermedades como resultado de la predicación.

Una noche Corrie ten Boom acabó de predicar y, cuando descendió de la plataforma, se formó delante de ella una larga fila de personas que querían estrecharle la mano. De ese grupo se adelantó un hombre con la diestra extendida. A ella le pareció en ese instante que su corazón se había detenido. Ese hombre era ni más ni menos que el soldado nazi que en el campo de concentración le había ordenado desnudarse por completo. Y allí estaba extendiendo su mano hacia Corrie. Pero el brazo de ella parecía congelado; no podía moverlo. No podía estrecharle la mano. Sólo unos segundos estuvo él parado así, pero a ella le pareció que los años desfilaban por su memoria hacia el pasado como un fantasma. Si bien esa misma noche ella había predicado el perdón de Cristo, ahora sentía la imposibilidad de perdonar a ese hombre que sin piedad había pisoteado la inocencia de su hermana y la suya. En su corazón elevó esta oración:

- Señor, de ninguna manera puedo perdonar a este hombre. ¡Ayúdame a superar este impedimento!

Entonces volvió a oír la voz del Espíritu Santo:

- Yo perdoné a los que me crucificaron, ¿recuerdas? ¿No puedes aunque sea darle un apretón de manos?

Al oír la voz del Espíritu Santo, ella extendió ese brazo que parecía más pesado que el plomo y le dio la mano. En ese momento el amor de Cristo descendió del cielo y la envolvió. Sollozando, ella perdonó de corazón a ese ex-soldado. Entonces se síntió rejuvenecer más de diez años al fluir en su ser el Espíritu sanador de Cristo y obrar en su corazón. El perdón es lo único que nos trae una sanidad duradera.

Hubo innumerables personas en Europa después de la Segunda Guerra Mundial que se enfermaron por no poder perdonar al pueblo alemán. Como los alemanes eran los enemigos que no podían ser olvidados, los seguían odiando aún dormidos. El odio depende de una decisión personal, pero nunca olvidemos el hecho de que corroe la salud. Para que pueda manifestarse el poder sanador de Jesucristo tanto en nuestro cuerpo como en el espíritu, debemos en primer lugar recibir el perdón de nuestros pecados y a partir de allí llevar una vida de perdonar a los demás así como nosotros hemos sido perdonados. Eso está en el plan supremo de Dios: "Y todo esto proviene de Dios, quien nos reconcilió consigo mismo por Cristo, y nos dio el ministerio de la reconciliación, que Dios estaba en Cristo reconciliando consigo al mundo, no tomándoles en cuenta a los hombres sus pecados, y nos encargó a nosotros la palabra de la reconciliación" (2 Corintios 5:18-19).

4. La fe

En cuarto lugar, otra de las condiciones para recibir la sanidad divina es la fe. Esto aparece en Santiago 5:15: "Y la oración de fe salvará al enfermo, y el Señor lo levantará; y si hubiere cometido pecados, le serán perdonados."

La oración de fe no tiene que ver con un golpe de suerte ni una casualidad. Todo lo contrario: es una afirmación creativa por la cual se vislumbra y se espera lo que no está presente como si ya fuese una realidad concreta. "Es, pues, la fe la certeza de lo que se espera, la convicción de lo que no se ve" (Hebreos 11:1).

La palabra que se tradujo al español como "sustancia" es el término griego hypostasis que se aplicaba a una escritura notarial o compromiso del gobierno otorgado a cambio de la expropiación de tierra. Así, cuando pedimos que sea sana nuestra enfermedad, debemos orar con convicción y fe, tal como si tuviésemos en nuestras manos la escritura que nos acredita. Podemos reclamar nuestra salud como aquel que reclama su propiedad con el título en la mano. "Pero sin fe es imposible agradar a Dios; porque es necesario que el que se acerca a Dios crea que le hay, y que es galardonador de los que le buscan" (Hebreos 11:6). "Pero pida con fe, no dudando nada; porque el que duda es semejante a la onda del mar, que es arrastrada por el viento y echada de una parte a otra. No piense, pues, quien tal haga, que recibirá cosa alguna del Señor. El hombre de doble ánimo es inconstante en todos sus caminos" (Santiago 1:6-8).

Hay dos tipos de fe. Una es la fe de lo humano, la que confía en el orden natural y en las instituciones sociales. Está basada sobre el razonamiento. Gracias a esa fe es que confiamos en un banco y depositamos en él nuestro dinero; tomamos un ómnibus y confiamos en el conductor; creemos que mañana vendrá después de hoy y que la primavera vendrá después del invierno. Este tipo de fe es muy natural a cualquier persona común. Pero la fe que viene a nuestro corazón por el Espíritu Santo es sobrenatural. Produce milagros. Cualquiera acepta con facilidad que la tierra tiene movimiento, pero sin la ayuda del Espíritu Santo sería difícil para muchos creer que Jesús es el Hijo de Dios y que por Su sacrificio expió nuestro pecado. Tampoco creeríamos en los milagros de Dios si no fuese por esa fe. Por eso debemos plantarnos firmemente en la Palabra de Dios y recibir al Espíritu Santo, aceptando que es Él quien genera la fe en nuestro interior para nuestro bien.

Algunos preguntarán:

- ¿Es diferente la fe que nos trae la salvación de la que produce milagros? En el caso de una persona ya salvada, ¿necesitaría un tipo de fe especial para recibir señales y milagros?

Cuando leemos minuciosamente las palabras de Jesús en Marcos 16:16-17, vemos con claridad que la fe que invertimos para recibir la salvación es idéntica de la que alcanza a ver prodigios y señales, porque dijo: "El que creyere y fuere bautizado será salvo; mas el que no creyere será condenado. Y estas señales seguirán a los que creen..."

En ese párrafo las palabras griegas que he subrayado son "pisteusas - pisteusa sin", ambas de la raíz del verbo creer. En el primer caso la fe se aplica para creer en la salvación y en el último caso, para creer que seguirán señales. Pero ambas se refieren a una misma fe y lo que le da un sentido muy profundo es el hecho de que nuestro Señor combinó, en una sola fe, la salvación con la condición para ver milagros. También se nos indica aquí que en el tiempo actual coexisten la gracia que produce milagros y sanidades divinas con la gracia salvadora.

Si hubiesen existido tan solamente en los primeros tiempos de la iglesia las señales, los prodigios, el hacer milagros y el don de sanidad y no se manifestasen más en la iglesia moderna, también se habría acabado con los apóstoles la gracia para ser salvos. Si, por el contrario, opera continuamente en la iglesia actual la gracia salvadora de Dios, entonces también tienen que suceder milagros y sanidades como en los tiempos apostólicos.

El Señor Jesús expresó con Sus últimas palabras, luego de hablar sobre "el que creyere", el plan divino de continuar haciendo milagros a la par de traer salvación a Su iglesia hasta el fin del mundo (véase Marcos 16:16-17).

Hoy en día es usted el que aceptó a Jesucristo como Salvador. Por la fe en Jesús, Dios lo recibió a usted como justo y selló su salvación. Si usted reconoce este hecho sin dudar ni un poco, su cuerpo enfermo también debe ser sanado. También debe ser su porción la prosperidad; la fe que lo condujo a la salvación también produce señales y milagros.

Pero la principal debilidad de muchos cristianos en la actualidad es que no tienen una experiencia segura de haberse encontrado personalmente con Jesús como su Salvador. Algunos se dicen cristianos por haber nacido en el seno de una familia cristiana y haberse desarrollado en ese ambiente. Otros confiesan que vienen a la iglesia por el estímulo de sus parientes y amigos. A esa clase de personas algunos les dicen "creyentes", pero todavía no han nacido de nuevo como hijos de Dios. Para eso deberían tener una experiencia personal con el Salvador; la experiencia de un familiar no puede reemplazar la relación de uno mismo con Jesucristo. Cuando uno no es todavía cristiano, lo que equivale a decir que no ha nacido de nuevo y Cristo no mora en uno, no se posee todavía la gracia de la salvación. Como no ha germinado en ese corazón la fe de la salvación, tampoco tiene fe para recibir milagros, señales y maravillas.

La gente que tiene la fe que hace salvo, en cambio, conoce bien el poder de la fe tal como lo enseñó el Señor. "El que en mí cree, las obras que yo hago, él las hará también; y aun mayores hará, porque yo voy al Padre. Y todo lo que pidiereis al Padre en mi nombre, lo haré, para que el Padre sea glorificado en el Hijo" (Juan 14:12-13)."Si puedes creer, al que cree todo le es posible" (Marcos 9:23). "Porque de cierto os digo, que cualquiera que dijere a este monte: `Quítate y échate en el mar', y no dudare en su corazón, sino creyere que será hecho lo que dice, lo que diga le será hecho" (Marcos 11:23).

Las señales y los milagros nos seguirán por medio de la fe que recibimos cuando nacimos de nuevo. La fe no es fruto del esfuerzo humano. Sin haberse encontrado con Jesucristo nadie puede tener la experiencia de esta fe genuina. La gente que no cree en señales, prodigios y la operación de milagros, sino que critica su práctica, no ha tenido un encuentro con Jesús. Aunque concurra a una iglesia, no tiene esa clase de fe que se desprende de la salvación. Es que la fe que nace en el corazón en el momento de la conversión se desarrolla en una ferviente gratitud y un profundo amor por las cosas de Dios y además llena el corazón de expectativa acerca de la vida eterna. El pensar en Dios, quien envió a Jesús a este mundo, es lo que nos impulsa a agradecerle Su gran misericordia y amor en que estamos incluidos nosotros.

La fe que cree en la misericordia de Dios también abarca el milagro de la sanidad de nuestro cuerpo. Dios es el Padre compasivo que desea tanto nuestra salud como para enviar a Su Hijo Unigénito para ser azotado en lugar nuestro. De Su cuerpo lacerado sobre la cruz brotó agua y sangre. Dios es el Padre de amor que sana y aleja el dolor de la enfermedad así como la culpa del pecado. Nuestra fe y gratitud por la misericordia de Dios nuestro Padre nos trae sanidad.

Aparte de lo dicho, creemos en la autoridad del nombre de Jesucristo. En la Biblia leemos que los demonios eran expulsados y que los paralíticos andaban al invocar el nombre de Jesús. Hay milagros y sanidades por la autoridad del nombre de Jesús, así como salvación: "Y en ningún otro hay salvación; porque no hay otro nombre bajo el cielo, dado a los hombres en que podamos ser salvos" (Hechos 4:12). "En el nombre de Jesucristo de Nazaret, levántate y anda" (Hechos 3:6 b).

En el nombre de Jesús podemos atar al diablo e invocar el Espíritu Sanador porque el nombre de Jesús tiene poder para crear salud y restauración aparte de la salvación. En el nombre de Jesús, quien llevó nuestra miseria, encontramos compasión y bondad.

Lo que tenemos que hacer es pintar en nuestra mente un cuadro de nosotros mismos completamente sanos por la autoridad de la Palabra de Dios. En nuestro corazón tomará terreno este cuadro junto con la fe, y la obra de la sanidad se completará. Otra cosa que debemos hacer es confesar con nuestros labios la sanidad como si ya la hubiésemos recibido, porque en nuestra expresión verbal hay un proceso sanador. El acto de hablar se gesta en el pensamiento; la fe en la sanidad transforma nuestra manera de pensar; el habla domina todo el sistema nervioso en el cuerpo y por lo tanto produce salud. Obedeciendo a sus órdenes se provee energía para todo el cuerpo.

Más que cualquier otra cosa, la fe es lo que cuenta. Si mediante la oración acostumbrada no aumenta nuestra fe, debemos orar durante vigilias o ayunos para alcanzar esta fe en nuestro corazón. No vamos a lograrlo con un mero esfuerzo intelectual. Tampoco es suficiente con tener una vaga esperanza para el futuro porque la fe es asunto del presente. Ahora es el momento de enamorarse de la persona de Jesús y, a través de la maravillosa amistad con El, Su fe aumentará. Sólo conocen cómo es la fe los que la poseen. Cuando la fe brota en el corazón, el Espíritu Santo nos envuelve como una tibia lumbre y hace crecer nuestra fe hasta alcanzar las señales y los milagros.

Cuando la fe se apodera de nuestro ser, cambia la imagen que tenemos de nosotros mismos y vemos un cuadro de nuestro cuerpo en salud y totalmente recuperado de la enfermedad. Debemos actuar en fe tal como la mujer que tocó el manto de Jesús. Tenemos las palabras de Jesús escritas en Marcos 9:23:

- Si puedes creer, al que cree todo le es posible.

Luego de comenzar en fe, no debemos retroceder. Por el contrario, debemos ejercitar nuestra fe y avanzar a nuevos triunfos en Cristo Jesús.

5. No pecar más

"Cuando el espíritu inmundo sale del hombre, anda por lugares secos, buscando reposo; y no hallándolo, dice: `Volveré a mi casa de donde salí'. Y cuando llega, la halla barrida y adornada. Entonces va, y toma otros siete espíritus peores que él; y entra dos, moran allí; y el postrer estado de aquel hombre viene a ser peor que el primero" (Lucas 11:24-26).

Un espíritu inmundo puede enfermar seriamente a una persona. Pero cuando creemos que Dios es misericordioso y que Jesús llevó nuestras enfermedades, podemos recibir el milagro de la liberación y ser sanados; en este caso ser sano equivale a que el espíritu inmundo suelte sus garras y nos deje en libertad.

El hombre fue creado para ser un vaso que contiene algo: será o bien el Espíritu de Dios o un espíritu maligno, porque el vaso no puede permanecer vacío. Cuando invitamos a Jesús a entrar en nuestra vida, a menos que seamos sanados y libertados, el espíritu inmundo tratará de aprovechar para entrar nuevamente en el vaso limpio.

Cuando considero la experiencia en mi ministerio, me da la impresión de que el primer año luego de ser sanada una persona es el período en que ella está más vulnerable. Algunas personas durante ese lapso no llenan su vida con la Palabra de Dios, sino que se preocupan y abrigan pensamientos como este:

- ¡Qué espantoso sería si esta enfermedad volviera a mí!

Luego el diablo les trae su tormento en su intento de matar, robar y destruir por medio del miedo.

Cuando el espíritu inmundo ha sido expulsado, debemos ser llenos del Espíritu Santo y de allí en adelante nuestro corazón debe ser un templo santo donde habita Dios. Haciendo así, los malos espíritus no podrán vivir en ese corazón. Por medio de la oración debemos aplacar la imaginación y todo argumento que se eleva por encima del conocimiento de Dios; debemos llevar todo pensamiento cautivo para que se someta a Cristo (véase 2 Corintios 10:5). Debemos repetirnos constantemente:

- Con Cristo estoy juntamente crucificado, y ya no vivo yo, más vive Cristo en mí; y lo que ahora vivo en la carne, lo vivo en la fe del Hijo de Dios, el cual me amó y se entregó a sí mismo por mí" - (Gálatas 2:20).

Capítulo V

LA *NUEVA* VIDA

asta aquí hemos visto el interior de esa casa maravillosa. Ingresamos por el vestíbulo de entrada que lleva por nombre "nuestro buen Dios". Luego visitamos el primer cuarto donde conocimos la prosperidad para nuestra vida. Más adelante entramos en el segundo cuarto donde nos interiorizamos en la prosperidad de todas las cosas así como la de nuestra alma. Por último vimos el tercer cuarto en el que nos informamos sobre la salud del cuerpo.

Supongo que se ha pintado dentro de su corazón un cuadro hermoso y claro de esta casa llamada "la triple bendición". Seguramente ahora desee usted ocupar todas las habitaciones de esta casa, sin considerar lo que hagan otras personas. Usted desea vivir en una casa como esta y no sólo eso, sino que lo más probable es que quiera entregarla como herencia a sus hijos y nietos también.

Esta casa puede ser suya. No he descrito la casa de otras personas, sino la que verdaderamente puede ser suya. Si no pudiésemos poseer esta casa, no perderíamos tiempo y esfuerzo examinándola. Es una casa recientemente acondicionada en su interior y en su exterior a la espera de que su nuevo dueño la ocupe. Se le permite colocar su apellido en el frente de la casa o en el buzón y comenzar su vida allí desde ahora mismo.

¡Qué hermosos y bendecidos son los cuartos que hemos visto hasta aquí! Esta es la casa de las bendiciones que prosperará su alma así como todas las cosas: salud para su cuerpo y una vida más abundante. ¡Esta casa es para usted!

Tan sólo proclamando "Esta casa es mía", el título de propiedad quedará registrado a su nombre en el cielo y en la tierra, y usted tendrá la prueba. Le invito a entrar ahora. Ponga su firma y entre. Luego de mudarse, tendrá que adaptar su vida a la dignidad de la mansión. Deberá comenzar su nueva vida ocupando todas las habitaciones de la casa, con cuidado de utilizar todo lo que fue provisto y planeado para su morada de manera de suplir todas sus necesidades hasta que regrese el Señor. Si hace así, usted será el dueño de su propia vida tanto en la teoría como en la práctica.

Analizaremos a continuación las condiciones necesarias para llegar a ser el dueño de la casa de la triple bendición. Si las recuerda y las lleva a la práctica diligentemente, usted tendrá el control de su vida en todos los aspectos.

Cuelgue nuevos cuadros

Por buena que sea la casa, no podemos vivir en ella sin percatarnos de la lluvia, el viento y las tormentas que se suceden en las distintas estaciones del año. De manera similar, aunque vivamos en la casa de las tres bendiciones, no podremos evitar problemas y tribulaciones que encontramos de tanto en tanto a lo largo de la vida. Mientras que los mundanos que no tienen fe son desvastados por estas cosas, nosotros, sin embargo, los que habitamos esta casa de bendición, no flaqueamos ni tememos. ¿Por qué? La respuesta es que nosotros sabemos que lo que cambia son las circunstancias que nos rodean, no nosotros mismos. Al tener la capacidad para distinguir claramente lo que es subjetivo de lo objetivo, no pueden sacudirnos los acontecimientos fuera de nosotros. Estamos fundados sobre Cristo y tenemos una nueva imagen de nosotros mismos.

Al ser cercados por pruebas y tribulaciones, ofrecemos a Dios acciones de gracia y alabanzas porque Su salvación se pone de manifiesto en nuestra vida a medida que las enfrentamos (véase Salmo 50:23). Aunque el poder de las tinieblas envuelva nuestra vida como una nube, aún así podemos cantar himnos y seguir marchando como Pablo, Silas y los discípulos (véase Mateo 16:30).

Aquellos que están plantados en Cristo están llenos de confianza en todo sentido; sus pensamientos y palabras están revestidos de entendimiento, fortaleza y amor. No se les acaba la paciencia, no se desmayan de desesperación, ni construyen en su orgullo una torre de Babel (véase Génesis 11:1-9). Saben con toda certidumbre de dónde vienen, dónde están viviendo y hacia dónde van.

Observemos el modo de vida de un cristiano que ha puesto su fundamento sobre el Señor.

a. Verdadera libertad

Los que ya se han instalado en la casa de la triple bendición, deben vivir en verdadera libertad. Echando un vistazo a la casa, notamos que las tres bendiciones que presentamos hasta aquí consisten en las verdades de la Palabra de Dios. En Juan 8:32 dijo Jesús:

- Conoceréis la verdad y la verdad os hará libres.

Sabemos y hemos comprobado que Jesús nos hizo libres con Su crucifixión; llevó todos nuestros pecados, maldiciones y enfermedades. "Así que, si el Hijo os libertare, seréis verdaderamente libres" (Juan 8:36).

Pero, ¿de qué hemos sido libertados, específicamente? ¿O de qué cosas deberíamos ser libres?

Primero: somos libres de la avaricia "haced morir, pues, lo terrenal en vosotros: fornicación, impureza, pasiones desordenadas, malos deseos y avaricia, que es idolatría" (Colosenses 3:5).

Como la avaricia es idolatría, y siendo que Dios destruye a los idólatras, se deduce que deberíamos ser destruidos de no ser libres de la avaricia. Por causa de la avaricia muchos líderes ya no son e incontables hombre de negocios han fracasado en su empresa. Tampoco es del todo raro ver a nuestro alrededor familias separadas por la avaricia.

Pero también hay miles de personas que buscan a Dios en la actualidad y reciben Su divina gracia. Otros están ansiosos de conocer a Jesús pero, como el joven rico mencionado en Lucas 18:23, por no abandonar su avaricia se alejan tristes. La codicia surge cuando uno desea algo que otro tiene y uno mismo no lo puede alcanzar. La codicia es avaricia.

Pero la persona que comprende lo que involucran las tres bendiciones toma conciencia de que la codicia y avaricia humanas son actitudes muy estrechas y superficiales. Me imagino que usted ya captó de todo corazón esta verdad: ¡no hay nada mejor que las bendiciones de esta casa!

El que recibió la triple bendición ha abandonado la avaricia, por eso esa persona comprende profundamente estas palabras de Jesús: "Mas buscad primeramente el reino de Dios y su justicia, y todas estas cosas os serán añadidas" (Mateo 6:33). Una vez limpios de nuestra avaricia, conocemos el secreto de la salvación y de la bendición que vienen por medio de Jesucristo.

Segundo: los que se han instalado en la casa de la triple bendición son libres del vicio recurrente de pecar. La Biblia dice: "No hay justo, ni aun uno" (Romanos 3:10); "...por cuanto todos pecaron, y están destituidos de la gloria de Dios" (Romanos 3:23).

Si bien el pecado ha sido despojado de su poder y hemos sido liberados de la acusación de nuestra conciencia, de tanto en tanto la tentación de esos vicios volverá a seducirnos. Esto ocurre porque el mal hábito permanece en nosotros hasta que es desarraigado por completo. Aun el apóstol Pablo se lamento de este hecho: "Gracias doy a Dios, por Jesucristo Señor nuestro.

Así que, yo mismo con la mente sirvo a la ley de Dios, mas con la carne a ley del pecado" (Romanos 7:25).

Por estar todavía en la carne podemos a veces tropezar en nuestra debilidad. Otras veces hasta podemos pecar a pesar de saber que estamos procediendo mal. Por esta razón el Espíritu Santo gime dentro de nosotros (véase Romanos 8:26). El mismo Espíritu refrena nuestros pasos hacia el pecado en Su esfuerzo por llevarnos al arrepentimiento. Si le permitimos que nos hable, Él nos conducirá arrepentidos de vuelta a Jesús para ser limpiados.

No obstante, si voluntariamente repetimos una y otra vez el mismo pecado e insistimos en ir por nuestro camino, poco a poco Su presencia se retirará de nuestra vida y será fácil caer nuevamente en la esclavitud. De esta manera muchas veces los creyentes vuelven a estar presos: el pecado habitual generalmente se comete cuando uno no siente remordimiento. Pero el hombre que ya ha entrado en la triple bendición de Cristo siente revivir su espíritu y tiene comunión con Dios. Por lo tanto, si un pecado se convierte en vicio, no podrá soportarlo por el peso que sentirá en su conciencia. Además Dios suele permitir alguna prueba para traerlo de vuelta hacia Él. Pero en la casa de la triple bendición se puede ser completamente libre del hábito de pecar. Las bendiciones nos permiten vivir por encima de los tropiezos repetidos.

Tercero: ahora estamos libres de la ansiedad y el miedo. Pero la Biblia nos advierte que "en los postreros días vendrán tiempos peligrosos." (2 Timoteo 3:1). Ya está predicho en la Palabra de Dios que nuestro mundo se acerca a un sinnúmero de problemas: nihilismo espiritual, el agotamiento de los recursos naturales, desempleo, pobreza, enfermedad, guerras y rumores de guerras. Por causa de estas cosas algunos viven en constante intranquilidad, preocupación, ansiedad e impaciencia. ¿Quién puede escapar a esta preocupación y miedo?

Nadie puede librarse de ellos si no ha entrado en la casa de la triple bendición. Nosotros creemos en un Dios bueno. Dios, quien está dentro de nosotros, es bueno y desea que seamos prosperados y estemos en salud así como prospera nuestra alma. Cualquier circunstancia que nos suceda, aceptamos con gozo todas las cosas. El estado de felicidad es bueno y las situaciones desagradables se volverán en nuestro favor. Por más que rujan en nuestra vida cotidiana feroces tormentas y tempestades, no perderemos la estabilidad sino que nos tomaremos firmemente de la Palabra de Dios que nos anima diciendo: "Y sabemos que a los que aman a Dios, todas las cosas les ayudan a bien, esto es, a los que conforme a su propósito son llamados." (Romanos 8:28). Por lo cual con valor proclamamos: "¿Quién nos separará del amor de Cristo? ¿Tribulación o angustia, o persecución, o hambre, o desnudez, o peligro, o espada?" (Romanos 8:35).

Giezi tembló de miedo al ver un enjambre de soldados del ejército sirio, pero cuando sus ojos espirituales fueron abiertos pudo proclamar entusiasmado:

- ¡Más son los que están con nosotros que los que están con ellos! - (véase 2 Reyes 6:16).

Los que creemos que Dios creó el cielo, la tierra y todo lo que en ellos hay, podemos estar libres de toda clase de intranquilidad y de los temores de la vida, "porque por fe andamos, no por vista" (2 Corintios 5:7).

Cuarto: somos libres también de la muerte. Al pasar por este mundo la sombra de la muerte nos envuelve sin abandonarnos ni un instante. En cualquier momento o lugar en que estemos, puede oprimirnos el temor a la muerte. Por más que una persona sea sana, instruida, virtuosa o adinerada, al acercarse la muerte para golpear a su puerta, tiene que abandonar cualquier cosa que tuviese entre manos. ¿Quién puede evitarla?

Un número infinito de grandes hombres y de santos transitaron por la historia pero ninguno regresó. Nadie ha podido decirnos qué hay más allá de la muerte. Lo que la gente teme es el mundo desconocido que espera más allá de la muerte, no propiamente el momento de morir.

Sin embargo, cuando Jesús vino a esta tierra, El nos mostró qué hay en el más allá. Al resucitar después de haber sido crucificado nos demostró que después de la muerte hay resurrección. También nos enseñó que los pecadores son echados en el lago de azufre y fuego que no se apaga, pero que aquellos que por medio de la fe en El son santificados vivirán en gloria y esplendor con las huestes angelicales alabando a Dios para siempre en el cielo. El mismo nos dice:

- Yo soy la resurrección y la vida; el que cree en mí, aunque esté muerto, vivirá. Y todo aquel que vive y cree en mí, no morirá eternamente. ¿Crees esto? No se turbe vuestro corazón; creéis en Dios, creed también en mí. En la casa de mi Padre muchas moradas hay... - (Juan 11:25-26 y Juan 14:1-2).

Por eso el apóstol Pablo proclamó con fe: "Si nuestra morada terrestre, este tabernáculo, se deshiciere, tenemos de Dios un edificio, una casa no hecha de manos, eterna, en los cielos" (véase 2 Corintios 5:1).

Repetimos: por todo esto nosotros, los que vivimos en la gracia de la triple bendición, tenemos derecho a ser libres de la muerte. Esta nueva casa es maravillosa. ¡Cuánto más maravilloso será el reino que Dios está preparando para nosotros! Exclamamos a viva voz, con profundo gozo y expectativa en nuestro corazón:

- ¡Amén, sí, ven, Señor Jesús! - (Apocalipsis 22:20b).

Entonces los que experimentamos las tres bendiciones hemos sido librados de la avaricia, del hábito de pecar, de la preocupación, de los temores de la vida y de la muerte y podemos vivir sin la ansiedad de este mundo. Por haber creído en Jesucristo y haberlo recibido con una bienvenida, podemos obtener esta gran paz que todas los demás sistemas religiosos procuraron pero nunca la lograron.

Confiese con su boca que usted ya es libre porque nada, excepto una genuina libertad, podrá conducirlo al éxito que Dios da desde ahora y hasta la eternidad. "Porque el Señor es el Espíritu; y donde está el Espíritu del Señor, allí hay libertad" (2 Corintios 3:17).

b. Lo que permanece para siempre

Veamos ahora cómo debiera ser la persona que vive en la casa de la triple bendición, la que figura por su nombre en el título de propiedad y en la dirección de correos. ¿Es diferente su vida cotidiana de la de otra gente? Las siguientes experiencias deberían acompañarnos constantemente para poder vivir cada día en victoria.

Primero: un corazón perdonador y amoroso; ambas cualidades son necesarias para nuestra experiencia personal con Dios y una correcta relación con nuestros semejantes. Si todavía no hemos sido perdonados por Dios, no podemos llamarle Padre. Y si hemos sido perdonados, debemos también perdonar a otros. Si Jesús no hubiese amado de tal manera al mundo, no habría venido por nosotros. Si queremos vivir en forma permanente en la casa de la triple bendición, debemos mantener vivo un espíritu de perdón y amor como el de Jesús. Si fracasamos en el intento, tenemos que pedir la ayuda del Espíritu Santo y El nos capacitará para amar y perdonar. "Si yo hablase lenguas humana y angélicas, y no tengo amor, vengo a ser como metal que resuena, o címbalo que retiñe. Y si tuviese profecía, y entendiese todos los misterios y toda ciencia, y si tuviese toda la fe, de tal manera que trasladase los montes, y no tengo amor, nada soy. Y si repartiese todos mis bienes para dar de comer a los pobres, y si entregase mi cuerpo para ser quemado, y no tengo amor, de nada me sirve" (1 Corintios 13:1-3).

El amor es la llama viva que da calor vital a nuestro ser. Por más confortables que sean nuestras viviendas materiales, si en ellas no reina el amor, son como casas abandonadas donde no se siente nada más que aire frío. Por eso los que reciben la triple bendición de Cristo y viven dentro de Su casa deben perseverar en mostrar perdón y amor en su vida cotidiana.

Segundo: siempre debemos mantener la fe. Si la perdiéramos, caerían en seguida todas nuestras relaciones humanas y sociales. Fe es creer que Dios habla en serio cuando promete algo en Su Palabra. Si se enfría nuestra fe, también se enfriará nuestra relación con Dios. Para vivir por siempre en la casa de la triple bendición, debemos estar atentos en oración para que no se apague la fe en nuestro buen Dios.

Y la fe produce esperanza. Si no creemos que Dios nos dará todo lo bueno, tampoco podemos tener esperanza. Pero si creemos que Dios es nuestro buen Padre, también creeremos y desearemos fervientemente que El recompense a Sus hijos con todas las cosas buenas que ellos le piden. Y la esperanza debe ser eterna, no sólo para este mundo, sino para el mundo venidero, porque "si en esta vida solamente esperamos en Cristo, somos los más dignos de conmiseración de todos los hombres" (1 Corintios 15:19). Pero "bendito el Dios y Padre de nuestro Señor Jesucristo, que según Su grande misericordia nos hizo renacer para un esperanza viva, por la resurrección de Jesucristo de los muertos, para una herencia incorruptible, incontaminada e inmarcesible, reservada en los cielos para vosotros" (1 Pedro 1:3 y 4).

Esas son las características - perdón, amor, fe y esperanza - de la vida plena de la triple bendición en Cristo.

c. El hombre en el espejo

No pasa un solo día sin que nos veamos en el espejo. Lo que nos lleva a hacer eso no es meramente querer conservarnos prolijos y de buen aspecto, sino la necesidad de encontrar la identidad entre la persona que se refleja en el espejo y la que uno ve en sí mismo. Quedamos satisfechos cuando la persona reflejada en el espejo es idéntica a la que se retrata en nuestro ser interior.

Así sucede también en la vida de los creyentes. Podemos llevar una vida cristiana llena de gozo y entusiasmo sólo cuando hay identidad entre el hombre renacido y el verdadero personaje de la vida diaria (el que nos mira desde el espejo). Cuando estos dos no son idénticos, el del espejo es un simple hombre que ha traspuesto el umbral de una iglesia para asistir a un servicio religioso y salió de allí para regresar a su casa tal como había entrado.

Cuando éramos hijos de las tinieblas, no importaba mucho quiénes fuéramos. Nuestros pensamientos y acciones de esa época no eran ni morales ni espirituales, porque éramos esclavos del diablo. Pero ahora que hemos confesado que Jesucristo es nuestro Señor y Salvador, creyendo en el poder de Su sangre, debemos mirarnos cada día en el espejo del Espíritu que es la Palabra de Dios y permitir que el Espíritu Santo nos revele a nosotros mismos. "Por tanto, nosotros todos, mirando a cara descubierta como en un espejo la gloria del Señor, somos transformados de gloria en gloria en la misma imagen, como por el Espíritu del Señor" (2 Corintios 3:18).

Después de transformarnos a Su imagen, ¿dónde y cómo podemos ver la gloria del Señor en nuestras vidas? La Biblia nos orienta: "Mas por El estáis vosotros en Cristo Jesús, el cual nos ha sido hecho por Dios sabiduría, justificación, santificación y redención " (1 Corintios 1:30); "de modo que si alguno está en Cristo, nueva criatura es; las cosas viejas pasaron; he aquí todas son hechas nuevas " (2 Corintios 5:17).

Por eso, si bien no podría encontrar la gloria de Cristo en el "hombre viejo" que era, puedo verla en la "nueva criatura" que soy ahora en Cristo Jesús, el que soy por la transformación mediante la muerte y la resurrección de Jesús. En mi nueva imagen, lavada de una conciencia sucia, rescatada de la opresión del diablo y libre de la maldición, la enfermedad y la muerte, puedo hallar la gloriosa imagen de Cristo. Gracias a la redención efectuada en la cruz, ahora percibimos un mundo nuevo, diferente, establecido por Jesucristo. Identificándonos con El cuando miramos nuestro hombre interior día tras día, podemos finalmente adquirir la imagen de Cristo. Esa es la verdadera imagen del Dios invisible, pues fuimos creados a la imagen de Su persona conforme a Su plan.

Como cualquier ser humano, tenemos que salir todos los días a realizar nuestra tarea en el mundo. No pasa un día sin oír lenguaje corrompido y sin ver la maldad a nuestro alrededor. A menos que nuestra imagen de Cristo se renueve cada día y cada hora, perderemos nuestra identidad y nos desviaremos.

Pero ¿cómo renovar constantemente esa imagen? ¿Es como hacernos preparar nuestro retrato o monumento y contemplarnos todos los días? No, no es eso lo que nos hace falta. Por medio de la Palabra de Dios y la oración renovamos diariamente nuestro entendimiento y forjamos nuevamente la imagen de quiénes somos en Cristo. Así es como nuestra vida se transforma constantemente.

Hasta aquí hemos descrito el cuadro del cristiano que se ha establecido en la casa de las tres bendiciones, y no sólo eso, sino que se ha transformado y ha madurado. Todo aquel que recibe a Cristo y vive con la triple bendición también está establecido en el Señor.

"Desatadle y dejadle ir"

La tumba donde Lázaro estaba sepultado estaba en silencio. Junto a ese sepulcro María y Marta lloraban amargamente. La gente murmuraba:

- ¡Cómo le amaba...! ¿No podía éste, que abrió los ojos al ciego, haber hecho también que Lázaro no muriera?

Jesús observó la escena y abriendo Su boca, con voz bien alta, dio una orden creativa:

- ¡Lázaro, ven fuera!

Obediente a las palabras de Jesús, Lázaro se irguió y salió del sepulcro, pero como sus manos y pies estaban sujetos por los lienzos, vuelta sobre vuelta, no podía caminar ni hablar. Si hubiese permanecido preso en ese estado, habría sido similar a estar muerto. Entonces Jesús volvió a hablar:

- Desatadle y dejadle ir - (véase Juan 11:36, 37, 43, 44 b).

Estas mismas palabras del Señor son una buena orden para nosotros hoy. El nos llamó y nos dio vida a nosotros que estábamos muertos en el pecado. Abrió nuestros ojos a la triple bendición y nos dio esperanza para Su reino eterno.

Pero todo el conocimiento no aprovecha para mucho si no se lleva a la práctica. Usted debe sacarle el mayor beneficio para que le resulte ser una bendición. Si usted pasa a través de la casa de las tres bendiciones sólo conociéndolas de nombre pero sin vivirlas, ellas no podrán cambiar su vida en absoluto. Debe reconocer que estas bendiciones son para usted y debe "desatar" el poder que ellas tienen y vivir con ellas. Cuando usted recibe el Espíritu Santo con una bienvenida, El lo transforma para poder vivir de acuerdo con la tiple bendición. Pida a Jesucristo que selle sus pensamientos, palabras y acciones con esas bendiciones y deje que obren en su vida.

¡Confiese esas bendiciones con su boca! Diga: ¡Han beneficiado mi alma! Dé testimonio de esto a otros con valor: esa es la manera de "desatar" el poder de las bendiciones para que verdaderamente su alma pueda prosperar. Luego dé testimonio de que ha sido prosperado en todas las cosas. Condúzcase como quien triunfa y el poder de la prosperidad será" desatado" en su vida diaria. Confiese con sus labios y crea que ha sido sanado y el Espíritu Santo dejará suelta la sanidad que lo restaurará.

¡Contemple su imagen renovada! ¡Escuche el cambio en su vocabulario! usted está lleno de las tres bendiciones de Cristo y, dondequiera que vaya, se derraman sobre usted Sus bendiciones y la fuerza de la vida desborda.

¡Ahora es usted un gran triunfador por medio de la Palabra de Dios!

Cambia tu mentalidad

DAVID YONGGI CHO

Aquí encontrará:
• Que es posible cambiar su destino, condición económica y familiar
• Cómo cultivar una actitud positiva frente a los desafios
• Que la perseverancia es el factor clave de una vida de victoria
• Cómo una persona comunicativa vive mejor y rodeada de afectos
• La forma de transformar la derrota en triunfo, la amargura en felicidad y la enfermedad en salud

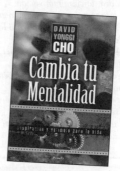

La fe en Dios mueve montañas

PARA EL QUE CREE TODO ES POSIBLE

El problema más grande del siglo XXI no es la falta de recursos, sino la falta de esperanza.

Definitivamente, el hombre moderno carece de esperanza. En todos los rincones de la Tierra notamos que abunda la guerra, el terror, la calamidad, la pobreza, la maldición y el sufrimiento. Los estudiosos se preguntan: "¿Acaso habrá alguna esperanza para esta generación?" Creo que esta pregunta nos involucra a todos.

Los principios aquí establecidos cambiarán tu actitud, para que puedas conquistar y señorear sobre cualquier circunstancia. Cuando alguien cree que "la fe en Dios mueve montañas", experimentará los milagros a cada momento.

HISTORIA Y PRINCIPIOS DEL SISTEMA CELULAR DE LA IGLESIA MÁS GRANDE DEL MUNDO

- *Cómo edificar a la gente en base a la Palabra, unción, motivación*
- *Cómo lograr armonía de trabajo en equipo*
- *Cómo experimentar avivamiento los 365 días del año*
- *Descubra los éxitos y fracasos del sistema celular*
- *Cómo desarrollar autoridad y obediencia en amor*
- *Ponga en orden las prioridades: primero Dios, segundo la familia*
- *Cómo organizar el sistema celular*
- *Y mucho más...*

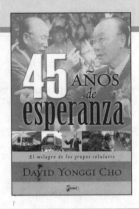

La Cuarta Dimensión 2

Más secretos para una vida de fe exitosa

- Cómo moverse junto al Espíritu Santo.
- Cómo ver claramente el resultado de nuestra oración
- Cómo arder en la visión del Señor.
- Los instrumentos clave de la *Cuarta Dimensión*.
- El poder creativo del lenguaje.
- Cómo vivir una exitosa vida de fe.